比较文学与世界文学名家讲堂

王向远 主编

丽娃寻踪

陈建华教授讲中俄文学关系及其它

陈建华 著

中央编译出版社
Central Compilation & Translation Press

作者简介

陈建华(1947—),籍贯浙江宁波。现为华东师范大学文学院教授、博士生导师、外国文学与比较文学研究所所长,兼任国家社科基金外国文学学科组成员。黑龙江大学俄语语言文学文化研究中心研究员、华东师大俄罗斯研究中心研究员。

在专业刊物上发表论文百余篇,出版著作20余种。主要著作(含主编)有:《二十世纪中俄文学关系》、《中国俄苏文学研究史论》、《俄罗斯人文思想与中国》、《阅读俄罗斯》、《转型中的俄罗斯文化》、《俄国作家与中国文化》、《当代苏俄文学史纲》、《陀思妥耶夫斯基传》、《列夫·托尔斯泰传》、《外国文学史新编》等。

《比较文学与世界文学名家讲堂》前言

"比较文学与世界文学"学科,顺应改革开放的时代潮流,在上世纪最后二十年开始起步发展,到现在为止的三十多年时间里,已经有了丰厚的知识产出和思想建树。它的异军突起,是当代中国一道引人瞩目的学术文化景观,是中国走向世界、世界走进中国的鲜明印证,也是当代中国学术文化繁荣的一个重要表征。

三十多年的学科建设和学术发展史已经表明,要在人文研究及文学研究中建立世界观念和视野,要把中国文学置于世界文学背景下加以考察和研究,要把外国文学放在中国文化立场上加以审视和阐发,要连接中外文学,要打通文学研究与其他学科的壁垒,要把细致微观的实证研究与高屋建瓴的理论建构相结合,那必然会走向比较文学与世界文学。

在这里,"比较文学"与"世界文学"两者相辅相成、互为依存。"比较文学"是学术观念、研究范式与研究方法,"世界文学"则是学科资源与研究视野。它在贯中外、跨文化、通古今、越科界的学术视阈与研究方法上的优势,使其无可替代地成为当代中国学术文化中最有时代性、最有包容性、最有创新性的高端学科之一。

事实上,近二十年来,中国的比较文学不仅在中外文学关系史研究等方面生产了大量的新知识,而且逐步建立了既有中国特色又具有理论普适性的学科理论系统,逐步完善了比较诗学、中西比较文学、东方比较文学、翻译文学等分支学科,在学术成果的质与量上已居世界各国之首，还全面进入了大学中文系、外文系文学专业的课程体系，从而使中国比较文学成为当代世界比较文学的重心和中心，代表着世界比较文学兼收并蓄、超越学派的第三个发展阶段。

收在这套《比较文学与世界文学名家讲堂》的作者，在当代中国比较文学学术史上，是继季羡林、乐黛云等老一辈学者之后的第二代学人。这些作者固然只是第二代学者中的一部分，却有相当的代表性。他们现年多在四十五至六十五岁之间，从学术年龄上说大体属于中壮年，都是各大学的教授、博士生导师和学术带头人，大都在1980年代后走上比较文学与世界文学之道，1990年代后崭露头角或脱颖而出，进入21世纪后的十几年里，更成为我国比较文学与世界文学学术界的中坚力量。他们有幸拥有了可以安心治学的环境，赶上了数字化、信息化的新时代。既抬头看世界，又埋头务笔耕，既坚持学术的严谨，也保持思想的活跃，充分展示了中国学者的文化立场，充分发挥了中国学者的学术优势和想象力、思考力、创造力，取得了与时代要求相称的成果。这些成果不仅是个人学术履历的证明，也是对中国学术文化史上的一份奉献，更成为新时代"国人之学"即"国学"的重要组成部分。

《比较文学与世界文学名家讲堂》二十卷，选题上以比较文学与世界文学的学科理论为主，以讲述和示范学术方法为要，涉及比较文学与翻译文学基本理论、比较诗学、东方文学及东方比较文学、西方文学及中西文学关系、世界文学总体研究等方面。各卷均按一定的范围和主题，将作者有原创性、有特色的成果收编起来，将大学讲堂搬到书本上来，以读者为听众，以写代"讲"，以言代"堂"，深入浅出，以雅化俗，汇集中国比较文学第二代学者中的代表人物，以使五指成拳、十指合掌，形成大型丛书的规模效应，得以占书架之一角，入读者之法眼，从一个侧面展示近年来中国比较文学的新进展和新成果。而且，不同作者及著作之间也可以相互显彰、相互映照、相互补充，读者也可以在异中见同、同中见异，在参读和比照中领略五彩缤纷的文学世界和世界文学，得窥比较文学殿堂之门径。

《比较文学与世界文学名家讲堂》的编辑出版，得到了北京师范大学的资助和中央编译出版社的支持，编者和作者深表谢意！

愿"讲堂"满座，愿比较文学与世界文学学术事业更加繁荣！

王向远

2014 年 4 月 20 日

代自序：走近俄罗斯文学

向远嘱，书前需有学术自传一篇。我以前曾有一篇写于十年前的短文，内容相近，找来以代之，此文大体描述了我问学丽娃①的简要经历。

1978年，对于我和我的许多同时代人来说，是改变我们人生轨迹的一年。那年，我离开了度过十年青春时光的赣东北山区，跨进了华东师范大学的校门。那绿得让人心醉的山林和混乱年代的种种无奈，从此成为一种记忆铭刻在我的心头。我开始了新的求学生涯，并逐渐走近俄罗斯文学。当时的华东师大校园弥漫着浓浓的学习氛围，似乎每一天都有新鲜的东西激动着我们求知若渴的心灵。1978年秋天，著名的俄罗斯文学专家戈宝权先生来校作"俄国文学与中国"的学术报告。戈老以丰富的史料和清晰的思路为年轻学子展示了这一研究领域的诱人魅力。由于戈老的学术影响和校友身份②，他的报告吸引了许多学生，当时可容纳千余人的礼堂挤满了

---

① "丽娃"是华东师大老校区内的一条河流的名称。上世纪20—30年代，这条河的两岸被辟为老上海的一处休闲场所，不少旅居上海的俄罗斯侨民常在此逗留。有一说，当年因为漂亮的俄罗斯姑娘柳芭娃常在河畔散步，故人们给了这条河取了这样一个富有诗意的名字。茅盾小说《子夜》中曾有场景以此为背景。俄罗斯总统普京的原夫人柳德米拉·普京娜来校访问时，还曾在丽娃河边散步。"丽娃"现已成为华东师大的代名词，如"丽娃沙龙"、"丽娃讲坛"等名称都与此有关。

② 戈宝权先生毕业于华东师大的前身大夏大学。

听众。

　　虽说戈老演讲的内容对我来说还很新鲜,但是对于俄苏文学本身我并不陌生。我虽是后学,但也是当年无数受俄苏文学影响者中的一员。我小时候是比较喜欢看书的,捧上有趣味的书就放不下,当然这大多是一些被称之为"闲书"的读物。上世纪50年代中期,我读小学四年级时,班主任童伯修老师把一张市少儿图书馆的借书证送到了我的手里,从而更助长了我读"闲书"的热情。在而后的好多年里,我课余常常往返于学校和图书馆之间。那时图书馆里俄苏读物(特别是文学作品)是很多的,它们和其他的书籍一起,滋润了我的心田。也许正是从那个时候开始,我对文学,包括俄苏文学不知不觉地产生了一份钟爱之情。

　　"文革"期间,我离开在上海就读的中学,来到赣东北的一个半军事化的"三线"工厂。那里有着极佳的自然风光,深山老林,人迹罕至,但是那里的精神世界却十分贫乏,任何外国的文学作品都是禁止阅读的,特别是所谓"苏修"的作品。记得后来在翻阅《美国文化批评集》时,读到赵一凡先生写的一段文字:"我这一辈中国人,起小就爱苏联文学。……后来去农村蹉跎了些岁月,也没忘记请果戈理、普希金、托尔斯泰等大作家,来伴自己寒碜的油灯、红薯和旱烟袋。"相比那些去农村的、伴着"寒碜的油灯"度日的同学,我们这些去"三线"工厂的"老三届"中学生,生活条件上会好一些,但是在阅读的自由度上显然不如他们。十年的青春时光就在渴望读书而又不让自由读书的环境中度过了,但是我的心中仍保留着对文学的一份热爱。所幸的是,在这份寂寞中,我与可敬的俞正文师傅结成了忘年交。俞师傅当时已届花甲之年,是一个为人正直且知识渊博的老人。后来我才知道,他是著名的俄罗斯文学翻译家岳麟①先生的好友,青年时代他们同在上海的华俄夜校读书,同为俄罗斯文学的爱好者。在他的鼓励下,我没有完全虚度这段时光。回到上海后,俞师傅还送过我一些俄文书籍。我的这段文字也算是表示对这位已经离世的老人的一份追思和怀念。也许正是1978年戈宝权先生在金秋时节所作的报告直接唤起了我内心的某种情感,我开始在图书馆的书架上更多地关注起我了解的和不甚了解的俄国文学作品来。

现在回想起来,当年促使我走近俄罗斯文学的因素不少,但最重要的外界因素莫过于良师的引导和周围的环境。出于诸多大龄学生的紧迫感,77、78级的学生当时学习上的那种拼劲实在是中国教育史上的奇观。而且,许多同学都早早地开始选择自己的主攻方向,我也不例外。大一下,我得知次年中文系将招收首批俄罗斯文学方向的研究生,心向往之。我写了一份要求从大二开始同时兼修俄罗斯文学专业研究生课程的申请交给了系里。系里无此先例,但却批准了我的请求。也许,这成了我进入大学后的另一个重要转折。当时系里主事的是徐中玉先生。主事者无疑早已将这样的小事忘怀,但在我看来,正是当时系里为学生所创造的宽松的求学环境,成就了无数学生的成才梦。前些日子,钱谷融先生曾这样提及华师大中文系对77、78级学生的培养:"这虽然主要应该归功于整个时代和社会的培育之功,但与中文系当时在徐先生领导下的那股清新、开明风气的启发诱导也是分不开的。今天,离开当年不觉已

---

① 岳麟先生本名冯岳麟,早年在工厂任会计,后在时代出版社和上海译文出版社任职。译有:陀思妥耶夫斯基的小说《罪与罚》、屠格涅夫的小说《初恋集》、高尔基的小说《阿尔达莫诺夫家的事业》、格拉宁的小说《探索者》、科热夫尼科夫的小说《这位是巴鲁耶夫》、西蒙诺夫的小说《军人不是天生的》(合译)、恰科夫斯基的小说《围困》(合译)等。

经有25年了,也就是说,已经走过了一个世纪的四分之一的时间了,但是只要稍一回首,仍令我们不胜向往。"

由于获得了修读研究生课程的机会,我入校不久就认识了后来成为我研究生导师的倪蕊琴教授,在她的引导下,我逐渐深入了俄罗斯文学研究的堂奥。倪老师对我的帮助是很大的。记得当时,我刚写出一篇有点像样的论文,她就予以鼓励,并推荐我参加1980年在上海召开的全国性的托尔斯泰学术会议,从而使我在学术研究的道路上蹒跚起步。至今我仍记得她当年对我说过的一句话:"治学一要有信心,二要谦虚。"80年代初,比较文学研究的热潮在中国大陆兴起。为了参加在南开大学召开的第一次全国性的比较文学学术会议,我赶写了一篇论文,从创作风格入手,对中俄两位作家进行了比较研究,文章后来收入了会议论文集。留校后,我参加过由倪蕊琴教授主持的一个国家项目,在这一研究领域里下了一些工夫,这一集体项目的成果便是论文集《论中苏文学发展进程》一书,这一成果获得了全国高校外国文学研究会首届优秀著作奖。从80年代中期开始,我先后为本科生和研究生开设了"俄罗斯文学研究"和"中俄文学关系"等课程,在教学的同时,又陆续撰写了《20世纪中俄文学关系》、《列夫·托尔斯泰传》、《陀思妥耶夫斯基传》、《当代苏俄文学史纲》(与倪蕊琴老师合著)等著作和相关的不少文章,翻译了一些文学作品。90年代后期又参与了教育部社科重点研究基地华东师大俄罗斯研究中心的筹建工作。在问学丽娃期间,我同时得益于诸多有深厚学养的前辈师长的鼓励和提携,如钱谷融先生、草婴先生、吴元迈先生、夏仲翼先生、余振先生、王智量先生等等。

后来,我有机会多次来到俄罗斯,在莫斯科和彼得堡的高校都做过较长时间的访问学者。在完成既定的访学目标的同时,我曾遍访俄罗斯文学大师的故居和众多的文化胜迹，各种印象纷至沓来。我向已退休的远在澳洲的倪蕊琴老师报告了我的行踪，寄去了我拍摄的各种照片。当我在俄罗斯的大地上驰骋时，我觉得我是在沿着师长的足迹进一步走近俄罗斯文学，理解俄罗斯文化的精髓，并继续着师长们关于俄罗斯文学以及中俄文化关系的思考。

上述文字载于 2004 年出版的一本文集中。一晃，又过了十年。为补欠缺，下面且以流水账方式对近十年来我的学术经历作一描述。这十年，除去俄罗斯访学的时间外，我一直在华东师范大学工作，先后带了 20 多名博士生和数十名硕士生，指导了多名博士后，这些学生大多聪颖勤奋，与他们的相处和交流，看到他们取得的成绩，是最令我愉快的。期间，我获得过上海市教学成果奖一等奖等奖项，并担任了国家精品课程和国家精品资源共享课的主持人。这十年，我又写下了一些文字，除了论文外，还出版了独著或主编的《中国俄苏文学研究史论》（四卷）、《俄罗斯人文思想与中国》、《阅读俄罗斯》、《转型中的俄罗斯文化》、《俄国作家与中国文化》、《外国文学鉴赏辞典》（15 卷）、《走过风雨——转型中的俄罗斯文化》、《顿河晨曦——今日俄罗斯漫步》和《外国文学史新编》等十多种著作。其中有一些获得了国家社科基金项目"优秀成果"、教育部全国高校社科优秀成果奖（著作二等奖）、上海市社科优秀成果奖（著作二等奖）、"三个一百"原创成果奖、中华优秀出版物奖、全国高校优秀外国文学著作奖、全国优秀外国文学图书奖等奖励。这十年，我主持并完成了多个科研项目，其中包括国家社科基金重大招标项目"新中国外国文学研究 60 年"、国家社科基金项目"中国的俄苏文学研究"、教育部基地重大项目"俄罗斯人文思想与中国"等。这些项目的成果都有一定的规模，特别是国家社科的重大项目，成果有 12 卷。参与这些项目的，除了我的博士生外，多为国内相关领域的专家,乃至领军人物,非常感谢他们的辛勤付出。成果固然重要,在研究中结下的友谊更为我所珍视。

是为补记。

陈建华

2014 年 3 月于沪上西郊

目 录

《比较文学与世界文学名家讲堂》前言 …………… 王向远 1
代自序：走近俄罗斯文学 ………………………………… 1

第一辑 研读留痕 …………………………………… 1
论新时期以来中国的俄苏文学研究 ………………………… 3
谈当代苏联小说的思想内涵 ………………………………… 30
谈苏联当代诗歌的三个流派 ………………………………… 98
社会转型与俄罗斯文学 ……………………………………… 118
俄苏"红色经典"在中国的传播与接受 …………………… 156

第二辑 序跋选录 …………………………………… 205
写在倪蕊琴教授《俄罗斯文学魅力》书前 ………………… 207
序《歌德学术史研究》 ……………………………………… 211
序《别尔嘉耶夫与俄罗斯文学》 …………………………… 216
序《陀思妥耶夫斯基与白银时代俄国文化》 ……………… 220
序《弗·马卡宁 1990 年代创作研究》 …………………… 224
序《托尔斯泰论战争》 ……………………………………… 228
序《列夫·托尔斯泰小说集》 ……………………………… 230
《文学的影响力——托尔斯泰在中国》后记 ……………… 247

《中国的外国文学研究》导言 ……………………………… 263

第三辑　书海漫笔 ……………………………………… 277
　　关于"20世纪中国文学的世界性因素"命题的几点看法 … 279
　　也谈"二十世纪俄语文学"的新架构 ……………………… 283
　　熔铸了历史风雨的启迪 …………………………………… 287
　　中国文学：俄罗斯汉学研究的一个重要领域 …………… 293
　　一项泽被后人的学术工程 ………………………………… 296
　　以新颖的视角关注转型时期的俄罗斯文化艺术 ………… 305
　　在互动中推动学科的发展 ………………………………… 308
　　听草婴先生谈翻译 ………………………………………… 313
　　世纪之交的中国比较文学研究 …………………………… 317
　　作为戏剧大师的托尔斯泰 ………………………………… 327
　　《乡村》读后（外一篇） …………………………………… 335

第四辑　访俄札记 ……………………………………… 343
　　莫斯科冬日印象 …………………………………………… 345
　　俄罗斯的中国情 …………………………………………… 356
　　俄罗斯光头党现象剖析 …………………………………… 360
　　走近俄罗斯文学大师 ……………………………………… 365
　　在俄罗斯，相遇普希金 …………………………………… 368
　　通向莱蒙托夫家的小径 …………………………………… 375
　　焚烧过手稿的壁炉 ………………………………………… 378
　　看索契冬奥会开幕式有感 ………………………………… 382

后　记 …………………………………………………… 384

第一辑　研读留痕

论新时期以来中国的俄苏文学研究[①]

本文将对新时期以来中国的俄苏文学研究的脉络加以梳理，以求对30多年来这一学科的发展有一个总体的观照。[②]

第一节 走向复苏与繁荣

改革开放以来，中国的民族文化开始全面复兴。在这一大背景下，俄苏文学研究也逐步从停滞走向复苏，并继续向更深更广的领域拓展。20世纪80年代，我国学者在俄苏文学研究领域所取得的成果已超过前70多年全部成果的总和，同时在研究的视野、角度和方法等方面也取得了以往所无法比拟的成绩。

俄苏作家的研究有长足进展。在逐步活跃的学术空气下，中国学者撰写了大量的论文，对一些重要的俄苏作家进行了深入研究。托尔斯泰学术讨论会(1980)、马雅可夫斯基学术讨论会(1980)、高尔基学术讨论会(1981)、屠格涅夫学术讨论会(1983)、肖洛霍夫学术讨论会(1984)和陀思妥耶夫斯基学术讨论会(1986)等全国性的俄苏作家专题学术讨论会的召开，对研究工作的全面展开起了推波助澜的作用。以托尔斯泰研究为例，在近十年的时间里，中国学者发

[①] 本文改定于2013年10月。
[②] 有关新时期俄苏文学史、文论、作家和作品研究的具体内容，本文将以例证为主，不一一展开。

表的相关论文与译文数量达四百余篇(其中论文363篇),出版的论著与译著有20多部(其中论著4种)。论著与译著中,较重要的有:上海和杭州的托氏学术讨论会论集《托尔斯泰研究论文集》和《托尔斯泰论集》、《列夫·托尔斯泰比较研究》(倪蕊琴主编)、《俄国作家批评家论列夫·托尔斯泰》(倪蕊琴编选)、《欧美作家论列夫·托尔斯泰》(陈燊编选)、《艺术家托尔斯泰》(赫拉普钦科著)、《托尔斯泰夫人日记》、《同时代人回忆托尔斯泰》、《托尔斯泰剧作研究》(洛姆诺夫著)等。

　　这时期中国对俄苏作家的研究表现出许多新的特点。首先是思想逐步解放,正常的学术争鸣开始出现,如80年代学界曾就如何评价托尔斯泰的思想和"托尔斯泰主义"等问题展开过热烈的讨论。其次是研究者的视野逐步开阔,以"托学"为例,国际学界所涉及的不少领域也为中国学者或深或浅地触及。尤其值得称道的是,许多学者更注重对托尔斯泰创作的艺术分析。钱谷融的《论托尔斯泰创作的具体性》就是一篇很有特色的文章。作者认为,"假如我们把问题仅仅限制在艺术表现的范围以内",那么,托尔斯泰作品"描绘的具体性"就是"托尔斯泰的作品之所以能够产生如此巨大的艺术魅力的基础"。而后,作者从五个方面对此作了很有说服力的论证。这一类文章的大量出现,对于扭转以往托尔斯泰研究中重思想性而轻艺术性的倾向是大有裨益的。此外,一部分研究者开始有意识地运用比较研究的方法来考察托尔斯泰及其创作。倪蕊琴主编的《列夫·托尔斯泰比较研究》(1989)无疑在这方面最具代表性。建立在坚实的基础上的观念更新和方法突破,给这本书带来了不少新意。如书中关于托尔斯泰与陀思妥耶夫斯基长篇结构及心理描写特色的比较,关于托尔斯泰传统在当代苏联文学中的发展,关于托尔斯泰与司各特、罗曼·罗兰和霍桑等欧美作家及其作品的比较,关于托尔斯泰与中国现代作家的关系的考察,关于托尔斯泰与中国古典哲学思想的沟联的研究等,均显示出角度的新颖和阐发的独到,为80年代中国的托尔斯泰研究开出了一片新的空间。比较研究方面较有特色的还有香港学者吴茂生的《在现代中国小说中俄国文学人物》(1988)一书,此书如戈宝权先生所言:"是第一本有系统地通过小说作品中的内容和人物,来探讨俄国小说人物对中国小说人物的影响的新著。"①薛君智的《回归——苏联开禁作家五论》一书对"复活的苏联作家群"的研究也值得一提。该书以翔实的材料和新的视角,对左琴科、帕斯捷尔纳克、扎米亚京、皮里涅雅克和普拉东诺夫等五位作家进行了深入的探讨。诚如作者所言,这种探讨是需要学术勇气的:"在探讨'作家群'的开始阶段,我的这个研究课题,完全是'冷门'。它曾经受到过歧视,甚至遭到非难,我自己也曾产生过'是否会被戴上异教徒帽子'的想法。不过,我没有气馁,没有放弃我的'冷门'课题。"②作者不仅对这些作家的曲折的生活和创作道路作了全面介绍,而且十分注意揭示这些作家独特的创作个性及其他们在文学发展史上的作用。作者的分析是客观的,该书在这一研究领域有开拓意义。

80年代初期和中期,文学思潮研究也颇有收获,不少中国学者对苏联文学思潮进行了多侧面的研究,并出现了吴元迈的《苏联文学思潮》(1985)和李辉凡的《苏联文学思潮综览》(1986)两部研究著作。这两本著作都有相当的理论深度。如吴元迈的《苏联文学思潮》,虽然是一本论文集,但作者力图从宏观的角度"较为系统地阐明苏联文学思潮的发展线索"③的自觉意识,使这本论著成为一个有机的整体。全书脉络清晰,统观各篇,思潮的总体轮廓被准确地

---

① 《中国比较文学》,1990年第2期。
② 见薛君智《谈谈我和'复活的'苏联作家群》,载《回归——苏联开禁作家五论》(附录),北京:社会科学文献出版社,1989。
③ 见《苏联文学思潮》(后记),杭州:浙江文艺出版社,1985。

勾勒了出来。论著打破了封闭式的评论模式，始终注意揭示思潮发展的前因后果以及内在联系，因此它比囿于某一角度的评述更能使读者获得有益的启迪。

这十年，在文学史和作家作品研究方面，在资料的编撰方面，都有不少论文、论著和译著问世。比较重要的论著还有：叶水夫等的《苏联文学史论文集》、吴元迈等的《五、六十年代的苏联文学》、北京师范大学苏联文学研究所编的《苏联文学论集》、吴元迈等的《论苏联当代作家》、戈宝权等的《普希金创作评论集》、陈燊等的《屠格涅夫研究》、孙乃修的《屠格涅夫与中国》、钱中文的《果戈理及其讽刺艺术》、王智量的《论普希金、屠格涅夫、托尔斯泰》、朱逸森的《短篇小说家契诃夫》、陈寿朋的《高尔基美学思想论稿》、王富仁的《鲁迅前期小说与俄罗斯文学》和陈世雄的《苏联当代戏剧研究》等；比较重要的译著还有：巴赫金的《陀思妥耶夫斯基诗学问题》、斯洛宁的《苏维埃俄罗斯文学》、叶尔绍夫的《苏联文学史》、波斯彼洛夫的《文学原理》、梅特钦科的《继往开来》、《俄苏形式主义文论选》、《当代苏联文学中的人道主义问题》、《苏联现实主义问题讨论集》、《苏联当代作家谈创作》，以及北京大学出版社 80 年代初期出版的一套"俄罗斯苏联文学研究资料丛书"（其中有《关于〈解冻〉及其思潮》、《必要的解释》和《西方论苏联当代文学》等）、《苏联文学纪事》、《七十年代社会主义现实主义问题》、《"拉普"资料汇编》、《无产阶级文化派资料选编》和《苏联文学词典》等，重要的论著和译著不下百本。80 年代出现的俄苏文学译介和研究的专刊《苏联文学》（北京师范大学编）、《当代苏联文学》（北京外国语大学编）、《俄苏文学》（武汉大学等十所高校合编）、《俄苏文学》（山东大学编）等，也有力地推进了 80 年代中国的俄苏文学的译介和研究。

还有一个现象值得关注，那就是新时期中国作家和批评家关于俄苏文学的大量评说。这些评说尽管没有论文的形式，但往往视角独到。如在分析高尔基的作品在80年代的中国不景气的现象时，张炜表示："高尔基的作品宣传得够多了，前些年别人的作品不让读，但高尔基作为无产阶级革命作家，尚可以找来读。奇怪的是现在人们倒不怎么谈论他。这是一种物极必反的现象。其实我们反而因此误解了文学本身。文学不会进步，文学也没有对错之分，它只有优劣之别。我仍然十分喜欢高尔基的作品。作为一位当之无愧的大师，他一生写了一千多万字！"①80年代末王蒙与王干在对话时谈到苏联文学，两人在充分肯定其成就的同时也明确指出了它的不足。王蒙认为："苏联文学有自己很杰出的成就，特别是俄罗斯文学有非常杰出的成绩，但多年来苏联把社会主义现实主义定在作家协会的章程里，变成一种法令性法规性的东西，所造成的损害至今还有。不能够说苏联的作品都写得很好，苏联作家里我最佩服的是钦吉斯·艾特玛托夫，但我有一种感觉，就是艾特玛托夫太重视和忠于他的主题了，他的主题那么鲜明，那么人道，那么高尚，他要表达的苏维埃人的高尚情操、苏维埃式的人道主义、苏维埃式的对爱情、友谊、理想、道德的歌颂在一定意义上限制他，使他没能够充分发挥出来。"②这些见解反映了一种文化现象，即新时期中国作家对俄苏文学的熟悉和关注，以及他们敏锐的视角和见解的独到。

第二节　研究的拓展深化

20世纪90年代初期开始的中国市场经济大潮和1991年苏联的解体，对历经一个世纪风雨的中俄（苏）文学关系产生了巨大影响。

---

① 张炜：《周末问答》，《时代文学》，1989年第5期。
② 见《王蒙王干对话录》，桂林：漓江出版社，1992。

最表层的现象是苏联当代文学作品和解体后的新俄罗斯文学作品译介量的锐减。80年代原有的4家俄苏文学专刊,在进入90年代后仅剩下以北京师范大学为依托的一家(先是改名为《苏联文学联刊》,后又更名为《俄罗斯文艺》)。

面对巨大的冲击,中国文坛和学界的反应是冷静的。王蒙此时发表的关于苏联文学的见解颇具代表性。王蒙认为,与中国同期的革命文学相比,苏联文学有它的优点,如承认人性人情,承认爱情的美丽,文学界有一定的自由度等。但是,苏联文学的自满自足的教化性和道德伦理的两极化处理,束缚了它的进一步突破和发展。王蒙分析了片面强调光明性造成的后果及其原因,并这样写道:"苏联瓦解了,苏联文学的光明梦,产生这种梦的根据与对这种梦的需求并没有随之简单地消失"。"苏联文学的历史并非空白,苏联作家的血泪与奋斗并非白费。总有一天,人类的一部分做苏联文学而进行的这一番精神活动的演习操练会洗去矫强与排他的愚蠢,留下它应该留下的遗产,乃至在未来的某个时期,蜕变出、演化出新的生机,新的生命、新的梦。"[①]这个思考是清醒的,也是深刻的。

这一时期,中国的俄苏文学研究界同样显示出务实的姿态。1994年春天在无锡召开的"全国苏联文学研讨会"会上,许多学者以客观的态度和开阔的视野反思苏联文学,在争鸣中探讨学术问题。对于如何评价社会主义现实主义以及它与苏联文学创作关系,如何评价苏联解体后的俄罗斯文学的走向,与会者有不同看法。有专家介绍了俄罗斯文学的现状,有学者做了"关于后社会主义俄国文学的文化思考"的发言。这一时期,中国俄罗斯文学界先后召开了十多次各种形式的学术讨论会,取得了积极的成效。这十年,中国俄苏文学研究界每年都有一些扎实的研究成果问世,这些由老中

---

① 王蒙:《苏联文学的光明梦》,《读书》,1993年第7期。

青三代学者撰写的成果表明中国的俄苏文学研究在一系列重要的领域中有了新的进展和开拓。这主要表现在以下几个方面：

一是以俄罗斯文化为大背景来研究俄国文学。文化构成了人类生存的有意义的社会历史环境。文学以文化为根基，从文化的角度研究文学不仅是可行的而且是十分必要的。以往俄苏文学研究中这方面的成果很少，90年代这方面的成果陆续出现，任光宣的《俄国文学与宗教（基辅罗斯——十九世纪俄国文学）》(1995)、何云波的《陀思妥耶夫斯基与俄罗斯文化精神》(1997)这两本著作显然在这点上具有拓荒的意义。任著选择俄国文学与宗教的关系作为自己的论述对象，阐述了宗教对俄国文学的巨大影响及其消长的过程，论及了古罗斯的多神教与民间口头创作的关系、基督教的传入和俄国笔录文学的产生、古代俄国的宗教文学和仿宗教文学、古代俄国的世俗文学、俄国文学中的宗教自由主义思想和无神论、果戈理的宗教意识及其在创作中的表现、陀思妥耶夫斯基和托尔斯泰与宗教等重要问题。何著的特色在于视野的开阔、架构的严整和论述的深入。作者的目光关注着陀氏但又不囿于陀氏，如他在引言中所说的那样，俄罗斯大地孕育了陀氏的生命、个性、思想及整个创作，对陀氏的探寻，同时也就构成了对俄罗斯文化精神的寻访。全书是从下面几个方面来完成这种寻访的：陀氏的文化心理构成、陀氏与宗教、陀氏与城市、陀氏笔下的家庭等范式中的文化隐喻内涵、陀氏与"西方"、陀氏与现代主义、精神分析与陀氏、陀氏与俄罗斯民族精神等。如"陀思妥耶夫斯基与宗教"这部分，作者从三个角度切入：宗教特质（人道宗教、民族宗教）、宗教皈依（道德需要、情感需要）、宗教影响（地狱与天堂、炼狱、耶稣原型的变体）深入剖析了陀氏宗教意识的性质、形成原因，以及对创作的影响，揭示了陀氏宗教意识与俄罗斯文化精神的内在联系。

二是对作家的研究更加深入，这一点特别表现在对俄苏经典作家的研究上。这方面的主要成果有朱宪生的《论屠格涅夫》(1991)、李辉凡的《文学·人学——高尔基的创作及文艺思想论集》(1993)、汪介之的《俄罗斯命运的回声——高尔基思想与艺术探索》(1993)、张铁夫等的《普希金的生活与创作》(1997)、高莽的《帕斯捷尔纳克——历尽沧桑的诗人》(1999)、吕绍宗的《我是用作试验的狗——左琴科研究》(1999)等。汪介之的著作沿着高尔基一生创作发展的轨迹,考察了各个时期作家的思维热点和创作内驱力,并从新的角度揭示了作家创作的丰富的思想内涵和文化意蕴。汪著首先指出以往对高尔基创作道路的分期方法的不科学,并提出了自己的分期阶段:从 1892 年创作起步到 1907 年《母亲》发表是第一阶段,人道主义是其创作核心,社会批判是其创作的基本思想指向,作品基调高昂;1908 年至 1924 年是第二阶段,高尔基转入对俄罗斯民族文化心态的剖析,提出重铸民族灵魂的重大课题,十月革命后又进而思考革命与文化的关系,其作品的基调清醒,风格沉郁,是高尔基创作最辉煌的阶段;1924 年至 1936 年是第三阶段,回眸历史、探测未来是其创作的基本思想指向,作品的艺术视野开阔,历史感强烈。依据这样的分期,作者提出了一系列新的见解,诸如《母亲》不是代表高尔基的最高成就的作品,自传三部曲的基本主题是俄罗斯民族文化心态批判而不是"新人"的成长,对《不合时宜的思想》应该有科学的评价等。①朱宪生的《论屠格涅夫》(1991)和《在诗与散文之间——屠格涅夫的创作和文体》(1999)对这位作家作了较有特色的研究,如《论屠格涅夫》一书对作品的艺术形式和作家的艺术风格作了探讨,书中关于《猎人笔记》的体裁样式、叙事角度和结构安排,关于屠格涅夫中篇小说的

---

① 20 世纪 90 年代仍有不少研究高尔基的文章发表。1996 年是高尔基逝世 60 周年,北京和上海等地还召开了高尔基学术讨论会。在这些文章或会议发言中对这一问题也多有涉及。

诗意的"瞬间性"、叙事时间的"断裂"和"抒情哀歌体的结构",关于屠格涅夫的现实主义及其美学原则等方面的研讨,都颇有新意。

三是对俄国"白银时代"(1890—1917)的文学,特别是俄国现代主义文学的研究更具力度。①这一领域中有多部著作问世,如周启超的《俄国象征派文学研究》(1993)、李辉凡的《二十世纪初俄苏文学思潮》(1993)、郑体武的《危机与复兴——白银时代俄国文学论稿》(1996)等。此外,刘文飞的《20世纪俄语诗史》(1996)、刘亚丁的《苏联文学沉思录》(1996)和刘文飞的《墙里墙外——俄语文学论集》(1997)等著作中也均有专门的章节谈到了"白银时代"的文学现象。周启超的《俄国象征派文学研究》一书显得颇有理论气息。俄国象征派文学是19世纪末20世纪初的俄国文学中最重要的现象,过去它被视作颓废文学而遭排斥,新时期的中国对此虽重作评价,但进行专题研究的著作却仅此一部。该书首先对俄国象征派文学的内在发展轨迹、一般的意识形态立场和基本的哲学思想渊源等内容作了评述,而后就将重心转向揭示俄国象征派文学的艺术个性。书中论述了俄国象征派文学的"理论形态"、"艺术形态"、"存在状态"、"文化价值"。在前两部分中,作者着重分析了俄国象征派文学创新的根本动因,象征派文学家对文学语言的创造性机制与功能的认识与思考,以及在艺术上的建树。作者力求以科学的态度和完整的理论形态把握这一复杂的文学现象,可以说这种努力是卓有成效的。郑体武的《危机与复兴——白银时代俄国文学论稿》是一部论文集,它的特色不在于理论构架的完整,而在于敏锐的观察和灵动的思想。

---

① 与文学相关的这时期俄国思想界状况也引起了90年代中国学界的兴趣。三联书店等出版社相继推出的舍斯托夫和别尔嘉耶夫等人的著作,颇受关注。

四是继续关注苏俄当代文学,特别是解体前后的文学。90年代,曹靖华主编的《俄苏文学史》第三卷(1992)和叶水夫主编的《苏联文学史》①中的当代部分(1994)相继出版,同时出现的还有黎皓智的《苏联当代文学史》(1990)、许贤绪的《当代苏联小说史》(1991)、张捷的《苏联文学的最后七年》(1994)、倪蕊琴和陈建华的《当代苏俄文学史纲》(1997)、李辉凡等的《20世纪俄罗斯文学史》(1998)等著作,这些著作从不同角度对苏联当代文学的发展进程作了描述和分析,不少著作还或多或少地涉及了苏联解体前夕的一些复杂的文学现象,特别是"回归文学"和侨民文学的问题。特别应该提一下《苏联文学的最后七年》,该书专题研究了苏联解体前夕的文学现象,主要是1985年至1991年的文学思潮和文学创作。作者首先介绍了在这不寻常的七年中苏联文学界的重大事件、两大派的主要分歧,以及苏联文学走向终结的艰难历程。而后,作者有重点地考察了这一时期的一些重要的文学现象:一是文学思潮和理论论争,特别是其中的热点话题;二是文学创作的现状,以及对引起人们关注的重要作家作品的评价;三是有关"回归文学"的问题。作者用专节对"回归文学"作出了较为全面的评价。

五是中俄文学关系研究取得了长足的进步。90年代,国内学者在这一领域取得不少新的成果。出版的著作除了戈宝权的《中外文学因缘》(1992)属以往研究成果的集锦外,还有李明滨的《中国文学在俄苏》(1990)、倪蕊琴和陈建华等的《论中苏文学发展进程》(1991)、王智量等的《俄国文学与中国》(1991)、汪介之的《选择与失落——中俄文学关系的文化观照》(1995)、陈建华的《20世

---

① 该书为三卷本,总字数超过一百万,其中论述当代苏联文学的部分占有相当大的比例。

中俄文学关系》(1998)、汪剑钊的《中俄文字之交——俄苏文学与二十世纪中国新文学》(1999)等。这几部著作在文学思潮比较研究、作家关系研究和文学关系的文化观照等方面各有自己的特色,其中有不少颇见深度的文字。如果说长时间来中俄文学关系的研究大多局限于1919年至1949年间的话,那么《论中苏文学发展进程》一书则在这方面有了突破。陈燊先生用"开拓性"一词来评价这部著作所取得的成绩。他认为,该书"是文学比较研究的一次有意义的实践;而由于它从两国各自社会发展的角度来探索两种文学各自发展和变化的异同及其规律性,还具有重大的理论意义,因为这足以矫正那种离开社会历史条件而断定文学的独立性的理论的偏颇。"该书的价值在于它首次把论述的重点放在当代中苏文学关系这个极为重要但又缺少认真研究的领域。与《论中苏文学发展进程》同年推出的《俄国文学与中国》一书也是一部集体劳动的成果,它分别论述了果戈理、屠格涅夫、陀思妥耶夫斯基等7位俄国作家与中国的关系。该书论述的主要篇幅虽然仍放在新中国建国前30年,但它体现了中俄作家比较研究所达到的新水准。《中国文学在俄苏》一书第一次以翔实的资料全面介绍了俄苏对中国古代文学和现当代文学接受的历史,标志着中俄文学关系研究进入了双向研究的阶段。①

六是关于巴赫金理论的研究取得了更有分量的成果。中国对巴赫金的关注始于80年代初期。从那时开始至今陆续出现了一批研究文章,如夏仲翼的《陀思妥耶夫斯基的〈地下室手记〉和小说复调结构问题》、钱中文的《"复调小说"及其理论问题》、赵一凡的《巴赫金:语言与思想的对话》和《巴赫金研究在西方》等;翻译

---

① 20世纪90年代这方面的研究成果以论文形式发表的还有一些,此外如宋绍香的《前苏联学者论中国现代文学》,北京:新华出版社,1994年,这样的译著(或译文)也值得重视。

界还将巴赫金的一些论著译出,介绍给了中国读者。90年代,中国学者相继推出了几部研究巴赫金理论的学术著作,如张杰的《复调小说理论研究》(1992)、董小英的《再登巴比伦塔——巴赫金与对话理论》(1994)、刘康的《对话的喧声——巴赫金的文化转型理论》(1995)等,引起学界广泛关注。董小英和刘康的两部著作都没有全面评述巴赫金的思想和文化理论。董著瞄准的是巴赫金理论的核心,即对话理论。而这一理论是当代语言学、文艺理论和文学批评领域的重要的跨学科命题,也是国际学术界的讨论的热点之一。该书首先从对话基础、对话模式、作者与主人公的对话关系、对话原理、对话体来源和对话生存的空间等角度对巴赫金的对话理论作了较为全面的阐述,在此基础上又分别讨论了对话性的先决条件、叙事文本中各种对话性关系及对话性形式、作者与读者对话的对话性原则等理论问题,最后该书对对话性的交流全过程作了描述,对巴赫金与现代小说的关系作了分析,对巴赫金对话理论的得失及其在文学理论发展史上的地位作了探讨。该书在论证中参照了结构主义叙事学和接受美学等不同观点,提出了自己的独到见解。作者的视野没有局限在对巴赫金及其理论的泛泛评述上,而是努力揭示对话理论的本质,在学科研究的大背景上寻找巴赫金的位置和价值。这种开阔的视野使该书获得了较以往研究更高的学术价值。刘著将巴赫金定位在本世纪文化转型时期杰出的文化理论家这一基点上,并由此确定了全书的基本论点:巴赫金的对话理论是转型时期的文化理论。该书在对巴赫金的文化理论的核心内容作出自己的评析的同时,十分注重这一理论的现实意义,甚至还拨出专门的章节来谈诸如"狂欢节与中国现代文化转型"这一类的话题。这些分析并非无懈可击,但是它的探索精神却值得重视。董刘等人的著作所达到的学术水准,预示着中国的巴赫金研究的可喜前景。

20世纪90年代,国内学界取得的成果是多侧面的。除了前面提到的角度外，还有诸多不能纳入上述角度的著述，如程正民的《俄国作家创作心理研究》(1990)、胡日佳的《俄国文学与西方》(1999)等。此外，论文数量之多、内容之丰富，以及所体现的研究的水准，也是 80 年代所无法比拟的。1999 年召开的"中国俄罗斯文学研究 20 年：回顾与展望"（北京）可以说是对改革年代（特别是 90 年代）的俄罗斯文学研究的一次很有意义的总结。

第三节　充满活力的新世纪俄苏文学研究

进入 21 世纪，中国俄苏文学研究的发展势头强劲，充满活力。世纪之交，华东师范大学和黑龙江大学相继成立教育部重点科研基地"俄罗斯研究中心"和"俄语语言文学研究中心"，它们承担的重大项目、举办的学术会议、主办的《俄罗斯研究》和《俄罗斯语言文学研究》等刊物，以及相继推出的多卷本《转型中的俄罗斯社会与文化》和《俄罗斯语言文学研究·文学卷》等成果，都颇为引人注目。这两个中心在推动包括文学在内的俄罗斯问题的研究方面发挥了积极作用。

新世纪以来，国内学界每年都有关于俄苏文学问题的大中型的专题学术会议召开，并呈逐年增加的趋势。以前五年为例，就有 2000 年的"中国俄罗斯文学研究会学术研讨会"（黑龙江）、2001 年的"苏联解体后的俄罗斯文学研讨会"（上海）、2002 年的"20 世纪世界文化背景中的俄罗斯文学国际研讨会"（北京）、2002 年的"俄侨文学国际学术研讨会"（黑龙江）、2002 年的"当代俄罗斯文学国际学术研讨会"（江苏）、2003 年的"全球化语境下的俄罗斯语言、文学和翻译国际研讨会"（上海）、2003 年的"'俄罗斯形式学派学术研讨会'筹划会暨 20 世纪俄罗斯文论关键词写作讨论会"（北京）、2004 年的"巴赫金国际学术研讨会"（湖南）、2004 年的"20

世纪俄罗斯文学与古典文学传统研讨会"(黑龙江)、2004年的"俄罗斯文学研究会年会"(四川)等。这些学术会议的主题丰富,涉及的既有传统的研究领域,也有新开拓的研究空间。①与此同时,一批学养深厚、基础扎实的学者开始走向收获期,一批理论思维活跃、知识结构全面的年轻学者开始成为研究的主力军,俄罗斯文学研究出现了更为丰硕和更为多元的成果,②这些成果在研究领域和研究方法上显示出鲜明的开拓意识和创新精神。比较突出的成绩表现在以下几个方面:现代文论研究、20世纪文学研究、19世纪经典作家研究、重要文学现象(如文学与宗教、知识分子形象、侨民文学、中俄文学关系、学术史等)研究。

1. 俄苏现代文论研究

新世纪以来,国内学界对巴赫金文论表现出持续的兴趣,发表的论文数远超此前20年的总和,并出现了不少学术专著,如夏忠宪的《巴赫金狂欢化诗学研究》(2000)、程正民的《巴赫金的文化诗学》(2001)、王建刚的《狂欢诗学——巴赫金文学思想研究》(2001)、曾军的《接受的复调——中国巴赫金接受史研究》(2004)、凌建侯的《巴赫金哲学思想与文本分析法》(2007)、吴承笃的《巴赫金诗学理论概观——从社会学诗学到文化诗学》(2009)、秦勇的《巴赫金躯体理论研究》(2009)、宋春香的《他者文化语境中的狂欢理论》(2009)和《巴赫金思想与中国当代文论》

---

① 这些学术会议大多有论文结集出版。例如,2004年在成都举办的"俄罗斯文学研究会年会",会议论文收入由四川大学出版社出版的《中外文化与文论》第12辑(2005),2011年在北京举办的"俄罗斯文学研究会年会",会议论文收入由北京:北京大学出版社出版的文集《俄罗斯文学:传统与当代》(2013)。

② 仅以2005年至2013年统计,正式出版的俄苏文学研究专著、编著和论文集等超过170部,期刊刊载的论文超过2300篇,博士和硕士学位论文560篇(其中博士学位论文52篇),其中不少成果具有较高质量。

(2009)、王建刚的《后理论时代与文学批评转型——巴赫金对话批评理论研究》(2012)等。这些专著在巴赫金的对话理论、语言学思想、狂欢化理论、文化诗学等领域展开多侧面的研究，颇具创新意识和理论深度。以复调理论为例。这一时期关于复调的研究话题有所改变，探讨巴赫金复调小说理论的局限性和现代发展维度的问题成为重心。同时，随着巴赫金理论对中国当代文学批评影响的加大，这方面的研究成果也开始出现，最早的是张素玫的博士学位论文《与巴赫金对话——巴赫金与中国当代文艺批评》(2006)，文章把握准确，论述深刻。①

俄国形式主义文论研究继续深入，2003 年"'俄罗斯形式学派学术研讨会'筹划会"的召开是其标志之一。在前 20 年研究的基础上，这时期对形式主义基本理论问题的探讨有了重要成果，出现了张冰的专著《陌生化诗学——俄国形式主义研究》(2000)。该书从形式主义流派产生的历史文化背景、发展过程、诗歌审美本质探索等角度，较系统地阐释了俄国形式主义的理论，并就该流派与其他文学批评流派的关系作了论述。黄玫的专著《韵律与意义——20 世纪俄罗斯诗学理论研究》(2005)和一些论文也对俄国形式主义文论展开了研究。例如，《俄国形式主义诗学的理论视野及历史评价》、《俄国形式主义文学批评论的美学基础》、《从陌生化理论透视俄国形式主义》、《形式主义与解构主义的关系探析》和《俄国形式主义与中国新诗潮》等文章，或是对该流派的理论进行深入反思，或是就俄国形式主义诗学的作用展开讨论，或是从比较研究角度观照俄国形式主义。

这一时期，历史诗学、普洛普和洛特曼的理论，以及其他俄苏

---

① 关于巴赫金的博士学位论文还有：龙玉霞的《走向人类学诗学——巴赫金外位性思想研究》(2010)、和袁俭伟的《巴赫金言语体裁理论研究》(2011)等。

现代文艺学派也受到学界重视。张杰和汪介之的《20世纪俄罗斯文学批评史》(2000)对相关学派作了较为全面的描述。刘宁翻译及撰写长篇前言的维谢洛夫斯基的《历史诗学》(2003)一书的问世是国内历史诗学研究的标志性收获,相关研究还有吴泽霖的《维·马·日尔蒙斯基的历史比较文艺学研究》、林精华的《俄国文学到苏联文学的诗学转换》和马晓辉的博士学位论文《维谢洛夫斯基的历史诗学研究》等。普洛普研究有明显改观。2000年《俄罗斯文艺》为纪念普洛普逝世30周年推出了纪念专栏,上面刊有贾放的文章《普罗普:传说与真实》。贾放还先后发表了《普罗普故事学思想与维谢洛夫斯基的"历史诗学"》、《普罗普的〈神奇故事的历史根源〉与故事的历史比较研究》和《俄罗斯民间故事研究的"双重风貌"》等论文。其他学者的相关文章还有《话语、故事和情节——从系统功能语言学看叙事学的相关基本范畴》、《神奇母题的历史根源》、《普罗普的故事形态学及列维·斯特劳斯的批评》和《民间故事研究的方法论》等。有些学者开始用普洛普的理论与方法进行学术研究。国内的洛特曼理论的研究在2000年以后可谓异军突起,出版的著作有:张杰、康澄的《结构文艺符号学》(2004)、康澄的《文化及其生存与发展的空间:洛特曼文化符号学理论研究》(2006)、王立业主编的《洛特曼学术思想研究》(2006)、白茜的《文化文本的意义研究:洛特曼语义观剖析》(2007)、陈戈的《不同民族文化互动理论的研究——立足于洛特曼文化符号学视角的分析》(2009)、杨明明的《洛特曼符号学理论研究》(2011)等。黄玫的《韵律与意义:20世纪俄罗斯诗学理论研究》等书中也有相关内容。其他与俄苏现代文论相关的研究还有:季明举的《艺术生命与根基——格里高里耶夫"有机批评"理论研究》(2005)、程正民等的《卢那察尔斯基文艺理论批评的现代阐释》(2006)、王彦秋的《音乐精神——俄国象征主义诗学研究》(2009)、王加兴等的《俄罗斯文学修辞理论研究》(2009)和张杰的《走向真理的探索：白银时代俄罗斯宗教文化批评理论研究》(2012)等。这些专著的关注是多方面的，如张杰的著作研究了索洛维约夫、罗赞诺夫、特鲁别茨科伊、梅列日科夫斯基和舍斯托夫等人的宗教文化批评理论，颇有价值。

2. 20世纪俄苏文学研究

新世纪以来，20世纪俄苏文学成为中国学界重点关注的对象。

文学思潮和文学史方面的研究继续取得新的重要成果。这包括几个方面：1."白银时代"文学研究。主要成果有：周启超的《白银时代俄罗斯文学研究》(2003)、汪介之的《远逝的光华——白银时代的俄罗斯文化》(2003)、曾思艺的《俄国白银时代现代主义诗歌研究》(2004)、张冰的《白银时代俄国文学思潮与流派》(2006)、李辉凡的《俄国"白银时代"文学概观》(2008)、王宗琥的《叛逆的激情——20世纪前30年俄罗斯小说中的表现主义倾向》(2011)等。这些著作各具特色。如王宗琥的著作，有论者认为它的新意在于"在'白银'与'苏维埃'两种文学脏腑的幽深处发掘出一个新的脉点"，将俄国现代主义思潮流派中尚没有的"表现主义"作为"一种非流派的文学倾向"加以研究。① 2. 苏联解体后的俄罗斯文学和文化思潮研究。主要成果有：李毓榛等撰写的《俄罗斯：解体后的求索》(2000)、张捷的《俄罗斯作家的昨天和今天》(2000)、林精华的《民族主义的意义与悖论：20—21世纪之交的俄罗斯文化转型问题研究》(2002)和《想象俄罗斯》(2003)、陈建华等的《走过风雨——转型中的俄罗斯文化》(2007)、温玉霞的《解构与重构——俄罗斯后现代小说的文化对抗策略》(2010)、张捷的

---

① 张建华：《〈叛逆的激情——20世纪前30年俄罗斯小说中的表现主义倾向〉序》，外语教学与研究出版社，2011，第17页。

《当今俄罗斯文坛扫描》(2007)和《当代俄罗斯文学纪事(1992—2001)》(2007)、贝文力的《转型时期的俄罗斯文化》(2012)等著作。张捷一直关注苏联解体后的俄罗斯文学思潮,他的《当代俄罗斯文学纪事(1992—2001)》一书以编年史的方式对苏联解体后十年间的俄罗斯文学生活进行了全方位的扫描,内容涉及文学界的活动、热点问题的讨论、主要文学奖的评奖、作家和学者的状况、重要作品与论著等,具有较高的史料价值。3. 苏联文学研究与反思。主要成果有:谭得伶和吴泽霖的《解冻文学和回归文学》(2001)、何云波的《回眸苏联文学》(2003)、王丽丹的《乍暖还寒时:"解冻"时期苏联小说》(2004)、刘文飞的《文学魔方——二十世纪的俄罗斯文学》(2004)、严永兴的《辉煌与失落:俄罗斯文学百年》(2005)、刘文飞编的《苏联文学反思》(2005)、余一中的《俄罗斯文学的今天和昨天》(2006)、黎皓智的《20世纪俄罗斯文学思潮》(2006)、张建华编的《20世纪世界文化语境下的俄罗斯文学》(2007)、韩捷进的《"人类思维"与苏联当代文学》(2007)、董晓的《理想主义:激励与灼伤——苏联文学七十年》(2009)等。4. 文学史研究。主要成果有:李辉凡和张捷的《20世纪俄罗斯文学史》(2000)、李毓榛主编的《20世纪俄罗斯文学史》(2000)、张建华等的《俄罗斯文学史》(2003)、张建华等的《20世纪俄罗斯文学思潮与流派(理论篇)》(2012)等。上述书籍中有专著、论文集和资料集等多种形式,内容丰富。

作家研究仍然是20世纪俄苏文学研究的重点,但不同类型的作家情况很不一样。除高尔基和肖洛霍夫外,对苏联时期的"主流"作家的研究总体呈下降趋势。关于高尔基,黎皓智的《高尔基》(2001)、李建刚的《高尔基与安德烈耶夫诗学比较研究》(2006)、汪介之的《伏尔加河的呻吟——高尔基的最后二十年》(2012)等著作引人注目。汪介之在《文学报》2013年7月11日和25日上连载的《"高尔基之谜":破解,还是曲解?——〈倒转"红轮"〉第二章读后质疑》,尖锐地批评了诋毁高尔基的现象,虽是争鸣文章,但有较强的学术性。关于肖洛霍夫:何云波的《肖洛霍夫》(2000)、刘亚丁的《顿河激流——解读肖洛霍夫》(2001)、冯玉芝的《肖洛霍夫小说诗学研究》(2001)、丁夏的《永恒的顿河:肖洛霍夫与他的小说》(2001)、李毓榛的《肖洛霍夫的传奇人生》(2009)等著作除还原肖洛霍夫的真实面貌外,在理论上也有扎实研究。①编译著作也有学术价值,如孙美玲编译的《作家与领袖》、孙凌翻译的瓦·李维诺夫的《肖洛霍夫评传》、刘亚丁等翻译的瓦·奥西波夫著的《肖洛霍夫的秘密生平》等。除了这两位作家外,岳凤麟的《马雅可夫斯基》(2005)、王志冲的《还你一个真实的保尔:尼·奥斯特洛夫斯基评传》(2007)、董晓的《走进〈金蔷薇〉:巴乌斯托夫斯基创作论》(2006)、史锦绣的《艾特玛托夫在中国》(2007)、孙玉华等的《拉斯普京创作研究》(2009)也是这一时期有特色的成果。

苏联时期的"非主流"作家和新俄罗斯作家成为学界关注的热点,涉及的作家有布尔加科夫、帕斯捷尔纳克、阿赫玛托娃、左琴科、茨维塔耶娃、索尔仁尼琴、纳博科夫、布罗茨基和马卡宁、佩列文、彼得鲁舍夫斯卡娅等。作为专著出现的有:刘文飞的《布罗茨基传》(2003)、唐逸红的《布尔加科夫小说的艺术世界》(2004)、高莽的《帕斯捷尔纳克》(2004)、荣洁的《茨维塔耶娃的诗歌创作研究》(2005)、李莉的《左琴科小说艺术研究》(2005)、赵丹的《多重的写作与解读:论俄罗斯后现代主义小说〈命运线,或米拉舍维奇的小箱子〉》(2005)、郑永旺的《游戏·禅宗·后现

---

① 另有曹海艳的博士学位论文《顿河哥萨克的群体精神真理探寻与历史悲剧》(2011)等。

代：佩列文后现代主义诗学研究》(2006)、汪剑钊的《阿赫玛托娃传》(2006)、张晓东的《生命是一次偶然的旅行：日瓦戈医生的偶然性与诗学问题》(2006)、张敏的《白银时代：俄罗斯现代主义作家群论》(2007)、冯玉芝的《帕斯捷尔纳克创作研究》(2007)、李小均《自由与反讽——纳博科夫的思想与创作》(2007)、王霞的《越界的想象：论纳博科夫文学创作中的越界现象》(2007)、段丽君的《反抗与屈从：彼得鲁舍夫斯卡娅小说的女性主义解读》(2008)、王天兵的《哥萨克的末日》(2008)、温玉霞的《布尔加科夫创作论》(2008)、谢周的《滑稽面具下的文学骑士：布尔加科夫小说创作研究》(2009)、淡修安的《普拉东诺夫的世界：个体和整体存在意义的求索》(2009)、程殿梅的《流亡人生的边缘书写：多甫拉托夫小说研究》(2011)和孙超的《当代俄罗斯文学视野下的乌利茨卡娅小说创作》(2013)等。此外，还有10多篇博士学位论文[①]和近百篇硕士学位论文，以及大量的期刊论文。中国学界在这一领域的研究视野已大大拓宽，不少著述视角新颖、方法多样。当然，对"非主流"作家和新俄作家的评价，学界仍存分歧。[②]

3.19世纪俄罗斯经典作家研究

这是国内俄罗斯文学研究的一个传统领域，新世纪以来也有不

[①] 这方面的博士学位论文比较集中，近5年的就有：田洪敏的《弗·马卡宁1990年代创作研究》(2008)、邱静娟的《继承与超越——纳博科夫俄语长篇小说与俄罗斯文学传统》(2009)、刘文霞的《"俄罗斯性"与"非俄罗斯性"——论纳博科夫与俄罗斯文学传统》(2010)、李丹的《巴依科夫小说〈大王〉生态思想解读》(2010)、余献勤的《勃洛克戏剧研究》(2011)、郝若琦的《勃洛克抒情诗研究》(2012)、刘淑梅的《布宁创作中的庄园主题研究》(2012)、叶琳的《布宁创作的生态诗学特征》(2012)、龙瑜宬的《索尔仁尼琴：历史语境与文明冲突中的反抗性写作》(2012)等。

[②] 如黎皓智的文章《文学经典与文学承传》(载《俄罗斯文学：传承与经典》，北京：北京大学出版社，2012)就鲜明地表达了自己的观点。

少收获，成果主要集中在普希金、陀思妥耶夫斯基和契诃夫研究上。

以张铁夫为代表的普希金学学者在这一时期集中推出了一些重要成果，如张铁夫等的《普希金与中国》(2000)全面梳理了普希金与中国的关系，查晓燕的《普希金——俄罗斯精神文化的象征》(2001)以独到的视角阐述了普希金成为俄罗斯文化中强大的精神因素的缘由，刘文飞的《阅读普希金》(2002)在解读普希金时将美学分析与学理研究有机交融，张铁夫等的《普希金新论——文化视域中的俄罗斯诗圣》(2004)以文化研究的视角对普希金进行了颇具新意的阐释，赵红的《文本的多维视角分析与文学翻译：〈叶甫盖尼·奥涅金〉的汉译研究》(2007)运用译介学理论对这部名著的汉译本进行了理论分析，张铁夫等的《普希金：经典的传播与阐释》(2009)也以独到的视角解读了普希金及其作品。2012年，中央民族大学出版社还出版了一部蒙古文版的《普希金研究》，这是少数民族学者白斯日古楞的成果。

陀思妥耶夫斯基研究受关注度仍然最高，研究成果也收获颇丰，如赵桂莲的《漂泊的灵魂——陀思妥耶夫斯基与俄罗斯传统文化》(2002)、王志耕的《宗教文化语境下的陀思妥耶夫斯基诗学》(2003)、彭克巽的《陀思妥耶夫斯基小说艺术研究》(2006)、冷满冰的《宗教与革命语境下的〈卡拉马佐夫兄弟〉》(2007)、陈建华的《跨越传统碑石的天才——陀思妥耶夫斯基传》(2007)、杨芳《仰望天堂：陀思妥耶夫斯基的历史观》(2007)、田全金的《言与思的越界——陀思妥耶夫斯基比较研究》(2010)、冯增义的《陀思妥耶夫斯基论稿》(2011)、郭小丽的《陀思妥耶夫斯基的救赎思想——兼论与中国文化思维的比较》(2012)和张变革编的《当代中国学者论陀思妥耶夫斯基》(2012)等，这些著作大多严谨，具有较高的学术价值。其中冯著和彭著是两位老专家长期研究的结晶，材料扎实，论述深刻；田著从译介、主题和宗教哲学入手，体现了新一代学者的新视野。这期间还出版了 10 多种理论译著，重要的有罗赞诺夫的《陀思妥耶夫斯基的大法官》（2002）、别尔嘉耶夫的《陀思妥耶夫斯基的世界观》（2008）和索洛维约夫等人的评论集《精神领袖》（2009）等。此外，大量的学位论文和期刊论文涉及的领域也相当广泛。

新世纪，契诃夫受到关注。2004 年，契诃夫逝世一百周年；2010 年，契诃夫诞辰 150 周年，这些都引发了学界对契诃夫研究的热情。新世纪出现的有关著作有：陈之祥编的《2005 海峡两岸"契诃夫学术研讨会"论文集》（2005）、朱逸森的《契诃夫：1860—1904》（2006）、刘研的《契诃夫与中国现代文学》（2006）、马卫红的《现代主义语境下的契诃夫研究》（2009）和许力的《契诃夫笔下的知识分子形象研究》（2011）等。刘著梳理了契诃夫在中国的接受以及与中国现代文学的关联，马著研究了契诃夫小说中所蕴含的现代主义因素等问题，海峡两岸研讨会的论文集主要从舞台艺术和电影改编等艺术角度对契诃夫及其作品做了探讨，大都颇具新意。这时期，苏玲的博士论文《契诃夫传统与二十世纪俄罗斯戏剧》（2001）和徐乐的博士论文《契诃夫创作中的不确定性问题研究》（2005）也值得注意。新世纪的论文有不少涉及契诃夫的戏剧，对契诃夫戏剧中的时间主题、荒诞主题和生态主题等现代性主题内涵进行挖掘，对戏剧性问题、视角问题和体裁问题展开了探讨。

列夫·托尔斯泰、屠格涅夫、丘特切夫、列斯科夫等作家也有一些研究成果，如杨正先的《托尔斯泰研究》（2008）、吴嘉佑的《屠格涅夫的哲学思想与文学创作》（2012）、曾思艺的《丘特切夫诗歌研究》（2000）和《丘特切夫诗歌美学》（2009）等。此外，杨玉波的博士论文《列斯科夫小说文体研究》（2005）、汪隽的博士论文《列斯科夫的创作与民间文学》（2007）和高建华的博士论文《库普林小说研究》(2009)等,关注了作家研究中相对薄弱的环节。

4. 重要文学现象研究

这一时期,不少重要文学现象的研究在深入,视野在拓宽。

俄罗斯文学中的知识分子形象和女性文学研究出现了一些有深度的专著。朱建刚的《普罗米修斯的"堕落"——俄国文学知识分子形象研究》(2006)和张晓东的《苦闷的园丁——"现代性"体验与俄罗斯文学中的知识分子形象》(2009)关注知识分子形象的转变轨迹,并进行了深入的理性思考。陈方的《当代俄罗斯女性小说研究》(2007)、金亚娜的《期盼索菲亚——俄罗斯文学中的"永恒女性"崇拜哲学与文化探源》(2008)和谢春艳的《美拯救世界——俄罗斯文学中的圣徒式女性形象》(2009)分别从主题、形象和风格切入,研究了 20 世纪最后 20 年的俄罗斯女性文学,以及俄罗斯女性形象的塑造与宗教文化传统的关系。

俄罗斯文学与宗教关系研究有新的成果。如金亚娜等的《充盈与虚无——俄罗斯文学中的宗教意识》(2003)、梁坤的《末世与救赎——20 世纪俄罗斯文学主题的宗教文化阐释》(2007)、刘锟的《东正教精神与俄罗斯文学》(2009)和李志强的《索洛古勃小说创作中的宗教神话主题》(2010)等著作,从不同角度关注俄罗斯文学与宗教的关系。王志耕的《圣愚之维:俄罗斯文学经典的一种文化阐释》(2012)以圣愚视角展开深度分析,运用文化诗学的研究方法探讨了作为一种文化历史的圣愚,圣愚与俄罗斯文学的精神品格、形式品格、生命品格等问题。齐昕的博士论文《宗教复兴背景下的新俄罗斯小说》(2010)也有新意。①

---

① 相关的博士学位论文还有:官月丽的《从俄罗斯文学透视俄罗斯的宗教哲学理念》(2007)、李畅的《文学作品中的宗教文化元素与翻译》(2007)、杜国英的《19 世纪俄罗斯文学中彼得堡的现代神话意蕴》(2012)等。

"俄侨文学国际学术研讨会"（2002）的召开，对国内的俄侨文学研究有明显的推动作用，这次会议的论文大都收入了《俄语语言文学研究·文学卷》（第二辑，2003）。新世纪这方面的主要成果还有：李萌的《缺失的一环——在华俄国侨民文学》（2007）[①]和汪介之的《流亡者的乡愁——俄罗斯域外文学与本土文学关系述评》（2008），两部著作材料丰富，论述扎实。李著既有俄侨文学在中国出现和发展情况的介绍，也有对重点作家阿尔谢尼·涅斯梅洛夫和瓦列里·别列列申的深入研究；汪著讨论了旅欧俄罗斯流散文学现象。此外，李延龄主编的《中国俄罗斯侨民文学丛书》（5卷）和汪剑钊主编的《20世纪俄罗斯流亡诗选》（2卷）也值得重视。

中国在改革年代引进了不少俄罗斯人文思想家的著作，这些思想家独到的文化视野、精神追求和思想力度，引起中国学界的兴趣。近年来出现的耿海英的《别尔嘉耶夫与俄罗斯文学》（2009）和陈建华等的《俄罗斯人文思想与中国》（2011）等专著，在一定程度上弥补了以往这一领域研究的不足。别尔嘉耶夫在哲学和神学的研究领域成就颇高，国内对他的研究也基本上集中在这些领域。耿著独辟蹊径，从别尔嘉耶夫与俄罗斯文学的关系切入，深入发掘了别尔嘉耶夫与俄罗斯文学关系中所蕴含的精神文化内涵。而陈著则多侧面地展示了俄罗斯人文思想与中国的关联。

上述成果中有的已包含中俄文学关系研究的内容。这一时期，这方面的成果十分突出。主要成果有：陈顺馨的《社会主义现实主义理论在中国的接受与转化》（2000）、汪介之等的《悠远的回响——俄罗斯作家与中国文化》（2002）、赵明的《历史的文学与文学的历史——五四文学传统与俄罗斯文学》（2003）、王迎胜的《苏

[①] 同年，还有一份研究在华侨民文学的成果，即王亚民在兰州大学完成了她的博士学位论文《20世纪中国俄罗斯侨民文学研究》。

联文学图书在中国的出版和传播1949—1991》（2004）、汪介之的《回望与沉思——俄苏文论在20世纪中国文坛》（2005）、林精华的《误读俄罗斯：中国现代性问题中的俄国因素》（2005）、陈湜的《时代与心灵的契合——十九世纪俄罗斯文学与前期创造社文学之关系》（2006）、李今的《三四十年代苏俄汉译文学论》（2006）、陈建华的《阅读俄罗斯》（2007）、田全金的《启蒙·革命·战争——中俄文学交往的三个镜像》（2009）、陈国恩等的《俄苏文学在中国的传播与接受》（2009）、陈建华编的《文学的影响力——托尔斯泰在中国》（2009）、李逸津的《两大邻邦的心灵沟通：中俄文学交流百年回顾》（2010）、汪介之的《文学接受与当代解读：20世纪中国文学语境中的俄罗斯文学》（2010）和林精华的《现代中国的俄罗斯幻象》（2011）等，上述著述对中俄文学关系的诸多方面展开了颇有深度的探讨。这一时期，不少博士学位论文也值得重视。①

学术史研究也取得了一定的成果。陈建华主编的《中国俄苏文学研究史论》（2007）是国内外第一部系统论述中国俄苏文学研究史的专著，这部四卷本著作梳理了中国俄苏文学研究的百年历程，探讨了俄国文论研究等十个方面的专题，勾勒了中国学界对24位俄苏作家的研究历史，对学科发展产生积极影响。邱运华发表在《俄罗斯文化评论》②（第三辑）上的长篇论文《高尔基学的形成（1900—

---

① 如郭春林的《拯救之路——1897—1927年俄语翻译文学研究》（2000）、陈春生的《瞿秋白与俄罗斯文学》（2003）、陈南先的《俄苏文学与"十七年中国文学"》（2004）、朱静宇的《王蒙小说与苏俄文学》（2005）、黄伟的《〈日瓦戈医生〉在中国》（2006）、丁世鑫的《陀思妥耶夫斯基在现代中国(1919—1949)》（2006）、金钢的《俄罗斯文化与现代东北文学》（2007）、池大红的《俄苏文学在中国的两副镜像》（2007）、李丽的《俄苏文学浸润下的中国现代散文作家》（2008）、周琼的《赫尔岑与中国》（2009）和苏畅的《俄苏翻译文学与中国现代文学》（2009）等。

② 近年来问世的《俄罗斯文化评论》是一部以书代刊的专刊，该刊由邱运华和林精华主编，每辑都会刊出一些有分量的论文。

1930）及其问题域》（2013）也是学术史研究的重要收获。余嘉的博士论文《中国批评视野中的俄苏"红色经典"》和张磊的博士学位论文《新时期中国俄苏文学学人研究》（2012）也属学术史范畴的研究。

还有不少学者对修辞和文体、反乌托邦文学、生态文学等众多的文学现象进行了多视角的研讨。例如，黎皓智的《俄罗斯小说文体论》（2001）、王加兴的《俄罗斯文学修辞特色研究》（2004）和朱宪生的《走近紫罗兰——俄罗斯文学文体研究》（2006），从文体角度探讨俄罗斯的文学现象。张冰的《俄罗斯文化解读》（2006）、刘文飞的《伊阿诺斯，或双头鹰——俄国文学和文化中斯拉夫派和西方派的思想对峙》（2006）和傅星寰等的《现代性视阈下俄罗斯思想的艺术阐释》（2010），侧重于思想文化层面展开讨论。此外，文池主编的《俄罗斯文化之旅》（2002）、杨素梅等的《俄罗斯生态文学论》（2006）、徐葆耕的《叩问生命的神性——俄罗斯文学启示录》（2009）、邱运华的《俄苏文论十八题》（2009）、赵杨的《颠覆与重构——论俄罗斯后现代主义文学的反乌托邦性》（2009）、张建华编的《当代俄罗斯文学：多元、多样、多变》（2010）、杨明明的《回归经典：多维视角下的俄罗斯文学》（2013）等著作也在相关专题的研究中显示了自己的特色。

新世纪，陆续出现了一批与俄罗斯文学有关的散文、随笔、回忆录和文集。有一批老专家推出了自己的文集，如《吴元迈文集》（2005）、《刘宁论集》（2007）、《谭得伶自选集》（2007）、《白春仁文集》（2007）、《程正民自选集》（2007）、王智量的《论19世纪俄罗斯文学》（2009）、陆人豪的《回眸：俄苏文学论集》（2010）和倪蕊琴的《俄罗斯文学魅力》（2011）等，这些文集涉及了俄苏文学研究的诸多领域，其中对理论问题和方法论问题的探讨尤其值得关注。还出现了集纪念、回忆和研究为一体的著作，如《文化与友谊的使者——戈宝权》（2001）、草婴的《我与俄罗斯文学：翻译生涯六十年》（2003）、高莽的《高贵的苦难——我与俄罗斯文学》（2007）、《理想的守望与追寻——张铁夫先生治学育人之路》（2008）、《一个不老的老人——王智量》（2008）、《曹靖华诞生110周年纪念文集》（2009）、《北京大学俄罗斯语言文学系53级毕业50年》（2009）、《译笔求道路漫漫——草婴》（2010）、《窗砚华年——北京师范大学苏联文学进修班、研究班纪念文集》（2012）等，这些著作史料丰富，生动形象，它们的面世有助于中国俄苏文学研究的薪火传承。散文和随笔是比较随性的文字，但其中往往包含着重要的信息和有价值的思想，如高莽的《灵魂的归宿——俄罗斯墓园文化》（2000）、冯骥才的《倾听俄罗斯》（2003）、高莽的《俄罗斯大师的故居》（2005）王蒙的《苏联祭》（2006）和陈建华编的《顿河晨曦——今日俄罗斯漫步》（2007）等。

新世纪以来，中国俄苏文学研究取得的成绩是相当出色的。但是，由于市场经济大潮和不合理的评价机制对学术研究产生的影响，俄苏文学学界同样存在浮躁的现象，部分研究成果学术含量不高，缺乏应有的思想深度和有创见的理论分析；研究对象过于集中，重复研究的情况并不罕见，大型综合性的研究成果相对缺乏。有鉴于此，笔者认为，加强队伍建设，强化自主意识和创新意识，提升基础研究和现实问题研究的水准，并合理规划前行的目标，这些都是必要的。期待俄罗斯文学研究更加繁荣的局面的到来。

谈当代苏联小说的思想内涵[①]

俄罗斯文学有着深厚、悠久的传统，20世纪下半叶的苏联小说继承了这一传统，并表现出自己的特殊的品格，在当代世界文坛独树一帜。90年代初，苏联的解体标志着苏联文学的终结。但是，这并不意味着这一时期许多优秀作品的生命力的终结。相反，它们将继续在人类的文学星空中放射出独有的异彩。

当代苏联小说，特别是20世纪60年代中期至80年代中期的苏联小说，在揭示现代人的道德心理冲突，塑造理想人格方面颇具特色。本文将从最能揭示小说意蕴的主题角度出发，选取一些有代表性的作家和作品加以分析，并借此勾勒那一时代小说创作的思想内涵。

一、从"人与自然"主题看苏联当代小说的思想内涵

苏联当代小说中的人与自然主题包含着丰富的社会历史和道德哲理的内涵，特别是这一时期这一领域中不断有优秀的作品问世，成为一个令人注目的现象。

---

① 本文改定于1994年秋。

1. 时代精神与民族意识的象征

在大自然主题中熔铸丰富的社会历史和道德哲理的内涵，这是俄罗斯文学的传统。屠格涅夫笔下的大自然往往与人的内心激情，与人的命运巧妙地结合在一起。如小说中男女主人公基于共同理想的爱情成熟时的动人描写，总是与作者对大自然的诗意描摹一起出现的。这里，大自然不仅仅是一种环境的烘托，而且是纯洁的爱情、崇高的理想和时代精神的象征。列夫·托尔斯泰也是俄罗斯大自然的卓越歌手。读过《战争与和平》的人，谁也不会忘记奥特拉德诺耶冬猎的情景，那被渲染得无比壮美的大自然显示了巨大的魅力，它是俄罗斯民族精神和民族意识的生动体现者，具有独立的审美价值，而与人民、与大自然接近的娜塔莎也在这段描写中鲜明地表现出她的性格的美。在现代苏联文学中，高尔基、肖洛霍夫、帕乌斯托夫斯基等许多作家在这方面也颇多建树。与古典作家相比，这些作家对社会人生已具有新的审美理想，因而这一主题也显出新的时代色彩。如在帕乌斯托夫斯基的《森林的故事》中，作者一方面仍用饱含诗意的笔触描写千姿百态的大自然，用大自然象征祖国，作品引的题头诗就是"午夜的大自然之美，／眼睛之爱，我的祖国！"另一方面作者又通过作品的情节，让人们强烈感受到大自然的命运是与祖国和人民的命运不可分割的。

进入当代，列昂诺夫首先以他的力作《俄罗斯森林》继续深化人与自然的主题。他在1987年的一次谈话中说过："人与自然的相互关系是我长期思考与探索的一个主题"，因为"俄罗斯的命运从来是与森林的命运息息相关的。正是对俄罗斯森林命运的思考，对人与自然、人与历史这一主题的思考，促使我构思和写出了《俄罗斯森林》这部小说"。小说主人公维赫罗夫与格拉齐安斯基围绕俄罗斯森林而展开的矛盾冲突构成了情节的基础,小说中的这种矛盾冲突不是学术之争,而是两种人生观的反映。小说为维赫罗夫勾画了一条符合生活逻辑的思想发展道路:从热爱森林、追求真理,到走向人民、走向革命。

这一时期,最充分地显示了上述传统特征的作品当推马尔科夫的长篇小说《西伯利亚》(1973)。出生在西伯利亚猎人家庭中的马尔科夫对故乡大地有着深厚的感情。他曾经这样说过:"如果我不是西伯利亚人,不是在原始森林中度过自己的童年和少年,不是熟悉当地的猎人和农民,不是在不同程度上亲身参加了改造和建设西伯利亚生活的斗争的话,那么我就不能写出任何东西。"然而,马尔科夫又与同时代的一些致力于写大自然主题的作家不同,他极力主张在人与自然之间建立一种科学的关系,既要保护自然,又要合理地开发和利用自然资源。在《西伯利亚》这部作品中,作家更是深刻地阐明了改造社会与保护和开发自然之间的辩证关系。作家把"被流放的布尔什维克革命者与研究、考察西伯利亚自然资源的关系"作为描写的中心,因为作家认为"透过这个问题,可以看出革命的根本特点,看出布尔什维克改造国家的纲领",这就是说,要保护和开发沉睡的西伯利亚大地,实现罗蒙诺索夫关于"俄罗斯的国力将因西伯利亚而增强"的预言,就必须首先进行社会革命,使西伯利亚的自然资源真正掌控在人民手中。由此,小说中的大自然主题已被赋予了重要的社会历史内涵。

《西伯利亚》是一部史诗性的作品;它广泛地反映了十月革命前西伯利亚各阶层人民的生活,特别是他们在布尔什维克党领导下为改造社会和开发自然而进行的艰苦卓绝的斗争。小说中最值得注意的是利哈乔夫和阿基莫夫的形象。利哈乔夫是具有民主主义思想的老一代科学家的代表,在他身上集中体现了俄国进步知识分子热忱地探索真理和为科学事业献身的崇高品格。他的人生道路虽然与列昂诺夫笔下的维赫罗夫迥然不同，但是就"从森林走向革命"这一点而言却极为相似。当然这里的"森林"是广义的。利哈乔夫是地质学家，他不仅关注西伯利亚的森林资源，也悉心研究西伯利亚的山川湖泊和地下矿藏。他从热爱大自然，忧国忧民，走向同情革命，并在事实的启示下认识到"只有一股力量，即布尔什维克党"，才能"使这片广袤无垠的土地充满生机"。阿基莫夫是一个集革命家和地质学家于一身的艺术形象。作为革命家，他信念坚定，性格刚强，胆魄过人；作为年轻的地质学家，他又具有严谨的科学态度和热切的求知欲望。正是这两者的有机结合，使阿基莫夫在逃避追捕时仍不忘进行科学考察，在重重险阻面前仍出色地完成了保存利哈乔夫的资料的任务。对祖国、对大自然的爱，是小说中的这两个艺术形象相互吸引，相互影响，并最终走到一起的基石。正因为这样，小说中贯串始终的雄奇的西伯利亚大地的形象成了在这片土地上生活的优秀儿女的象征，成了联系世世代代的人们的精神纽带。

2. 在搏击自然中凸现人格力量

与马尔科夫等作家的视角和乐观主义的基调不同，这一时期的有些作家在涉及这一领域时似乎更注意从突出人的生命意志和人格力量的角度着墨，作品的基调亦具某种悲壮的色彩，如艾特玛托夫和雷特海乌等作家的一些作品。

艾特玛托夫的小说中人与自然的主题相当突出，但是这一主题的内涵在他创作的不同阶段却有明显的差异。在他的早期作品中，大自然既有诗意的、动人的一面，也有蛮荒的、令人生畏的一面。这种对自然的矛盾心态与作家的审美理想不可分割，作家总是有意无意地将前者与传统美德和淳朴人性相联系，又以后者象征愚昧的习俗和落后的生活方式。进入 70 年代以后，艾特玛托夫的小说的视角又有了新的变化，中篇小说《花狗崖》（1977）就是一例。

《花狗崖》截取了氏族公社时期生活在远东的尼福赫人的一段生活场景,然而在小说中这种时代概念和生活背景并不清晰,作家对此进行淡化处理的目的显然是想让主题具有更广泛的涵盖面。小说的情节并不复杂,但却有一种摄人心魄的力量。四个尼福赫人从花狗崖出发,乘坐一只小船去大海中狩猎。这四个人中有家族中最年长的奥尔甘老人和初次出海狩猎的十一二岁的孩子基里斯克,此外还有孩子的父亲艾姆拉英和孩子的叔父梅尔贡。在狩猎途中他们遇到了罕见的大雾和骇人的风浪。猎手们与狂风巨浪进行了殊死的搏斗,终于保住了小船,但是却迷失了方向。几天过去了,浓雾未散,小船仍在茫茫大海中随波漂流。食物早就没了,淡水也越来越少,死亡威胁着所有的人。为了保住他人,奥尔甘老人毅然投入了大海的怀抱。不久,梅尔贡和艾姆拉英也先后跳海身亡,他们把淡水,把生的希望留给了孩子。大雾终于消散了,基里斯克找到了方向,他以顽强的毅力返回了花狗崖。

　　小说中,作家淋漓尽致地渲染了大自然神奇的、永恒的伟力。如小说开头和结尾重复出现了这样的文字:

　　　　……大海在黑暗中呼啸、骚动。海涛汹涌澎湃,向着悬崖扑来。坚如磐石的陆地发出吃力的咆哮声,抵挡着大海的冲击。
　　　　自从开天辟地,有了白天和黑夜以来,它们就一直这样搏斗着。在未来的日日夜夜,只要在无穷无尽的岁月里陆地和大海都继续存在,它们还将永远这样搏斗下去。
　　　　无穷无尽的日日夜夜……

　　小说中,当浓雾和巨浪向小船压来时,作者这样写道:

灰黑色的浓雾，像一堵巨大的城墙，用它的两片联结在一起的宽大的舌头，吞没了几乎半个地平线，它沿着大海，铺天盖地地向他们压来。……从浓密的雾幕下，涌出了大浪，发出震天动地的巨响。……大雾像雪崩似地压下来，把他们淹没在黑洞洞的无底深渊里。……大海在咆哮。小船在波浪中翻滚，时而抛到高处，时而陷入深渊。

在大自然的这种似乎是不可知的威严的力量面前，人显得过于渺小了。四个尼福赫人对狂暴的大海的抗争无疑是一场力量悬殊的较量。然而正如奥尔甘老人所认为的那样："在茫茫大海的一叶小舟中，人是微不足道的。但是人能思考，因而能够借此飞升到海与天的伟大境界中去。因此，他能够在永恒的自然力面前确立自己的位置，能够与宇宙的深度和高度相比拟。"人的精神力量"像大海一样强大，像天空一样宽广"。尼福赫人在与大海搏斗中表现出来的那种人的尊严、理智、毅力、生命意志和自我牺牲精神，正是奥尔甘老人那番充满哲理的思考的最好验证。因此，尽管这场搏斗的结局带有某种悲剧色彩，但是它给人的却是昂奋的感受和极有价值的启迪。

小说中用不少笔墨穿插了开天辟地的鲁弗尔野鸭的传说和尼福赫人的祖先鱼女的传说，这些传说固然为作品抹上了重重的神话色彩，然而整部小说本身其实就是一部出色的"现代神话"，它的总体象征的意义就在于：作者"迫使读者思考人类道德的主要财富，思考义务感，也就是思考使人之所以成为人的一切"。崇高的人格力量和自我牺牲精神使四个尼福赫人在与自然的搏斗中经受住了考验，使生命之链得以延续，"今天我们大家都坐在一只船上，而船舷之外是无边无垠的宇宙，"那么很显然，这种力量和精神也将是这只置身于更广阔的自然中的"小船"顺利前行的重要前提之一。

在论及这一话题时,不能不谈到雷特海乌著名的中篇小说《韦克特与阿格涅丝》(1970)。这部小说写了一个自愿回冰原工作的楚克奇青年韦克特的故事。韦克特为完成检查和修复极地测量标志的一次穿越冰原的历程构成了小说的情节主线,其间又大量穿插了途中主人公对自己走过的人生道路的回忆。这次经历是不寻常的。韦克特此行的时间是二月中旬,时值极夜与极昼交替的酷寒季节。触目所见,皆是冰封千里、荒无人烟的极地景象:"冰山林立一望无垠的辽阔海面"、"群峰起伏冰雪覆盖的黑发海岸"、"陷进地缝的雪带,闪闪发亮,冰下的潜流,映出暗淡的光彩"。独自一人驾一辆狗橇穿越这蛮荒的冰原,无疑需要极大的勇气和意志力。途中,韦克特首先遇到的是巨大的冰涛的威胁。那冰涛撞击和冰群结集的场面惊心动魄:"……裂缝对面北方的冰沿,突然竖立起来,压向南沿。……不断传来正在撕裂、破开、粉碎的冰堆所发出的震耳欲聋的轰隆声,楼房那样大小的冰块,像软木塞一样,轻而易举地倒入水中……"韦克特凭着他的果断和敏捷,避开了这突如其来的危险。在以后的几天中,他顶着吸人肺腑的寒风长途跋涉,在零下35度的严寒中艰难地修复崩塌的极地标志;他两次与北极熊遭遇,虽未遭伤害,但失掉了备用的食物;最糟糕的是,在他即将回到目的地时遇到了暴风雪,他被困在帐篷中,狗被冻死了,他也因严寒和饥饿而极度虚弱。在严酷的和肆虐的大自然面前,韦克特以大无畏的精神和顽强的毅力与之抗争。尽管他在作最后的归队努力时失败了(他栽倒在雪地里,后被站上的人救起),但他不愧为精神上的强者和胜利者,不愧为"冰原大地的主宰"。

这部小说在写人与蛮荒的、狂暴不羁的大自然的抗争方面与《花狗崖》有异曲同工之妙,不过由于作者的着眼点不同,小说不仅没有淡化背景,而且通过大量的日常生活的穿插描写强化了事件的背景。日常生活中的韦克特是纯朴憨厚的楚克奇民族的新一代,他为人正直,待人真诚,并且有知识有才干。10年制学校毕业时,他作为优等生完全有希望进入城市的高等学府,可是面对家乡需要有知识的年轻人的热切呼唤,他毅然作出了使不少人大惑不解的选择,来到了冰原牧场。在工作中他任劳任怨,处处想到别人。韦克特热烈地爱着阿格涅丝,但是他不愿背离这一条:共同的理想和人生追求是爱情的基石。他更不容许有人亵渎他的民族尊严和人格尊严。他不畏极地的艰苦,接受了V岛北极观测站站长的邀请来到那里,并打算进北极学院深造,把人类合理开发北极作为自己毕生的事业。正因为这样,韦克特赢得了别人的信赖,也赢得了远方姑娘的爱情。小说主副线的巧妙交织,使韦克特的冰原之路与人生之路交相辉映。人们不难得出这样的结论:没有生活中的韦克特,也就不会有在冰原上为事业献身的、充分体现了人的精神美和人格力量的无畏勇士。

3. "会思想的芦苇"与"不可侵犯的自然界"

70年代以来,不少作家明确提出了继承普里什文传统的问题。普里什文曾是个农艺师,掌握了大量的生态学方面的知识。20世纪上半叶,他以自己的对大自然出色描绘的作品而享有极高的声誉。高尔基认为:"我没有见过任何其他俄国作家能够把知识和对大地的热爱如此和谐地糅合在一起"①。与同时代的许多作家不同,对于普里什文来说,大自然不是背景,不是结构因素,更不是异己的力量,大自然就是主题。他的敏锐感觉和对大自然的真挚的爱,使他笔下的大自然永远充满着新鲜感。普里什文传统的精髓就在于大自

---

① 转引自(美)马克·斯洛宁《苏维埃俄罗斯文学》,上海译文出版社1983年版,第111页。

然是人类的母亲，大自然和人类具有同样的生命本质，即所谓"会思想的芦苇"（普里什文语），人和大自然应该和谐相处。这实际上涉及了人与自然的另一主题层次。

当代许多致力于这一领域的作家正是沿袭了普里什文的思路，并加以新的发挥。如阿斯塔菲耶夫、邦达列夫、索洛乌欣、拉斯普京等作家就以不同的方式提出了"不可侵犯的自然界"的观点。他们认为，正因为大自然是人类的绿色的朋友，是具有生命本质的，因此它是不可侵犯的，谁提出要征服自然和驾驭自然，谁就违背了普里什文传统的精髓。但是与普里什文侧重于歌颂和赞美大自然，写人与自然的和谐面不同的是，当代作家在写人与自然主题时更具忧患意识，这也是时代使然。当代社会，人对大自然的索取已超过了自然的承受能力，诸如大气和水源的污染、植被的破坏、物种的灭绝等生态平衡问题已严重危及大自然和人类自身的生存。这一点自然引起了苏联作家的强烈关注。邦达列夫在他的《瞬间》等作品中就一再指出这样一种危险的现状："人和自然界确已处在势不两立的敌对状态，文明创造的全部技术被人投入了早已开始的对抗，对自然进行疯狂的进攻。""如果人们不爱惜大自然，那么等不到他们生出可靠的翅膀来，脚底下的支撑物就要垮掉。"因此，当代作家尽管也写大自然的美，但侧重的是写人与自然的对立，两者间的紧张的、甚至是残酷的关系，写人对大自然的掠夺和背叛，以及大自然的报复和惩罚。此外，当代作家在写人与自然主题时注意从道德的角度看待两者的关系。这里一方面是强调要用人道主义这一人类社会的道德标准去衡量人与自然界的关系。索洛乌欣这样认为，地球的主人不仅仅是人类，比人类多得多的动植物"为什么不可以认为自己是地球的主要居民呢"[①]？这在一些描写人与动物关系的作品中

---

① 《索洛乌欣选集》，第2卷，莫斯科，1974年版，第124页。

表现得相当鲜明,如纳吉宾的《一匹挺好的马》、伊斯坎德尔的《宽额头水牛》、阿胡巴的《狼心》、马雷萨耶夫的《白熊的故事》、雷特海乌的《塔西克,我的海湾》、索洛乌欣的《冬日》等等,作家们从不同的角度或将动物人格化,或指出它们作为大自然的主人,有其生存的权利,应该人道主义地对待它们。另一方面则是强调对自然的不同态度是检验善与恶的重要标准。"人,你是谁,是掠夺者还是大自然善良的朋友?"①是掠夺者,那么你在其他方面也将是一个道德堕落的人;是善良的朋友,那么你在生活中也肯定是一个品质高尚、道德纯洁的人。阿斯塔菲耶夫的《鱼王》、特罗耶波利斯基的《白比姆黑耳朵》、格拉宁的《一幅画》、艾特玛托夫的《白轮船》、雷特海乌的《鲸群离去》、瓦西里耶夫的《不要射击白天鹅》等一批产生较大影响的作品大多包含了这样的道德哲学的内容。下面我们就选择其中的几部稍作分析。

在瓦西里耶夫的长篇小说《不要射击白天鹅》(1973)中,一个贯穿全篇的主旋律就是保护大自然的纯净,保护人类道德的纯洁。小说主人公叶戈尔·波卢什金是一个从农村来到林区城镇的木匠,他"一辈子凭着良心生活,从不昧着良心去做那些损人利己的事情,他手艺高超,但生活清贫,被某些人看作是'傻瓜'和'倒霉人'"。不过,老实憨厚的叶戈尔虽然在生活中时不时地受到一些心术不正的人的捉弄和欺骗,可是大是大非问题上他从不含糊,往往表现出"农民哲学家"的那种朴素而深刻的智慧和不屈服邪恶势力的勇气。叶戈尔由衷地亲近和热爱大自然,特别是当他成为护林员后,更是为恢复林区的生态平衡和保护大自然不受侵犯而竭尽全力。小说中有不少这样的描写。他曾在林中如数家珍地为儿子介绍自然界的动植物,告诉孩子自然界保人一样是有灵性的,它"聪

---

① 诺维科夫《现阶段的苏联文学》,莫斯科,1978年版,第120页。

明"、"能预见一切"、"为万物生灵造福",而且"大自然不会欺侮任何人,它对大家一律平等"。他曾无数次地全身心地感受到大自然的美,"想用双手捧起这个原始的美,不搅浑,也不溅洒,小心翼翼地把它奉献给人们"。当叶戈尔在保护森林的工作中作出成绩,来到莫斯科参加全苏林业工作者会议时,他也不忘在会上吁请人们注意:"谁也当不了大自然的皇帝,称不了王,人对自然界称王是有害的。人是自然的儿子,是它的长子。所以人应该聪明一点,别把亲爱的妈妈撵进棺材。"叶戈尔特别不能容忍的是有些人或为了谋取私利,乱砍林木,滥剥树皮;或为了图一时玩得痛快,任意糟蹋自然,破坏林中的洁净。有一次他动情地对一些旅游者说:"人们在痛苦,很痛苦,为啥呢?因为我们都成了可怜的孤儿:我们和大地母亲闹纠纷,和森林大爷吵架,和河流阿姐痛苦地分离。我们没有地方可以站脚,没有什么东西可以依靠,也没有新鲜空气可以呼吸……"为了让林区中那个"黑湖"重新变成美丽的"天鹅湖",叶戈尔设法在湖中放养了两对白天鹅。可是在一个风雨交加的秋夜,一伙偷猎者在湖中非法炸鱼,并打死了那四只天鹅。叶戈尔发现后,不顾自己发烧的病体,也不顾那伙人的威胁利诱,坚持要将他们扭送执法部门,结果被这伙歹徒打成重伤,不久死去。显然,作者是将自然的悲剧与人的悲剧交织在一起,表现出深沉的忧患意识;同时,作者又将善与恶的斗争与保护自然的斗争联系在一起,作为大自然的朋友的叶戈尔、新来的林务区长尤里·丘瓦洛夫、女教师诺娜、尤里耶夫娜等人与作为大自然的掠夺者的费奥多尔、切列波克、菲利亚等人在道德天平上也处于善与恶的两端。

艾特玛托夫的中篇小说《白轮船》(1970)是一部在人与大自然主题中更充分地渗透了道德哲学内涵的作品。小说用"仿童话"的形式写成。所谓"仿童话"实际上可以从两个层面理解,即现实故事中套着神话和幻想,而神话传说中又饱含现实意蕴。作者主要通过一个七岁男孩的视角使这两个层面构成有机的整体。小说中的现实故事发生在一个偏僻的圣塔什林区，照专家们说，像这样的原始林区在地球上已所剩无几了。在这个林区中有一个仅有三户人家的护林所，故事就围绕着其中的三个主要人物展开。一个是护林员阿洛斯古尔，这是护林所里的土皇帝。照例说，护林员的职责就是保护森林，保护大自然不受侵犯，可是阿洛斯古尔这个专横暴民、利欲熏心的家伙却管山吃山，把国家的森林和林中的自然资源看作自己的私有财产。他与林区外的不法之徒相勾结，盗卖禁伐区内的珍贵木材，捕杀林中的珍稀动物，疯狂地掠夺大自然。小说中的莫蒙老人和他的外孙——那个不知名的小男孩，则是大自然的朋友。勤劳善良的莫蒙虽说只是护林所里的辅助工，可是真正担当起护林职责的却是他，如孩子所说："我爷爷是最爱惜每一棵树的，他非常不喜欢阿洛斯古尔姨夫拿木材送人。"莫蒙的大女儿是阿洛斯古尔的妻子，因为不育使她本人和莫蒙都遭到阿洛斯古尔的虐待。为了亲人，也迫于生计，莫蒙往往对阿洛斯古尔的倒行逆施敢怒不敢言，甚至有时还不得不做那些违心的事。因此，软弱的莫蒙并不能使大自然免遭侵犯。故事中的小男孩天真纯洁，富于幻想。他在大自然的怀抱中长大，热爱大自然中的一草一木，而特别使他神往的是爷爷讲的关于长角鹿母的传说。传说中的长角鹿母是有恩于吉尔吉斯族和布古族人的，它曾将吉尔吉斯族最后的一对孩子救出，并用自己的乳汁养育了他们，从此才有了布古族的繁衍。但布古族的后代为了获得珍贵的鹿角，竟然大肆捕猎长角鹿母的子孙。这个神话传说正是人与大自然关系的象征。当林区中出现长角母鹿时，纯朴的孩子认定这是传说中的长角鹿母回来了。作者的这种巧妙构思不仅使现实与神话融为一体，而且使神话中包含的现实意蕴表露无遗。怎样对待林区中出现的鹿成了两种人格的分水岭。阿洛斯古尔等人残酷地杀害了母鹿。小说中有一段关于阿洛斯古尔劈鹿头的描写：

"……阿洛斯古尔以一种醉汉的固执继续在板棚外面砍长角鹿母的头，简直像是在进行一次等待已久的复仇。"他"咆哮着，对无辜的鹿头大肆发泄他的怨毒、仇恨的情绪"。他"用脚把鹿头踩在地上，双手抓住鹿角用野兽般的力气死命地撕拉着。鹿角发出断裂声，像树根被折断时一样"。对作为大自然化身的母鹿的肆虐，活画出阿洛斯古尔的兽性的一面。与之相对照的是男孩对长角鹿母的发自内心的热爱和崇敬，目睹阿洛斯古尔等人的毫无人性的行为，孩子震惊了，他无法接受如此残酷的现实，他只能走进幻想，变成一条鱼，游向他爸爸在的那条白轮船。孩子淹死了，然而正如作者深情表述的那样："你游走了，我的小兄弟，游到自己的童话里去了。……你否定了你那孩子的灵魂不能与之和解的东西。"虽然小说的结局是悲剧性的，但它却以其内在的艺术力量激起人们保护自然、维护真理的良知，并使人们相信只要人间还有这种不妥协的精神在，那么善终将战胜恶。

阿斯塔菲耶夫的长篇小说《鱼王》(1975)被评论界认为是探索人与自然的关系中"写得最深刻有力的"、"70年代最重要的作品"。小说形似松散，由12篇中短篇作品构成，但是保护有灵性的自然、保护人性和谐的思想却有力地统辖着各篇，使全书构成有机的整体。小说主要写了两类形象。一类是巴维尔、阿基姆那样的"自然之子"。巴维尔老人一辈子在叶尼塞河畔的原始森林中当一名浮标看守工。他心胸坦荡，只知奉献不求索取。尽管生活艰苦，工作危险，但老人不愿离开这里，因为这里的一切——高山密林、急流险滩已成为他生命中的一部分。阿基姆也有美好的心灵，这也与大自然对他的影响分不开。作者在《白色群山的梦》一篇中着力写了阿基姆的一次不寻常的遭遇。在原始森林的猎人小屋中，阿基姆发现了奄奄一息的姑娘艾丽雅，他毫不犹豫地用带来的食物和药品救活了她，并为此蒙受了因无法履行狩猎合同而造成的经济上的损失。而后他又历尽艰险将艾丽雅送出森林。大自然使阿基姆的心灵变得更加纯洁。另一类是与此形成对照的戈加、伊格纳齐依奇、柯罗多尔、格罗霍塔这样的残害大自然又遭大自然惩罚的形象。戈加·盖尔采夫是个典型的自我中心主义者。他信奉尼采的"超人哲学""鄙视一切有生之物"。在他看来:"我就是上帝。"他任意伤害大自然,伤害女性。就是他将艾丽雅骗进大森林,使她遭到不幸。可是他本人也未能逃脱噩运,在林中落水后连尸体也被动物糟蹋得不成模样。"自然自己会在善恶之间制造平衡",盖尔采夫的下场正是作者这种建立在自然观基础上的人性善恶观的体现。全书中唯一的贯穿人物是"我","我"作为人类的一员,面对大自然受到的戕害而产生的良心上的不安、忧虑和愤慨,构成了全书的基调。书中有许多这样的旁白:肆无忌惮的人们射杀着一切动物,过去成群的雷鸟已经绝迹,飘飞的黑羽"像送葬的花圈"。"有谁、有什么办法能根除这种像闯进别人院子似的在森林里为所欲为的可怕的旧习气呢?""到何年何月我们才能学会不仅仅向大自然索取,……同时也学会给予大自然什么呢?""我们不仅戕害大自然,也戕害着自己,而且并不全是因为愚蠢无知,更多的倒是因为必需如此……"这里有充满着人道主义色彩的强烈义愤,也有作者在面对科技发展、社会进步与保护自然、保护人性和谐的关系问题上的某种困惑,而这种困惑恐怕亦非阿斯塔菲耶夫一人所有。

如果说上述几部作品都是以现实故事为主体的话,那么雷特海乌的中篇《鲸群离去》(1977)则完全是一部用神话传说包裹着的讽喻小说。作者将它称为"现代传奇"。小说中作为大自然总体象征的是鲸鱼。由鲸鱼变成的青年雷乌与生活在北极冰原带的姑娘娜乌相爱结合了。他们生下的后代既有鲸鱼也有人。由此而繁衍发展起来的滨海民族没有忘记他们的鲸鱼兄弟,他们记住了一首歌谣中的话:"鲸鱼和人是同类、我们是大海和陆地的兄弟,生来就是为了永恒的友谊。"海上的鲸鱼也时时帮助陆上的兄弟消灾避难,丰衣足食。小说描绘的这种美好的景象体现了作者的理想境界,即人与大自然之间和谐相处、亲密无间的关系。但是小说接着为人们展开的却是另一幅令人寒心的画卷:一代代的人们来到了世上,他们早已忘却了前人的嘱咐。终于有一天,人为了满足自己的私欲,开始掠夺大自然,破坏生态平衡,大肆捕杀海兽,甚至自己的鲸鱼兄弟。他们遭到了大自然的惩罚,鲸群也从此远离他们而去。小说展示的是自然的悲剧,也是人类的悲剧,其寓意是十分清楚的:大自然是人类的兄弟,同室操戈,两败俱伤,而人与大自然和谐关系的恢复,又有赖于人类道德水准的提高。

二、从"人与战争"主题看苏联当代小说的思想内涵

苏联当代卫国战争文学常写常新,一个重要的原因就是作家对人与战争的主题的深层次开掘。

1. 从悲剧冲突中重塑英雄主义品格

英雄主义作为一种崇高的精神品格,已深深熔铸于苏联卫国战争文学的肌体之中。不过,它在不同的时期是以不同的形态出现,并以不同的方式被歌颂、倡导和张扬的。战后第一个十年,与时代的精神合拍,苏军将士的英雄主义往往被抹上了理想主义的色彩。第二个十年,与社会主潮一致,散发强烈的人道主义气息的卫国战争小说开始出现。作家们关注普通人在战争中的遭遇,力求更真实地表现出普通军人和百姓在严酷的战争中经受的苦难和考验,以及所显示的正面素质。英雄主义与人道主义并重,英雄主义品格凡人化,成为一种颇有价值的时尚。60年代中期开始,卫国战争文学又进入了一个新阶段。其标志就是作家们在英雄主义品格凡人化的基

础上，注重从新的角度赋予英雄主义品格以更为丰满和多样的个性特征。

曾经以中篇小说《一寸土》轰动文坛，并成为50年代"战壕真实派"代表作家的巴克拉诺夫，在20年后又推出了一部更成熟的作品——中篇小说《永远十九岁》(1979)。小说不仅深化了作者本人对人与战争问题的思考，而且较充分地体现了卫国战争文学第三阶段的某些特征。小说主人公是19岁的炮兵中尉特列季亚科夫，这是一个热血青年，两年前战争爆发时未满征兵年龄就报名上了前线，后负伤进了军校。故事开始时，特列季亚科夫重返前线。他接到的第一个任务就是率领炮排赶赴前沿阵地，途中遇到一座年久失修的险桥，在别无选择的情况下，他毅然站到木桥下，以大无畏的精神鼓励和指挥战士们拉炮过桥。在前沿激烈的战斗中，他冒着枪林弹雨在观测点为炮兵的射击指示方位。在多次出色地完成任务后，他再次负伤，被送往后方医院。小说的场景转向后方。特列季亚科夫在乌拉尔的医院里度过了一段难忘的时光，在那里他不仅经历了与萨沙姑娘的一次热恋，而且从自己和他人的遭遇中更深刻地体验了人生。伤愈后他重上前线。面对苏军1944年的春季攻势，德寇疯狂反扑，战斗异常激烈。特列季亚科夫和他的战友们就是这样经受着血与火的洗礼：许多战士倒下了，特列季亚科夫也第三次负伤。在送往后方途中他被敌人的一发炮弹偶然命中，除了一团升起的烟云外，"他倒下去的地方什么也没有了"。作者用浓重的悲剧色彩为这一年轻的生命画上了句号，也为整整一代"战争未归人"①谱写了一首悲壮的"安魂曲"。

不过，这部小说更值得注意的是作者通过独特的叙述角度，即人对战争的心灵反应，强化了对主人公性格的塑造，并深化了主

---

① 小说扉页题记"献给战争未归人"。

题。特列季亚科夫是具有英雄主义品格的军人群体中的普通的、又是极具个性的一员。他生长在城市，受过良好的教育，又在政治风云、战争风暴和家庭变故中经受过不寻常的磨炼。他有自己的欢乐、憧憬、愤懑和苦恼。在战火中，也在不平坦的生活道路上，他逐渐成熟起来，变得更加坚韧、果敢和睿智，从而在他的英雄主义品格中增加了理性的光彩和人性的力量。小说中一再出现的主人公对战争、对人生的思考既烘托了人物的个性，又颇具深意。例如在一次战斗的间隙用餐时，特列季亚科夫望着那些"快快乐乐地活在死神跟前"的战士们，不由自主地想道："难道只有伟大的人物才根本不消失吗？难道命中注定只有他们才能在死后依然留在活着的人中间吗？难道像他们这些现在坐在这片树林里，还有在他们之前也这样坐在草地上的平平常常的人身后就什么也留不下吗？……或许总有些什么东西留下去，潜移默化地存在下去，到了某一时刻，会在某人的心灵里反响起来？他们尚未来得及生活，谁又能说他们伟大不伟大呢？……"年轻的中尉对普通人命运的关注，对人与战争关系的思考极富人道主义色彩，显示了主人公思想的早熟。又如在医院养伤期间，特列季亚科夫不同意卫生员关于战争由某个人的意志决定的说法，并由此触发了他的一段长长的思考。特列季亚科夫觉得自己对这个问题也没法解释清楚。虽然在学校里他可以毫不费力地解答为什么会发生战争和战争进行的过程的问题，可是对这几年他所见到的一切却不是那么容易说清楚的了，战争与和平的问题是这样："历史上曾经有过多少次这种情况——战争结束了，那些刚刚疯狂地相互屠戮过、不共戴天的民族，后来又和和平平地相处，相互之间没有任何仇恨。那么，除了相互屠杀数以百万计的人之外，就再没有另一条能通往和平相处之路了吗？"侵略与反侵略的问题也是这样："我们是在反击侵略！战争并不是我们发动的，但是他们为什么要来呢？……要是说只是服从命令，可是他们打起仗来相当顽强。是法西斯主义者给他们灌输了信仰?这是什么信仰?信仰什么?"其他诸如战争中的生与死、偶然与必然、个人意志与历史进程等等,都引起主人公紧张的思考和苦苦的探索,他觉得"为此花费毕生的精力都值得"。小说中不断出现的这一类内心独白,表现了主人公对战争的真实的心理感受,对真理的不懈追求,以及自主意识的觉醒,也反映了由特列季亚科夫为代表的一代青年军人对历史、战争、人生的深沉反思。而正是这些人"是一股唯一的能克服一切的力量。在生命攸关的危急时刻,这股力量便能以极大的忠诚和崇高的自我牺牲精神奋起"(小说中的人物阿特拉科夫斯基语)。就这样,作者成功地从新的角度充实、重塑,并且高扬了英雄主义的品格。

　　同样写严酷的战争环境,写人与战争的悲剧冲突,但是有些作家往往避开枪林弹雨的鏖战场面,而致力于通过对战斗间隙的日常生活的描写来塑造出各具个性的普通一兵的形象。在这些作家看来,战争中并非所有的士兵都必须用自己的胸膛去堵敌人的枪眼,士兵精神的美表现在他们最平常的行动和思想中,这是因为整个战争主要是由那种困难得难以置信的、极为贫乏的、体力上过重负担的日常生活组成的。他们甚至认为:"战争小说现在不仅沿着心理方向,而且沿着更加完整地掌握人在其中生活和战斗的环境本身而发展。"①持这种观点的作家中,康德拉季耶夫是颇具代表性的。

　　中篇小说《萨什卡》(1979)是康德拉季耶夫发表的第一部作品。西蒙诺夫为它作序称:"如果没有读过《萨什卡》,那么我觉得不是在文学中,而简直就是在生活中缺少了什么东西。"②小说成功地塑造了一个血肉丰满的普通战士萨什卡的形象。作者虽然将人物

---

① 康德拉季耶夫:《安魂曲式的中篇小说》,(苏)《各民族友谊》1979年第6期。
② 西蒙诺夫:《萨什卡,一路顺风!》,(苏)《各民族友谊》1979年第2期。

置于卫国战争最艰难的时刻和最激烈的战场，但又独辟蹊径地以战地和后方的日常生活场景为主体来揭示主人公的独特个性和内心世界。萨什卡是一个农民出身的青年士兵，他质朴憨厚，坚韧果敢，遇事很有主见。小说一开始就写了萨什卡在几只机智地抓获一名德国兵后，与营长在处置俘虏的问题上发生的冲突。面对盛怒中的营长，萨什卡冒着颇大的风险违抗营长枪毙俘虏的命令，他的坚持原则的勇气和信念使营长冷静下来，撤销了命令。萨什卡汲水受伤后没有径直走向伤兵救护站，而是再次越过危险地带，把武器交给前沿的战友，并和他们深情话别。在回后方的途中，他不顾自己的伤痛，设法救助了一位重伤员。在战地医院里，他与心爱的姑娘、护士齐娜相遇了，可是当他发现齐娜不属于他时，内心十分痛苦。不过他最终还是体谅了姑娘的处境。在前沿和去后方的路上，萨什卡历尽艰辛，也产生过犹豫、恐惧和生的渴望，但是他毅然把这一切"埋藏在心灵的最深处，不让它们妨碍他去做眼前应该做的事情"。尤其是当他来到后方，看到人们的和平生活时，他更理解了战士的职责。这种普通战士自觉肩负起的对祖国和人民的神圣职责，尽管表现在一些看似平凡的战地日常生活情景中，但同样是一种崇高的英雄主义品格的体现。康德拉季耶夫在其他一些小说，如《伤假》、《在105公里工务点》、《致以前线的敬礼》等作品的创作中也是大体沿着日常生活化、心灵化和个性化的轨迹揭示战争创伤和重塑英雄主义品格的。

　　这一时期值得注意的还有一些描写女性的英雄主义品格的优秀作品，其中较有影响的有格拉宁的《克拉芙季娅·维洛尔》（1976）、阿列克西耶维奇的《战争中没有女性》（1984）、瓦西里耶夫的《这里的黎明静悄悄……》（1969）等。

　　《克拉芙季娅·维洛尔》一作中的同名主人公是战场上罕见的一名女性政治指导员，她在战争中所经受的考验是常人难以设想的。她曾在战场上浴血奋战：尽管她是连队中唯一的女性，可是她总是身先士卒，侦察、射击、挖战壕，什么都干。她曾在战俘营中受尽磨难：她的"女政委"的身份使她受到了敌人格外的侮辱和毒打，他们不仅用酷刑审问她，而且还把她当作怪物到处展览。她曾在寻找红军的路上濒临绝境：她在战友掩护下逃出战俘营后，开始了一段漫长的、充满危险和艰辛的走向红军的道路，并且几度濒临绝境。她在战后还曾蒙冤十年：战后她不仅没能得到崇高的奖励，反而因被俘后相当长一段时间的情况无人证明而受到审查，被开除党籍，十年后才恢复名誉。然而，正是在如此严峻的考验面前，克拉芙季娅·维洛尔的非凡的精神力量才得以充分的揭示。小说中有这样一个场景：她刚被俘时，敌人将她推到悬崖边审问她，她镇定自若地回答敌人的问题，还借机讲起爱国主义和忠于战士职责等话题以鼓舞站在她前面的数百名战俘。敌人大为恼怒，用皮鞭狠狠抽打她，她忍着剧痛不喊不叫，她觉得这就是第一个胜利：让大家看看，身强力壮的德国军官抽打一个遍体鳞伤、双腿被子弹射中而勉强撑着的女俘虏。在狱中她用歌声鼓舞战友，在敌后她用信念宣传人民，在蒙冤时她仍尽其所能地积极地充满热情地生活着。小说以朴实的文笔和纪实的风格塑造了一个个性鲜明、光彩照人的共产党人的形象。小说多侧面地揭示了主人公在人与战争的悲剧性冲突中的英雄主义品格，赞扬了她对事业的坚定不移的信仰、自我牺牲精神和爱国主义感情，并通过她讴歌了那些"也经历了被俘的悲剧，但即使在那种非人的惨境中仍然保持了自己的人格，表现了英雄主义"[①]的人们。

《战争中没有女性》用同样的纪实手法歌颂了普通女性在卫国战争中建立的不朽功勋，不过它塑造的是苏联妇女的群体形象。年

---

① 格拉宁答记者问，见（苏）《文学问题》1977 年第 7 期。

轻的女作家从采访录音的大量材料中加以艺术构思,写出了12篇相对独立的故事,如《我不想回忆》、《只有我一个人回到妈妈身边》、《我拯救了生命,我拯救了和平》等。作品中的主人公在80年代已是老年人,可是当年都还是孩子气很重的姑娘,有的手提装满巧克力和零食的箱子走向战场,有的因操练时采摘鲜花而受罚,有的去参加游击队还给母亲留地址……就是这些姑娘在前线当上了狙击手、坦克兵、飞行员,当然更多的是洗衣工、面包师、护士和通信兵等。严酷的战争需要她们在极短的时间里适应军队的纪律和经受战斗的考验。如姑娘们所言:"我们全都以十倍于男人的艰辛迫使自己适应战争,迫使自己在战争中发挥作用。"许许多多的姑娘在战争中牺牲了,活着的人经过血与火的洗礼也成了坚强的战士。如狙击手莫罗佐娃曾在严冬一连10多小时伏在雪地上,在战争中她用一支步枪击毙了75个德寇;卫生员奥梅利琴科在一次激战时一天就从火线上背回57个伤员,还带回了他们的武器;杰特科回忆说,战争期间她一直在洗那堆积如山的军衣,现在想起来,双手还觉得疼痛;有些女战士在战地卫生站工作,那里的手术篷内堆满了锯下的断胳膊断腿,有的男战士乍一见还吓得昏过去,可她们却已经习以为常……小说的题目《战争中没有女性》,意指残酷的战争中本来不应该有女性的位置,战争应该"让女人走开",可事实上却有800万苏联妇女以各种方式参加了这场战争。这部小说正是通过女性在战争中的独特境遇和对战争的独特感受,颂扬了苏联妇女为人类正义事业作出的巨大牺牲和杰出贡献。从这个意义上说,战争中又不能没有女性。

2.在战争的情势中揭示人的道德面貌

在苏联当代小说中"人与战争"主题的另一个侧面就是揭示人的英雄主义行为的社会道德根源,强调精神因素、道德因素与不平凡的行为之间的内在联系。换言之，就是把人在战争中的道德力量看作是产生英雄主义行为的思想基础。这一点与这一时期小说创作的总的倾向是一致的。

比较典型的一位作家是贝科夫。贝科夫的小说致力于在人与战争的激烈冲突中，在生与死的抉择面前，揭示人生价值的真谛；艺术表现的重心是人的内心世界，人的道德精神面貌，而主要不在于战争本身。这里且以中篇小说《索特尼科夫》（1970）和《方尖碑》（1972）为例。

两部作品都以敌后游击战为背景。《索特尼科夫》的故事发生在一个隆冬之夜，游击队员索特尼科夫和雷巴克奉命到附近村子里为陷入断粮困境的游击队寻找食物，归途中与伪警察遭遇，索特尼科夫腿部受伤。两人躲进厂农妇杰姆奇哈的家，后被警察发现。被俘后，索特尼科夫坚贞不屈，壮烈牺牲，雷巴克苟且偷生，叛变投敌。在这并不复杂的情节里，作者成功地塑造了两个形成鲜明对照的人物形象，并以深刻的心理分析展示了人在艰难的战争情势中和生死抉择面前的迥然不同的道德面貌。小说中，作者最"感兴趣的是道德的两个方面"，即"人面对非人性环境中毁灭性的力量将会变成怎样？当捍卫自己生命的可能性已荡然无存，当避免死亡已不可能时，他有何作为？"①索特尼科夫对此的回答是："一个人应当在战斗中死去，应当以死……来完成生前没有完成的事业。否则，活着又有什么意义？一个人的生命来之不易，应当死得有价值。"在失去行动能力，面对死亡的情况下、索特尼科夫首先考虑的是别人的安危，不惜牺牲自己以挽救杰姆奇哈等人的生命；在敌人的严刑拷打面前，他毫不动摇，并警告雷巴克不要与敌人做"交易"，以免玷污

---

① 《中篇小说〈索特尼科夫〉是如何写成的?》，载（苏）《文学评论》1973 年第 7 期。

红军战士的荣誉;在就义时,他大义凛然,斥责叛徒是"卑鄙的家伙",认为自己的死是对生命意义的肯定。与索特尼科夫"带着一个战士的尊严去迎接死亡"的态度相比,雷巴克的活命哲学的卑劣昭然若揭。被捕后,雷巴克的求生欲望压倒了一切,他向敌人供出了游击队的情况,并出卖了战友和掩护过他们的村长和农妇。当索特尼科夫含笑走上绞架时,雷巴克则在老百姓憎恨的目光里意识到自己的生命已经结束,成了不齿于人类的行尸走肉。

　　贝科夫认为,《索特尼科夫》"所蕴含的生活内容也许比其他作品多一些"①。作品集中写主人公被俘后的生死抉择,但又不时通过人物的回忆等手法将镜头推向过去,让我们看到了人物的家庭教养、社会熏陶、战时经历以及整体的道德面貌。索特尼科夫出生在一个革命家庭,从小受到父亲的高尚情操的影响,长大后成了一名中学教师。卫国战争时期,他作为炮兵连长在战场上出生入死,屡建战功,后战斗失利被俘,逃脱后成了一名游击队员。在敌后他是普通战士,但仍严格要求自己,抱病承担艰巨的任务,找粮途中遇到敌情时,他也总是把危险留给自己。因此,索特尼科夫在生死抉择面前表现出来的不为敌人暴力所征服的精神力量,是与他在生活道路上已经形成的道德观念和人生态度紧紧联系在一起的。雷巴克与索特尼科夫同龄,也是由正规部队来到游击队。他身强力壮,不乏同情心。但是雷巴克身上的利己主义却又是根深蒂固的。不管在农村还是部队,他都相信人生如同赌博,惯于打个人的小算盘。在平时,包括那次执行找粮任务时,他可以做一些好事,但是遇到关键的时刻他的利己主义就暴露无遗。如第一次出现敌情时,雷巴克就丢下患病的战友逃之夭夭,在他看来"在最危急的关头,谁都关心自己"。他后来回去找索特尼科夫也只是出于回去无法向队里交代

---

　　① 《生活——一所大学校》,载(苏)《文学问题》1975年第1期。

的盘算。在农妇家躲藏时，雷巴克为了保全自己，竟想让索特尼科夫当挡箭牌："反正他又受伤，又生病，再说，就是他一声咳嗽把两人都出卖了的，怎么说也该他跑出去投降当俘虏。"在贝科夫笔下，雷巴克并不是天生的卑劣之徒，他"堕落的原因在于他潜在的唯我思想，在于他道德上的动摇性。他是个庸俗无知的实用主义者"①。体格强壮的雷巴克在精神上却是一个弱者，他最后的叛变投敌和鼓吹的活命哲学，正是他以唯我思想为核心的道德观必然的发展结果。

《方尖碑》没有直接写游击队在敌后的斗争，而是取了一个独特的视角，用第一人称展开了这样一个发人深思的故事：先进教师米克拉谢维奇去世了。葬礼后，新老两任教育局长在怎样评价米克拉谢维奇的老师莫洛兹的问题上发生了争论。于是已蒙上时间尘埃的30年前的一页被重新揭开了。当年，有个师范毕业生莫洛兹来到偏僻的山区谢尔佐办了所乡村学校。他从培养学生的道德情操入手，言传身教，收到了很好的效果，赢得了学生的信赖。两年后，卫国战争爆发了，德国人占领了谢尔佐。莫洛兹一方面因为腿跛得厉害，一方面也是为了孩子们，就留在村里继续教书。在极其困难的条件下，莫洛兹仍设法用爱国主义思想影响学生。孩子们自动组织起来，破坏桥梁，打击敌伪。六名孩子不幸被捕，莫洛兹则在别人的帮助下逃脱了魔爪。敌人为此扬言、不交出莫洛兹就绞死这些孩子。莫洛兹知道这是敌人的圈套，但是他还是拒绝了游击队领导的劝阻、在敌人严刑拷打孩子时，勇敢地出现在敌人向前。在狱中他给孩子们讲生命的意义，在赴刑场时又给其中的一个孩子米克拉谢维奇找到了逃跑的机会。最后，他与五个孩子一起殉难。战后，这些孩子的事迹被广为传诵，可是莫洛兹的行为却遭到某些人的误

---

① 《生活——一所大学校》，载（苏）《文学问题》1975年第1期。

解，以致他的名字竟长期无法刻上纪念殉难者的方尖碑。

莫洛兹的行为究竟是无谓牺牲，还是英雄壮举？在过去的患"左"视症的人看来自然是前者，可是当历史翻过一页，在当今的一些以自我为中心的新潮派看来居然还是前者。这是耐人寻味的。也许正是这一点促使作者提笔为莫洛兹这样的人物树碑立传。小说通过生动的艺术描写，特别是对主人公关于教育、战争、生命价值等思想的剖析，展示了他的丰富的内心世界和崇高的道德面貌。战前，莫洛兹就明确提出教育不仅仅是传授知识，它的根本目的应该是培养人，培养具有丰富感情和完善道德的人。莫洛兹用丰富的民族文化遗产去充实孩子们的精神世界，用自己的言行为学生们提供正义感和正直品格的楷模。战时，莫洛兹把保持孩子的灵魂不受敌人思想的污染视作自己的神圣职责，为培养一代无私无畏的新人作出了贡献。在生与死的抉择面前，莫洛兹以爱国主义和人道主义为准则，努力实现人生的价值。他用生命为孩子，为所有的人们树立了无私无畏的榜样。作者通过作品中的人物的口称赞莫洛兹"死得不平常"、"有意义"，"他做的胜过他打死一百个德国人"。用具有强大的精神道德力量的艺术形象昭示后人，这正是作品立意之所在。

贝科夫上述小说的道德探索意向，在这一时期的许多卫国战争题材的小说中也以不同方式表现了出来。瓦西里耶夫的《这里的黎明静悄悄……》、《未列入名册》、邦达列夫的《岸》、阿列克谢耶夫的《不屈的小柳树》、阿达莫维奇的《哈登的故事》等作品，塑造了一些具有献身精神的人物形象，并揭示了人物的英雄行为与高尚的思想境界和道德面貌之间的内在联系；阿斯塔菲耶夫的《陨星雨》、《牧童与牧女》、康德拉季耶夫的《致以前线的敬礼》、卡维林的《学会别离》、诺索夫的《胜利的红酒》等作品，从爱情角度开掘人物的内心世界，将曲折动人的"战地浪漫曲"变成对人的英雄气质、纯洁感情和道德情操的庄严的颂歌；瓦西里耶夫的《后来发生了战争》、卡尔波夫的《一张中尉的照片》、艾特玛托夫的《我是托克托松的儿子》等作品，独具匠心地探讨了年轻一代道德品质的成长与传统的继承和延续的问题；拉斯普京的《活着，就要记住》、阿纳托利的《战争的回声》、邦达列夫的《选择》等作品、对背叛了祖国，同时也在精神道德上走向毁灭的逃兵、懦夫和投敌变节者，作了深刻的道德批判；沙米亚京的《你的痛苦我承担》、瓦西里耶夫的《烧不毁的荆棘》、巴克拉诺夫的《小兄弟》、季马罗夫的《瓦丽娅》、戈尔布诺夫的《来自蓝色的多瑙河之滨》等作品，则把描述的重心放在战后和平时期，或从战争的回声中观照人生的价值，或揭示战争年代的道德观在当今现实生活中的意义。

3. 站在历史的制高点上：全方位地审视战争

描写战争生活的某个侧面或某一局部事件，表现置身于局部环境中的人物的命运，这是卫国战争文学的一种较为常见的格局。但是60—70年代以来，所谓"全景小说"开始出现，并立即产生了重大影响。一些作家取较高的视点，从微观到宏观，从下层到上层，从表面到纵深，力图更全面地反映这场关系苏联国家命运的战争，更有力地表现人与战争的主题。"全景小说"中较为著名的有：邦达列夫的《热的雪》（1969）、西蒙诺夫的三部曲《生者与死者》（1959—1971）、恰科夫斯基的《围困》（共5部，1968—1975）、克鲁季林的战争三部曲《阿尔秋霍夫中尉》、《克列斯蒂城》、《包围》（1968—1976）、斯塔德纽克的《战争》（共3部，1970—1980，1985年出续集《莫斯科41年》）、卡尔波夫的《统帅》（共3部，1982—1984）等等。这些作品大多卷帙浩繁、气势恢宏、情节复杂，人物众多；它们几乎涉及了卫国战争中的所有重大战役，如莫斯科战役、斯大林格勒战役、白俄罗斯战役、库尔斯克战役、列宁格勒保卫战、战争初期西部的大溃败与战争后期直捣柏林的大反击等；不少作品还以历史学家的严谨和艺术家的想象力来统观战争，因此，既有真实的历史事件和历史人物，也有虚构的艺术形象和出色的性格塑造，往往具有纪实性、文献性和艺术性相交融的特点。

把毕生精力献给卫国战争文学的老作家西蒙诺夫，他的代表作当推三部曲《生者与死者》（《生者与死者》、《军人不是天生的》、《最后一个夏天》）。这部长篇巨著约160万字，创作时间长达16年，作家在查阅大量历史文献的基础上，把对这场战争的认识从个人的记忆和感受上升到新的高度。

小说以宏大的气势展示了卫国战争的全过程，第一部主要写战争初期情况。从1941年夏德军发动突然袭击、苏军节节败退写起，一直写到莫斯科保卫战阻止住敌人的攻势为止。州报记者辛佐夫正在休假，战争突然爆发，他立即告别妻子玛莎赶回地处前线的报社。沿途他目睹了苏军失利时的混乱局面和军民浴血奋战的悲壮情景。辛佐夫已无法找到自己的报社，于是就地加入了谢尔皮林指挥的某团。该团突围后被送往后方整编，车队途中遇敌被截成两段，过桥的与没过桥的成了生者与死者。辛佐夫受伤被俘，后又侥幸逃脱，历尽艰险回到莫斯科，但因丢失了证件而失去了党籍和军职。辛佐夫加入志愿亡前线的工人队伍，在莫斯科保卫战中立功。伤愈后的谢尔皮林出任某师师长，参加了莫斯科附近的反击战。第二部的情节发生在1942—1943年间卫国战争最艰难的时刻。小说以斯大林格勒战役为中心，以战场厮杀与统帅部风云为经纬，在更广阔的背景上，生动地表现了人在战争中的命运。已由师长升为集团军参谋长的谢尔皮林，在斯大林格勒前线参加了一系列重大战斗屡建战功。谢尔皮林的性格在他对待事业、家庭、战友和上下级的态度上得到了多方面的展示。辛佐夫已成为谢尔皮林部队中的一名营长，因俘虏德国将军而获红旗勋章，他在战斗中成长为一名真正的军人。军医塔尼雅在那次突围中受伤而留在老百姓家,后参加了游击队。她在再次受伤后回到后方养伤。战时后方人民生活艰难。塔尼雅伤愈后回到谢尔皮林的部队,并在那里巧遇辛佐夫。第三部写1944年夏天。集团军司令谢尔皮林参与规模空前的白俄罗斯战役,苏军收复失地,把德军赶出国土。小说在以磅礴的气势描写大兵团作战的壮观场面时,继续浓墨重彩地抒写人物的命运。谢尔皮林在医院里与军医巴兰诺娃相识,并产生了真挚的爱情。深谙军事艺术的谢尔皮林在白俄罗斯战役中发挥重要作用,但不幸的是,在胜利即将来临之际,他在前线被流弹击中身亡。斯大林下令隆重安葬。塔尼雅已与辛佐夫结合,但偶然获悉辛佐夫的妻子玛莎牺牲的消息为误传,十分痛苦,便决定离开辛佐夫,让他与玛莎团聚。小说在苏军即将挺进柏林时结束。

这部小说既有局部的、战争细节的真实描绘,又有全景式的、史诗般宏大的线条勾勒;既有关于统帅部和高级将领活动的酣畅描写,又有对下级军官和普通士兵命运的热切关注;既有大量的真实的历史人物和事件,又有许多虚构的艺术形象与情节,这些都充分体现了"全景小说"的基本特征。不过,更值得注意的是,作者把战争放进历史的长河中加以考察,力图透过迷漫的战火寻找过去与现实的交叉点。小说揭示了卫国战争胜利的最根本的原因——人民的英雄主义和社会主义制度,小说也对战争初期的失利,苏联军队和社会上的一些不正常现象作了深层次的反思,其中亦能见到当代的社会思潮的变迁在作品中留下的痕迹。

自然,构成小说魂魄的乃是战争中人的命运。作者用严峻的笔调写人与战争的悲剧冲突,写苏联军人和老百姓在战争中的苦难、牺牲相爱国主义感情、写主人公在逆境中奋起的人格力量和崇高品质。小说中塑造得最丰满的形象是谢尔皮林。谢尔皮林是十月革命后第一代红军指挥员。"按照军人的天职为革命服务"是他基本的人生追求。在国内革命战争时期他出生入死,保卫苏维埃政权。但在肃反扩大化中他却不幸被捕,直到卫国战争爆发才得以平反。在战场中,谢尔皮林是出色的指挥员,勇敢果断,并对战士关怀备至,力求用较少的代价夺取最大的胜利。他为人正直,无私无畏,敢于在斯大林面前直抒己见,为蒙冤的战友申诉;他疾恶如仇,藐视卑劣者和懦夫;他在家庭生活和爱情方面则有着丰富而细腻的感情。这个成功地"融合了作品的三个最主要的组成部分:主题、性格、事件"①的艺术形象,已成为苏联当代文学形象画廊中的重要一员。小说中的另外两个主人公的人生道路也不平坦。辛佐夫在整个战争期间可谓历尽磨难。然而,不管在死神逼近的战场,还是置身于失去信任的逆境,他都没有动摇对祖国和人民的信念。个人生活的不幸,爱情上的波折也没有使他从此一蹶不振。这是小说中又一个颇有光彩的正面人物的形象。塔尼雅在战争中的经历带有悲剧色彩。她的父亲和弟弟在战争个先后死去,她的丈夫为逃避上前线与别的女人同居,她与辛佐夫的结合也以痛苦地分手而告终,战争给这位温柔善良、感情丰富的女性带来了太多的不幸。但是塔尼雅的形象又令人肃然起敬。作为一名女性,她与男子一起担起了保家卫国的重负,不论在前线还是敌后她都不愧为一位勇敢的战士;在痛苦的感情抉择面前,她决定为别人的幸福牺牲自己,表现出高尚的道德情操。这位带有悲剧色彩但又充满诗意的女性形象完全可以跻身于俄罗斯优美的女性形象之列。

恰科夫斯基的《围困》以近200万字的篇幅和编年史式的结构,再现了卫国战争时期列宁格勒保卫战的历史画画。小说故事始于1940年春,止于1943年初,生动展示了列宁格勒被围900天里苏联军民艰苦卓绝的斗争。在这部作品中,作者始终把列宁格勒保卫

---

① 鲍恰罗夫:《人与战争》,莫斯科,苏联作家出版社1973年版。

战放在卫国战争的总态势和国际政治斗争更大背景中加以描写，因此既有中心事件又有国内外其他战线的斗争，如莫斯科战役、斯大林格勒战役、苏军统帅部的决策、德方大本营的谋划，以及国际上复杂的外交斗争等。在如此广阔的画面上，作者塑造了近300个人物。小说着力描写了工程兵少校兹维亚金采夫、老工人科罗廖夫、建筑专家瓦利茨基等形象，并通过这些虚构的艺术形象，歌颂列宁格勒军民团结一致、顽强抵抗的英雄主义精神和不朽业绩。小说中还出现了多达百余人的历史人物，如斯大林、莫洛托夫、希特勒、戈林、罗斯福的特使霍普金斯、英国外交大臣艾登等，以及苏德双方的许多高级将领。作者将斯大林的形象置于历史人物的中心，并作了较为客观的评价。小说集文献性、政论性和艺术性于一体，是"全景小说"中最受欢迎的作品之一。

与上述两部作品相比，斯塔德纽克的小说《战争》中的事件展开的时间就显得很短了。尽管小说仅仅截取卫国战争爆发前夕和爆发后的一个多月的时间作为艺术表现的对象，但这并不妨碍作者站在历史的制高点上全景式地审视战争。小说用两条互相交叉的线索展开情节。一条致力于高屋建瓴地观照战争态势，写斯大林对战局的思考，苏军统帅部的决策，上层的外交活动等；另一条侧重于再现"战壕真实"，写楚马科夫的部队与德军的遭遇，被围与突围，写战场上大大小小的战斗与人物的心态。小说场景亦随之频频转换，从政治局的会议到斯摩棱斯克的高地，从首都的街道到前线的战壕，全方位地表现了苏联军民在卫国战争初期那艰难的日日夜夜中，"为了自己的土地、自由，为了列宁的思想"而进行的可歌可泣的战斗。《战争》中也塑造了大量的虚构的和历史真实的人物形象。前者以楚马科夫最为成功，这是一个意志坚强、能征善战、刚正不阿的苏联军人形象。后者以斯大林最为引人注目，与《生者与死者》和《围困》相比，这部作品更多地用生动的细节和从正面描写斯大林形象，表现斯大林力挽狂澜的雄才大略。

"全景小说"要求作者具有较高的艺术把握力，上述几位作家在这方面都显示了各有所长的才华。但是这几部颇有代表性的作品也存在着各自的不足，或主题受社会思潮影响出现断裂，或人物形象的塑造不够丰满，或艺术结构的处理有所失衡，甚至某些作品的文献价值高于其审美价值。

三、从"人与传统"主题看苏联当代小说的思想内涵

民族文化传统具有复杂的内涵，苏联作家对其或批判或张扬，但基本点都是在追寻一种健康的民族文化心态。

1. 传统因袭的重负与新时代的主人公

苏联当代作家对传统中陈腐的、背离时代的成分的批判是尖锐而又深刻的。所谓"陈腐的"，主要是指传统中的那些阻碍社会进步的惰性力量和民族性格中的消极因素，譬如，在伦理道德观念上表现得格外明显的封建性的落后因袭就是一例。就此而言，拉斯普京的个篇小说《活着，可要记住》（1974）是很见思想深度和艺术功力的一部作品。

小说的故事发生在1945年上半年西伯利亚的一个偏僻的村庄阿塔曼诺夫卡。那年年初，村民古斯科夫家发生了一起小小的窃案：一把斧头和一副滑雪板失踪了。这件事却引起了古斯科夫家的媳妇纳斯焦娜的不安，她敏感地猜测出是丈夫安德烈回来了。事情果然如此。卫国战争爆发后，安德烈上了前线，1944年夏天因负重伤住进了医院。伤愈后他接到了重返前线的命令。安德烈没有返回部队，而是偷偷地溜回了家乡，藏在村外的一间破屋里，并设法与妻子取得了联系。纳斯焦娜从此过上了提心吊胆的生活。她一次次地

冒着危险为安德烈送去食物和生活用品，帮助丈夫活下去。纳斯焦娜内心充满了矛盾和痛苦，特别是在她怀孕以后，更感到无脸面对父老乡亲。可是她宁愿忍受各种流言蜚语，也没有说出真情。终于有一天，当她在夜里准备渡河去会安德烈时，被人发现。她在极度羞愧和绝望的心情支配下投河自尽。安德烈则闻风而逃，躲进了远处的原始森林。

  这部小说以其深刻而细腻的心理分析，受到广泛好评、甚至被誉为"近十年来我们文学中的杰作"①。小说的主题是什么？或者说从小说的题《活着，可要记住》中可以导引出什么样的结论？这是小说问世以来人们最关注的问题。一种比较普遍的看法是以安德烈的命运为出发点来阐释主题的。由于求生心理的支配，安德烈成了可耻的逃兵，这不仅使他本人惶惶不可终日，并日益堕落，乃至丧失人性，而且还使他的家人，特别是他的善良的妻子遭到不幸。因此作者由安德烈的下场引出结论：活着，可要记住，人一旦丧失了对祖国的责任感，也就失去了他生活在人民中间的权利。小说中确实包含着这样的思想内涵。但是对小说主题的理解仅止于此还是远远不够的，更深层的理解显然应以作品中的中心主人公纳斯焦娜的命运为出发点。作者本人曾经这样认为，他的这部小说的主题不是写逃兵，而是写西伯利亚的妇女的命运，是要描绘处在绝望境地中的妇女性格，揭示女主人公没能作出正确选择的原因。在构思时也是"先产生了纳斯焦娜的形象，然后围绕她出现了——纳斯焦娜的丈夫——安德烈·古斯科夫"。②

  作者笔下的纳斯焦娜是一个具有俄罗斯劳动妇女许多传统美德的形象。她心地善良、勤劳朴实、热爱生活，富有同情心和自我牺

---

① 阿斯塔菲耶夫：《看到深处》，（苏）《小说报》1978年第7期。
② 拉斯普金：《往事重现》，《苏联文化报》1977年12月23日。

牲格神。纳斯焦娜出身贫苦,父母早亡,来到古斯科夫家后,又挑起了全家生活的重担,除了繁重的农活和家务活外,还要照顾年老的公公和多病的、性格乖戾的婆婆。战争爆发后,她送亲人上了前线,并同情和关心村里的孤儿寡母。然而在阿塔曼诺夫卡这样一个闭塞的停滞的生活环境中,许多糊涂愚昧的意识和封建伦理道德观还是很有市场,这一点在纳斯焦娜身上也明显表现了出来。例如,她婚后多年不育曾使婆婆和丈夫深感不快,安德烈常常无缘无故地打骂她,可纳斯焦娜却是逆来顺受。小说写道:"纳斯焦娜忍着:她遵照俄罗斯妇女的习惯把自己的命运一次安排好后,就准备忍受她将遭遇的一切。更何况纳斯焦娜觉得是她自己份上的错。"命运又使她经受了更严峻的考验。安德烈当了逃兵。纳斯焦娜当然清楚丈夫的行为是犯法的,是要受到惩罚的。她从一开始就感到异常的痛苦,仿佛处在"一种极端麻木的身不由己的状态"。但是在需要作出抉择的关键时刻,她还是采取了隐匿丈夫让他苟活的态度。其动机仍是嫁鸡随鸡的"俄罗斯妇女的习惯"力量在作祟。小说中写安德烈潜回村庄后,两人第一次见面,安德烈对她说"如果你不愿意为我受牵连,你就马上跟我说"时,纳斯焦娜回答:"你干吗折磨我?!难道我是外人吗?"以后尽管她为了掩护丈夫提心吊胆地过着双重生活,但是她觉得自己是在尽妻子对丈夫的责任,况且安德烈是为了她才开小差的,因此今后受惩罚也要由两人共同承担。就这样,纳斯焦娜不得不在家里"偷",在公婆和村人面前撒谎,甚至怀孕后违心地承认自己失去贞节而被婆婆赶出家门。与此同时,作者用极为细腻的笔触真实而又生动地描摹出了纳斯焦娜的矛盾而又痛苦的内心世界,那种紧张、恐惧、迟疑、焦虑、羞愧、绝望,以及真诚的负罪感。然而她终究没有勇气与只有动物般求生欲望的丈夫决裂,跟着他走向了深渊。作者对纳斯焦娜是抱着深切同情的,因此小说中与其说是在谴责纳斯焦娜(她在祖国和人民面前有无法推卸的责任），不如说是以她的人生悲剧愤怒谴责了封建道德对人性的桎梏和摧残。纳斯焦娜用生命的代价在告诫后人，"活着，可要记住"：不要做旧传统的无谓的殉葬品，不要在"需要你展翅高飞"时，"不假思索地砍断自己的翅膀"！

正如白俄罗斯著名小说家梅列日在他的长篇小说《波列西耶纪事》中提到的那样，旧传统的沼泽"也许比真正的沼泽还要坏，这里进行土地改良更困难"。意识到达一点，并为改造旧传统而不惜努力的作家是大有人在的。譬如，舒克申对卑琐自私，保守愚昧的小农心态的批判，皮叶祖赫对民族性格中的所谓爱幻想的"玛尼洛夫气质"的讽刺，阿斯塔菲耶夫对不分是非的"俄罗斯怜悯心"的抨击，邦达列夫对长期积淀在人们意识深处的嫉妒心理的解剖等等。

与此同时，苏联当代作家还塑造了一批不同类型的反传统主人公。如艾特玛托夫笔下就有不少这样的人物，从前期作品中的赛伊德（中篇小说《面对面》）、查密丽雅（中篇小说《查密丽雅》）到后期作品中的阿夫季和波士顿（长篇小说《断头台》），这些人物形象都从这一或那一角度摆脱了传统中落后因袭的重负，以他们的勇敢的反叛而独具光彩。与这些正面主人公相比，有的作家则着重写那些敏锐感应时代脉搏，冲破传统心态束缚，并又带有自己的种种性格缺陷的人物形象，如阿克肖诺夫笔下的那些否定父辈传统，追求自我价值的年轻人（长篇小说《带星星的火车票》），阿勃拉莫夫笔下的那些不愿随"农民的俄罗斯"一起消亡的重利轻义的农村妇女（中篇小说《佩拉格姬》、《阿利卡》等），利帕托夫笔下的反对因循守旧心态的所谓"科技革命时代的当代英雄"[（中篇小说《普隆恰托夫经理的故事》（1969）]等。在这些人物形象中，普隆恰托夫颇有典型性。作家在这一人物身上鲜明地表达了自己对不合时代进步趋向的旧传统的态度，精心塑造了他心目中的新的时代主人公的形象。

在利帕托夫笔下，普隆恰托夫的思维方式、价值观念和行为方式等诸多方面都与传统的企业干部模式大相径庭。主人公的价值观念是新的。普隆恰托夫把懂行视作衡量干部优劣的重要标准。在他看来:"你内行,工作得好,你就是人民的,你工作马虎,不内行,你就是反人民的。"他本人不仅有实干精神,而且是个通晓英语、精通业务的专家。如小说中运输木材的机车出事故,其他人都一筹莫展时,是他以自己的丰富的专业知识,迅速排除故障,赢得了工人们的尊敬。主人公的思维方式是新的。普隆恰托夫敢于理直气壮地与茨维特科夫争当总经理。他认为,茨维持科夫是个惰性十足的官僚主义者,"保守主人公的积极传播者",让茨维特科夫上台的话,整个流送管理处就会变成无所事事的休养所。因此,为了事业的需要,他就是要争夺这个大型企业的领导权。主人公的管理方法是新的。普隆恰托夫大刀阔斧地改革旧的管理体制,大胆起用人才,重视科技进步,事事赏罚分明,使企业充满了活力。当有人用"脱离人民"来指责他的改革时,他表示:"关于人民的空话通常只是掩盖对人民的漠不关心。"群众敬佩的"不是那种拥抱他们的人……应当懂得工作,工作!"主人公的生活态度是新的。普隆恰托夫不做苦行僧,"他愿做生活的主人,而不是做它的一块瓦片"。他有美丽的妻子,舒适的生活,讲究的衣着,不轻易放弃文明社会提供的生活乐趣。在他看来,生活和工作不应是矛盾的,人们积极地开创事业,正是为了使生活变得更加美好。

普隆恰托夫的性格、包括他所做的一切,并非是无可挑剔的。例如,为达到目的,不论是工作中还是生活上,他都采用过弄虚作假等手段。从传统的观念看,似乎小说中的党委书记维什尼亚科夫更符合好干部的模式。维什尼亚科夫为人正直,从不利用与上级领导的私交来谋取私利;他生活俭朴,身上老是穿着件旧军装,日子过得"就像学生练习本上打的格子一样,尽是直线";他工作勤恳,甚至一天干上16个小时。普隆恰托夫也认为,维什尼亚科夫

"是一个有自我牺牲精神和廉洁的人"。但是，小说中的维什尼亚科夫有一个致命的弱点、那就是"在智力和技术方面落后于时代，他还像过去一样生活在战争年代"。他关心的是"管人"，而不是劳动生产率的提高；他文化水平低，却又甘当外行；他安于现状，对保守势力有本能的好感；他不理解经济体制的改革、成了企业科技进步和生产发展的有形或无形的阻力。

普隆恰托夫正是作者从现实生活的变革中发现的敢于破除传统观念的现代企业家形象，尽管他有自己的种种缺陷，但是相比于维什尼亚科夫和茨维特科夫而言，他无疑更具时代气息。普隆恰托夫形象的出现是变革中的社会关系和社会心理的一种反映。普列汉诺夫说过："社会的心理适应于它的经济。"60年代中期以后，苏联经济有了较明显的发展，进入了所谓"科技革命时代"。随之，重资历，轻能力，拘泥守旧，不求变革的传统心态，受到了敢竞争，讲效益，外放豁达，开拓进取的现代意识的有力挑战。也正因为这样，应运而生的普隆恰托夫形象受到评论界高度重视，并被称为"实干家轮廓中的第一幅肖像"。

2. 割不断的精神纽带

当代苏联小说中的人与传统的主题的另一指向，即对民族文化传统精华的张扬和对其失落的忧患。在70—80年代显示出越来越强劲的势头。这一指向表面上似乎与反传统的主题迥然有异，其实就本质而言，它们都是在整体反思民族文化传统的基础上，追寻健康的民族文化心态，不同的只是所取的角度有别而已。

这一时期，社会的现代化进程，既带来了人们思想观念的开放和生活方式的变化，也给民族文化传统带来了日趋猛烈的冲击。人们的民族感情、领土意识和传统观念淡薄了，而物质主义和技术至上的"现代病"却在抬头，这就导致了相当一部分人的道德水准的下降。作家们开始担忧传统失落的危机。在这种情况下，一些作家和批评家提出了所谓"历史的记忆"的问题。他们认为，失去记忆，人类几千年来积累的精神道德财富就不能保存和传递，整个人类的精神道德就不能在继承过去的基础上向更高的水平发展。因此"记忆"这个概念在今天已具有了伦理的、公民性的和美学的新外延。"记忆"在概念体系中已不仅是保存印象和回忆的贮存库，而是心灵的一种特殊属性，一种积极的、建设性的因素，是推动道德进步的重要工具。他们强调："历史的记忆是无价的遗产，保持与本源的继承性就是用不朽的贮存库保持人民精神道德的恒量。"①在这一思想指导下，当代小说中出现了数量甚多的"回归传统"的作品——对丧失"记忆"、漠视传统的精神蜕变现象的抨击和对具有现代价值的民族传统美德的颂扬。

格拉宁的长篇小说《一幅画》（1980）是一部很有代表性的作品。小说的故事发生在一个名叫雷科夫的小城里。这个小城市有着悠久的文化传统，彼得大帝时代它曾是一个文化中心，如今仍存有优美的自然环境和人文古迹。小说的矛盾冲突就是围绕着保护还是毁掉那个象征着小城文化传统的河湾和古建筑而展开的。老红军利万诺夫和教师图奇科娃等人力主保护，因为他们认为保护环境和具有历史文化价值的古建筑，不仅可以造福后代，更重要的是为了使各代人之间的精神联系不至于中断。而州委执委会主席乌瓦洛夫则主张拆除古建筑，在河湾处建大型计算机厂。在他看来，任何人文景观只要有钱就可以造出来，与现实的经济利益相比，它们是微不足道的。市长洛谢夫处于两难之中。从城市眼前的经济利益和个人的前程讲，应该听从乌瓦洛夫，但是从人民的意愿和精神道德角度讲，却应该支持利万诺夫等人。经过激烈的思想斗争，洛谢夫抵制

---

① 叶尔绍夫：《记忆和时间》，莫斯科现代人出版社1984年版。

了上级的错误决定，站在了广大群众一边。小说提出的问题很有时代气息，它在尖锐地抨击那种片面崇拜技术和物质利益的现象时，强调了在科技革命时代保持人与传统的联系，保护人性的完美发展的极端重要性。

还有一些作品，如冈察尔的长篇小说《大教堂》（1968）和舒克申的短篇小说《倔犟汉》（1970）等，也触及了类似的问题。在《大教堂》中，占据画面中心的是一座代表着哥萨克建筑艺术的杰出成就的古代九顶大教堂。小说一开始就描写了月夜中矗立的大教堂的雄姿，说连那白昼似的夜色"似乎也被教堂的雄姿迷住了，被那与教堂和谐地联结在一起的、一层层向高处升去的圆顶，被那无声的音乐，那充满诗情画意的轮廓所扰动了"。这里，大教堂不仅仅是作为建筑艺术的珍品而存在，它已成为历史的见证和民族文化传统的象征。可是有些人却不是这样看，他们认为，现在已是火箭时代了，还要那些古时候的破烂货干啥？"如果少了这样一个古迹，人民难道会有什么损失吗"？相反，在城里的这个黄金地块上建一个第一流的室内市场，岂不更有利可图！对此，作者通过小说中主人公的口，加以有力的驳斥："拆除它的理由总是能找得出来的……可是，后代人终究会来的，他们会问：你们是些什么人？你们创造了什么？你们又破坏了什么？你们的心灵为何而震颤？""难道你感觉不到，在教堂的这一组尖顶中，存在着草原那骄傲的、永不凋谢的灵魂？存在着它的思虑和理想，人民的精神，它的美学理想……""如果把父辈的遗产统统踩在脚下的话，那你自己的生活也会毫无结果地衰落，在你自己的脚下被窒息的……谁不珍惜父辈的遗产，他就不能算是健全的人，人之所以成为人，是因为他保持着对久远的过去的记忆……"小说中，围绕着保护与拆毁大教堂的斗争，不同人物的精神面貌也得到了鲜明的揭示。

如果说《一幅画》和《大教堂》犹如两部带有悲壮气氛的正剧

的话，那么《倔军汉》则更像一部令人痛心的闹剧。一个农村生产队长强令几个拖拉机手用大马力拖拉机把村里的一座17世纪的小教堂拉倒，目的是从那里得到砌猪圈的砖头。村民们围上来反对，一位教师甚至站在教堂下阻止，可是队长一意孤行。教堂倒下了，可碎砖头毫无用处。在众人的责骂声中，队长若无其事地骑着摩达车上区里去了。小说仿佛是一块未经雕琢的生活原坯，然而它同样深刻地揭示了这样一个主题：每一代人的精神面貌都不可能脱离以往的历史文化传统而存在，离开这一点去盲目追求眼前的物质利益，这将是更可怕的现代"精神愚昧"。

对民族传统美德失落的忧虑，在一部分致力于写农村生活的小说家的作品中表现得最为明显。拉斯普京60年代中期以来的一系列小说大多涉及了这一内容。他的第一部中篇《为玛丽姬借钱》（1967）通过偏僻小村里的一个商店售货员的不幸遭遇（因缺乏管理经验，账目出现亏空，面临坐牢危险），以及她的丈夫为她四处借钱的故事，生动地写出了农村世风日下的状况，表达了对渐趋淡化的古朴民风的留恋。他的另一部中篇《最后的期限》（1970）进一步发展了上述主题。小说写的是一个80高龄的农村老大娘安娜弥留之际的悲剧。在拉斯普京笔下，安娜善良、纯朴、真诚、无私，是俄罗斯民族传统美德的代表。安娜是极普通的一个农村劳动妇女，一生克勤克俭，在饱尝了无数艰辛之后，把八个子女抚养成人。卫国战争爆发后，三个儿子牺牲在战场上，丈夫也过早地离开了人世。可是安娜从不埋怨命运不公，而是默默地承受着生活的重担。作者还用深情的笔墨写安娜对子女的爱，写她的那颗处处为子女着想的慈母心。她甚至在临终时还在为自己迟迟没死而误了子女的归期而不安。可是相比之下，她含辛茹苦养育大的、受过教育、见过世面的子女们对她却是一片虚情假意。安娜病重了，她对自己尽了责任后离开人世，处之泰然，她唯一的心愿是见见那些离开家乡的子女们。和安娜住在一起的小儿子给城里的四个兄弟姐妹发了电报。其中三个接到电报就来了，可是最小的女儿却不知为什么没来。而安娜见到久别的子女，精神上受到了安慰，再加上对小女儿的期待，病情反倒有所好转。安娜的儿女们不仅没有为此高兴，反而因为误了归期而感到扫兴。三天过去了，三个人不顾母亲的请求，纷纷离去。结果，当天夜里安娜就去世了。小说中，作者运用强烈的对比手法，一方面通过对具有丰富而美好的内心世界的安娜形象的精心塑造，颂扬了俄罗斯民族的传统美德，另一方面则借助于对安娜子女的种种寡情薄义、失却人性的行为的描写，谴责了那些斩断与传统的联系，丧失传统的美德的人们。

3. 土地——农民的"精神家园"

农民对故乡、对土地的留恋，以及离乡离土后的遭遇，构成了一个个环绕着"恋乡情绪"而出现的动人故事。这是苏联当代小说中人与传统主题的一个独特的音符。舒克申的作品在这点上颇有特色。

作为一个对农村生活充满感情的作家，舒克申对城市经济发展带来的"农村俄罗斯"的衰微，表现出强烈的忧虑和不安。在他看来，大批农民离乡进城虽是社会发展中的一种不可避免的现象，但是由此带来的社会问题和道德问题却不可等闲视之。舒克申曾经这样表示："最使我感兴趣的是农民的历史，那些离开了农村的农民的历史。"在舒克申笔下，有两类进城农民写得最鲜明。一类是无牵无挂地离开的，但他们中的某些人很快沾染了城里的不良习气，有的甚至腐化堕落了，如小说《在那遥远的地方》中的主人公奥尔加；一类是离开了，但"脐带还连在农村"的人，这些人在城里找不到自己的位置，处在无法解脱的矛盾和痛苦中，如小说《妻子送丈夫去巴黎》中的主人公柯利卡。

可以说，舒克申的代表作《红莓》（1973）也是一部艺术化了的"离开了农村的农民的历史"。小说通过主人公叶戈尔的命运，表现了人不能脱离自己的"精神家园"，不能脱离民族传统的根基这一深刻的题旨。叶戈尔"离了根，离了源，离开了母亲"（舒克申语），他堕落了，并为此付出了沉重的代价；叶戈尔重新找到了自己的根基，也就找到了弃旧图新的力量，尽管他倒下了，但在精神上获得了新生。自然，主人公的新生有其内在的原因，其中最重要的则是叶戈尔没有完全泯灭对土地、对大自然、对母亲的爱。叶戈尔刚出狱时见到路旁的白桦林时那激动的、发自内心的爱就是一例。至于他回到农村，决心脱离盗窃集团时，这样的带有抒情味的描写就更多了。如他走在生气勃勃的田野上时的有力步伐，他多次对童年和故乡的"又亲切，又痛苦"的回忆，他在老母亲面前想认又不能认的撼人场面，他走在白桦林中时愉快、轻松和满足的心情，他呼吸着新翻耕过的泥土气息时的陶醉神态等等。主人公的新生更有外在的推动力，小说中这种动力的最真体的象征莫过于柳芭这一艺术形象。这位纯朴善良的农民妇女代表的是土地的自然法则，是真善美，是同情、宽容和理解，是正直的劳动与和谐的人性。正是以柳芭为代表的民族传统中的道德力量治愈了叶戈尔的心灵创伤，并最终改变了叶戈尔的人生道路。也许可以这样说，在《红莓》的悲剧故事中，作者为主人公也为读者构筑了一个现实的而又不乏理想色彩的精神家园。

拉斯普京的小说《告别马焦拉》（1976）虽然在情节上与《红莓》截然不同，但主题却有某种相似之处。安加拉河上有座名叫马焦拉的岛，因河下游要建水电站，小岛将因此而沉入水中。小说写的就是春夏时节马焦拉村的人们搬迁时的种种情感冲突。

要离开故土了，人们的反应是各个不同的。主要有两种态度，一种是难舍难分，一种是无动于衷。颇有代表性的是达丽娅老人一家三代，老人和她的儿子巴维尔在这件事上与巴维尔的妻子索尼娅和儿子安德烈之间就难以找到共同语言。

  作者把主要的笔墨用在达丽娅那样的对故土怀有深情厚谊的老人身上。小说写尽了老人们对故土的无限依恋之情。如坟地事件以后，达丽娅一个人走上山冈，对"了如指掌而铭记在心"的"命运所亲自指定的这故乡的土地"的无穷无尽的回忆；叶戈尔和纳斯塔霞老人离岛前的深深的忧伤，"老两口一直抱着，就像临终前尽量要多吸一点故乡的空气似的"；老人们从村里蹒跚着来到草场，看着村民在最后一次割草时那"如醉如痴"的情景，"不禁眼泪直淌"。"人皆有家园故里，人总是依恋乡土的，啊，多么恋恋不舍哟！"在得知自己的房子明天将被烧掉时，达丽娅老人"在墙脚土台上坐下来，靠在木房上用背部体味着那磨损了的、粗糙的，但暖人而有生命的木头。"她按照习俗，粉刷了屋子，抹光了炉坑，擦洗了地板和窗户，甚至还在屋角插上了冷杉枝，她要"按自己的心愿像送别亲人一样把马焦拉送走"；在小岛即将被淹时，达丽娅、卡捷琳娜、西玛、鲍戈杜尔等老人还留在马焦拉，一艘来接他们的汽艇在浓雾中迷失了方向。此刻，随着那带有神秘色彩的"岛主"（一只动物）的悲号，小说将老人们不惜与故土同存亡的感情渲染到了极点。

  对马焦拉被淹抱无所谓态度的、大致有这么几种人：一种是外来人。他们或是为今后通航之需，奉命来岛上清理杂物的，或是应召来村帮助农庄抢收庄稼的。他们对马焦拉当然没有什么感情。有的人甚至亵渎村民们神圣的感情、随意糟蹋衬里的坟地。一种是二流子彼得鲁哈那样的人。这种人对故土的态度几乎和外来人一样，毫无感情可言。彼得鲁哈为了获得房屋折价费，竟赶出母亲，偷偷地点火烧了自己的老屋。克拉芙卡也是如此，她这样谈到自己的家乡："早就该淹了，没一点活气……一直找到好地方过日子了——在水中间儿……就像蛤蟆一样。"……满村都是粪味，你们的马焦拉？

叫人喘不过气来。……早该扒掉你们的马焦拉，顺安加拉河打发走啦。"第三种是索尼娅那样的人。这些人虽不像前者那样昧着良心，但也一心羡慕城里人的生活，迫不及待地离开了自己的家乡。索尼娅满心喜欢城里的新居，而且很快"模样大变"，"胖了、暄了，剪起城里人的头发"，"坐办公室坐掉了紧张劳动的习惯"。第四种是安德烈那样的年轻人。他们不满足于马焦拉的小天地，也没有过多的精神牵挂。他们向往着新生活，向往着干一番大事业。安德烈对马焦拉被淹也有些舍不得，但是他认为这样做是合理的，"我们马焦拉要用来发电，它也会给人们带来好处的"。再说"别的出路是没有的"，"反正得改变，得过新的生活"。因此他从部队复员回来后，就打定主意去那个正在建大型电站的城市。使达丽娅老人伤心的是："安德烈从昨天到家至今天离家，根本没出过院子。他没有在马焦拉岛上转一转，他没有为再也无缘看到马焦拉而暗自伤心难过一阵。"作者显然站在了那些依恋故土的大多数村民的一边，而对上述几种人表示了不满或谴责。

维系大多数村民与马焦拉联系的正是那种似乎说不清、道不明的，但又深深熔铸于人们血肉之中的传统，一种有价值的精神的和道德的传统。如作者本人所言，马焦拉"这是一个集合性的、概括性的"名字，它是"具有一定的意义"的（在俄语中，它与"母亲"一词同根）。"我相信马焦拉的复活，不是浮出来，而是复活。……我更加相信的是某种精神的、道德的马焦拉，它一定会出现的"[①]。"马焦拉"在这里已具有强烈的象征意义。也就是说，马焦拉不仅是小说中村民们得以劳作、生息，有着种种无法割断的精神文化联系的母亲大地，而且也是俄罗斯民族传统根基的象征。作者透过那浓浓的"乡土恋情"，深刻地揭示了历史、传统和民族意识对于当代人

---

① 《苏联作家拉斯普金谈创作》，见《外国文学动态》1987年第6期。

的意义,并告诫处在"科技革命时代"的人们"要注意人类存在的根基",要"珍惜地搬迁"①,同时作者也以此表达了对民族传统中有价值的东西在历史蜕变中被冷落、遗弃,乃至无情斩断的忧虑。

小说的题旨是极具当代性的,它在"积极地反对农村过时的传统"的前提下,强调"在转到新的劳动条件和日常生活条件时,人不能丧失昔日生活重要的和美好的道德成果,要保持精神上的善良和真诚"②。因此,有的批评家指责这部作品不合时代,美化宗法制农村等,这显然是不妥当的。不过,小说中确实带有一种情绪,那就是深深的忧虑、不安和无奈。拉斯普京自然不同于代表着传统智慧的达丽娅等人,他理智地看到传统的生存方式中价值与落后同在,看到传统文明在现代化进程中不可避免的蜕变,但是他又与达丽娅老人一样"是按照古老的仪式向古代文明告别的"③。而当这种"告别"被抹上过于浓重的挽歌情调时,它就不能不给人以价值取向上与历史进步相悖逆的错觉。这大概是小说引起激烈争议的症结所在吧。

四、从"人与自我"主题看苏联当代小说的思想内涵

文学是人学,它自然也要表现人与自我这一领域,苏联当代小说在这方面所作的开拓也是多姿多彩的。

1. 自审:面对人生的迷误

"良心"是从自我角度判断善恶的一种道德心理现象。"良心审判"则是苏联当代作家田德里亚科夫在60年代首先推出的一个引人

---

① 拉斯普金语,见《莫大学报》(语文版)1977年第3期。
② 拉斯普金语,见(苏)《星期》周刊1977年第36期。
③ 鲍怡罗夫等主编:《当代苏联文学》(下),苏联教育出版社1987年版。

注目的主题。如果说 60 年代这类小说的视点往往落在一些文化程度不高的人物身上,事件也常带有偶发性的话,那么在 70—80 年代出现的这类小说则更多地注目于一些经历丰富的知识分子型的老人,表现他们对自己漫长的人生道路上曾经有过的迷误和错误选择的良心审判。其主人公就是被评论界称为"紧张的人"的形象。特里丰诺夫的小说《老人》、邦达列夫的小说《选择》、冈察尔的小说《你的朝霞》、田德里亚科夫的小说《六十枝蜡烛》、贝科夫的小说《采石场》等,都是这一时期很有影响的作品。

冈察尔的长篇小说《你的朝霞》(1980)是 80 年代初出现的一部多题旨的作品、它在这方面也颇有代表性。小说事件的一个重要层面是农业集体化运动。如果单就作品对这一历史现象反思的广度而言,它已超出不少同类题旨的作品。如作品将根据列宁思想建立的农民自愿参加并已取得实效的农村"劳动组合",与而后开始的强迫农民参加并对农民粗暴剥夺的集体化进行对照,以说明后者是一个重大的政策失误,因为它违背了列宁的方针,超越了社会发展的阶段,造成了不良后果。又如小说特别强调了集体化时的过火行为对中农阶层的伤害,罗曼大叔是衬里一位勤劳、正直、能干的农民,他靠革命后分到的土地,在栽培果树和养蜂上做出了成绩,受到过共和国领导人的嘉奖。在新经济政策时期,过上小康生活的罗曼又与贫苦农民一起自发地组织起"机耕队",日子开始变得红火起来。可是集体化时,他却被上蹿下跳的二流子米纳诬陷为新生的富农分子,一家人被驱逐到西伯利亚的极北地区。但是小说更显深刻的则是主人公扎鲍洛特内的反省。扎鲍洛特内在家乡度过童年和少年时代,当年他和村里的孩子一样,对罗曼大叔以及他善良美丽的女儿娜吉卡怀有真诚的好感。运动开始后的一天,米纳从学校里把孩子们带走了,说是去掏富农的老窝。当孩子们发现,米纳是带他们去搜罗曼大叔家时,他们都惊呆了。扎鲍洛特内在几十年后仍清晰地记得怀抱婴儿的娜吉卡被逐出村庄前夕,那忧伤地注视着他们的目光。扎鲍洛特内的人生道路应该说是值得自豪的,他是十月革命后成长起来的一代人中的佼佼者。可是当双鬓染霜时,他念念不忘的却是人生道路上那看似无足轻重的一笔。小说中,他与童年挚友不辞辛劳地对斯拉夫圣母像的追寻,既是对人民的精神来源的求索,也包含着深刻的自我反省和历史反思的意蕴。当同行的 13 岁的丽达对当年扎鲍洛特内他们"甚至没想去为罗曼一家打抱不平"而颇感不满时,扎鲍洛特内由衷地自责道:"良心女神不为你辩护,也不认为情有可原……"这里,作者把"良心审判"与当代的精神生活又联系在一起了:"只有提高全民族的精神品格才能避免历史悲剧的重演"作者把希望更多地寄托在既能从前辈的优秀传统中汲取精神力量,又能摈弃民族性格中的弱点,站到时代高度上的一代新人身上。

可以说,田德里亚科夫的中篇小说《六十枝蜡烛》(1980)将这种"审判"表现得更尖锐、更集中,并且更具悲剧色彩。作者选择了这样一个人物作他的小说的主人公:一个极为普通的中学历史教师,但同时又是一个有着 40 年教龄和丰富的内心世界的老知识分子。主人公叶切文 60 岁生日时,众人表示祝贺。叶切文欣喜之余也颇为内己没有虚度一生而自豪。可就在这时,他收到了一封匿名信,有个自称"您从前的学生"在信中扬言要杀死他,以"铲除一个多年来的社会传染病的疫源地"。这使叶切文极为震惊。小说由此引出了主人公对自己人生历程的回顾,历史与现实生活中的篇章被交替着依次地揭开了。叶切文一面反省一面又设法为自己辩解。他先是怀疑是他正在任课的班上的一位很有个性的学生廖瓦搞的恶作剧,而后又对他早年的女友塔尼娅、另一个从前的学生,甚至对自己的女儿薇拉及其丈夫产生怀疑。在这过程中,他渐渐"在自己身上发现了许多过去根本没有想到的东西"。他开始对自己几十年来深信不疑的价值观念产生了疑问:"什么叫做好?什么叫做不好?什么是我们的?什么是异己的?"譬如对伊凡雷帝的评价,从前他坚信他是个吸血鬼,是个暴君,后来说是伊凡雷帝"具有进步性"了,他又坚信这是"我们的观点"。他原以为自己在课上讲的全是真理,可实际上他却是在照搬别人提供的答案。他所引以为自豪的学生列娜不过是"一只认真的鹦鹉",毫无独立思考的能力,而他本人不也是这样的吗?叶切文也开始对自己的人格产生了怀疑:"我这个人是善还是恶?"他想为自己辩解:我不是野心家,不是恶棍,不是小人;我没有追求过工资待遇,没有为飞黄腾达而奉承拍马;我是一个诚实的人,我把大部分生命献给了艰苦的工作……可是有人却不这样看他。且不说匿名信中称他是"社会传染病的疫源地",就是一些曾经与他十分亲近的人也对他的"善"表示怀疑。譬如他早年的女友塔尼娅曾经气愤地指责他的忘恩负义的行为,那年他在所谓"要格劳贝还是要革命"的选择面前,竟然当众揭发自己的正直的老师的"罪行";他最喜欢的小女儿薇拉也认为他"对谁都不善",是"为了祭祀自己的神而杀人",当年他为了维护自己的"名声",无理干涉了女儿的婚姻,并最终造成了女儿悲剧的一生……诸如此类,不一而足。叶切文的灵魂被深深地触动,他终于意识到:他所谓的"诚实",只不过是"遵命的诚实";他所谓的"清白",只不过是随波逐流的"清白"。而这样的诚实和清白,害人又害己。在作了这样的沉痛忏悔后、当那个"从前的学生"克罗波托夫出现时,叶切文反倒十分平静而坦然地面对着他。因为在叶切文看来,一方面克罗波托夫列举的"罪过"与他反省时剖析的那些更加丑恶的东西相比已算不了什么,另一方面克罗波托夫仿佛是他的"难兄难弟",他同样想"避难就易",通过"走最轻松的路"摆脱掉"那个被厌弃的"自我。叶切文在经过激烈的思想斗争后,决心革心洗面,走向新生活。但是,小说中主人公发出的那个揪心的呼喊却萦绕在人们的心头:"善良的人们啊!人在走向毁灭,他自己看到这一点,却无力止住脚步。救人啊!"盲从、偷安、媚俗导致了叶切文的悲剧,但何尝又不是导致苏柯夫、克罗彼托夫等人的悲剧的重要因素?它同样在列娜那样的涉世不深的中学生身上埋下了人生悲剧的种子。这里人与自我的主题又和人与社会、人与历史的主题紧紧联系在一起了。

值得一提的,还有特里丰诺夫的长篇小说《老人》(1978)。作为苏联当代小说的"莫斯科流派"(或称"日常生活流派")的开创者,特里丰诺夫一方面继续在这部作品中表现反市侩的主题,另一方面则融入了"良心审判"的主题。小说中列图诺夫老人为了给早已去世的红军将领米古林平反昭雪,想方设法地在收集有关材料。作为古林平悲剧的见证人。老人对当年自己一度受"极左"路线的迷惑而痛心,尽管当时他只是个不了解内情的年轻人。这种"良心审判"虽然痛苦,但在老人看来却是在追求人生的真正幸福——那就是为正义和真理而斗争。然而,一面是老人面对历史"崇高地探求真理",一面却是某些人,包括他的子女,为争夺一间住房而激烈交锋。人与自我的关系在这里被两种不同的幸福观联系在一起了。作者认为,老人不为潮流所动的为正义和真理而斗争的幸福观,是抵御市侩习气的侵袭、使人性得以和谐发展的保证,而康达乌洛夫之流的那种疯狂追求私欲的损人利己的幸福观,只能给现实社会留下阴影,给追求者本身带来自我的毁灭。

2. 自我的失落与存在的意义

在人与自我这一主题范围内,有的作家较多的是涉及年轻一代在现代社会中所表现出来的生的迷惘、自我的失落与追寻,以及对存在的意义和人生的价值的思考。

利帕托夫的长篇《伊戈尔·萨沃维奇》(1977)是较典型的一部

作品。小说主人公伊戈尔是全国最大的木材流放公司的副总工程师，一个刚满 30 岁的年轻人。对于伊戈尔来说、别人难以得到的地位、享乐之类，他却来得轻而易举。他上大学，当工程师、副总工程师，眼看又将成为总工程师，一帆风顺；他自幼过着上流社会的生活，父母亲都是医学界的名流；他娶了州执委会第一副主席的女儿斯维特兰娜，妻子在大学执教，漂亮、温顺；家中生活豪华，应有尽有。在某些人看来，伊戈尔唯一缺少的大概就是"不幸"了，可是作者却为我们提供了伊戈尔的这样一幅肖像："脸上逗留着一种暗淡的微笑，这种笑说得好一点，可以看成一个有教养的人所表示的随俗的礼貌，他的眼睛也是暗淡而空虚，就像一个人想睡觉，他的思想早已离开他那沉重的大脑袋，从他那训练有素的身体的每一根线条中也都可以看出昏昏欲睡的淡漠姿态来。"表面上英俊健壮、诸事顺遂的伊戈尔得的是连精神病学专家也感到棘手的毛病："内源性忧郁症"。他害怕生活，厌倦生活、对一切都感到莫名其妙的恐惧。那么这个病是怎么来的呢？作者通过主人公寻找自己的病因和发生的有关事件，展示了人物自我失落的痛苦，追寻自我的心灵搏斗，以及与此相应的社会问题。

　　伊戈尔原是一个有追求的生气勃勃的年轻人，可是他的父母（特别是母亲叶莲娜）凭着他们的地位和社会关系，给伊戈尔精心安排了优越的生活条件和他们认为的理想的生活阶梯。伊戈尔曾经反抗过。中学毕业后，他没有顺从父母的意愿进医学院深造，而投考了林学院。大学毕业后，他再次拒绝了父母给他安排好的当高等数学研究生的道路、而到偏僻林区当了一名木材流放工程师，并在自己的岗位上作出了创造性的成绩。不愿让儿子待在大森林中的叶莲娜，又通过她的前夫瓦连季诺夫（伊戈尔的生父）的关系，迅速将伊戈尔提拔起来，由工段长而处长，由处长而副总工程师。一向为人正直的瓦连季诺夫听从叶莲娜的摆布下了不少"爱子"的蠢事。伊戈尔的岳父卡尔采夫虽然没直接插手伊戈尔的升迁，但是他的地位也无形中使伊戈尔身价倍增，左右逢源。自以为"三十而立"的伊戈尔终于发现，自己到了30岁什么事也没干成。自己的地位、成就。甚至美满的家庭，实际上都是父母明里暗里替他一手造就的。他的"内源性忧郁症"正是因为这种失去自我，但内心深处又渴望实现自我的冲突而引起的。伊戈尔在大梦初醒时深感迷惘。他失望地对妻子说：他不清楚自己究竟是怎样一个人了。30岁了，他做了些什么呢？拿破仑在这个年纪已经准备当皇帝了，而爱因斯坦已经成了爱因斯坦，普希金再过七年就要决斗了，可是他呢？伊戈尔气愤地对瓦连季诺夫说："活了30岁没有靠自己的双手做过一件事，该是多么危险？我现在是肌肉松弛，头脑迟钝。作为杰出的劳动者的儿子，我却是一个没有生活能力的寄生虫。什么事情都由人家替我做了，就连讨老婆也是如此。……看来，甚至我的大学考试也不是凭我的考卷通过的。……您就不怕瓦连季诺夫家族从我这一代开始堕落吗？"内心的矛盾和痛苦由车库事件而激化，伊戈尔由此在失去自我后重新找到了自我。他决心辞去副总工程师的职位，放弃优厚的物质条件，重新站到人生的起跑线上，去实现自己的人生追求。伊戈尔的心理恢复了平衡，病症不治而愈。小说中，伊戈尔"醒悟和了解'自我'，并意识到他对周围人的责任的道路是艰难而曲折的"①。但是作者相信，"在他身上所发生的这一切过后，他将逐渐地，哪怕是吃力地、缓慢地振作起来，而且必定会振作起来"②。在这里，人与自我的主题和人与社会的主题有机地交融在一起。作者在尖锐地抨击特权现象和社会寄生现象对个性形成的恶劣影响的同时，将主人公"重新理解自己以及自己在其他人们之间的地位"③。

---

① 叶戈鲁宁：《大胆的生活画面》，（苏）《文学报》1977年10月19日。
② 利帕托夫：《我保持对西伯利亚的忠诚》，《苏维埃文化报》1978年5月26日。
③ 利帕托夫：《与〈文学报〉记者的谈话》，（苏）《文学报》1977年1月22日。

置于艺术描写的中心,从而有力地表现了"一个人对他自己和他所生活的时代的责任"①这样一个极有意义的主题。

自我失落后的生的迷惘,在库尔恰特金的中篇小说《乌什镇的哈姆雷特》(1980)中同样被表现得淋漓尽致,主人公维塔利也出生在一个享有特权的家庭,父亲是一个令人羡慕的外交官。生活似乎一开始就向他显示了玫瑰色的美好前景。但是与伊戈尔不同的是,他的父母热衷于追名逐利,很少顾及他,而周围环境的恶浊又使他的心灵受到严重伤害。于是,刚刚踏上生活道路的维塔利就陷入了生的迷惘之中。他离开家,来到偏僻的乌什镇,当了一名普通工人。15年过去了,表面上看破红尘的维塔利,实际上心灰意冷的忧郁和无所适从的苦闷时时环绕着他,父亲的突然来访激起了他力图理解自我和人生而不得的内心矛盾:我是谁?是那个"徒具人形,为了装模作样,所有认识我的人都知道他"的人,还是那个"隐形于我体内,不断发出声音,一刻也不沉寂,记录外在的我"的人?我将走向何方?"这排山倒海、旋涡翻滚、巨浪冲天、锐不可挡的激流,将会把我冲向何方?这激流发源于何方?哪儿有堤岸,哪儿是入海口"?我的命运是什么?"我已度过33个寒暑春秋,现已34岁了——是岁月磋跎,坐失良机了吗?记忆犹存的青春时代,它长久留下了什么"?命运"给我预先安排的生活道路是什么"?可是,个性软弱,没有明确的人生目标的维塔利无法回答这一连串的问号,他仍将苦闷、犹豫、彷徨。这是一种找不到自己的生活道路,失落了自我而又没有勇气和能力重新实现自我的人物形象。作者塑造这样的"现代哈姆雷特"形象是颇具深意的。

导致人丧失自我的,不仅有特权地位,有父母的溺爱或放任,更有现代社会的种种诱惑。如名利,普罗斯库林的小说《黑鸟》

---

① 利帕托夫:《与〈文学报〉记者的谈话》,(苏)《文学报》1977年1月22日。

(1981)中的那个疯狂地追逐名利而终于自我毁灭的亚历山大可称一例;如物欲,叶辛的小说《物欲》(1982)中的女主人公奥列奇卡就因对地毯、壁毯、水晶玻璃大吊灯等等的追求而一度失去了自我;如虚荣,田德里亚科夫的小说《蜉蝣命短》(1965)中的女饲养员柳斯佳在他人的误导下迷失了自我,满足于虚假的荣誉,最终导致悲剧;如偶像,托卡列娃的小说《勿拜偶像》(1985)中记者特罗菲莫夫因对影星西丽瓦娜的盲目崇拜,以致经受30年的自我折磨,并尝到了偶像幻灭的苦果;如地位,马卡宁的小说《当"侍从"的人》(1982)中不仅唯唯诺诺、曲意逢迎公司经理秘书的罗季翁采夫和维卡,而且连傲气凌人的阿格拉姬·安德烈耶夫娜本人,都是为谋取可怜的"侍从"地位而丧失自我的现代市侩……苏联当代小说家在探索人与自我的关系时,因融入了富有时代气息的现实内容,所以颇能发人深思,给人以独到的启迪。

3. 实现自我价值的渴望与两难

实现自我的价值——对于现代人来说,这似乎是一种充满魅力的人生理想,一种颇能激发起生活热情的精神追求。然而在现实社会中,这种理想和追求不仅不能完全排除其功利性的成分,而且还必然会受到外在的和自身的因素的制约。于是,因追求的结果各个不同,在大千世界上也就有了多姿多彩的人生。

有的人以强烈的事业心和顽强的意志力使这种理想和追求在可能的程度上变成了现实,他们的人生也因而具有了独特的光彩。格拉宁的纪实小说《奇特的一生》(1974)就塑造了这样一位人物形象——昆虫学家柳比歇夫。就一个科学家而言,柳比歇夫的一生无疑是卓越的,出版了对多部学术专著,在昆虫学、遗传学、动物学、植物保护、科学史、哲学等广阔的领域,获得了许多重要的成果,柳比歇夫实现了他年轻时立下的创立生物自然分类法的宏愿。

但是作者没有更多地描述柳比歇夫的科学活动和学术成就,而是独辟蹊径地从柳比歇夫的"时间统计法"入手,充分展示主人公为实现自己的人生目标,自我克制的惊人毅力和自我修养的道德激情。柳比歇夫从1916年(26岁)元旦到1972年(82岁)去世那天,56年如一日,每天都对自己的时间使用作精确的核算,并且年前有计划,年末有小结。这种"时间统计法"成为柳比歇夫的生活的骨架,不仅保证了最高的效率,并且保证了最旺盛的生命力"。柳比歇夫的一生并不平坦,他曾因学术观点独到而受过围攻,曾因坚持原则而遭到批判,曾在卫国战争中失去儿子,曾多次因重病或重伤而难以工作……。然而,面对这一切,主人公表现出了惊人的自我克制力,"他给自己规定了定额,他拿着秒表监视着自己,他自己奖励自己,自己惩罚自己"。他战胜了自我,坚定地朝着既定的目标前进。更令人钦佩的是,把时间视作生命的柳比歇夫始终把对科学的追求与应负的社会责任联系在一起,当两者出现矛盾时,他总是自觉地服从于后者。正因为这样,作者认为,柳比歇夫的成就也许算不上丰功伟绩,"可他建树的要比功绩的意义更为重大——这就是过得很好的一生"。他"做到了最充分地施展才能,最大限度地发展自己身上的人的宝贵品质",①也可以说是最大限度地实现了自我的价值。这也正是这一形象的艺术魅力之所在。

与柳比歇夫以及与柳比歇夫同类的人物(如《矢志不移》、《起跑》、"阿尔图宁三部曲"等作品中的主人公)相比,舒克申的小说《太阳·老人·少女》中的那位无名"老人"显得太平凡了,然而在这"老人"身上却显示出了人生价值的另一种风采。一位年过八旬的乡间老人,双目失明,默默地坐在河边老树下,凝视着夕阳。这本身就构成了一幅动人的画面。作者没有过多地铺叙,但是从简

---

① 见(苏)《文学问题》1975年第1期。

约的笔墨中我们知道老人在战争中失去了"四个挺像样的儿子",从老人那双"深褐色的、干枯的手"上和"多得惊人的皱纹'"中我们明白老人有过辛勤劳作和饱经沧桑的人生。如今在人生的终点上,老人仍显得那么"安详和平静",他没有怨言,没有忧伤,还由衷地赞美那将最后的余晖透射人间的夕阳。这种"安详"既是老人对自我的肯定,也是老人对自我的超越。终于,那位写生的少女从太阳平平常常的升落中悟出了老人平凡的一生中"含有某种不简单、某种了不起和意味深长的东西",悟出了平凡的劳动与自我的价值,无私的奉献与安然的幸福之间的内在联系。舒克申用饱含诗情和哲理的笔勾画了一条更有普遍意义的实现自我价值的人生道路。

在现实生活中,也有人或因环境的制约,或因人生目标不甚明确,而使实现自我的追求偏离了轨道。马卡宁的中篇小说《书市上的斯藏特兰娜》(1980)中的主人公斯藏特兰娜就是这一类形象。这是一位由乌拉尔乡村来到莫斯科的"闯京城的姑娘"。她天资聪颖,才貌出众,并有过人的胆魄、高明的手腕和计算机般准确无误的记忆力。这位心气颇高的姑娘很有在京城"显显自己"的愿望,这种"显显自己"的念头正是希望实现自我值的一种反映。可是遗憾的是,斯藏特兰娜出生在一个畸形的家庭里,没有受过良好的教育,并饱尝家庭和社会的冷漠,而且在不良的社会风气误导下,她的人生目标是不明确的。她在投机买卖中演出了有声有色的一幕,并从中感受到一种"显显自己"的满足。在谋取非法收入这点上,斯藏特兰娜与书贩子没什么两样,但是作为一名向往美好人生的少女,她又显然不同于普通的贩子。例如,她爱书,把贩书看作比其他投机买卖来得高雅和文明;她的精明能干使她在贩书中获利甚丰,可她不看重金钱,一心一意地爱上了在古书堆里讨生活的语言学家卡拉特金;她与法律周旋,频频得手,连警察也奈何她不得,可是为了所爱的人,为了洗净污垢,她主动投案自首……在斯藏特兰娜看似矛盾的所作所为中无不显示了她对知识，对能施展自己才智的天地，对能充实自己人生的美好爱情的渴望。然而，在这混乱的、是非颠倒的环境中，斯藏特兰娜没能找到自己在生活中的位置，她的渴望也没能成为现实。作者用反讽的手法描写了斯藏特兰娜的追求和不幸，并让人在为之扼腕之际而深长思之。

在实现自我价值的追求中现代知识女性的两难，也是一些作家着力捕捉并加以多侧面表现的主题。尤尼娜的《女厂长》、纳吉宾的《女法医》、格列科娃的《旅馆女经理》等就是这一类作品。中篇小说《女厂长》（1981）的主人公楚里柯娃是苏联当代文学中并不罕见的实干家形象，诸如有知识、懂管理、精力充沛、事业心强、具有开拓精神等实干家的特点，楚里柯娃都具有。她顶住各种压力，狠抓产品质量，并且体察民心，关心群众，上任不久就使被前任厂长弄得毫无生气的电子管厂重新出现生机。但是如果认为小说就是为了塑造"女强人"的形象的话，那就离题旨太远了。小说中我们更多地看到的是主人公的困惑和两难。楚里柯娃的强烈的事业心、她的厂长的身份与她作为一个女儿、妻子、母亲的角色发生了尖锐的矛盾。她爱自己的家，但又无暇顾及自己的家。她有风烛残年的双亲，有她深深爱着的丈夫，有一双即将成年的儿女，可是她没有时间去照顾老人，去给丈夫以家庭的温暖，去关心孩子的生活和思想。家里成了她的旅店，丈夫和孩子也只能常常在食堂里吃饭。在她看来，"工作就是生活"。可是母亲对她说："女人嘛，工作毕竟不是主要的，要紧的是孩子。"丈夫对她说："丈夫、孩子、家庭对你来说都不重要，重要的是——工作"，你"是个属于明天的女人。"女儿对她说："满脑子除了计划就是工厂，除了工厂就是计划。你是机器人吗？""什么样的前途，妈妈？像你一样吗？我才不要这样的前途！多了不起，都是厂长了，可爸爸去听音乐会还得跟别的阿姨去。我才不愿意！"为此，楚里柯娃陷入了极度的苦闷之中，亲人的话"在心灵里留下了沉重的阴影,却又说不出这种惶惑不安的因由"。一方面,楚里柯娃"始终有自己的生活目标","她唯一的愿望就是干一番自己感兴趣的事业";另一方面,她又觉得"做个未来的女人为时尚早",她想做一个好女儿、好妻子、好母亲。一方面,她有勃勃的雄心,想像男子汉一样在这大型企业中一显身手;另一方面,她又希望有一个女性适宜的安定岗位,觉得"要我们这些女人担当一厂之主的责任,现在还力不从心"。楚里柯娃的两难,实际上正是许多事业型的现代知识女性的两难。这种两难在某种意义上正是女性在改变传统的文化认同的角色后所必然产生的一种精神上的不平衡。这种不平衡的最终消除,或许有赖于在未来的年代中社会对事业型知识女性的理解和女性本身对新的社会角色的适应。但同时,这种两难也表明不能单纯从事业上理解自我价值的实现,人性应该是和谐的。在与本性相悖的负重中,在失却女性自我的状态下出现的女强人,当然不可能有幸福的人生,也不可能真正实现自我的价值。

五、从"人与世界"主题看苏联当代小说的思想内涵

随着人类交往的日益国际化,以及人类对自身存在的根本问题的普遍关注,文学中人与世界的主题也越来越引起苏联当代作家的兴趣。70—80年代以来,苏联小说在这一主题领域里取得了令人瞩目的成就。

1. "全球性思维"与忧患意识

表现这一主题的小说不同于一般意义上的"国际题材小说",它们往往以"全球性思维"的目光,以超越题材本身的哲理内涵,展示人类对自身命运的关注和对理想社会的寻觅。"全球性思维"的概

念是艾特玛托夫首先提出来的。从作家言谈中可见,他提出这一概念大体上是下述几种使他激动、忧虑和深思的意识所致:一是"世界村"意义。艾特玛托夫表示:"人同世界、同宇宙的联系,越来越使我动情。……随着走向宇宙,人和人之间的关系已经起了原则性变化。当人走出地球的界限时,就不再是他,是某个个体,而是整个人类和他一起向宇宙迈出了一步。世界上所发生的一切(特别是在大规模的通讯手段相当发达的当今世界),对单个的人都是有影响的,——甚至我笔下消失在沙漠中的主人公,和人类智慧的进步也有着千丝万缕的联系。"①"人类从来没有像今天这样相互联系和相互制约。这一无可辩驳的事实向全世界文学工作者提出了全球性的任务。"②二是人类理想的意识。艾特玛托夫认为:"全球性思维的实质在于,使每个人都关心别人的命运,关心人们的命运,希望人们幸福。……这种思维在人类意识里的胜利,标志着这样一个时代的来临:我们每个人将超越不同民族的、语言的以及其他方面的差别,从而在别人身上首先看到善意的,而不是敌意的源泉。到那时,我们的黄金般的理想就实现了,如果不是我们,就是我们的后代将会说:'我是地球人,这个星球上所有的人都是我的兄弟姐妹!'""文学的责任是培养具有全球性思维的人。"③三是忧患意识。艾特玛托夫一再指出:"20世纪末最大的悲剧和最大的矛盾,可能就在于人的才能有巨大的潜力,而由于一系列原因又不可能实现他的理想。……由帝国主义制造的政治、思想和种族的壁垒,在这个矛盾丛生四分五裂的世界中,正在阻挠人类自身的延续,更不要谈及人类的发展。……如果人类没有学会在世界上生活,那么人类就会

---

① 艾特玛托夫:《一切都关系到大家》,(苏)《文学问题》1980年第12期。

② 转引自邓蜀平《当前苏联文学中的哲理倾向》,《外国文学动态》1986年第7期。

③ 《地球人》,(苏)《文学评论》1984年第8期。

灭亡"①。同时，人类的危机还在于当物质因素被认为是最重要的，当精神潜力接近于零分时，道德教育的花费和高度精神文明的缺乏导致贪图安逸、坐享其成和物欲横流。"现在当世界达到了如此高度的技术状态和如此高度的矛盾，当人类在道德方面未能跟上它用理智和自己的双手所创造的成就时，特别重要的是使文学和艺术用自己的方式对人施加最大限度的影响。"②在上述三种意识中，对人类命运的忧患意识表现得最强烈。

自然，这种忧患意识并非艾特玛托夫及其小说所独有，许多苏联当代作家通过他们的作品对20世纪后期出现的环境污染、生态破坏、信仰危机，物质主义、传统失落、私欲横流，以及核军备竞赛等一系列威胁到人类命运的全球性问题表现出强烈的关注和异常的焦虑。如拉斯普京所说："文学还从没有像现在这样怀着如此惶恐不安的心情描写人的命运和人生活其上的地球的命运。惶恐不安到了绝望的程度。……20世纪末的文学谈论起人类面临的种种危险时变得更加慷慨激昂，更加心急火燎了，仿佛预感到大限正在来临。……当前文学中出现的描写的对自己的历史根源和民族根源的自我认识这个进程，也证明了人内心的不安。既然我们说到了预感，那么在这之中也许有一种大限将至的永别的预感。"与此同时，拉斯普京强调："文学和艺术不能悲观失望……仍将进行斗争。别的出路是没有的。"它们"决不能听任使人腐化堕落的现象"，并将继续"履行使人人道化的巨大使命。"③在焦虑不安的忧患中仍可以感受到作家们强烈的使命感。这种忧患意识和使命感在作家的创作中显得更为形象，更为深刻，亦更具感染力。而从总体上看，许多作品都在力求回答两个问题，即人类生存的危机来自何方？现代世界的

---

① 艾特玛托夫：《一切都关系到大家》，（苏）《文学问题》1980年第12期。
② 《价值在生命》，（苏）《文学评论》1985年第9期。
③ 拉斯普金答记者问，（苏）《文学评论》1985年第9期。

出路何在？这里先看看第一个问题。

70—80年代出现的"全球性思维"的作品大都是以客观再现现实的方式来展示人类的种种生存危机的，如冈察尔的《你的朝霞》、邦达列夫的《岸》、《选择》、《人生舞台》、艾特玛托夫的《断头台》、阿斯塔菲耶夫的《忧郁的侦探》、《世界末日》、拉斯普京的《火灾》等等。

冈察尔的《你的朝霞》是一部表现人与世界的主题，并旁及其它主题的优秀作品。小说由两条平行展开的线索构成，一条是现实中的参观圣母像之行，一条是记忆中的主人公的人生历程。现实的线索在西方世界展开。"我"（生态学教授）前往西方某大国访问，童年时代的挚友、如今的老资格外交官扎鲍洛特内陪"我"前往数百英里外的一个著名博物馆参观一幅圣母像。于是，借助于主人公途中的见闻和联想，作者为我们提供了一幅幅显示人类生存危机的惊人画面。其中有令人瞠目结舌的环境污染：高速公路犹如钢铁的洪流穿行在特大城市群中，一座座首尾相接的城市像是为机器人汇成的强大而又凄凉的一角天涯。烟雾、瓦斯、废气笼罩着工业区的一切，令人窒息。"这个被烟熏黑的地区一眼望不到头，化学的乌云经久不散，巨大的工厂拥挤不堪，大地好像很难承受它们的重压；这个阴沉的地区被烟雾之神主宰着，一切都在它自身产生的秽气中喘息。……生活在这里的人们，对于种种污秽、缺氧，以及反常的拥挤，似乎已经安之若素；对于长年重压在整个地区上空、令人窒息的黄褐色乌云早已习以为常"。这里似乎预示着"地球明天的可怕命运"，"地球将被自身超强大的工业，被各种各样的有害气体和污秽所窒息"。有"全球性冷漠的不幸产儿"——失却信仰的年轻人：他们"在毁掉自己，无所事事地躺在公园里，两眼流露出冷冰冰的愁云，把人间视为一场空"；他们"因孤独而被折磨得心理变态、丧失希望"，沉浸在"海洛因引起的无比美好的幻觉中的世界"；他们害怕在物质文明掩盖下的"冷酷无情的规律",想"到圣明的婆罗门的星宿之下去寻觅"与世隔绝的安宁。也有对私欲的赤裸裸的追求。主人公的那位毫不羞耻地把"飞黄腾达"视作生活目的的同事杜达列维奇的所作所为,可谓是这种追求的活生生的注释。扎鲍洛特内痛心地指出,当人们置"良心"亦不顾时,人类社会就面临着"厚颜无耻的东西泛滥。拜物教盛行。什么神圣的东西都不复存在,对一切现象,甚至最坏的现象都采取迁就的态度、官僚主义的态度。一心想升官发财。到处寻找靠山。那样的话就会'在我之后哪怕是末世到来也无所谓'!那样的话,在光荣的位置上摆的就不再是圣母像,而是装满赌注的电冰箱……如此等等"。其结果将"把地球变成污浊的地狱"。

除了上述种种之外,在邦达列夫的《岸》等作品中、人类的生存危机还来自于东西方的冷战;在阿斯塔菲耶夫的《忧郁的侦探》和艾特玛托夫的《断头台》等作品中,它还来自于日益猖獗的社会犯罪;在拉斯普京的《火灾》等作品中,它还来自于传统的失落……

与客观再现的作品不同,有一些作品则通过科幻的形式引入宇宙视角,借助于外星人的眼光和人类拓展外层空间时遇到的问题,来强化对人类生存危机的思考。如艾特玛托夫的小说《一日长于百年》、叶夫图申科的小说《浆果处处》、雷特海乌的小说《飞回地球》等,都是这一类型的作品。

《浆果处处》中出现了来自大同世界的"不朽系"的外星人。在他们看来,"地球人不仅在科学方面,而且在良心方面都还处在极低的发展阶段。地球人至今不但未能战胜饥荒、疾病、死亡,而且用一种忍劣的、非常落后的、名为'战争'的大规模屠杀方法人为地加速同类的死亡"。和外星人一样,来自地球的宇航员在从宇宙的角度观测人类之后意识到,地球不过只是一艘宇宙飞船,人类则是飞船上的乘员。乘员之间难道能争吵和相互残杀吗？如果这样，人类的命运将是不堪设想的。这种担忧在《飞回地球》一作中，则通过幻想故事在某些外星中成了现实。小说虚构了未来的某个世纪，地球上一支超远程考察队在考察宇宙中业已毁灭了的文明时的遭遇。在考察中他们发现有的星球上曾有过像地球人那样的智能生物和较高程度的文明，可是由星球上的居民自己发动的核战争终于导致了文明的彻底毁灭，这使他们感到切肤之痛，因为在地球上也有过"可能遭到类似惨祸"的岁月。考察队还发现了一颗无论在引力、大气、水土等方面，还是在活动于其中的智能生物方面，都与地球十分相似的星球——"镜子星"。然而这颗星球上却到处呈现出一派衰败的、毫无生气的景象，许多人还因无法容受的精神桎梏而自杀身亡。经过考察队的科学测算和分析，得知镜子星人曾达到20世纪末地球人的文明程度，可是后来却走上了歧途："该星球在生产方面、经济方面、社会生活方面，乃至个人生活方面都制定了一整套荒谬绝伦的行为难则，并企图以此使现存的多样化生活图表化、命令化。"正是发展到了登峰造极的官僚主义"扼杀了正在蓬勃发展的文明"。小说的科幻情节显然有着极强的象征意义，它告诫人们，核军备竞赛是人类的大敌，而官僚主义同样是威胁人类生存的严重祸害。

当然，将科幻情节成功地与现实、与传说结合在一起，深刻表现人与世界主题的作品，当推艾特玛托夫的长篇小说《一日长于百年》(1980)。作品的情节同时在现实、传说和科幻三个层面展开。现实的层面主要写了叶吉盖、卡赞加普、阿布塔利普以及相关人物的命运。叶吉盖和卡赞加普是位于萨雷—奥捷卡大草原上的一个荒僻的铁路会让站的普通工人。卡赞加普早年因父亲被错划成富农而流落他乡，在这个条件艰苦的小站上辛勤工作了几十年。叶吉盖上过前线，受伤后一度丧失劳动力，在卡赞加普帮助下度过了生活的难关和感情的波折。两人相互关心，建立了真挚的友谊。构成小说情节主线的是卡赞加普去世后，叶吉盖为其送葬的情景及其回忆。阿布塔利普命运坎坷，他参加过卫国战争，当过战俘，脱逃后在南斯拉夫游击队里屡立战功，战后当了教师。可战俘的经历使他一再受审，苏南关系恶化后，他的《游击队笔记》成了罪证，惨死狱中。

传说的层面主要写了两个古老的传说。一是关于曼库特的传说。相传古代柔然人常用一种叫"戴希利"的酷刑使俘虏丧失记忆，成为只会听从主人摆布的奴隶——曼库特。有一位母亲历尽艰辛找到了被俘的儿子，可是儿子已变成曼库特，他在柔然人的唆使下用箭射死了自己的母亲。后来埋葬这位母亲的墓地阿纳贝特成了草原上受人景仰的地方。二是关于歌手赖马雷的悲剧。传说吟唱歌手赖马雷在老年时曾与名叫白姬梅的年轻姑娘真诚相爱，这种爱情使他的生命重新恢复了勃勃生机，但也使他因此而受到兄弟和族人的摧残，人格受侮辱，感情被扼杀。

科幻的层面写的是，在苏美两国"均等号"空间站工作的两名宇航员与宇宙中具有高度文明的林海星人有了接触，两国政府害怕林海星人的新的道德观会对人类现存的意识产生巨大的冲击，为维护自身的利益，他们决定断绝两名宇航员的归路，并发射导弹群以防止林海星人进入地球。

这种多层次的结构安排虽繁复但整体感和现实性都极强。因为不管是对过去的回溯，对传说的重塑，还是对天上人间、地球宇宙的描写和想象，都是基于一个着眼点，即作者力图从过去、现实、未来的辨证构建中获取丰厚的生活容量，有力拓宽对生活观照的幅度，以便更深刻地表达作者对人类命运的强烈关注和哲理思考。正如作者所言："在这部小说中使用借喻、比喻和幻想手法并非最终目的，只不过是思维的方法，是认识和解释现实的一种办法而已。"①

曼库特的传说是小说三个层面的切合点，或者说是结构中心。在谈到这一传说的来源时，作者指出："哈萨克族中确有这个传说的原型。"古时"人们对被俘的青少年施以酷刑，使其丧失记忆，强迫他们忘记自己的名字、自己的父母、自己的民族和故土。一个人失去民族和历史属性、失去个性的全部特征，他就变成了顺从的奴隶、驯服的机器人。人们用轻蔑的名字——曼库特——称呼这样的白痴"。作者"把这些材料提到更高的水平并赋予其哲理意义。正是由于对人的担忧，正是出于对妨碍人成为完美的、内心丰富的、具有鲜明个性的人的一切事物的反感，促使我创造了关于曼库特的传说"②。可以把作者的上述表述看作对小说题旨的某种阐发。

在小说的现实层面中，卡赞加普的儿子萨比特让就是那样的现代曼库特。萨比特让在大城市工作，大学毕业，能说会道，但却蔑视传统、冷酷自私。他鼓吹"将来会有那么一天，用无线电控制人的行动，就像控制机器一样"。这样的人会把现代科技的发展引入歧途。面对这个辜负了前辈期望的萨比特让的丑恶表演，叶吉盖痛心地斥责："你是个曼库特！地地道道的曼库特！"传说的现实隐喻性在这里变得十分明显了。至于小说中某些人力图剥夺阿布塔利普记忆的权利，以及为此对他进行的迫害，这与曼库待传说中的柔然人和赖马雷传说中的族人又何其相似，这种相似是对现代文明的莫大讽刺。在小说的科幻层面中也可以看到曼库特悲剧的重演。为防止林海星人进入，阿纳贝特基地被当作了导弹发射场。叶吉盖等人的送葬队伍被阻隔在铁丝网之外。通向墓地的路，也就是通向历史的路，被现代的曼库特无情地截断了。具有高度物质文明和精神文明

---

① 《艾特玛托夫答记者西尼岑娜问》，（苏）《莫斯科新闻报》1985年2月17日。
② 《地球人》，（苏）《文学评论》1984年第8期。

的林海星人的社会本应是地球人类寻觅的理想境界，但是斩断传统的人必然也不敢面对未来，他们切断了通向林海星的路。当地球被导弹群组成的"环"箍住时，人类对更高层次的文明的追求也被扼杀了。小说中，当火箭轰鸣时出现的那只白鸟——曼库待传说中母亲倒下时她的白头巾变成的，不断地叫着"想一想，你是谁家的子弟？你叫什么名字？你的父亲叫杜年拜！杜年拜！杜年拜！"的白鸟，再次把传说与科幻，与现实联系在一起。小说以强烈的忧患意识揭示人类面临的生存危机。显然，在这里传说和科幻的作用都是为了"以荒诞、夸张的形式尖锐地表现孕育着对地球上的人们有潜在危险的局势"。①

从上述作品中可以看到，不管是用客观再现的手法描写现实，还是用科幻的形式取宇宙的视角，作家们都以强烈的忧患意识力图在自己的作品中揭示人类面临的生存危机，激起人类对自身命运的关注。

2. 寻觅人类理想的彼岸

现代世界的出路何在？或者说怎样达到人类理想的彼岸？这是苏联当代表现人与世界主题的作品力图回答的另一个重要问题。对人类命运的忧患并不等于用极度悲观的无出路的目光看待人类的未来。如前所述，苏联当代作家在提出"全球性思维"的概念时就强调它的实质在于"使每个人都关心别人的命运，关心人们的命运，希望人们幸福"（艾特玛托夫语）；在对人类命运感到忧心忡忡时仍指出"生活中不仅仅有畸形现象，还有美好的源泉"（冈察尔语），因此"文学不能悲观失望"（拉斯普京语），应该努力改变"人对世界的态度"（邦达列夫语）。

---

① 艾特玛托夫：《〈一日长于百年〉前言》。

在苏联当代作家看来，克服人类生存危机的途径主要有两条：一条是在国与国之间，人类应该和平共处，相互理解和尊重；一条是在人与人之间，人类应该克服利己主义，为人性的完善而斗争。

邦达列夫70年代中期以来的作品在这方面作出了十分有益的探索。他的被评论界称为"长篇哲理三部曲"的《岸》、《选择》、《人生舞台》和哲理短篇集《瞬间》等作品，都是引起强烈反响的"涉猎地球广阔场景"、探索"当代生活基本症结"（邦达列夫语）的优秀作品。这里且以《岸》（1975）为例。

作为《岸》的情节基础的是主人公尼基京与爱玛（后称赫伯特太太）的一段带有悲剧色彩的爱情经历。70年代初，苏联著名作家尼基京应汉堡文学俱乐部的邀请前往西德参加东西方作家圆桌会议。在那里，他与年轻时代的恋人爱玛（现已为赫伯特太太）重逢。在四分之一个世纪以前，尼基京作为一名苏军炮兵排长与部队一起驻扎在离柏林不远的柯尼斯多夫镇，他从欲行非礼的中士麦热宁手中救了德国少女爱玛，此后尼基京和爱玛双双坠入爱河。就在这时，驻地附近出现了一支残余的德军部队，尼基京的战友克尼亚日科在战斗中表现出崇高的人道主义精神，但不幸牺牲。不久部队出发，尼基京与爱玛忍痛分手，从此天各一方。这么多年来，尽管两人的生活都有了很大的变化，但始终没有忘记对方，这次重逢有喜悦，可更多的却是忧伤。归途中，心口绞痛的尼基京浮想联翩，他似乎从人生的悲欢离合中悟出了人类消除隔膜和仇恨，走向幸福彼岸的途径。

小说的主题远远超出了这段恋情本身。作者用严峻的笔触和开阔的视野写出了人类已经走过的艰难岁月和正面临的生存环境。战争、冷战、意识形态分歧、两种文化和道德准则，把本来休戚相关的人类分割成两个对立的世界。尼基京和爱玛的爱情悲剧是具有象征性的。这对少男少女的爱情本是人类纯洁、自然、美好的感情的体现，可是由于他们置身于不同的世界，因此这种爱情从一开始就带上了悲剧色彩。当时尼基京就觉得他和爱玛之间隔着一条不可逾越的鸿沟，他"沉浸在无法忍受的既幸福又辛酸的苦痛中"。战争无情地冲散了他们，冷战又长期地分割了他们。当他们久别重逢时、尼基京却感到"他们俩好像生活在不同的星球上，在两个星球敌意相撞的时刻，他们偶然相遇了千分之一秒的时间"，在感受到了短暂的幸福后，"他们重又疏远了，分开了，在已确立了的世界中接着银河系截然相反的方向远行"。这里包含着多少美好的感情遭扼杀，理想的生活成梦幻的遗憾和痛苦。尼基京和爱玛的爱情悲剧正是人类因分裂而造成的无数悲剧的缩影。那么人类能否跨越分裂的鸿沟呢？作者的回答是肯定的。在作者看来，当今世界上国际间的联系的加强，特别是不同社会制度的国家间的对话与和平共处，是推动世界走向人类向往的终极目标的重要途径。小说中东西方作家的对话同样具有象征意义。这场对话主要是在尼基京和西德"韦伯"出版社总编辑迪茨曼之间展开的。他们曾在赫伯特太太家的客厅和电视辩论会上就个性与自由、爱情与性解放、人类对真理的认识、意识形态的分歧等广泛的问题展开了讨论。这种对话尽管并不合拍，但却是有益的。从对话中可以看出东西方的隔阂是如此之深，战争和长时期的冷战使东西方作家感到思想意识上的陌生。对话促进了相互了解，如迪茨曼认为的那样，它在某种程度上。"拆除了我们两国知识分子中间敌视和疏远的栅栏"。同时，对话又是必要的。尼基京对茨威格说过的"痛苦和一国对另一国的不信任毒害着遍体鳞伤的欧洲"的话深有同感。因此，虽然东西方都有人反对对话（小说中的僵硬的教条主义者萨姆索诺夫形象值得注意），但是尼基京坚信反对对话的"各种民族主义都是无耻之徒的最后避难所"，对话至少是消除不信任状态的第一步。尼基京是个乐观主义者他认为"世界上总有客观存在的真理"，社会发展的总趋势不可逆转，因为"任何时候人民都是无罪的",他们反对分裂,要求和平。国与国之间、民族与民族之间的相互对话、理解、尊重与和平共处符合人类的根本利益。

在作者看来,摆脱人类生存危机的更关键的一面在于人与人之间应建立一种新型的关系,人应为人性的完善和人生价值的实现而努力。作者谈到小说题目的含义时指出:"岸"是对幸福、对自我认识的寻求,是在自身中寻求彼岸。也就是说,这个"岸"是指人追求的道德理想和向往的崇高境界。这正是小说题旨的又一个重要方面。小说中成功地塑造了克尼亚日科中尉的形象。这是一个有良好家教,并曾就读于大学文学系的青年军官。他纯洁、善良、疾恶如仇。在与德军残部的战斗中,他表现出过人的勇敢,但当敌方举出白旗时他又毅然下令停止炮击,并挥动手帕前去受降。麦热宁的胆怯,使克尼亚日科英勇牺牲。在作者笔下,克尼亚日科建立的是人道主义的功勋,体现的是正义战争的实质,他是道德高尚、人性和谐的典范。而连长格拉纳图罗夫和中士麦热宁的所作所为与克尼亚日科形成鲜明的对照。小说中,尼基京对人的价值的思考,对自我和人生意义的探索,同样表现了人类对崇高的精神境界的向往和追求。这一点特别明显地反映在他归国途中的恍恍惚惚而又连绵不断的思绪中:"人的一生都是寄希望于未来,生活的实质就在生活本身之中……,我不断地探索生活的实质,而总是不能满足。……我只要看到恶意的目光、凶狠的面孔、看到人和人之间互相贬低、冷酷无情,我对那些丧失了善良、仁爱的人便会产生一种憎恶感。……"妻子"想承担我的痛苦。而我……我却想承担另一个人的痛苦——爱玛的痛苦。……承担别人的痛苦,这意味着什么呢?……也许正是这里面含有我们心里所有的最富有人性的、最主要的东西?……去认识生与死的伟大奥秘,……尝尽一切苦难、疑虑、探求、斗争。"尼基京那充满哲理的思考,表明人类之所以能从洪荒时代走到今天本身就是不懈的精神追求的结果,而向对今天的危机,只要

"在人与人之间,在生活和通向目的地的真理之间架起桥梁",那么那个"绿色的、天国般的、阳光灿烂的、使他(尼基京)终生充满希望的彼岸"也是可能达到的。

  寻觅人类理想的彼岸,这不仅仅是邦达列夫笔下的主人公尼基京、瓦西里耶夫、克雷莫夫等人的特征。冈察尔笔下的扎鲍洛特内、艾特玛托夫笔下的叶吉盖和阿夫季、顿巴泽笔下的巴恰纳、特里丰诺夫笔下的列图诺夫等等,都是塑造得相当成功的探索型的主人公形象。如扎鲍洛特内贺车疾驰在西方世界的高速公路上时,却频频回忆家乡捷尔诺夫申纳那绛红色的朝霞、淅淅沥沥的喜雨和晶莹闪耀的清新空气,回忆勤劳正直的罗曼大叔和他的女儿娜吉卡,回忆云游的画家和那幅无与伦比的至母像,回忆善与恶、人性与非人性的斗争……这里无不包含着主人公对人与人之间的沟通、对善良正直的传统美德、对人类崇高的精神境界的向往、赞美相追求。因此,尽管许多作品对人类生存危机的描写是严峻的,但是当它与进步人类的不懈追求相交融时,这种忧患不仅显示出它的深刻的一面,而且也显示出作家本质地把握生活的能力。

谈苏联当代诗歌的三个流派[①]

诗歌是苏联人民特别喜爱的文学体裁。这一时期的苏联诗坛虽然没有像前一阶段那样时时产生轰动效应,也没有出现像马雅可夫斯基和叶赛宁那样的艺术大家,但是从整体上看,它仍然一如既往地多姿多彩地向前发展着。

一、悄声细语诗派

比大声疾呼诗派稍晚一些,在50年代末60年代初的苏联诗坛上一个新的诗歌流派,即悄声细语诗派开始出现。但是在相当长的一段时间里,这一派诗人几乎都默默无闻,直到60年代后期大声疾呼派诗人的声音低落下去时,他们才引起人们的注意,并进而受到普遍的推崇。造成这一现象的主要原因不外乎时代的变迁和读者审美趣味的变化。当社会发展渐趋平稳,"思想上的不平静状态"渐渐远去时,大声疾呼诗派的直接与社会风波相呼应的高亢的呐喊不再受到读者的青睐。此时,作为对原有的审美情趣的反拨,悄声细语诗派从沉寂中脱颖而出也就不足为奇了。悄声细语诗派有自己的显著特征。他们不大顾及迫切的社会问题和重大的政治事件,而多从凡人琐事、自然风光和往事回忆中开掘诗意,表现自我对真善美、

---

① 本文改定于1994年秋。

对人生、对命运的独特感受；他们的诗歌中没有政论式的雄辩，也不见慷慨激越的音调，而多以细腻的笔触、委婉的抒情和轻歌漫语似的低吟，追求一种或真挚深邃、或缠绵动人、或朦胧含蓄，似乎可意会而不可言传的意境。如果说大声疾呼诗派主要顺袭了马雅可夫斯基传统的话，那么悄声细语诗派则是叶赛宁传统的继承者。这一派诗人中最有代表性的当推索科洛夫、鲁勃佐夫和日古林，此外像库尼亚耶夫、杜金、彼列德列耶夫、特里亚普金、斯达尔申诺夫等人也被列入悄声细语诗派。

索科洛夫被认为是悄声细语诗派的开创者，这是因为他的诗作最早体现了这一诗派的主要特征。索科洛夫从50年代初期发表第一部诗集开始，就一直勤奋而卓有成效地在诗坛耕耘。在他看来，真正的艺术不允许哗众取宠。因此，在大声疾呼派诗歌风靡诗坛时，他甘愿默默无闻地进行着自己的艺术探索。诗人寻求以自己的独特风格与时代沟通的执著努力终获回报，60年代中期以后他的诗名日高，评论界甚至把他的诗歌创作称之为"独辟路径地体现了当代人精神生活的真正深度的重大艺术现象"。索科洛夫的诗作不仅具有悄声细语诗派轻柔冷峻的总体特征，而且有自己的特色。他擅长从城市生活的方方面面取材，并能以小见大，在触景生情中表达诗人对祖国和人民的炽热的爱，对生活和人生的深刻而细腻的心理感受。如《初霜》写的是城市中司空见惯的自然景象，但是诗作通过巧妙的色彩对比、情景转换和象征手法，使我们感受到诗人的心灵颤动——对大自然的挚爱相对纯洁心灵的向往，以及那具有立体感的雕塑美。又如《"我曾在海滨度夜"》一诗：

> 我曾在海滨度夜，睡在篝火旁。
> 我梦见一只小鸽，没有翅膀。
> 见到鸟儿的苦楚，虽说是在梦乡

我也心头沉重，痛苦难当。

在那个漆黑的夜里我还梦见：
我那高悬的帆落入火中，
小舟无法离岸乘风，
就像那无翅的鸽儿欲飞不能。

大海严峻，乌云沉沉，
可我听见你的声音来自远方
我快乐地向你游去，
你是我的帆，你是我的翅膀。

  是梦境，更是充满了人生体验的心灵化了的意象。诗作中的抒情主人公也许是一个在人生道路上步履艰难的跋涉者，欲飞无翅，欲行无帆，焦虑痛苦，但他毅然前行了，因为来自远方的"你的声音"给了他勇气和力量。"你"是亲人的召唤？是真诚的友情？还是原已失却的信念？不得而知。然而，在这一看似朦胧的意象中显然寄寓了诗人的内心体验和人生追求。
  再如在《田野之星》中诗人深情地怀念故乡："又洋溢起无法忘怀的宁静，／又浮现出黑麦和亚麻的远景……／我们无须用话语诉说这种爱：／明朗得只晓得我们共度人生。"在《皮亚蒂戈尔斯克的诗篇》中诗人坦诚地剖析自我："我感到高兴，而且多么庄重——／好像在忏悔，我和盘托出了／使我欢乐和悲伤的一切，／尽管我从未进过忏悔室。／令人难忍的羞涩／像冰块一样溶化着。／一切假象都消失了，／留下的只有土壤。"在《静静的雪》中诗人回忆童年生活的艰辛时由衷地希望"孩子们能更多地享受童年，／成年人的寿命活得更久长"。在《失眠》中诗人用动人的意境表达了珍惜年华的思想:"我不眠,是因为河水未入梦乡,/恰似你的年华,正流向远方……"在《"无名——这并不是不名誉"》中诗人真诚地肯定了平凡而有价值的人生:"无名——这并不是不名誉,/野生的毛茛毫无名声,/它青葱翠绿,使人赏心悦目,/有时又为死者安魂。"索科洛夫的许多优秀诗作既具悄声细语诗派的特征,又避开了常见的这一派诗人的局限与不足。诗人始终忠于自己的审美理想,致力于在平凡的题材中开掘诗意和富有深度的内涵,他的后期创作更接近于传统的哲理抒情诗派,因此在80年代的苏联诗坛上索科洛夫仍占有重要地位。

在悄声细语诗派中,鲁勃佐夫与索科洛夫齐名。鲁勃佐夫命运多舛,创作生涯短暂,留下的作品不多(著有诗集《抒情诗》、《田野之星》、《心灵保留着》、《松涛回荡》和《绿色鲜花》)。但是60年代中期以后他就以自己的优美、深情,并略带忧郁的抒情短章而蜚声文坛。与索科洛夫不同,鲁勃洛夫的诗大多取材于农村的生活和自然景色。诗人是如此的眷恋自己的故乡沃洛格达,那葱绿的草原、森森的林木、深邃的潭水、溶溶的月色,还有那善良纯朴、饱经忧患的父老乡亲。不管诗人笔下的抒情主人公漂泊何方,他的心灵总是一再返回自己的那个宁静的故乡:"我宁静的故乡啊/小河、柳树、夜莺……/母亲就安葬在这里——/那时我还是个孩童。""这儿的农舍,这儿的乌云,/这儿即将来临的雷鸣,/都跟我永远联系在一起,/燃起我火热的深情。"(《我宁静的故乡》)"这儿一切都那么寂静,/仿佛农家的屋顶从未听过雷鸣/潭边不曾有风儿扬起/场院里的垛草也不曾沙沙作声。/睡眼惺忪的秧鸡难得再叫……/我已归来,往事却一去无踪!/啊,奈何?但愿此景常在,/但愿此瞬永恒。"(《故乡之夜》)故乡的白桦是岁月的见证,它使诗人忆及长眠的父母:"须知我母亲的坟头上/也有这么一棵白桦树如泣如唱。"父亲为国捐躯后,故乡村舍的院墙旁"凄风苦雨里也是这么黄叶凋零，／萦回着酷似蜂房发出的嗡响……"白桦更是祖国母亲的象征："我的俄罗斯啊，我爱你的白桦／从童年起我就同它们一起生长。／正因为如此泪水才盈满了／我难得流泪的眼眶。"（《白桦树》）故乡是诗人心灵的港湾，对宁静的故乡的眷恋常常反衬出诗人内心深处的不平静。如《离别之歌》一诗中有这样的诗行：

别忧伤！即使来春河已通航，
你也别等在春寒料峭的码头上
最好还是让我们饮一杯苦酒，
以慰这离别的愁肠。

你我真像不同的飞鸟！
我们何必在同一个岸上久等？
也许我能够回来，
也许我将流落终生……

不过一旦我想起了酸果，
想起你的爱和这穷乡僻壤，
我便会寄给你们一个布娃娃，
作为自己最美好的理想。

让女儿轻摇娃娃哼唱，
以免孤独凄凉。
她会说："妈咪，布娃娃真好！
既会眨眼微笑，又会哭泣悲伤……"

这是行将漂泊异乡的抒情主人公给妻子的一首充满感伤的离别之歌。诗人将抒情主人公背井离乡、抛妻别子的痛苦和哀怨，故乡难留、前程茫茫的矛盾和惆怅，化作了深沉缠绵的诗行。那融入了诗人独特的情感体验的浓浓的诗情使之成为一首脍炙人口的名篇。

鲁勃佐夫还常常从自然中直接撷取意象。他的笔下常出现无家可归的、方向不定的风的形象："我爱风。胜过爱世上的一切。／风在大声地呼号！风在大声地呻吟！"，"它诉说着人生坎坷，／它倾吐出无法言传的心声。""我的灵魂也能呻吟，跟你一样，／但它能否这样维护自己？"（《离家途中》）诗人伤风诉说自己内心的痛苦、迷茫和忧伤，风成了漂泊的旅人不平静的心灵的写照。星也是诗人喜爱的形象。那在广袤的宇宙中闪耀的星星常常引起诗人无尽的遐想，并给诗人焦躁不安的心灵以慰藉。"在冷澈的晦暗中，田野上有一颗星"，它在山冈后静静地闪耀，"以自己亲切温柔的光线"抚摸大地，"我感到幸福，只要它还在人世间发光／还照耀在我故乡田野的上空……"（《田野之星》）这里，星的形象与诗人对生活的希望交织在一起了。鲁勃佐夫就是这样以自己独特的视角表现生活，捕捉大自然美妙的瞬间，咏叹人的命运和情感，他的情真意切的诗篇赢得了众多的读者。

悄声细语派的其他诗人也写过不少优秀的诗篇。但是从总体上看，这一诗派存在着视角过于狭小、主题不够深刻、才气普遍不足的局限，以及部分诗人日趋严重的脱离时代和现实的倾向，因此它也未能逃脱时代和读者的无情抉择。作为一个诗派，它在70年代中期就不复存在，不过其中的一些优秀诗人和大声疾呼派的优秀诗人一样，在继续的探索中找到了自己的艺术发展的道路。

二、传统哲理诗派

与大声疾呼派和悄声细语派明显的潮汐涨落不同,传统哲理诗派源远流长,19世纪和20世纪的许多风格各异的诗人都对哲理性的抒情诗和叙事诗表现出浓厚的兴趣,以至形成经久不息的诗潮。虽然这一诗派中的诗人的水准参差不齐,而且也未举起过自己的标帜,称其为诗派只具相对的意义,但是与继承了俄罗斯诗歌哲理传统的当代诗人确有某些共同之处。如他们一般都能以较为开阔的视野、大小兼容的题材和富有哲理的思考去阐发自己对生活、对时代的认识,他们在艺术上则注重将哲理性、抒情性或戏剧性熔为一炉,在浓郁的诗情中给人以启迪。活跃在这一时期的较著名的传统哲理派诗人主要有加姆扎托夫、卡里姆、维诺库罗夫、索洛乌欣、伊萨耶夫、莫里茨、马尔蒂诺夫、库利耶夫、普列洛夫斯基、费奥多罗夫等等,此外还有从其他诗派转向哲理诗派的叶夫图申科、罗日杰斯特文斯基等。

70—80年代,这一诗派的不少诗人加强了对国家和民族的历史进程的思考,出现了伊萨耶夫的《记忆的远方》(1977)、普列洛夫斯基的《世纪的路》(1974—1983)、罗日杰斯特文斯基的《二百一十步》(1978)等一批优秀诗作。

《记忆的远方》是伊萨耶夫继《记忆的审判》之后创作的又一部产生较大影响的长诗。全诗没有一以贯之的情节,但是对俄罗斯人民的历史命运的哲理思考构成了联系各章的纽带。长诗一开始,那朵"朝我飘来"的"按照我的心灵和记忆的命令"飘动的云就牵引着抒情主人公"我"沿着记忆的道路走向历史的远方。展现在读者面前的是"我"记忆中的充满抒情气息的农村生活的画面和普通农民的悲欢离合,是超脱了现实的人生际遇的人民的历史命运。被称为"长诗中的长诗"的《打火石——眼泪石》一章从各个侧面描写了俄罗斯人民曾经经受的苦难和进行的斗争。人们在路上拣到一颗眼泪化石,这眼泪是从谁的面颊滚下?于是,记忆把思绪引向远方。自古以来俄罗斯人民就在广袤的大地上耕耘,可是革命前的人民受尽压迫,"除了乡村墓地,竟没有土地",心僵冷了,眼泪也僵冷了,于是有了眼泪的化石。到了拉辛和普加乔夫的时代,人民才用眼泪磨快了斧头。因此,眼泪石不是普通的化石,它是联结记忆中的远方的有生命的石头。它形似眼泪,是人民的苦难和悲哀的结晶;它受击打冒火星,是人民的反抗和斗争的象征。正是这样的人民赢得了革命和战争的胜利,赢得了在和平环境中建设自己的家园的权利。人民是长诗中真正的主人公,记忆土地和道路则是历史、祖国和人民命运的象征。诗人在长诗的字里行间倾注了自己对祖国的满腔深情和对人民的历史命运的深沉思考,全诗既充溢着强烈的抒情色彩,又具有广阔的生活涵盖面和深刻的哲理意蕴。

普列格夫斯基的《世纪的路》也具有总体象征的特色。这是一部别开生面的长诗合集,它描绘了西伯利亚的历史风貌,表现了诗人对西伯利亚历史发展道路的哲理思考。古老而又年轻的西伯利亚的道路成了诗中最重要的意象。诗人引导读者沿着西伯利亚的大道,巡视那曾经有过的僻静或喧嚣的年代。退路,世纪的路,人们曾沿着它,一个又一个世纪、噙着热泪流着血汗,从乌斯特库特的城堡遗址,徒步走向阿穆尔河。人民,他自身就是目的,就是向目的地运动。道路和创造者的理想一样伟大,她充满着大胆和慷慨,像人民一样丰富多彩,一样永垂不朽。道路是沐浴着八方来风的西伯利亚建设者澎湃热情的见证,尽管征途上还会有风雨,但人民的努力和追求不会落空。长诗气势恢宏,那长达万行的诗篇将抒情主人公的见闻、回忆、遐想、抒情,以及凝重的哲理思考熔为一炉。诗人在由衷赞美西伯利亚的历史巨变,讴歌勤劳勇敢的西伯利亚人民的同时,也对在现代文明冲击下面临新的劫难的西伯利亚大自然的命运表达了深深的忧虑。

如果说前两部作品从不同角度选择道路作为诗中的主体意象的话,那么罗日杰斯特文斯基的长诗《二百一十步》则用脚步来作为历史前进的步伐的主体象征。抒情主人公"我"带着生活中遇到的问题来到红场寻找答案。列宁墓前士兵换岗的脚步声(士兵从克里姆林宫塔楼的大门到列宁墓正步走的步数为210步)使"我"浮想联翩:"我相信,／我的生命的时日／应当／同这些脚步的时日／联结在一起……"

　　二百一十步
　　就到达熟悉的门过
　　就到达那个——
　　　　荣光灼灼的一
　　　　哨位,
　　到达他的陵墓的
　　默不作声的入口处
　　伴着河上飘来的
　　　　凉爽的轻雾,
　　伴着紧贴肩膀的
　　　　庄严抖动的刺刀,
　　后跟
　　踏进花岗岩,
　　在星球上行进的——
　　　　是个大国的
　　有分量的
　　　　二百一十步!

那有力的脚步声带着抒情主人公回到遥远的过去。他深情地缅怀为国捐躯的英雄，热情地赞美忘我劳动的人们；他思索着祖国走过的艰难曲折的道路，思索着历史的教训和现实的问题，战争与和平、生存与死亡、个人与人类、人生的价值和意义都在他的视野之中；他觉得人类的全部历史只不过是这二百一十步的开场白，革命事业任重而道远。"脚步"成了连缀全篇的结构中心，诗人通过那铿锵有力的脚步声展开想象的翅膀，回顾历史，体悟人生，并表达对未来的信念：虽然前程艰险、人生有限，"但是／我们的真理／永生／不死！""代表／我们的，／还有／列宁！"

　　代表
　　我们的
　　还有在宇宙上行进的
　　这二百一十步！

　　道德、信念、传统、人生、爱情等主题是这一时期传统哲理派诗人探索的又一重要领域。

　　费奥多罗夫是位优秀的传统哲理派诗人，他在这一时期推出的长诗《七重天》和《唐璜的婚礼》都是从道德角度探求人生意义的佳作。他的抒情短章亦具特色，诗人善于从写景状物中揭示颇具深意的哲理。例如，诗人在对篝火作了种种诗意的描述之后写道："什么是暗夜中那照亮草木的篝火？／那就是昔日之美的／一时复活。"（《篝火》）有人爱称自己是"人民的仆人"，可诗人说："心／手／都献给人民，／但切莫说／我是人民的仆人……／仆人们／总在蒙骗主人。"（《心》）诗人由此又翻出新意："我锤炼／火热的心，／我使它／不得安宁，／我把苦涩的液剂／向它灌注，／为的是让它／不要成为某人的玩物……"（《我锤炼火热的心》）诗人这样谈到"奴性的血液":"同那种／远古黑暗时期／在战斗中流出的血液一样，／我们，自由人／也有锈迹斑斑的奴性的血／残留在血管里。"在历数奴性的危害和剖析其实质后，诗人要求在自己身上"也不停地消灭这顺从的贱奴"。在《谈艺小诗二首》中有这样的诗行："我们怎样写作？／我们怎样飞翔？／大家各逞其勇：／那飞的是麻雀，／独翔的是雄鹰。"是谈艺术，也是谈人生，所含的深意不言自明。

马尔蒂诺夫也是擅长在这一领域内开拓的老诗人，他被认为是俄国诗人丘特切夫和勃留索夫的出色继承者。他的诗歌题材多样，情理并茂，善于从平凡的事物和生活现象中开掘出诗意和哲理。如一首无题短诗写道："有一位美人／置了一张梳妆小桌，／另一位美人却设了梳妆台／第三位美人备是梳妆安乐椅，／第四位美人干脆立起梳妆柱来，／俨然像个柱头苦行僧伫立在上面，／想象着周围是巴比伦立柱的人海。"这里，容貌与心灵的反差，美与丑的对照，被简洁而又鲜明地凸现出来。《防卫》也是一首短诗，却提供了一个生动的情景，从"亲昵的爱称"到少女的烦恼，给读者提供的乃是道德的和人生的思考。《拴着的狗》一诗通篇是描绘性的细节，然而那条因被拴而愤怒、因自由而狂喜的黑狗却给人留下深刻印象，人们不难从"它只在拴着的时候才狂吠不已"的诗句中体悟到某种人生的哲理。此外，像《理性的精神》、《我的帆缀满了补丁》、《神像》、《死者的复活》、《时代的风格特征》等都是这一时期的佳作。

卡里姆、舍夫涅夫、鲍科夫、德鲁尼娜、维诺库罗夫、加姆扎托夫、索洛乌欣等诗人在这方面也有不少好诗问世。例如，卡里姆在诗作《人们做各种各样的梦》中通过对梦境这一生活现象的描述，展开想象的羽翼：有人做了噩梦，"仿佛地球因恐怖而抖动"，"傻瓜成了伟大的总统"，"蜜意柔情受谎言的欺骗，／美好的友谊走投无路"；有人做了美梦，"世代的冤仇不复存在"，"丑恶和虚伪业已寿终","果园硕果挂满枝头，／所有的盲人都重见光明……"字里行间流露出诗人鲜明的爱憎以及对生活的期待：

  夜里做各种各样的梦，
  可惜无法把梦来操纵！
  但愿好梦能变成现实。
  但愿噩梦永远是梦……

  舍夫涅夫的诗作《箭》以奇特的构思，表现了一个极富人生哲理的主题。"我把不公正的愤恨之箭，／射向了自己的朋友"，可是没想到那支箭没有命中目标，它越过森林、田野、城市和海洋，其至"像威力无比的钻孔机"穿越大山，始终向着一个目标，"它球绕着地球飞来，／为的是扎进我的背脊"。想害他人，结果却害了自己，这样的事情在生活中屡见不鲜。诗人以大胆的想象和有力的渲染，使"害人之心不可有"这一古老的哲理产生了新的感染人和启迪人的力量。

  鲍科夫的诗作《母亲和女儿》写了电气火车上的一幕，似乎是白描式的诗句，但其中包含的道德意蕴却令人深思。德鲁尼娜擅长写战争题材的诗，但她的爱情诗同样不俗，她曾写下这样的别具深意的诗行：

  我们把自己的爱情埋藏，
  我们把十字架立在坟头上，
  我们二人都说"感谢上苍"
  可是，爱情站了起来，离开了棺椁，
  它责备地点点头，说：
  "看你们干了些什么？

我——活着！"

这一时期，传统哲理派诗人还普遍表现出对人与自然关系的忧思和对战争与和平问题的关注。

20世纪后期，随着生态失衡、环境污染的日趋严重，苏联诗坛上一种以深沉的忧患感描写人与自然关系的诗歌开始取代过去常见的那种单纯咏叹自然美或歌颂人征服自然伟绩的诗篇。许多诗人不仅赋予大自然以鲜明的人格，把大自然比作人类的母亲，而且着力写大自然对无视自己母亲的人类的无奈和愤慨。在维库洛夫笔下，大自然母亲处在被伤害的境地，她"在期待我们慈悲为怀。／遗憾的是，她不能／从我们这里得到慈爱"。（《大自然母亲》）这种遗憾在马尔蒂诺夫笔下已变成一幅现实的景象：人类对生态的破坏，使最普通的自然现象——雷雨后的清新空气，林木中鸟的啁啾，都变得比天鹅毛还要贵重。（《普通的药》）这种遗憾在维库洛夫的长诗《她决不会说》中化作了自然母亲的一个美妙的梦境：

水底映出森林，
还有匕首般闪亮的群鱼；
驼鹿在密林中猛穿，勇往直前，
嘴唇滴落着水滴；
白天鹅贴着平静的蓝色水面飞行，
白里泛红的翅膀如桨叶忽闪。

可惜如此美妙而又和谐的画面只是"河流梦见的奇迹"，在现实中已难以寻觅。这种遗憾在舍夫涅夫笔下则化成了另一个令人忧伤的梦境："我"在梦中成了一名医生，前来求诊的竟是"病恹恹的江河"、"残废的小溪"、"失明的水潭"和'烧焦的材木"，可"我为病人操劳，／结果是无能为力"。(《奇怪的梦》)诗人们在描绘这种令人遗憾的画面时指出，大自然的悲剧也是人类的悲剧，因为"你(指人类——引者)不可能在我(指大自然——引者)之上，／正如你不能／在我之外"(维库洛夫《大自然的独白》)。伤害大自然，也就是伤害人的心灵；保护大自然，也就是保护人类的未来，这样的主题在许多诗歌中回响。伊萨耶夫的《猎人射杀了一只仙鹤》中的主人公误杀仙鹤后的良心审判，普列洛夫斯基的《世纪的路》中抒情主人公从现实的"保护西伯利亚"的急迫呼吁到"将地球变成宇宙的自然保护区"的大胆设想，都具有现实的警策意味，都包含着诗人改变人与自然的紧张关系的渴望。

战争与和平问题也是诗人们所关注的热点。面对20世纪下半叶越演越烈的核军备竞赛，许多诗人以强烈的忧患意识思考着人类的命运。罗日杰斯特文斯基的诗作《厌倦》就是这种意识的反映。全诗被"厌倦"这一意象笼罩着："地球上／出现了厌倦，／厌倦／不可避免……"母亲厌倦了生养士兵，工厂厌倦了制作军装，战机厌倦了迎敌起飞，道路厌倦了背驮坦克，大海厌倦了颠簸战舰，天空厌倦了战火纷飞，大地厌倦了承载靶子，甚至连金属——／没有灵魂的／冰冷的，／迟钝的金属，／经过千秋百代漫长的世纪／也厌倦了／铸成武器!"这一层接着一层的厌倦，仿佛是一声声"再也不要战争"的呐喊，它生动表达了人民要求维护和平的心愿。

同样的主题在加姆扎托夫的《女人岛》、伊萨耶夫的《第二十五点钟》、叶夫图申科的《妈妈和中子弹》、费尔索夫的《警钟》、库古里季诺夫的《理智的反叛》等长诗中则以更为丰富的内容和更为多样的形式表现了出来。加姆扎托夫的《女人岛》(1981)将题旨寓于一个发人深思的传说之中：在墨西哥有一座美丽富饶的小岛，然而自从岛上的男人出海捕鱼遭遇风暴而葬身，岛上的女人伫立海边久候而化成峭石，小岛成了一个凄凉的"女人岛"。诗人由小岛而联想到地球，因为新的战争风暴也可能吞没所有的男子，而使地球变成同样凄凉的"女人岛"。长诗表达了诗人的忧思也表达了诗人的希望：让地球永远成为人类安居乐业的"和平岛"。伊萨耶夫的《第二十五点钟》（1984）采用了虚幻的形式来表现现实的主题在某个公园里竖立着一尊铜像，那是个卫国战争中阵亡士兵的塑像，他已经在这里站了近40年。可是，出于对新的战争临近的预感和对人类命运的不安，他站不住了，终于在25点钟这个假定性的时刻走下了基座。士兵代表所有在二次大战中的死难者向战争狂人发出了抗议和警告。诗中的士兵形象实际上是"记忆"的化身，"记忆在为和平而战"，"这25点钟已经到来"（伊萨耶夫语）。诗人借此将卫国战争与人类面临的危机联系起来，强调"记忆"是遏制战争的重要力量。

叶夫图申科的《妈妈和中子弹》（1982）更是一部具有全球意识的气势恢宏的作品。诗人将其在国外访问别的所见所闻和有关叶夫图申科家族的经历作为主线索，在丰富的联想中穿插大量的哲理性的思考，并以自由的时空跳跃和充沛的内在激情，将诗中的历史回顾、现实描绘、虚构的情景，以及联想和思考熔为一炉，多侧面地表现了反对战争维护和平的主题。反诗的题目看似突兀，其实它本身就是一个意蕴深刻的象征：妈妈象征着生命、创造和幸福，中子弹象征着毁灭、灾难和战争。对妈妈的赞美表达了诗人对真善美的向往，对中子弹的描写则表现了诗人对人类命运的忧患。长诗中那虚构的中子弹爆炸的情景与后果给人留下深刻印象。诗人愤怒地谴责那些战争狂人："举起原子剑的人，／必将死于剑下"诗人还告诫人们不要沉迷于一时的物质享受而忘却现实的威胁和历史的教训。长诗的结尾又是一个象征性的场景：在反法西斯战争中勇敢地战斗过的善良的加娜婆婆被成群的工人和大学生，被代表着人类良知的托尔斯泰、耶稣、爱因斯坦和原子量子学的奠基人尼尔斯·鲍尔托举着在人类和世纪的上空庄严地行进着，在她的后面走着的是各种肤色的儿孙——为和平事业而斗争的人们。

> 而在佩鲁贾——阿西西公路转折的地方
> 坐落着一个里加车站的
> 　　售报亭，
> 妈妈在那里出售
> 　　后天的报纸，
> 报纸上印着——
> 　　从今以后将永远
> 　　消灭战争。

正义力量终将战胜战争狂人，在诗歌深邃的意蕴中显示出诗人对人类未来的信念。

三、新潮诗派

从俄罗斯和苏联诗歌发展史上看，新潮诗歌的兴盛期是20世纪初叶和20年代，象征派、阿克梅派、未来派、构成派等诗派曾风行一时，但是在其后的数十年中它们均被视作形式主义和颓废主义艺术而遭排斥和批判。50年代中期以后，情况开始有了变化。理论界对过去被否定的一些诗人和诗派给予了重新评价，同时西方现代派诗歌也被客观地介绍到了苏联国内。这一切为许多青年诗人的探索创造了有利条件。60年代初开始享誉诗坛的沃兹涅先斯基因其对时代的呼应而被划入大声疾呼诗派，然而就其诗歌的风格而言，他更是苏联当代新潮诗歌的开创者。他明确反对一味地继承传统，极力主张艺术形式的革新。他认为，随着时代的发展，联想也应飞跃，要使诗歌具有历史空间感、地理空间感和时间空间感，要打乱所谓正常的诗歌思维。他于60年代初期发表的诗集《东拼西凑》、《抛物线》和《长诗〈三角梨〉里的三十首抒情离题诗》是当代苏联新潮诗歌最初的代表作,曾引起当时诗坛上关于"当代文体"的争论。60年代中期以后,诗人仍坚持着自己的艺术探索,发表有长诗《奥扎》、《扎列夫》和诗集《声音的影子》、《大提琴似的柞树叶子》、《彩绘玻璃大师》、《诱惑》、《无意识》等重要作品。这里且以沃兹涅先斯基写于70年代后期的长诗《普利谢茨卡娅的肖像》的开头部分的片断来看看他的艺术风格:

> 掌声在她的名字里升起。
> 她与雪松,
> 波斯丁香,
> 叶利色之野,基督的降临
> 同韵。
> 存在着地极,寒极
> 和磁力的极。
> 普利谢茨卡娅是魔力的极。
> 她把全场拧进
> 三十二个单脚急转和她的气质的
> 狂飙一般的漩涡,使你昏迷,
> 愈陷愈深,不能逃脱。

诗人力图摆脱照相式的临摹手法和传统的语言组合,努力调动象征、隐喻、意象叠加等手段来表现芭蕾艺术家的魅力。语言似乎不甚明晰,但却给读者以新鲜感和再创造的空间。当然,沃兹涅先斯基的探索并不总是成功的,但是他的诗歌的现代意识和大胆的不受羁绊的艺术追求,在苏联当代诗坛独创一帜,并深刻地影响了年轻一代诗人的创作。可以说沃兹涅先斯基通过对著名芭蕾艺术家舞蹈的赞颂来发表新潮诗的"艺术宣言":其一,艺术必须具有魅力:普利谢茨卡娅是"魔力的极"、"地狱的火花","能把半个星球烧化"!其二,艺术家必须有自己的个性:普利谢茨卡娅"从小就野得叫人害怕",她的舞姿"在孤独中挣扎,/在平庸的围困中开着天才的奇花"'"是湍急的血液催她急旋"。她的《卡门》跳得如此出色,因为她"用全身心"去跳,这个舞适合她的个性。其二,艺术家必须有强烈的爱与憎:普利谢茨卡娅"在这半冷不热的世界,她需要火"。外国记者提问:"最恨什么?"她说"面条!"其四,艺术的实质:艺术是"对固有表现方式的突破":

> 在键盘上摸索着颜色。
> 听觉变成了视觉。绘画
> 寻求着三维,在静止的画布上
> 寻求运动。
> 舞蹈不仅是重力的克服。
> 芭蕾还是声障的突破。
> 语言意味着发声器官?嗓子?哪里!
> 这是手臂和肩膀的歌唱,手指的细语
> 传递着无比重要的信息。
>
> 对于它,声音太粗糙。
> 皮肤的思想,它获得了表情
> 无词的歌?无声的音乐。
> ……
> 用触觉感受声音!这一点,
> 芭蕾与爱情相同

下臂与下臂对话，小腿与小腿
相思，此时，掌心不用媒介，就能够
自主地向对方倾诉。
动作占领了声音的国土。
我们看见了声音。声音就是线条。
姿态是传声的渠道。

70—80年代致力于写新期诗歌的青年诗人比较活跃，他们的探索甚至影响了某些用传统手法进行创作的诗人，新潮诗派的存在已不可漠视。新潮诗人本身的风格也是多样的、但也有一些共同的倾向。如他们一般不要求诗歌载送具有很强的政治性的内容；他们力求在诗歌中寻找自己的情感天地，人生、爱情、死亡、孤独、代沟等都是诗人们热衷的主题；他们在形式上追求意象的变形、思维的跳跃、语言的奇异等等，并认为这种新的语象结构本质上是另一种形象的统一体；他们否认自己的诗是谜语和字形游戏，认为诗中隐藏着一种秘密，而秘密只能永远是秘密。

为了有个感性印象，不妨看看女诗人布金娜的一首无题诗：

时代从我身上趟过——我是谁？
未来世纪呼吸的反跳，把时光推催。
我在捕捉自己的正午——鱼类，
装满的渔网曾被时间磨碎。
捕捞后剩下来的眼睛，零落、成堆，
语言留下根须，还有无益的劳累。
回声像是感叹词代我而生。
我——由肋骨凑成，花园是银枝映辉。

树生根,命运和惩治造成审判。
而我,从语言的感受到荣誉的回归。
时间从左边、从右边绕我而过,
檀香念珠铮铮——夏日代替了秋水。

夏日如同吸气,像串珠落地,
我趟着时代走——我是谁?

在奇异模糊的语言、纷至沓来的意象、自由大胆的联想中,诗人顽强地在表现一种强烈的主观情绪,如果能从诗歌的特定背景和情绪氛围中体悟其象征内涵,相信是不会一无所获的。

布金娜的其他一些诗歌,如《环》、《预感》、《野星星》等,也是很有特色的。新潮诗人库普里亚诺夫、特卡钦柯等在诗歌风格上也有自己的特点,受到读者的欢迎。库普里亚诺夫的诗集《家庭作业》还成了苏联1987年的畅销书之一。新潮诗歌在80年代苏联的重新活跃是时代和文学本身发展所使然。生活需要现代化和多样化,文学亦然。新潮诗歌中的佳作,其语言的鲜活和弹性,表现现代人复杂情感的独到,并不是传统诗歌所能全部替代的。尽管新潮诗歌还有不成熟之处,但是对不成熟不该苛求,一些勤于探索的青年诗人的更有希望的未来是可以期待的。当然,正像传统诗歌中也有大量的平庸作品一样,苏联新潮诗歌中也难免鱼目混珠,一些低劣的作品或格调低下或无病呻吟或故弄玄虚或专事雕琢,它们被淘汰被抛弃也是不足为怪的。

社会转型与俄罗斯文学[①]

20世纪后期苏俄社会的急剧转型导致了人们的价值观念和思维方式的巨大变化,并极为深刻地影响了文学的发展进程。苏俄社会的转型早在苏联解体之前的80年代中期已经起步,文学的阶段性变迁也始于此时,当今的俄国学界普遍认可80年代中期至90年代的文学视作一个整体,正是基于这样的共识。[②]本文将对这一时期某些重要的文学现象作一观照。

第一节 俄罗斯文学的历史反思

20世纪80年代中后期,苏共推行的"公开性"和"民主化"使苏联社会在政治、经济、文化等各个领域都出现了动荡,文坛也开始躁动不安。苏联社会的转型对文坛的冲击在苏联作家第八次代表大会(1986)上得到了充分反映,在这次会上发生了空前激烈的争论。"传统派"(或称"爱国派")和"自由派"(或称"改革派")成为文坛最有影响的两大派别,两派在一系列重要观点上猛烈碰撞,

---

① 本文改定于2001年冬。

② 关于这一点可以参见俄国出版的一些文学史著作,如近年来出版的 O. 波格丹诺娃著《当代文学进程》(圣彼得堡,2001年版)、Н. 莱采尔曼和 М. 利波韦茨基著的《当代俄罗斯文学》(莫斯科,2001年版)、Л. 克列缅佐夫主编的《20世纪俄罗斯文学》(莫斯科,2002年版)等。

从而拉开了文坛纷争的序幕。文坛要求写"百分之百的真实"和要求为受过不公正待遇的作家及其作品恢复名誉的呼声日益强烈,在这样的背景下,所谓"新批判浪潮"和"回归文学热"相继出现。

社会转型初期,文学创作仍承袭前一阶段的较为强劲的势头,出现了一些影响较大的作品,如拉斯普京的《失火记》、别洛夫的《一切都在前头》、邦达列夫的《考验》、艾特玛托夫的《断头台》、阿斯塔菲耶夫的《忧郁的侦探》、贝科夫的《采矿场》、叶夫图申科的《布哈林的遗编》和沙特罗夫的《良心专政》等。与此同时,一批创作于50—70年代甚至更早的未能发表的作品,如别克的《新的任命》、杜金采夫的《白衣》、雷巴科夫的《阿尔巴特街的儿女》、格罗斯曼的《生活与命运》、索尔仁尼琴的《癌病房》和《古拉格群岛》、特瓦尔多夫斯基的《凭着记忆的权利》等,也纷纷问世。这些作品尽管倾向不一,但都表现出强烈的反思意识,并很快获得了满城争睹的"轰动效应"。80年代中后期的历史反思文学与社会转型关系密切,这一点可以在以下几个方面表现相当鲜明。

1. 探究产生"后斯大林现象"的缘由

苏联社会改革的进程从60年代中期开始逆转,旧的体制模式重新得以强化,个人迷信现象再度重演,社会发展渐趋停滞,这就是所谓的"后斯大林现象"。最早对此加以艺术表现的作家是特瓦尔多夫斯基。他当年未发表的长诗《凭着记忆的权利》就是以重温历史的方式,对企图抹去人们的痛苦记忆和恢复旧体制的某些人提出的抗议。叶夫图申科的《禁忌》(1985)中的诗句:"谁忘记昨天的牺牲者,他就会成为今天的牺牲者。"成了这时期不少以回忆录形式出现的作品的基调,在发表于1988年的阿朱别伊的回忆录和布尔拉茨基的回忆录中就可以发现这一点。两部作品所涉及的历史现象以及作者的评价并非无懈可击,但是作者的反思意识在某些方面是值得重视的。如前者在肯定赫鲁晓夫时期的一些正确做法时又指出:"不仅赫鲁晓夫,而且广大群众也都没有搞清楚一个更为复杂的真理,那就是我国各族人民以巨大的努力进行建设的社会尽管取得了无可争议的物质成就;却失去了列宁的教诲——在社会主义社会人是高于一切的。"这一缺陷正是为"后斯大林现象"的出现铺平了道路。后一部作品对停滞时期令人震惊的社会现象作了描写后指出:必须对社会主义模式本身进行现代化的探索,改革行政命令体制。在经济上,实行"工业的经济核算、服务业的合作化、农业的承包制"等结构改革;在政治上,真正发扬社会主义的民主,保证"最有才能的领导人、最可靠的列宁主义者、最忠实的人民公仆"成为国家的引路人。

与这一时期许多充满政论色彩的诗歌、回忆录相比,小说家更多的是通过艺术形象来表达他们对"后斯大林现象"的关注。艾特玛托夫发表于1986年的长篇小说《断头台》就是包含着这一题旨的一部有影响的作品。

波士顿是《断头台》中的主人公之一。这个脚踏实地而又富于进取精神的牧羊人不满足靠自己的勤劳和智慧过上的小康生活,力主改革现行管理体制的弊端,实行家庭承包,发展农场经济。事实上,这也确实是改变牧场衰败、生产下降和调动牧民积极性的行之有效的措施。可是他的主张不仅在某些"警惕性很高的政治经济学家"眼中是"侵犯了社会主义的神圣原则"的异端邪说,而且构成了他与被称为"报纸脑袋"的农场党委书记科奇科尔巴耶夫矛盾冲突的焦点。科奇科尔巴耶夫,这个拥有"州党校文凭"的所谓"饱学之士","总是打着领带,总是夹着一个文件夹,总是一副正儿八经的样子",连说话也像读报似的官僚主义者,自己什么也不干,反而动辄指责波士顿那样的富于改革精神的普通劳动者。在他看来,波士顿"是用那些十分可疑的建议把人心搅得惶惑不安","是向历史反攻倒算",是"歪曲管理制度的社会主义原则",是在"进行富农式的蛊惑宣传"、像波士顿那样的"新型的富农和反革命分子","真该像早年那样把他放逐得远远的"。问题还严重在"科奇科尔巴耶夫还远远不是那一连串一成不变的原则中的唯一的一环"。从区委会降职下放的场长乔特巴耶维奇的遭遇就是证明。在停滞时期,社会主义原则再一次被庸俗和僵化了。在那样的政治气候下,巴扎尔拜那样的二流子却如鱼得水,他不仅鹦鹉学舌般地咒骂波士顿是"富农分子",而且直接插手,导致了波士顿及其家庭的悲剧。

过去年代的错误政策的幽灵在停滞时期的社会生活的上空徘徊着,这一点从小说中另一位主人公阿夫季的悲剧中也可以清晰地见到。州委弄虚作假,用捕杀野生羚羊来填补完成肉类交售计划的不足。由坎达洛夫之流组成的临时帮工队乘机大发横财。阿夫季意外地被拉入了帮工队。当他发现他参与的是一次血腥的屠杀时,他震怒了。可是那帮灭绝人性的家伙反而认定阿夫季是"人民的敌人"。他们一面用极残忍的手段致阿夫季于死地,一面还振振有词地咒骂道:"……地球上是没有敌人、破坏分子和反革命的位置的!斯大林说过:'谁不和我们在一起,谁就是我们的敌人。'人民的敌人应该彻底消灭!不能有任何宽容!……你以为斯大林不在了,你就可以无法无天了吗?……"这里,作者将现实的矛盾与历史的反思结合在一起了。

透过这种现实的矛盾冲突和人物的命运悲剧,可以看到作者试图通过"后斯大林现象"与过去时代的错误之间的内在联系,找到根治现实弊端的症结所在。这一阶段的不少作品强调的是在社会主义体制下进行改革。当然,这里的社会主义原则应该是科学,而不是教条,它应该与群众的改革要求相吻合。

2."填补历史的空白点"

在强烈的正本清源的反思热中,蒙在某些历史禁区上的面纱开始被一一揭开。不少作家为读者提供了一幅幅鲜为人知的历史画面。引起文坛广泛注意的叶夫图申科的诗作《布哈林的遗编》(1988)就是这样一部作品。在这首诗歌中,诗人称颂布哈林的遗编是"苏维埃时代的十二月党人之妻",她那坚贞而又高尚的品格集中体现了俄罗斯杰出女性的传统美德。由她强记在心头的布哈林的遗嘱,已成为"以女性形象体现出来的／全民族的记忆"。与此同时,诗人满怀激愤地抨击了对布哈林以及其他老布尔什维克的迫害:"布哈林何罪之有,／还有那整个老近卫军?"

对农业集体化运动的再反思也是这一时期的一个突出现象,许多作品力图在展示这一运动的全过程和突出过火行为给普通农民造成的悲剧的同时,对斯大林时代的农业政策作更全面的反思。其中较有影响的小说作品有别洛夫的《前夜》、贝科夫的《灾难的标志》、安东诺夫的《峡谷》、莫扎耶夫的《农夫与农妇》等。此外,像杜金采夫的长篇《白衣》、格拉宁的纪实中篇《野牛》等作品,虽然仍然写的是那个特定的时代的科技知识分子的命运,但是视野较解冻文学时期的同类作品大有拓展。作者不仅通过人物的悲剧命运审视了李森科之流给苏联生物科学带来的灾难性后果,而且更加广泛地揭示了那个时代的社会矛盾。

就"填补历史空白点"而言,雷巴科夫的长篇小说《阿尔巴特街的儿女》(1987)是这一时期最引人注目的作品之一。小说在苏联国内与国外轰动一时,虽然作为作品中重要的情节线索的是生活在阿尔巴特街区的一群年轻人的坎坷命运,但是更为人们关注的却是小说中的斯大林形象。苏联文学中从未有过以这样的视角和这样大的篇幅正面描写斯大林的作品。这一点突出表现在小说对斯大林的性格特征的刻画和内心世界的剖析上。作者通过往事回溯和细节描摹,不仅描写了斯大林的外貌和生活习惯,而且写出了斯大林充满矛盾的性格。小说中的斯大林有意志坚强、精力充沛、善于动员人民实现既定目标的一面,更有许多不可容忍的性格缺陷。如果说他早年的孤僻粗暴尚不足以引起人们重视的话,那么当这些缺陷随着他地位的变化而逐步发展和膨胀到随心所欲、专横残酷的程度时,它们就构成了对社会主义事业的极大的威胁。列宁正是觉察到这一点才要求撤换斯大林的职位的。小说从一个新的角度反思了斯大林现象出现的原因。从小说中可以见到,作者评价的天平已更多地侧向否定的一边。如小说写斯大林的多疑:"斯大林的疑心一天比一天重,他对谁都不信任,谁都不能跟他开诚布公地谈话,他可以在任何时刻利用你的真诚作为反对你的武器。"他更是用怀疑的目光注视一切有可能动摇他的位置的人。在斯大林看来,政治局成员中基洛夫对他的威胁最大,因为基洛夫党性强,威望高,在党内外有着广泛的群众基础。作者由此暗示了基洛夫之死与斯大林的关系。作者还通过大量的心理独白来剖析斯大林的内心世界以及"他的哲学"。并以此来揭示其行动的心理依据和哲学依据,显示其错误政策的反列宁主义的实质。如小说为斯大林采取大清洗的手段提供了这样的哲学依据:在斯大林看来,伊凡雷帝是"伟大的治国豪杰",因为"一个落后民族的强大力量只有用极端残酷的手段才能获得"。但是仅此还不够,"唯有使人民在畏惧之后能产生对自己爱戴的统治者才是伟大的统治者"。小说又对斯大林何以强行推行农业集体化作了这样一段心理描写:"俄国人民习惯于集体生存。社团——是它自古以来的存在形式,平等乃是其民族性格之根基。这为他在俄国建立的社会提供了有利条件。就战术而言,列宁的新经济政策是正确的手段,但提出'认真而持久'就错了。"列宁主张的"为了通过新经济政策使全体居民个个参加合作社,还须经过整整一个历史时代"的观点,"是把希望寄托于农场主的政策","应当把俄国农民中的农场主、私有者、个人主义者扼杀在萌芽之中"。这样的描写在小说中比比皆是。作者笔下的斯大林形象是否符合历史真实是大有争议的,一些人持怀疑甚至否定的态度,但也有不少人给予积极的肯定,称赞作者"遵循的是客观真理"(卡里姆语),小说中塑造得最好的形象就是"体现了那个时代的斯大林"(巴克拉诺夫语)。

3. 从历史悲剧深入到性格悲剧

值得注意的是,一些艺术家没有把自己的目光仅仅停留在历史悲剧本身,而是力图从历史的悲剧深入到人物性格的悲剧,有的甚至进而将反思推进到民族性格的层次。贝科夫、田德里亚科夫、特里丰诺夫、艾特玛托夫、邦达列夫等作家发表于这一时期的一些重要作品均在这一层次上作过不同程度的开掘。这里着重看看几部发表于80年代后期的解禁作品。

格罗斯曼的长篇小说《生活与命运》(1989年发表,写于60年代)的基本情节框架是斯大林格勒保卫战。作者强烈谴责了希特勒的极权主义把世界变成了人类的屠场,热烈歌颂了苏联人民保家卫国的英雄气概。同时小说在摹写人的悲剧方面也具有较大的容量。这种容量除了与展示的肃反扩大化时期的生活面有关外,主要表现在对"极左"路线给人们造成的精神创伤的深层剖析。小说强调,不仅仅是政治迫害以及由此引起的恐怖感,而且盲从心理和求生欲望都是导致人的精神悲剧的重要原因。核物理学家施特鲁姆本是个宁折不弯、具有很强的独立人格意识的科学家,当迫害的乌云越聚越拢时,他不安但不愿妥协,准备以死来捍卫人的尊严。这时他意外地受到了最高领导的关注。斯大林的一个电话就使他的处境全然改观。在这种情况下,施特鲁姆反倒失去了心理平衡:想保住改观后的局面,又不愿失去人的尊严,内心痛苦搏斗。而一度因前者占上风而做出的违心事给他留下了终生难以愈合的精神创伤。从同一角度,作者还塑造了一些党的工作者形象。老资格的政工干部克雷莫夫、老革命家莫斯托夫斯阔伊、老共产党员阿巴尔丘克等人向来都为自己的"坚定而忠诚"的品格感到自豪,可是他们都自觉或不自觉地在它上面添上了"左"的色彩和盲从的污垢。如阿巴尔丘克为表示自己的坚定,与小市民身份的父亲断绝关系,与政治态度不够明朗的妻子分道扬镳。他本人不畏艰苦,也不容他人有思乡之情。虽然他不同于盖特曼诺夫那样的投机者,但他同样紧紧追随斯大林,认为这便是忠于革命。在大清洗中他也成了无辜受害者。即使如此,他仍不愿承认自己的内心矛盾,不管集中营当局的制止,处处显示自己是他们的同志。一天,他遇见了老友马加尔。马加尔回顾往事,痛心地承认:"我们错了。"他一语道破阿巴尔丘克自诩的"坚定性"不过是一种"自我保护的本能":"……落入集中营前,自我保护的本能要我们跟着形势变,否则就会完蛋,而到了这里,这种本能又让我们不变,似乎我们一贯正确。"被击中要害的阿巴尔丘克经历了一场痛苦的精神危机。作者将历史悲剧引向人的悲剧,引向对人的心灵伤痕的摹写和对主客观原因的揭示上。

在索尔仁尼琴的长篇小说《癌病房》(1989年发表,写于60年代)中也出现过类似的因盲从或偷安而导致人生悲剧的人物。小说中的青年地质学家瓦吉姆和他的父亲就是习惯于用别人的脑袋进行思考的人。瓦吉姆的父亲对斯大林的崇拜"超过了对列宁的爱",也超过了对自己妻儿的爱。提起斯大林,他的声音会发抖。在家里的每个房间中都挂着斯大林的像。在他看来,斯大林的每一次讲话都"蕴含着多么深刻的含义",不仅句句是真理,而且从语言学的角度来看也是最出色的。瓦吉姆长大后,从小养成的崇拜心理也支配着他的思想和行动。这样的人还往往从崇拜领袖进而盲目地相信一切来自权威部门的声音,如有人把内战时期的优秀师长说成是德国间谍,把列宁的战友说成是叛徒,对于这种不实之词,他们也跟着支持和拥护。作者认为这些人尽管善良,但却是不分是非的傻瓜。小说通过人物之口说明了盲从现象的根源,即人们喜欢把别人的权威意见奉为圭臬,喜欢沿用一些习惯的和流行的提法。然而一旦旧的偶像失去神圣的光圈,盲从者便会感到震惊和迷惘,甚至为此品尝人生的苦酒。人类历史上这样的精神异变的悲剧实在不是罕见的。也有人在错误路线横行时始终是清醒的,但他们迫于压力痛苦地保持了沉默,甚至干了违心的事情。小说中的舒路宾曾经是个热情很高的共产党员,而且学有专长。30年代的大清洗触及了他所在的农业科学院,许多人被捕。当时他就"看透了个中原委",但是为了自己和妻儿,他违心地承认错误,与被捕者划清界限,降级下放后,又烧毁各种所谓的错误书籍。在这样做时,他的灵魂一直是痛苦不安的,他始终"不断地在思考"。临上手术台前,舒路宾的责问和忏悔犹如决堤的洪水一般喷发出来,从中可以感受到这样的清醒而又软弱的沉默者在精神上所受到的煎熬之深,他们在那个时代活得格外艰难。

别克的长篇小说《新的任命》(1986年发表,写于60年代)中的主人公奥尼西莫夫与上述形象有所不同,但究其性格异变的原因却又不乏相似之处。奥尼西莫夫是一个经过斗争考验的、有经验、有才干的布尔什维克。他从青年时代就投身十月革命,对党的事业忠心耿耿,对革命工作一丝不苟。然而20年代特定的时代氛围以一种历史的惰性力量裹挟着他,这种力量强大到足以使无数盲从者或那些心灵深处有些微动摇者追随其前行。特别是有一次,当他出于某种本能、不假思索地表态支持了斯大林。并且因此而得到斯大林的信任和重用以后,奥尼西莫夫开始把党的事业与斯大林的指示完全等同起来,一切听命于斯大林。作为一个有经验的领导和懂行的专家,他明知斯大林的有些指令(如推行所谓"新炼钢法")是错误的,可他仍然服从了,其代价是毁掉了巨额的人民的财富。不以党和人民的利益为重,而唯领袖或上级的个人意志是从,那么必然由"人民的公仆"变为"人民的主人"。从表面上看,奥尼西莫夫是个克己奉公的干部，可是这个词的内涵在不断起着变化。随着他的地位的提高与热情的消退，他与普通劳动者和基层干部的距离越来越远。他与徒工出身的年轻厂长彼得的冲突，以及对彼得敢于顶撞上级的震怒，清晰地照出了人民在他心目中的位置。当然，小说在揭示奥尼西莫夫异变的同时，始终肯定他身上的许多优秀品质，而正是这样的有着正面素质和丰富感情的党的干部的异变令人吃惊，也更发人深思。

尽管这些小说涉及的是全然不同的事件，但是它们都着力揭示了个人迷信和"极左"路线造成的人性扭曲，以及盲从、偷安和媚俗导致的性格悲剧。

4. 对神圣事业的忧患与执著

这一时期，苏联社会开始出现否定十月革命和社会主义的思潮，文坛同样有所反映。一些作家搬出政论的武器，用自己的作品参与论争，沙特罗夫的剧作《良心专政》（1986）和《继续前进……前进……前进！》（以下简称《前进》，1987）就是这类作品的代表。作家在剧作中尖锐地提出了"十月的纲领在哪里？"的问题。如作家在《良心专政》一剧中指出，不管是在苏联还是在全球范围内始终存在着反对和怀疑社会主义的力量，"从1917年开始的争论"从未结束，社会主义继续面临着历史的考验和人民的抉择。谁也不能否认这样的事实：社会主义的"每一个挫折"和"每一次失误"，都在天平上为敌视社会主义的一方添加砝码。每一个正在为这一神圣的事业奋斗的人难道"能满不在乎，装作看不见吗"？正是出于这样的强烈的忧患意识，作者在两部剧作中深入探讨了怎样用十月革命的原则规范社会主义方向的问题。

什么是真正的社会主义？《良心专政》中有涅恰耶夫式的"社会主义"。他们理解的社会主义是"无限的专制"（"没有专制是不行的,但是在群氓中间必须实行平等原则"),是"绝对的顺从"(群众应该"完全没有个性","有个人意见是可耻的"),是"摧毁一切"("为实现美好的最终目标而摧毁一切的最新原则要求的是:牺牲一亿人的生命,以便在欧洲建立起健全的理智社会")。难怪剧中有人指出:"这是对社会主义的讽刺","是法西斯主义"。《良心专政》里也有马尔蒂式的"社会主义"。他认为,20世纪的"真正的社会主义观念"就是"暴力万能"。他歪曲马克思关于"暴力是历史的'助产士'"的论断,认为革命的唯一手段是暴力。一位剧中人愤怒地斥责说:这种"带引号的'社会主义'从头到脚所有毛孔都往外流血流脓"。《前进》中还有斯大林个人崇拜体制的"社会主义"。用剧中斯大林的话来说,即社会主义的秩序应该是"一小部分人用威严的声调庄重地宣讲,另一部分人俯首帖耳地聆听"。而列宁则表示:"在这种情况下我们建设的是否是社会主义。还是某种违背社会主义原则的东西,我担心,这是人们感到非常厌恶的东西。"

那么,什么才是体现十月纲领的社会主义原则呢?《前进》一剧中,列宁与罗莎·卢森堡有一段对话。罗莎说:"如果国家的政治生活受到压制,苏维埃也不可避免地要患进行性麻痹症。……无产阶级专政就是一种最无限制的、最广泛的民主。没有政治自由的社会主义不是社会主义。"列宁说:"讲得好,罗莎!……如果我们不让人民参与国家的管理,我们仍然是为了人民的政权,而不是人民自己的政权,让官僚们来操纵国家,用玩弄权术来代替政策;如果我们像逃避瘟疫似地避开民主;如果用政党来代替阶级,用国家机关来代替党,而国家机关又看领袖们的脸色行事,与领袖不同的有独创性的意见被视为大逆不道;如果沸腾的生活被恐怖所窒息,为兵营所代替,那么我们就会碰上一个最可怕的问题:'为了什么?'……"在这里,作者强调了十月纲领的关键是社会主义的民主,"是人民群众的真正的当家做主。而要保证社会主义民主的实现至少有这么几个条件：一是增加领导层的透明度。《良心专政》中引了列宁的一段话："要更加相信党的全体工作人员的独立判断能力，"全党必须"对每个准备担任高级职位的候选人的全部活动了如指掌……要光明，要更光明些！"这是党的领导机构接受群众监督的十分必要的措施。二是反对个人崇拜。剧中用列宁和克鲁普斯卡娅的话指出："要毁掉一个政治家，没有比把政治家变成偶像更好的办法。"个人崇拜的实质"是迷信，是阉割革命学说，它使革命的刀锋失去锐利的锋芒。"三是保障人民的民主权利。两部剧作都强调：社会主义社会必须让人民"充分参与政治生活"，必须让人民"知道一切，思考一切事情，决定一切问题"。四是提高人民群众的觉悟。许多人习惯于盲从，习惯于随波逐流。作者认为这也是妨碍民主实现的一个因素。剧中引杜勃罗留波夫的话针砭说："一个人不爱动脑筋，不相信真理和善良，只是按照命令行事，你就会逐渐对善与恶麻木不仁，而且会毫不知耻地干出一些不道德的事情。"作者还通过剧中人的口指出："国家的力量在于人民群众的觉悟"，社会主义的民主要靠具有高度自觉性的全体人民共同来实现。

在沙特罗夫的两部剧作中，有一点似乎更加明确，那就是反思过去，"是为了前进"，是要让"纯洁的和强有力的"革命的声音重新变得"高亢嘹亮"起来(《前进》卷首语)。沙特罗夫认为，要做到这一点，首先要有"实事求是，面对现实"的态度，要有对社会主义事业的坚定信念。反思斯大林时代，并不等于抹杀社会主义进程中有过的光辉篇章。剧中，列宁毫不含糊地划清了斯大林的错误与社会主义事业之间的界线。他在否定前者时，用坚定的口吻肯定了苏联的社会主义制度以及"一切业已实现的社会主义改造"。用剧中的另一个人物、苏联早期的重要领导人斯维尔德洛夫的话来说，对于那个时代的遗产，错误的我们会否定，但是"胜利的旗帜我们会接受，社会主义的信念我们会接受，为使我们民族摆脱被奴役地位而斗争的每一天——我们会接受，永远不拒绝！"十月革命播下的种子终究会生根发芽。只要在反思中清除自身的污点，纠正方向的偏差，社会主义事业一定会有光辉的未来。

应该看到，历史反思文学是一个十分复杂的现象。由于社会思潮、文学时尚以及作家本人观点等诸多因素的影响，80年代中后期的不少作品思想内涵显得驳杂，有几种在90年代文学中变得凸现的倾向在这一时期已经清晰显现：一是将历史道德化。这种倾向往往表现为用抽象的道德观念代替对具体的历史运动的正确把握。二是评价的迷失。某些作品从抨击历史错误进而否定一切，从批判个人迷信进而怀疑社会主义事业。三是追求"轰动效应"。某些作品以时尚为转移，追求表面的情节效果，"轰动"之后难以维持持久的艺术生命力。四是历史真实与艺术真实的关系处理欠妥。作家应站在时代的高度表现出历史精神蕴含的本质的东西，文学的思考必须严格遵循艺术的历史主义原则，既要力求艺术描写符合历史真实，更要反对任何从主观愿望或政治气候出发随意改写历史。

第二节　俄罗斯文学思潮的脉动

苏联作家协会在1989年12月底公布的章程中，第一次将"社会主义现实主义"这一提法删除，这是一个极具象征意义的事件。"社会主义现实主义"从被确立之日起就是苏联文学的生命线，多年来人们不断在阐述它或者试图完善它，对它的任何质疑都会在文坛引起轩然大波。①因此，删除这一"神经中枢"之举无误预示着沿用了半个多世纪的苏联文学的话语将就此终结，90年代的俄罗斯文学

---

① 譬如：1954年，西蒙诺夫对"社会主义现实主义"定义的修改；1966年，西尼亚夫斯基（化名阿勃拉姆·特尔茨）因《何谓社会主义现实主义》一文而获罪。

将发生进一步的异变。

进入 90 年代,俄罗斯社会转型和文化转型的步伐明显加快。就文坛格局而言,前期巨大的社会动荡对文坛造成了猛烈的冲击,许多作家卷入了政治斗争,文学创作一度低迷。不少作家在这种严酷的局面中失去了原先在生活中的位置,产生了信仰危机,著名作家康德拉季耶夫和德鲁尼娜等人甚至以极端的方式过早地离开了人世。从 80 年代后期开始已经存在的"传统派"和"自由派"的纷争在此时终于演变为作家队伍的实质性的分裂,闹独立的作家团体和文学期刊纷纷出现。最早的一次分裂行为出现在 1989 年,一个名为"四月"的组织脱离作协而独立。而后持不同观点的作家相继成立了诸如"俄罗斯艺术家协会"和"统一"等组织。1991 年"8·19 事件"失败后,作协内部开始了公开的夺权和反夺权的斗争,这里包括对作协大楼和作协财产的争夺。8 月下旬,"自由派"作家到苏联作协夺权,决定成立新的作协书记处,而由"传统派"作家控制的俄罗斯联邦作协书记处随即宣布这一决定无效。10 月下旬,俄罗斯联邦作协也一分为二。此后各派力量又进行了持续较量,后又大致形成三个派别:以叶夫图申科为首的"俄罗斯作家联合会"、以邦达列夫为首的"俄罗斯联邦作家联合会"、以米哈伊洛夫为首的"独立作家俱乐部"。此后,各派力量之间的思想上的交锋始终没有停止过。90 年代中后期,俄罗斯社会矛盾依然尖锐,但重大的社会事件明显减少,这使一度被政治斗争所裹挟的文坛开始趋于平静,"传统派"和"自由派"的对立也有所缓和。①文学界的理论探讨再度活跃,对现实问题的思考开始取代一度充斥文坛的批判旧制度的热情。

---

① 批评家娜塔莉娅·伊凡诺娃甚至在她的《被停下的时间的故事》一文中,将 1995 年视作从 1985 年开始的十年动荡的结束之年,参见俄《各民族友谊》1998 年第 2 期,第 128 页。

文坛论争和理论探讨历来是文学思潮演进的风向标。由于社会的急剧转型，90年代俄罗斯文坛论争比较尖锐。如何评价苏联文学是引起广泛争论的话题之一，与此相关的还有对整个俄罗斯文学功能的定位和价值评判的问题。在80年代中后期，对苏联文学的质疑已大有人在，但文坛上肯定的评价仍不可动摇。然而，90年代的这次争论的源起却带有从根本上否定苏联文学及其主流话语的目标。1990年7月，维克多·叶罗费耶夫发表《追悼苏联文学》一文，①文章用轻蔑的口吻谈论苏联时期的文学，并着重谈了对50年代以后的所谓官方文学、农村文学和自由派文学的看法。在作者看来，官方文学依靠党性原则，热心地完成非文学的任务，这是靠强制的社会定货构筑起来的巴比伦塔，仅具有单维的社会功能，只能生存在闭锁的社会状态之中；农村文学作家参与过民族自觉的过程，具有相当的独立性，但是他们对神权制抱有幻想，对西方文化的渗透深恶痛绝，因此农村文学这一概念与其说是题材的划分，不如说是世界观的界定，这种文学的启示录式的口吻让人难以卒读；自由派文学扮演着社会公诉人的角色，持不同政见者的作品的意义在于思想的独特性，但是它们也已完成自己的使命。由此，他对整个俄罗斯文学的传统的功能定位提出了指责，认为俄罗斯文学始终存在着过分的道德说教和作家承担义务过多的弊端，存在"在道德上对读者施加极度的压力"的问题。在社会参与意识过度发育的情况下，俄罗斯文学往往从审美使命转向单一的布道领域，揭露问题的尖锐程度及其社会意义成为衡量作品优劣的尺度。"在俄国，诗人往往大于诗人"，"文学家一般都要同时履行几个职务：既是神甫，又是检察官，既是社会学家，又是爱情和婚姻问题的顾问，既是经济学家，

---

① 《追悼苏联文学》，载（苏）《文学报》1990年第27期。作者是任职于高尔基世界文学研究所并活跃于当代文坛的作家和评论家。这篇文章在《文学报》上刊出后，引发了文坛长达半年的争论。

又是神秘主义者。他什么人都是,唯独不是文学家,感觉不到艺术语言和不同寻常的形象思维的特点。"作者认为俄罗斯文学的出路在于"同任何文化、哪怕是时间上和空间上最遥远的文化进行对话",并紧紧依赖于20世纪初俄国哲学的经验、世界艺术的存在主义经验和哲学人类学的发现,适应自由地表现自我的环境和抛弃投机的政论性。在这样的基础上,另一种独树一帜的"多语义和多风格"的俄罗斯文学才能获得新生。对叶文所持的观点赞赏者有之,贬斥者也有之。许多文章不否认苏联时期的文学存在的局限,但不同意叶文从根本上否定以往文学的成就和价值取向的做法。如基列耶夫指出,苏联时期的一些弘扬革命英雄主义和爱国主义的优秀作品没有过时,它们对社会心理分析的准确性绝不亚于像《日瓦戈医生》这样的作品;布尔金开出一长串作家的名单,认为苏联时期存在着货真价实的、生气勃勃的文学,这些作家是凭借自己的独特的心灵经验进行创作的;波格丹诺夫强调,苏联当代文学尽管有种种不足,但"总体上还是思想丰富和具有美学意义的。"① 也有一些作家发表了诸如《苏联文学中集权主义与乌托邦意识》、《关于危机的提纲》、《上帝之死》、《作为一种政治手段的苏联文化》等文章,与叶文相呼应。如阿格耶夫在论及文学危机时认为:苏联文学创作的理论核心就是"责成艺术去矫正和改造世界,培养'新人'",这样的文学只是充当了"国家的意识形态的感情等价物",而19世纪俄国文学的传统也是无法同自由和民主相容的;娜·伊凡诺娃反对把作家看作"先知、导师和思想的主宰",主张卸去加在文学上的神圣光环,强调作家在写作时不应有"给人民制定什么总体计划"、"拯救他们"、"给他们发指导性的指示"这样的预设。叶尔菲耶夫及其支持者想改变的其实是以往文学的整套价值体系,他们在解构这种体系时明显

---

① O. 波格丹诺夫:《当代文学进程》,圣彼得堡2001年版,第12页。

存在着将过去的一切虚无化的偏激观点，这种观点的出现与苏联解体的大背景是分不开的。当然，也应该客观地指出，他们的观点中也提出了一些令人思考的问题，特别是反对将文学意识形态化等见解。叶文的出现，以及因叶文引起的文学界各种观点的尖锐对立和激烈争论，反映了处在社会剧烈转型时期的俄罗斯作家队伍在文学观念上的分化和痛苦裂变。

20世纪90年代，俄国文坛也出现了一些新的学院派的文学史和文艺理论著作，这些学院派的著作一般持论较为公允，很少见到如叶文那样的将过去的一切虚无化的现象。就文学理论而言，在新的著述中认真反思过去的主流话语的局限，积极吸取西方的和俄罗斯传统的文艺学养料，多元开放的格局逐渐形成，在全球化的语境中开始了与西方文化的平等对话，在创新的意识指导下开掘出俄罗斯文论巨匠（如巴赫金、洛特曼和洛谢夫等）的丰厚资源。就文学史而言，多数著述视野更加开阔，过去的优秀的主流作家并未遭到排斥，曾被淹没的文学精英则获得了相应的地位，俄罗斯文学的全景图开始变得清晰起来，阿格诺索夫院士主编的《20世纪俄罗斯文学》就是一例。①这部著作的特色不在于它的精深，而主要就在于它较为清晰地勾勒出了20世纪俄罗斯文学的完整面貌。阿格诺索夫认为，苏联时期高尔基等主流作家的价值不应漠视，②"这些作家继承

---

① 该书从学术上看，远不是完美的，可以指出它在体例、评价和分析上的种种不足，但该书影响较大，有一定的代表性。阿格诺索夫的有关见解可参见该书第2—3页，中国人民大学出版社2001年版。

② 关于这一点不妨具体看看书中由阿·卡尔波夫院士执笔的《弗拉基米尔·马雅可夫斯基》一节。文章认为过去"对他的所有作品都大加赞赏"，如今又对他"激烈的批评（时常到了粗暴的程度）"，都是不可取的。"马雅可夫斯基过去是、也永远是俄罗斯20世纪诗歌史上最著名的人物之一。"如果将此节的有关分析与90年代初期一些文章对马雅可夫斯基的指责（诸如"不真诚"、"说假话"、"靠神话过日子"，写"奴颜婢膝的作品"，是"文化的敌人"，他的诗是"乱涂乱写"等）相对照，其中的差异是一目了然的。

了体现在俄国古典作品中的传统","反映出俄罗斯民族性格中固有的积极创造因素,反映出俄罗斯人民热爱自由的革命精神。"但是也"不能将20世纪的整个文学全归于革命的传统,从而否定其他方面的作品也具有生存的权利",在阿赫玛托娃、布尔加科夫和纳博科夫等作家的作品中"形象地反映出俄罗斯复杂的民族性格和民族精神",如"俄罗斯人在认识上帝认识自我方面素有的洞察力、深刻性","对生命与死亡、存在的短暂性与悲剧性的种种哲学思考",以及这些作品在语言艺术上的创新,"语言的激活出新"不断"以新的方式"丰富着俄罗斯文学。这一力图把当年的主流文学与潜流文学、侨民文学一起纳入新文学史大厦的思路是符合史实的。当然,文学史涵盖面的扩大不等于以量取胜,过多的罗列和铺陈反而会模糊它的总体面貌。这一思路的基本精神是文学史的本真意识和整体意识。因此,该书的撰写者选择那些最大限度地体现了俄罗斯文学精神,即民主意识、人道精神、历史使命感,并不屈不饶地追寻着人类的终极目标的优秀作家及其作品作为重点论述的对象,这样的努力是很有意义的。此外,该书对作品文本的艺术分析的重视也值得一提。作者既注意从语义分析、形式批评、文化学研究等角度对具体的文学现象进行多侧面的分析,又没有放弃社会学批评角度,各种方法相辅相成,构成了多元互补的局面。

  关于大众文学和文化的讨论也是90年代俄国文坛的一个热门话题。90年代俄国出现了纯文学边缘化,而以情爱、侦探、恐怖和神怪等为内容的大众读物走红市场的局面。外来文化也开始占据重要位置,西方的影视、流行音乐和通俗书刊风行俄罗斯,轻松惬意的快餐式的文化消费受到读者和观众的欢迎。面对这些现象,俄国文坛上出现了不同的声音。有的作家认为,大众文化的泛滥是俄罗斯文化的堕落和自我毁灭,西方文化在俄罗斯的流行会夺走一代青年,它与核战争和生态失衡一样危险。他们忧心忡忡,极力呼吁政府以有效措施保护高雅文化和限制低品味的大众文化。而另一些作家则认为大众文化以自由选择为基础，它在某种意义上已成为自由的学校，俄罗斯文化正在摆脱为人生的传统，逐步世俗化和民主化。西方文化在俄罗斯影响的扩大不是坏事，它将促进俄罗斯文化与世界文化的接轨。尽管各方观点不一，但大众文化的发展依然红火。显然，这不是一种孤立的现象。它一方面反映了社会转型时期普通民众对政治的淡漠和对功利文学原则的反叛，另一方面也与大众文化发展的全球化趋势有关。这种文化以商业性为外表，以世俗性为内涵，以消遣性为指归，与历来以精英文化为标识的俄罗斯传统文化形成鲜明对照。就俄罗斯文学而言，长期以来占据文坛中心位置的始终是或政治色彩强烈或伦理教诲凸现的纯文学，大众文学始终受到排斥。可是，随着市场经济的杠杆替代意识形态的控制，大众文学回避抽象的崇高，追求世俗人生，适应读者审美的多元化倾向，并以娱乐性和时尚性来消解现代社会给人们造成的精神压力和满足现代人的心理，正是这种优势迫使纯文学将昔日的相当一部分市场让位给大众文学。同时，90年代俄国的有些纯文学作品过于追逐新潮，拉开了与普通读者的距离，也是使读者疏远它的原因之一。当然，也有一部分纯文学在大众文化热的影响下呈现出世俗化的色彩。大众文学并非都是低俗的，其中同样有优秀之作，譬如玛丽尼娜的侦探小说。这些作品不仅情节吸引人，而且文学价值也不低。[①]用作家自己的话来说，她的作品是从侦探故事进入对人的命运的探索，写的是爱情、嫉妒、仇恨、报复，写的是友谊与背弃、荣誉与耻辱等与每个人都亲近的事物，没有过多的血腥打斗和追杀场面。她称自己的小说是"心理侦探小说"。

---

① 玛丽尼娜的侦探小说在俄罗斯的印数高达3千多万册。1998年，她的作品的发行量在俄罗斯跃居第一位，同时她在莫斯科国际图书节上又获得"俄罗斯年度最佳作家"称号。

90年代俄国文坛后现代主义文学盛行,这一现象也引起文坛广泛关注。后现代主义是当代世界性的文化思潮,它伴随着上世纪中叶西方后工业社会的到来和现代主义思潮内部的裂变而出现。①后现代主义波及的领域相当广泛,其中也包括对文学的影响,90年代它在西方已风光不再。恰恰在这个时候,俄国的后现代主义文学因具备了适宜的土壤得到了长足发展。后现代主义文学在60年代末70年代初的俄国已经出现。一般认为,维·叶罗费耶夫的小说《从莫斯科到佩图什基》(1970)是俄国后现代主义文学的奠基作。安·比托夫的《普希金之家》(1971)、西尼亚夫斯基—捷尔茨的《与普希金散步》(1971)和约·布罗茨基的《献给玛丽娅·斯图亚特的二十首十四行诗》(1974)等是其早期的重要作品。70年代至80年代中期,俄国的后现代主义文学发展相对缓慢,不为人们所关注。80年代后期开始,被当时评论界称之为"异样文学"②的俄国后现代主义文学又重新活跃起来,90年代更是走红文坛,涌现出一批为人瞩目的作品,如马·哈里托诺夫的小说《命运的轨迹,或米拉舍维奇的小箱子》、皮耶楚赫的小说《魔力控制的国家》、科罗廖夫的小说《果戈理的头颅》、马卡宁的小说《地下人,或当代英雄》、彼得鲁舍夫斯卡娅的小说《黑夜时分》、佩列文的小说《百事一代》、德鲁克的长诗《电视中心》、弗·索洛金的剧本《消形狂》、普里戈夫的

---

① 关于后现代主义,西方学界分歧颇大。德里达、利奥塔德、伊哈布·哈桑等人是积极推进者,哈贝马斯、杰姆逊、伊格尔顿等人持批判态度,理查·罗蒂、佛克马、洛奇等人则是较为超脱的研究者。

② 除了"异样文学"一说外,当时还有所谓"另类文学"、"新潮文学"、"荒诞派文学"、"先锋派文学"等称呼。"后现代主义文学"的称呼1987年在俄国首次出现(见批评家列·安德列耶夫发表在那年《文学问题》第7期上的文章《未来世纪门槛前的文学》),但直到90年代初期这个称呼才为俄国评论界普遍接受,并广泛使用。

剧本《黑狗》等①,一些作品还相继获得"布克奖"和"凯旋奖"等奖项。但是,俄国评论界对后现代主义文学的评价始终存在争议,报刊上发表过许多观点迥异的见解。有人对此深恶痛绝,斥之为"坏文学"(乌尔诺夫语),"被制作出来的"赝品(斯杰潘尼扬语),"从地下室发出的叫声"和"淫荡的脱衣舞"(佐洛图斯基语),是反文化现象在当今的变体(索尔仁尼琴语)②;有人则大为赞赏,强调俄国后现代主义文学产生的必然性("后现代主义就是我们现在都在其间生活的氛围"),断言"如今后现代主义已是当代文化中最活跃、最富有现实审美意义的部分"等。③90年代中期以来,俄国文坛对后现代主义文学褒贬的天平的倾斜度开始有了变化,更多的人逐渐认可了它的存在,④而且出现了一些理性分析的著作,如利波维茨基的《俄罗斯后现代主义》(1997)、斯科罗潘诺娃的《俄罗斯后现代主义文学》(1999)、爱泼斯坦的《后现代主义在俄国:文学与理论》(2000)、玛尼科夫斯卡娅的《后现代主义美学》(2000)和波格丹诺夫的《当代文学进程(关于20世纪70—90年代俄罗斯文学的后现代主义)》(2001)等。在爱泼斯坦等人的著作中有了俄国学者对后现代主义文学的理论定位,⑤在波格丹诺夫等人的著作中也可以看到作者对俄国后现代主义文学的发展及其与传统文学关系的论述、对有影响的俄国后现代主义作家和作品的分析等重要内

---

① 有的研究者将马卡宁、彼得鲁舍夫斯卡娅、多夫拉托夫、布罗茨基等人列为介于"现实主义"与"后现代主义"之间的所谓"后现实主义"流派。

② 可参见(俄)《文学报》1989年2月8日和1992年8月5日、(俄)《外国文学》1992年第4期和1994年第10期等相关文章。

③ 参见库里岑的《后现代时代》(载《新浪潮》,莫斯科1994年版)和《后现代主义:新的原始文化》(《新世界》1992年第2期)。

④ 不同意见还是存在,如《文学新批评》1999年第5期上刊登的文章《后现代主义是俄罗斯的理念吗?》。

⑤ 爱泼斯坦:《后现代主义在俄国:文学与理论》,莫斯科2000年版,第5—6页。

容。如波格丹诺夫认为:"新的文学手法和方式的成熟,正如思想意识一样,不是突然出现的,而是逐渐地、由前一阶段的文学创新积累起来的。""90年代出现的'另类的'、不合规范的、反传统的后现代主义文学其前提和条件产生于60—80年代文学过程的内部。"对于当代俄罗斯文学来说,"后现代主义概念本身也不具概念的完整性和准确性。后现代主义从内部来说是不一致的,作家各有特色,他们的艺术道德和艺术美学规范及偏好也不相同。"在承袭俄国文学的批判性传统和互文叙述的策略等方面,俄国的后现代主义文学与西方也有不同。①波格丹诺夫的论述俄国后现代主义文学的专著还被列为高校当代文学史课的参考教材。90年代中期以来的文学史教材均也将后现代主义文学作为其中的重要组成部分,且各具特色,如莱采尔曼和利波韦茨基著的《当代俄罗斯文学》中关于后现代主义戏剧的论述就是一例。在该书中,除了细致的文本分析以外,作者指出:"与后现代主义小说和诗歌相比,戏剧研究是一个薄弱环节,……一方面,戏剧性、角色表演和对虚构世界所产生的错觉这些本属戏剧的特征,已被后现代主义小说和诗歌当作了自己的美学特征。在小说和诗歌中当作新的艺术语言特征来接受的东西,在戏剧中则完全是传统的。为了更新艺术语言,后现代主义戏剧经常恢复使用戏剧性的古老形式,因为它们更能显示这一文学种类的基本手段。""更新戏剧语言的方法与戏剧中加入后现代主义诗歌和小说的美学特有的成分有关。这里起主要作用的是作者舞台提示的增多,与其说是描述舞台画面,不如说是确定哲学和感情基调,不断地破坏戏剧的程式化。后现代主义戏剧中经常出现的不是动作本身(也许根本就没动作),而是人物对生活的内心反省。特别有代表性的是把

---

① 参见奥·波格丹诺夫的《当代文学进程》,圣彼得堡2001年版,第7、12、13页。

注意力从动作转向语言游戏。"①目前,尽管具有后现代主义风格的多数文学作品的读者面还不是很大,但是它们颇受评论界的关注,俄国学术界对后现代主义文学也已进入理性分析的阶段。

此外,"回归文学"热的退潮、宗教热的兴起及其对文学的影响、围绕"布克奖"和"反布克奖"展开的争论②等,也都是值得关注的文化现象。

第三节 别样的风景与别样的心态

作为一个文学大国,俄罗斯近现代出现过许多杰出的作家和优秀的作品,20世纪50年代以来的当代文学也以其特殊的思想品格、鲜明的艺术个性和浓郁的民族风情吸引过世界各国读者的目光。90年代不是俄罗斯文学的最辉煌的时期,社会的动荡和市场经济的形成分化了纯文学的队伍,造成了一段时间里文学创作的滑坡;大众文学对纯文学的冲击及其影响也日益清晰地显现;失去国家庇护的以刊登和出版纯文学为主的期刊和出版社遇到空前的困难,《新世界》、《十月》、《各民族友谊》、《旗》和《文学报》等重要期刊的发行量骤降。当然,这种情况在90年代中期以后有了明显变化,主要的文学期刊基本上都经受住了冲击,并出现了一些受欢迎的新的文

---

① H.莱采尔曼和M.利波韦茨基著的《当代俄罗斯文学》第3卷,莫斯科2001年版,第67页。

② 90年代俄罗斯的文学奖主要有"布克奖"、"反布克奖"(后改名为"卡拉马佐夫兄弟奖")、"列夫·托尔斯泰奖"、"普希金奖"、"肖洛霍夫奖"、"凯旋奖"、"莫斯科—彭内国际文学奖"等许多种。由于"布克奖"在90年代出现较早,奖金较高,且运作较为成功,因此一度成为最有影响的奖项。"布克奖"由英国布克兄弟公司设立,从1992年开始一年评选一次,评委多由俄国"自由派"人士和国外的斯拉夫学者组成。"反布克奖"在1995年由俄国《独立报》出资设立,评委全部为俄罗斯人,奖金高出"布克奖"1美元,它的出现明显有与"布克奖"抗衡的意味,同样为人们关注。

学期刊；不少老作家辛勤耕耘，不断推出新的作品；一些视野较宽、功底扎实、锐意创新的中青年作家崭露头角，成为文坛的主要力量；许多作品以鲜明的时代色彩和让人心悸的追问、探求和思考引起读者关注，文学的艺术魅力犹存。就总体而言，90年代的俄罗斯文学保持了自己的活力。或者如批评家丘普里宁所言："在俄罗斯，文学仍然是文化的中心。"①

这一时期出现了不少有影响的作品，如奥库扎瓦的小说《废弃的舞台》、彼得鲁舍夫斯卡娅的剧本《男子监狱》、皮耶楚赫的小说《7号病室》、沃兹涅先斯基的诗歌《苦难的国家》、谢苗诺夫的小说《心灵之旅》、加尔科夫斯基的小说《没有尽头的死胡同》、卡扎科娃的诗歌《为一代人辩护》、邦达列夫的小说《不抵抗》、普罗斯库林的小说《弃绝》和《信使》、叶夫图申科的长篇《不要在死期到来前死去》、贝可夫的小说《爱我吧，小战士》、阿斯塔菲耶夫的小说《快乐的士兵》、德鲁克的诗歌《电视中心》、季诺维耶夫的小说《混乱人世》、利丘金的小说《六翼天使》、别洛夫的小说《第六个时辰》、普罗哈诺夫的小说《天使飞过去了》、阿纳托利·金的小说《马人村》、索科洛夫的诗歌《今天是圣诞节》、科兹洛夫的小说《物的孤独》、卡巴科夫的小说《冒名顶替者》、马卡宁的小说《铺着呢绒、正中摆着长颈瓶的桌子》、列昂诺夫的小说《金字塔》、布罗茨基的散文集《水位标记》、巴拉绍夫的小说《世纪的黄昏》、易卜拉欣别科夫的小说《黄金分割》、鲁宾娜的小说《在你的城门里》、德米特里耶夫的小说《河弯》、布依达的小说《普鲁士新娘》、乌特金的小说《无师自通》、别列津的小说《目击者》、瓦尔拉莫夫的小说《教堂圆顶》、罗佐夫的剧本《松鸡之巢》、阿尔巴托娃的小说《我四十岁》、佩列文的小说《恰巴耶夫与普斯托塔》、卡

---

① 引自《与丘普里宁谈俄罗斯文学近况》，《俄罗斯文艺》1998年第4期第54页。

赞采夫的剧本《叶夫格尼娅的梦》和乌利茨卡娅的小说《库尔茨基的特殊病例》等。

俄罗斯的社会转型和经济转型深刻地改变着生活的面貌和人们的心态,这种变化在90年代的文学中留下了生动的印记。由于作家视角和观点的相异,这些印记是以"多声部"的形态显现的,它们的外部形态虽然不像过去的苏联文学那么清晰和齐整,但是人们通过这些作品依然能见到跃动的时代脉搏,依然能从中体会杂色生活的底蕴,依然能为其中所凸现的新鲜和独特吸引。同时,人们也不难发现,尽管90年代文学体现的价值观和艺术观与以往发生了很大变化,可是深入新文学肌肤的关注现实人生的传统依然绵绵不绝。这里选择若干较有代表性的小说加以分析,借以勾勒这一时期文学创作的某些侧影。

1. 从新的角度反思社会问题

20世纪90年代文坛从各种不同的角度和不同的观点反思"极左"路线造成的伤痕的作品仍不断出现,如马卡宁的《平常化话题和情节》、阿斯塔菲耶夫的《被诅咒和被杀害的》、弗拉基莫夫的《将军和他的部队》、邦达列夫的《诱惑》、波良斯卡娅的《阴影在消失》、沃依诺维奇的《宏伟的宣传》和科罗廖夫的《果戈理的头颅》等,但同时,文坛开始更多关注曾被多方遮掩的发生在70—80年代的一些重大的社会问题,在这一类作品中可以发现90年代的作家更注重人们的感情的历史,并力图透过人们的情感世界去探寻产生社会悲剧的缘由。

阿列克谢耶维奇发表在90年代初期和中期的《锌皮娃娃兵》和

《切尔诺贝利的祈祷(未来的记事)》①就是这样的作品。将这两部作品与她发表在1984年的《战争中没有女性》相比较，就可以看出前后的明显区别。《战争中没有女性》用纪实手法歌颂了普通女性在卫国战争中建立的不朽功勋，小说的题目意指残酷的战争中本来不应该有女性的位置，战争应该"让女人走开"，可事实上却有800万苏联妇女以各种方式参加了这场战争。这部小说正是通过女性在战争中的独特境遇和对战争的独特感受，颂扬了苏联妇女为人类正义事业做出的巨大牺牲和杰出贡献。《锌皮娃娃兵》和《切尔诺贝利的祈祷》同样是纪实作品，但是这两部作品在主题和视角上却发生了很大的变化。

《锌皮娃娃兵》取材于苏联入侵阿富汗的战争。作家在作品的开头引用了萧伯纳的话："历史会说谎。"长期以来，苏联官方一直将这场战争称之为正义战争，而实际上这场长达十年(1979—1989)的战争是在美苏争霸的大格局下，苏联当局为控制这块战略要地而悍然发动的不宣而战的侵略战争。如果说《战争中没有女性》在写战争残酷的一面时还强调了战争的正义性的话，那么在《锌皮娃娃兵》中作家笔下的战争不仅是残酷的，而且是非正义的和可耻的。用作品中的一个曾经参加过这场战争的普通士兵的话来说："表面上我们像是和伟大卫国战争的参加者们享有同等待遇，但他们是保卫了祖国，而我们呢？我们，像是扮演了德国鬼子的角色。"这部作品中除了作家在采访中的日记摘录和少量串联的文字外，主要的都是当年参战的军人和他们的亲人的回忆。作家将这些看似原始的材料溶入艺术结构，以逼人的真实展示了当年血腥的阿富汗战争和卷入这场战争的"娃娃兵"们的苦难的情感历程。作品中的"娃娃兵"

---

① 斯·阿列克谢耶维奇现为白俄罗斯作家，但她写的这两部作品都涉及勃列日涅夫时期发生的重大事件，且用俄语创作，故列入俄罗斯文学范畴加以讨论。

是普通的掷弹筒手、摩托化步兵射手、炮兵、护士等，这些苏联青年是听从祖国的召唤上前线的，是去"帮助兄弟的阿富汗人民"的。他们相信，"祖国不会欺骗我们"。可是，在经历了残酷的战争以后，他们发现所谓的"兄弟情谊"是不存在的。一个护士回忆说，当前线医院救活了一个阿富汗老大娘时，她醒来"嘴唇就开始翕动，我以为她有话要说……其实她想唾我们一口……"。原来"我们的特殊使命部队曾经经过她们的村庄……除了她一个人以外，一个活人也没有留下……"此前，这个村庄有人开枪击落了苏军的两架直升飞机，并捅死了负伤的飞行员。"如果再往前追，再……我们当时没有考虑：谁先动的手——谁后动的手？我们心疼的只有自己的人……"苏军内部也相当黑暗，许多人在阿富汗的所作所为令人发指，他们吸毒、嫖娼、酗酒、赌博、盗卖军火、欺负新兵，胆小的或厌战的开枪自残，有权有势的则用各种手段偷运禁品，女兵被迫成了陪军官睡觉的"闷罐女郎"。一个掷弹筒手在回忆了痛苦的经历后说："阿富汗治好了我轻信一切的病，过去以为我国一切都正确，报纸上写的都是真事，电视中讲的都是事实。"作品最具冲击力的不是残酷的不人道的战争画面，而是人们在面对真实以后的信仰的破灭和梦醒后的痛苦。

阿列克谢耶维奇的《切尔诺贝利的祈祷》同样用严酷到令人发颤的采访实录的手法全方位地揭示了1986年发生在乌克兰的切尔诺贝利核电站事故给人们带来的巨大灾难。在这场灾难中，许多人死于非命，更多的人仍在遭受肉体和精神的磨难。作家不仅真实地记录了这些人间悲剧，同时也写到了形形色色的人们在事故发生后的表现和心态。如作品里写到这样一位母亲，她因遭辐射而生了一个畸形儿，为了开具一张有关的证明，她敲遍了高大的办公室的门。"一个官僚朝我吼：'你想捞切尔诺贝利的好处！切尔诺贝利的钱！'我在他的办公室里差点没昏死过去……"一个在污染区的工作的自然保护监察员回忆事故发生后他们监察所的情况时写道:"所里等着上级的指示,可是没有来……监察所在编人员中几乎没有搞专业的,特别是领导干部"。这些人无所作为,"成天坐在那里翻文件"。可是,当看到作家阿达莫维奇在莫斯科大声疾呼"救救孩子"时,"他们哄起来了,说话了。他们恨透了他。……大约是自我保护的本能起了作用吧。在党员大会上,在吸烟室里,都在议论这些耍笔杆的。管什么闲事!太放肆了!存在着有关规定!上下级关系!他懂什么!他又不是物理学家。有中央呢,有总书记呢!也许我那时候才懂得了什么是1937年。懂得了那类事是怎么发生的……"作品中这样记录了一位历史学家的思考:"切尔诺贝利——这是俄罗斯人心理状况的灾难。……这不是反应堆,而是整个原来的价值体系爆炸了。""切尔诺贝利——这是陀思妥耶夫斯基的主题。"作品里记下了许许多多这一类的故事,以及人们的复杂情感和痛苦思考。如作家所言,她写的"不是切尔诺贝利,而是切尔诺贝利的世界";她关注的不是一个被苏联当局严加封锁的事件,而是"那些接触了不知之物的人们的感觉、情感"。她在接受一位记者采访时也强调了这一点:"我感兴趣的是感情的历史,我撰写的也是感情的历史。"[①]阿列克谢耶维奇的这两部作品所写的都是刚逝去不远的历史,特别是那种饱含心灵创痛的感情的历史。在这些充满情绪色彩的鲜亮的实录文字中,满溢着作家的沉痛而深刻的反思。

2. 开掘普通人艰辛生活的底蕴

关注现实生活,关注小人物的命运,这是俄罗斯文学历久不衰的传统,这一传统到了20世纪末开始显示出日益浓烈的焦虑感和忧患色彩。著名作家拉斯普京曾经这样表述世纪末文学的面貌:"文学

[①] 阿列克谢耶维奇:《我唯一的生命》,(俄)《文学问题》1996年第1期。

从来没有像现在这样怀着如此惶恐不安的心情描写人的命运和人生活其上的地球的命运。惶恐不安到了绝望的程度。……20世纪末的文学谈论起人类面临的种种危险时变得更加慷慨激昂，更加心急火燎了，仿佛预感到大限正在临近。"①这段话写在80年代中期，当时许多作家已经在他们的作品中对20世纪后期出现的环境污染、生态破坏、信仰危机、物质主义、传统失落、私欲横流和军备竞赛等一系列威胁到人类命运的全球性问题表现出强烈的不安和异常的焦虑，当时发表的拉斯普京的《火灾》、邦达列夫的《人生舞台》、阿斯塔菲耶夫的《忧郁的侦探》和艾特玛托夫的《断头台》等作品都从不同的角度触及了人类的生存危机。这种趋势在90年代继续发展，持不同观点的作家在自己的作品中选择不同的题材和从不同的角度对当下社会百态和百姓生活作了描摹，不少作品尖锐地抨击了"改革"年代的种种社会弊端。社会的剧烈动荡和现实生活的艰难，使90年代反映社会现实和小人物命运的作品更多了一层世纪末的悲凉色彩。

这一类作品题材多取材于平凡的日常生活，不少作家把目光聚焦在普通人艰难的生存环境上，写出了一些极具震撼力的作品。拉斯普京的中篇小说《下葬》就是这样一部受到广泛好评的作品。从90年代中期开始，拉斯普京发表了一系列反映现实生活的优秀作品，如《下葬》、《在医院里》、《女人间的谈话》、《邻居之间》、《完全出乎意料之外》、《傍晚》、《木舍》和《在故乡》等。这些作品风格洗练，充满对当下现实的批判激情，其中《下葬》又是最具代表性的一部。小说的主人公名叫巴舒达，是一个生活在西伯利亚某城市中的年近60的退休女工。为了生计，她退休后干起了食堂洗碗工的活，但到了"改革"年代，私有化后的食堂变成了饭店，她又被

---

① 拉斯普金答记者问，（苏）《文学评论》1985年第9期。

解雇了。巴舒达生活孤独而又窘迫。她将体弱多病的老母亲从农村接到城里来过冬，在一个寒冷的冬夜，84岁的老母亲平静地去世了。如何安葬母亲对于当时的巴舒达来说成了一件非常棘手的事，因为她不仅面临着复杂的、"比任何法律都要严厉的告别仪式"，而且面临着领取死亡证书、挑选棺材、选择墓地等办丧事必须得做的事情，这一切都需要钱，可是她连这笔钱的百分之一都没有。这还不是问题的全部，母亲是"无权在这里死去"的，因为她生前没有城市户口，无法葬在城里的公墓。即使如今想迁户口也办不到，母亲原来"居住的那个村子还继续存在于苍天之下，可已经属于无人管理的状态"。万般无奈之下，巴舒达只能去找同样生活孤独而潦倒的斯塔思——一位与她有过感情交往但如今已很少来往的老人，这是她在城里唯一能寻到的帮助了。斯塔思帮她打了一口棺材，并找了一个小伙子开车，乘夜色偷偷地将巴舒达母亲的遗体运到森林里掩埋了。小说的描写十分生动和细致，巴舒达在"改革"年代的窘迫和无奈在作家笔下一览无余。但是这部作品的意义并非仅限于此，它在不长的篇幅里包含了相当可观的生活容量。作家通过小说中的人物及其活动的环境全方位地展示了俄罗斯城乡的现实生活，这里既有对历史的反思，更有对祖国前途和人民命运的深深忧虑。

在作品中，可以看到环境日益恶化的城市和日趋荒芜的乡村。巴舒达居住的那个城市"一度有过共产主义的伟大工地的殊荣"，搞了大型水利发电工程，建了铝厂和木材加工厂等十多座大型工厂。可是20年后，有毒的工业废气将这座城市变成了"慢性杀人的露天瓦斯室"，毒气"扩散到方圆几十俄里，几百俄里，树木都凋零了"。人们为此举行过抗议活动。然而，具有讽刺意味和悲剧色彩的是，新政权"像在其他各地一样"，利用人们的抗议活动达到了"推翻旧政权"的目的。此后，城里环境依旧，可人们居然不再顾及毒气的危害，这是"因为新政权知道一种与不满行为作斗争的最可靠的方法:不是把这件事办好些,把那件事办坏些,而是毫不留情地毁掉一切,到了人们为搞到一块面包,像牲口一样抱住任何一种生活不放的时候,就会把想得到新鲜空气、纯净饮水这种怪僻忘到脑后去的。"小说中的那座闲置的滑雪跳台,"金属架就像人的骨架,死气沉沉地、光光地竖在那里"的跳台,仿佛就是这座城市的不祥的象征。巴舒达的母亲住过的那个村庄则是当今俄国农村的写照,那里情况十分糟糕,"集体农庄、国营农场、村苏维埃、商店、医务所、学校都不复存在——在新秩序下,这一切都不知到什么地方去了。这个村子完全放任自流了,无人管理,它彻底打碎了长期以来套在身上的枷锁,除掉了所有的羁绊——爱到哪儿就去哪儿吧!愿意的话——宣布成立自己的独立王国;愿意的话——可以让中国去管辖。"农民们靠打猎和捕鱼谋生,"再就是不断地酗酒……"这个村庄"由于不习惯于自由而愈来愈模糊地盼望着有人管就行,只要给运来面包吃……"作家给出的结局是无奈而可悲的,农村的出路在哪里?不知道。[①]

在作品中,可以看到普通人苦涩的命运和无出路的悲哀。巴舒达的一辈子是在食堂里度过的。她有过两次短暂的婚姻,收养过一个女儿,养女长大后远嫁他乡。除了青年时代在建设工地上干活的日子,巴舒达一直过着没有欢乐的孤独的生活。她在这座城市里已经住了近40年,发现人际关系变得越来越冷漠,如今"人们像一帮狗熊,在严冬的威逼下各自钻进熊穴,除非十分必要,很少探出头

[①] 类似的描写在不少作家笔下都能见到。如瓦尔拉莫夫在他的中篇小说《乡间的房子——心灵的故事》中写到的农村面貌:"那儿的日子变得一年比一年糟了。没有孩子降生,人们在死亡,许多人自杀了。而那些还活下来的人没有任何前途。""农村在过着自己的生活。或者,更可靠地说,农村在默默地死去……"当然,瓦尔拉莫夫在作品中不仅仅是为了描写当下农村生活的困境,而且深刻地表现了将农村作为自己的精神家园的知识分子的失落和痛苦:"农村也是我的心病。"

来。……人人都纵容邪恶，对之视而不见。"外孙女因进城读中专来到了她的身边，这给不善表达感情的巴舒达带来了些许慰藉，但是孩子上学和生活的费用又让她犯难。小说描写她因替人加班，得到别人吃剩的两块冰糕，而后兴冲冲带回给外孙女的情节，读来让人心酸。巴舒达曾经气愤地对斯塔思说："如今到了这样一个毫无希望的年代，过去赖以生存的东西都不见了……什么都没有了。你遇见熟人，他们把目光避开，装作不认识你。本应首先把从前的人们统统毒死，然后再开始这种不知羞耻、不讲良心的秩序。"斯塔思原是一名工程师，有修养，有思想，可他的一生同样颇多坎坷，妻子死得早，儿子去了远方的父母处，他非常孤独。毕生建设的铝厂又在"改革"时期被"摘桃者"轻易夺去。生活的艰难终于将他性格中的刚毅和锐气磨尽，"从前在他的眼睛里曾经有过一种像闪电一样犀利的目光，……可如今已经熄灭了；现在两只眼睛流露出伤感的、逆来顺受的神情。"他的朋友、小伙子谢廖加被黑社会杀害后，他更加消沉，酗酒度日。不过，他的意识还是有时还是清醒的。当巴舒达问他："强有力的人被杀害了，强有力的人变成了酒鬼……剩下来的还有什么人呢？"斯塔思相信"总有人剩下来"，虽然他不清楚他们是怎样的人。巴舒达也相信："征服所有的人，那是不可能的！"在冲动时，斯塔思也曾一改往日的"平静和沉着"，愤怒地谴责那些以有文化人士面目（"这些人——是教授！院士！人道主义者！哈佛大学毕业生！"）出现的毁坏俄罗斯的人，因为没有"任何比文化畸形更可怕、更恶劣的东西"。小说结尾处，斯塔思的那个"不自然的悲哀笑容""又奇怪又可怕"，它像梦魇一样深深地烙上了读者的心头；而巴舒达"第一次独自站在圣像下，吃力地举起一只手画十字"的情景，也不让读者感到轻松。

90年代文学中，这种从普通人的生存环境，特别是家庭婚姻、生老病死、寻职谋生等角度出发，去开掘主题和表现作家情感的作品依然占有重要位置，如乌利茨卡娅的《索涅奇卡》、彼得鲁舍夫斯卡娅的《幸福的晚年》、罗波娃的《廖尼亚的梦》、瓦尔拉莫夫的《生》、加尼切夫的《包裹》、巴甫洛夫的《世纪之末》、叶基莫夫的《棚顶的小猫》、普里图拉的《爱情故事》、托尔斯泰娅的《爱与不爱》和托卡列娃的《幸福的结局》等就是这样的作品。这些作品或从主人公的悲欢离合中抒发人们对真诚的爱的渴望，或从主人公苦涩的婚姻选择中展示某种严肃的人生哲理，或从主人公家庭生活的矛盾中捕捉社会价值观念的异变，或从主人公的多舛命运中表达作家对祖国前途的深沉忧虑……由于在这些凡人琐事中包含着人类最基本的需求和最真挚的情感，在这些普通人及其生活碎片中可以发现发人深省的生活底蕴和时代变迁。因此，90年代这样的作品仍以它的贴近生活、贴近百姓，以及对当下现实的强烈忧患而独具魅力。

3. 摹写世纪末知识分子的别样人生

苏联帝国的分崩离析和90年代俄罗斯的"改革"大潮，不仅使俄罗斯社会呈现出与先前迥然相异的风景，而且也造成了许多知识分子的别样的心态与追求。这样的风景、心态和追求在活跃于90年代俄罗斯文坛的一些作家的作品（如佩列文的《"百事"一代》、邦达列夫的《百慕大三角》、拉斯普京的《新职业》、加尼切夫的《日珥坠落》、布托夫的《自由》、伊斯坎德尔的《俄罗斯思想者与美国人的对话》、萨洛马托夫的《涅乌斯特罗耶夫的气味》、瓦尔拉莫夫的《乡间的房子》、马卡宁的《地下人，或当代英雄》和《豁口》等）中以不同形式得到了生动表现。

在长篇小说《"百事"一代》书前，作家佩列文放上了当今加拿大歌手莱昂纳多·科恩的一段歌词："我是伤感的，如果你明白我的所指；／我爱这个国家，却难以忍受我的目睹。／我非左翼，也不是右翼。／我今夜就这样坐在家里，／迷失于那个没有希望的小屏幕。"这段文字颇为形象地折射出了90年代相当一部分俄罗斯知识分子无所适从的迷惘心态。

《"百事"一代》中的主人公瓦维连·塔塔尔斯基在社会发生巨变时，也一度感到迷惘。对于一个毕业于高尔基文学院、并梦想当一名诗人的塔塔尔斯基来说，如今的世界"到处都弥漫着一种可怕的不确定"，他早年的全部追求一下子变得毫无意义，诗歌似乎已失去了价值。不过，塔塔尔斯基并非是那种只会抱怨、无所作为的知识分子。他意识到目前最应关注的"并非是对社会变迁的评价，而是生活问题"，于是决定弃文经商。一开始，他只是在一个车臣老板手下掌管小小的售货亭，但第一年的经商使他得以铸就商业头脑。不久，老同学莫尔科文为他提供了新的人生契机，他开始进入日益红火的广告业。塔塔尔斯基依靠自己的文学底子和适应能力，为许多著名商标写出了广告词。在屡获成功之后，他从一个普通的广告策划人逐渐升格为业界大腕。

佩列文的这部小说是一部典型的后现代主义作品，不仅杂糅的语言风格、不规则的心理展示和互文手法的广泛运用等造成了阅读上的某些困难，而且作者随意的不加评判的叙述态度、对政治的神圣性和新俄罗斯的价值体系的解构，也使人们对作品的解读具有了多义性。即使如此，我们还是可以从它那里见到俄罗斯文学的传统因素，如对社会问题的关注和对道德问题的重视。作者说："此书所描写的不是社会的转型，而是智慧的转型，这智慧在忙于解决现实生活急剧变化条件下的生存问题。"确实，书中描写了"智慧的转型"，但在这种转型中可以看到主人公在解决生存问题时所付出的人性代价；书中"描写的不是社会转型"，但同样可以见到与社会转型时期才有的无数的"别样的风景"和别样的心态。作者表面上的消解一切的态度并不能掩盖其内心的忧虑和对当下现实的褒贬态度。

佩列文在《致中国读者》一文中写道："毫无疑问，近十年间俄罗斯各种改革的一个积极后果就是，它们在今后数十年里都将不断地为幽默作家们提供灵感。然而，关于这些改革若想写出什么严肃的东西来，则需要那样的作家，他得具备描写经济诈骗的天赋，就像列夫·托尔斯泰所具备那种描写伟大战争的天赋一样。""请大家想象一下这样的国度，其所有国民没有走出家门，就突然发现自己成了侨民。他们并未挪动一步，却落入了一个完全别样的世界，这世界施行另一法则，——更常是完全没有任何法则的。""这本书就是一个俄罗斯版的《西游记》故事。""俄罗斯的'西方'打一开头就是一个虚拟之物，这是某种抽象的物质天堂，通向它的道路就是犯罪性的富裕方式。""这旅行只在电视观众的大脑中进行。""如果这本书具有道德，那它是这样的，——不能去操纵别人的智慧，也不能让自己成为此类操纵的牺牲品。这是一条也许会被唐僧称之为因果报应的法则。"[①]在看似调侃的口吻中，无疑蕴含着相当深刻的见解，这也许真是作者想在《"百事"一代》这部作品中传达给读者的最主要的东西。

如果说佩列文笔下的塔塔尔斯基属于所谓"成功人士"的话，那么我们在更多的作家笔下看到的是那些在新的俄罗斯现实中找不到自己的位置的知识分子形象。许多作家从不同的角度描写了90年代这一类知识分子的艰难处境、迷惘心态、激愤抗争和对精神家园的执着寻觅。譬如，拉斯普京的《新职业》和贝可夫的《玛丽娅，你不要哭》就是以主人公寻找职业的辛酸故事来表现苏联解体后知识分子的生存困境。《新职业》中的主人公阿辽沙·科列涅夫是一个才华出众、前程似锦的青年科学家。苏联解体了，"一切都崩溃了，

[①] 引自佩列文《"百事"一代》，刘文飞译，人民文学出版社2001年版，第1—3页。

一切都散了架子。"他的家庭随之解体,他工作的实验室也随之关闭。为了生存,他必须寻找新的职业。他分别叩响了当年曾以优厚待遇试图吸引他去那里工作的两家研究所的门,但此时他们自身难保,对他也爱莫能助了。第三家研究所出于怜悯接纳了他,可他的专业在那里派不上用场,不久他再次失业。后来,他终于找到了一个糊口的职业,那就是在有钱人的婚礼上说祝酒词,为富人们的酒宴助兴。凭着他的才华和灵气,他博得了众多富人的欢心,于是他的这个新职业暂时变得稳定了。一开始,他目睹婚礼上暴发户的穷奢极欲,甚至狂暴淫乱的丑恶现象时,内心会发生颤抖,这一切与他作为一个正直的科学家的禀性格格不入,他感到自己置身于"脱胎换骨的痛苦煎熬之中"。虽然他的身上也渐渐开始"发生某种陌生的转换",但是一旦安静下来,内心就无法平静:"难道这是生活吗?这当然不是生活。"如今,无家可归的他在一个"肮脏破旧到无以复加的地步"的地方栖身,"生命过去了一半,阿辽沙却变得一无所有了。""有时早晨睡醒后,他很难找到自我,总觉得自己应当处身别的什么地方。"可是,"时光日复一日地流逝,什么也没有改变。"阿辽沙的遭遇正是当下众多俄罗斯科学家命运的写照。《玛丽娅,你不要哭》中的主人公玛丽娅同样面临生存困境。她是一个在莫斯科长大并具有多种专长的年轻姑娘,大学毕业后来到一所中学任教。社会转型对学校产生强烈冲击,学生不爱学习,甚至侮辱教师。玛丽娅被迫离开她喜爱的教育岗位,去寻找新的职业。期间,她或逐家登门拜访求职,或在报上刊登有关启事,或通过老同学介绍,或沿街张贴广告,可是有的地方本身已经有够多的准失业者,有的地方根本就不需要像她那样朴实正派的求职者,有的地方让她干了一阵子却分文不付。无奈中,她还倒卖过服装,结果上当受骗。在艰难的寻找新职业的过程中,玛丽娅遇到的怪人怪事一大堆,可最终还是没能找到一份适合她的工作。她没有商业头脑和手腕，也不可能走进酒吧单间，"像她这样一个接受的是完美理想的教育，而在新时期盼来的却根本是另一码事的人该怎样活下去呢？"这里涉及的不是一个人，而是"一个阶层"：从苏联时代走来的"会读书、会唱歌，压根儿就是不会让自己从属于别人"的知识分子，他们在这个"陌生的世界、陌生的国家"成了新的"多余的人"。

比起上述作品来，邦达列夫的长篇小说《百慕大三角》塑造的知识分子形象更具悲剧色彩。这部作品完成于1999年底，它虽以发生在90年代中期的事件为背景，但无疑可以看作是作家对整个90年代俄罗斯现实所作的否定性的艺术总结。小说的主人公是艺术家杰米多夫和他的当记者的外孙安德烈。老杰米多夫是个享有盛誉的杰出的画家和雕塑家，他无法接受苏联解体后的现实，激烈抨击各种丑恶的社会现象，并在极度忧愤中离开了人世。年轻的安德烈自从经历了1993年10月发生在议会大厦前的事件以后，对当局持尖锐的否定态度，面对接踵而来的变故和生活的无出路状态，他采取了极端的报复手段，最终的结局也是不幸的。作家将当今的俄罗斯比作一艘已陷入死亡区域的大船，因此这些正直的忧国忧民知识分子的悲剧（特别是精神悲剧）自然是无法避免的。

有的作家不一定同意邦达列夫将目前俄罗斯面临的困境完全归之于90年代的现实的观点，但是他们在描写当今俄罗斯知识分子的精神痛苦方面则与邦达列夫有相通之处。如瓦尔拉莫夫的小说《傻瓜》中的主人公杰兹金、《乡间的房子》中的"我"和马卡宁的《地下人，或当代英雄》中的"地下人"彼得罗维奇等。不过，即使在最艰难的时候，许多俄罗斯作家仍在孜孜不倦地寻觅着知识分子的精神家园。《乡间的房子》中"我"对远离莫斯科的乡间的房子的兴趣，说到底是因为"我"想在这房子（更确切地说是在保留着传统文化根基的农村生活)中寻找精神的寄托,尽管仍以失望而告终。萨拉波娃的《恐怖的太空梦》中的年轻的女共产党员在梦里追寻的"我的星球"和科兹洛夫的《夜猎》中安东对南极洲(那里有经上帝意志点化了的共产主义社会)的向往,尽管这里的带上了作家思想倾向的"星球"和"南极洲"都显得过于虚无缥缈,但它们仍真切地表达了处于世纪末的困惑中的俄罗斯知识分子对终极理想的不懈追求。

俄苏"红色经典"在中国的传播与接受[①]

20世纪是俄苏文化日益深刻地影响中国的时期。鲁迅先生在20世纪30年代写下了《祝中俄文字之交》的名篇。建国以后,俄罗斯优秀的音乐、绘画、舞蹈和文学作品曾经风靡整个中国,除了俄罗斯本土以外,中国读者和观众对俄苏文化的熟悉程度举世无双。当然,对于任何一种外来文化的倾斜的接纳,都会导致不良的后果。在中俄文学交往的过程中,俄苏"红色经典"是一种特殊的文学现象,它曾经与中国人的精神生活发生过格外密切的关系,期间的利弊得失也是值得今天的人们进行反思的。本文将在中俄文学关系[②]的大背景中对这一现象进行一次考察。

一、关于"经典"、"红色经典"、俄苏"红色经典"

1. "经典"释义

"经典",按照《辞源》的解释,"旧指作为典范的经书",也指"宗教典籍";按照《辞海》的解释,一般来说是指"最重要的、有指导作用的权威著作",古代一般指儒家的经籍,也泛指宗教的经

[①] 本文改定于2010年,沈喜阳同学参与了本文部分文字的撰写。
[②] 1922—1991年间的两国文学关系为应"中苏文学关系",此前和此后为"中俄文学关系",这里为描述的方便统称为"中俄文学关系",但文中则根据具体时段有所区别。

书。"经"是一个民族文化中最重要最核心最有代表性的文献,"典"是有典范性的典籍,从思想到文字都非常完善精美,"经典"是经过时间淘洗并被历史证明,从而确立为不可动摇的代表着一个民族核心理念的文本。"经典"的这一概念之后被广泛移用到哲学、政治学、文艺学等领域,不再局限于儒家经籍和宗教典籍的范畴。每个民族,每种文化,每一地区,每一时代都会产生各自的经典,经典的形成是动态的,然而经过检验并被证明的经典则会取得稳固的地位,所以已形成的经典就是静态的。"动态经典"不断处于正在"经典化"的过程之中,有些暂时被称为经典的作品也有可能被证明不是经得起时间检验的经典,其权威性受到质疑并被否定,最终因其不具备经典性而被淘汰出局。因此,"动态经典"不断地向"静态经典"转化的过程,也就是一个不断接受检验不断被筛选的过程。上述的儒家经典、宗教典籍就已经进入静态经典的行列,而且随着岁月的推移,其经典地位则越加巩固,从而由静态经典达至"永恒经典"。"经典"表面看来是自然选择、文明进化的结果,实质上是主流文化、权力话语操作掌控的结果。正如韦勒克和沃伦所指出的,"时间的评判"也不过是其他批评家和读者的评判而已[①]。

2. "红色经典"

"红色"是一个形象化的说法,它表示的是政治上的革命性,而且它是俄国革命和中国革命特定语境下的产物。"星星之火,可以燎原",火是红色的,革命的火更是红色的,革命者的鲜血也是红色的,革命者的军队是红军,毛泽东用"红色政权"来指代共产党领导下的革命政权[②],在中国革命的特定语境中,"红色"被赋予了革

[①] 韦勒克、沃伦:《文学理论》,刘象愚等译,江苏教育出版社2005年版,第39页。

[②] 毛泽东:《中国的红色政权为什么能够存在?》,《毛泽东选集》第一卷。

命、牺牲和胜利的寓意,成为中国共产党取得革命胜利的坚强象征,也成为中国人民进行革命和建设的巨大精神动力。90年代的中国出现过一次"红色"与"经典"结合的热潮。当时,一大批革命歌曲被流行歌坛重新翻唱,如发行量惊人的《红太阳》,一时唱遍大江南北长城内外,革命经典歌曲的走红带动革命电影的重新播放以及"样板戏"的再次传唱(一度受到否定的"样板戏"甚至唱上春节联欢晚会),于是从歌曲、影视、戏剧再波及革命题材的小说、故事等,作为约定俗成的"红色经典"一词开始流行,"红色经典"在中国热起来。在这一演化中,"红色经典"所指称的对象逐步转移,从歌曲到影视到文学,广义地说,"红色经典"所指称的对象当然泛指各类文艺作品,狭义地说,其指称的对象则专指文学作品。"红色经典"的兴起与怀旧情绪的泛滥有内在的联系。一代人的怀旧实际上包含着个体的自恋,是"追忆逝水年华",是对已经逝去的青春的无法追回的自慰。这种怀旧和自恋,必须借助某种载体,"红色经典"恰好成为承载这种情感的载体。由于"红色",它受到主流意识形态的认可和支持;由于"经典",它受到年轻时代起就受到此类"经典"熏陶的那一代人的喜爱和追捧。正因如此,"红色经典"热并非它本身之热,而是意识形态借助它强化"红色"教育和一代人借助它表达怀旧与自恋之热。这中间存在着某种偷换、挪移和各取所需。主流意识形态有意识地强化的是"红色",大众则无意识地淡化其中的"红色",凸显出流行文化的趣味和怀旧心理的需求。

由于"红色经典"这一概念先天的不明确性,甚至内在地消解了它自身,一些学者对此概念表示怀疑。如陈思和就明确表示"不赞成'红色经典'这个提法","因为这个概念不科学"[①];尤其是有人把样板戏也纳入"红色经典"的范畴,这就颠覆了"红色经典"

---

① 陈思和:《我不赞成"红色经典"这个提法》,《南方周末》2004年5月6日。

的意义，是对"经典"的嘲讽和解构。但是另一些学者，虽不满意于这一概念的不严密性，但出于既然存在就有其合理性的认识，还是认可这一概念。刘玉凯认为"红色文学确有经典"[①]；田建民认为"'红色经典'这种称谓是能够成立而且概括得比较恰当的"，但又清醒地认识到"红色经典"毕竟不能与《红楼梦》、《战争与和平》等经典相提并论，不能"强调它的经典示范作用"[②]。刘康明确认可"红色经典"这一概念，认为"红色经典是指革命题材的文艺作品，也是中国近半个世纪的文化生产，是革命文化领导权（或文化霸权）建构的核心部分。"[③]政治加文学的思维模式曾经深深嵌入中国人的思维定势中。正如"红色经典"中的"红色"是政治定性、"经典"是文学定性一样，"革命现实主义和革命浪漫主义相结合"中的"革命"也是一个政治名词，而"现实主义"和"浪漫主义"则是创作方法，由此可见，"红色经典"的命名与"革命现实主义和革命浪漫主义相结合"的提出，在思维方式上如出一辙。

事实上，由于"红色经典"的不少创作者以理想覆盖现实，以激情代替反思，以"我们"取消"我"，在很大程度上是以"红色"稀释了"经典"，以政治消弱了审美，思想上的平面单一和艺术上的精益求精在今天看来就具有某种悲剧色彩。然而"红色经典"并不是政治经典，多数作品又算不上文学经典意义上的经典，所以它更多只能是革命文学意义上的经典。

[①] 刘玉凯：《"红色经典"与时代精神》，《河北大学学报》（哲社版）2005年第3期。

[②] 田建民：《'红色经典'的称谓能否成立》，《河北大学学报》（哲社版）2005年第3期。

[③] 刘康：《在全球化时代"再造红色经典"》，《中国比较文学》2003年第1期。

3. 俄苏"红色经典"

从"红色经典"派生出的"俄苏'红色经典'",同样继承了"红色经典"的内在模糊性和矛盾性,然而遵循约定俗成的惯例,人们一方面在大量使用它,一方面又对它有所质疑,但它的内涵和外延在逐渐明晰化。"俄苏'红色经典'"是中国化的说法,是中国人的"俄苏'红色经典'"。在中国,长时间以来,一直认定苏联文学就是具有典范意义的革命文学,如1959年底卞之琳等学者在《文学评论》上这样谈到苏联文学:"在国民党反动统治的那些暗无天日的岁月里,苏联文学使我们的广大读者特别感受到它那种强烈的光和热。对新与旧的斗争的描写、对垂死的事物的揭露、对社会生活中新的先进现象的揭示、先进的世界观和革命精神的表达、对共产主义事业必胜的信念和为它献出生命的决心的宣扬,决定了苏联文学的教育力量。第一部社会主义现实主义作品《母亲》使我们从文学作品中初次看到了人民群众的力量,无产阶级的力量。几十年来,在中国社会发生剧烈变化的时候,许多青年知识分子,都从这部作品中得到过启示、鼓舞和力量,因而走上了革命的道路,坚持了革命的工作。《毁灭》、《铁流》等作品激起了我们的革命热情,坚定了我们的革命信心。在抗日战争后期和第三次国内革命战争时期,描写苏联卫国战争的作品成了我国人民的新的精神食粮,成了革命部队的'无形的军事力量'。"[①]在这里,苏联文学和"红色经典"几乎成了同义词,因此在特定的时段,两者往往难以截然分开。

王志耕认为:"所谓红色经典,是指在苏联时期(含二十世纪初

[①] 卞之琳、叶水夫、袁可嘉、陈燊:《十年来的外国文学翻译和研究工作》,《文学评论》,1959年第5期。

期)出现的以'社会主义现实主义'为主要创作方法的文学作品。这些作品不同于前一世纪的批判现实主义文学之处,在于它是以歌颂社会主义革命事业和英雄人物为主旨,更多地以正面手法展示人类精神境界和美好生活的可能境界。"①本文基本认同这一观点,并认为中国文化语境中的俄苏"红色经典"大体有以下特征:1. 与社会和时代联系紧密,往往具有较为鲜明的阶级性和党性;2. 表现新时代和新世界,突出新主题,塑造无产阶级新人形象;3. 作者主要是一些曾投身革命运动的作家;4. 作品在中国产生过重大影响。韦勒克、沃伦认为:"在考察想象性的文学(imaginative literature)的发展历史时,如果只限于阅读名著,不仅要失去对社会的、语言的和意识形态的背景以及其他左右文学的环境因素的清晰认识,而且也无法了解文学传统的连续性、文学类型(genres)的演化和文学创作过程的本质。"②这正是研究那些不纯粹是文学意义上的"经典"之作的价值所在。

刘勰《文心雕龙》"时序"篇说"风动于上而波震于下者也",指出文学作品受到政治环境的影响就像水波被风吹得震荡起来一样;"时序"篇又说:"文变染乎世情,兴废系乎时序",则强调文学作品受世情世运的影响,与时代社会紧密相关。政治环境和时代氛围总是或隐或显地支配着文学思潮的发展变化,俄苏"红色经典"在中国的命运也受这一规律的影响。俄苏"红色经典"在中国流播近80年,其命运大体可分为三个阶段:20世纪30—40年代的精神上契合的阶段、20世纪50—70年代的一元化背景下的接纳或排斥的阶段、20世纪80年代至今的多元化背景下的理性调整阶段。

---

① 王志耕:《"红色经典"在俄国的命运》,《读书》2006年第9期。
② 韦勒克、沃伦:《文学理论》,刘象愚等译,江苏教育出版社2005年版,第11页。

二、精神契合:"新俄文学"进入中国

1."新俄文学"在20世纪20年代末至20世纪40年代的中国

20世纪20年代末至20世纪40年代是中国社会革命逐步深入的时期,在这一时期里抗日战争和解放战争相继爆发,中华民族经受了血与火的考验。而在这种特殊的氛围中,中国开始了对"新俄文学"的接受。可以说,"新俄文学"是俄苏"红色经典"进入中国的先声。

在第一次大革命失败,中国社会面临新的历史抉择的重要关头,中国左翼作家以极大的热情,开始有系统地把十月革命前后在俄国出现的无产阶级文学作品引进中国。如鲁迅所言,在"大夜弥天"的中国,这些作品的出现,其意义是远远超过了文学本身的。1931年12月,瞿秋白在给鲁迅的信中谈到:"翻译世界无产阶级革命文学的名著,并且有系统地介绍给中国读者(尤其是苏联文学的名著,因为它们能把伟大的'十月',国内战争,五年计划的'英雄',经过具体的形象,经过艺术的照耀而贡献给读者"),——这是中国普罗文学者的重要任务之一。……《毁灭》、《铁流》等等的出版,应当成为一切革命文学家的责任,每一个革命的文学战线上的战士,每一个革命的读者,应当庆祝这一个胜利,虽然这还只是小小的胜利。"[①]

如果说在此以前"新俄文学"作品已偶有极少的单篇在中国报刊上出现的话,那么它的译介热潮的形成和真正为中国文坛所关注则始于这一时期。不少出版社在20世纪20年代末相继推出了"新

---

① 瞿秋白:《论翻译》,见《瞿秋白文集》第2卷,人民文学出版社1954年版。

俄文学"作品专集。最早出现的是由曹靖华辑译、北平未名社1927年出版的《白茶(苏俄独幕剧集)》一书。而后陆续问世的比较重要的"新俄文学"作品专集有:《新俄短篇小说集》、《烟袋(苏联短篇小说集)》、《苏俄小说专号》、《冬天的春笑(新俄短篇小说集)》、《蔚蓝的城(新俄小说集)》、《村戏(新俄小说集)》、《流冰(新俄诗选)》、《新俄诗选》、《新俄短篇小说集》、《果树园》、《竖琴》、《一天的工作》、《苏联短篇小说集》、《路》、《道司基卡也夫》、《丹霞》、《苏联作家七人集》、《新俄诗选》、《俄国短篇小说集》、《新俄小说名著》、《苏联小说集》、《死敌》和《空中女英雄》等。这些集子中收入了高尔基、马雅可夫斯基、肖洛霍夫、爱伦堡、阿·托尔斯泰、勃洛克、费定、拉夫列尼约夫、绥拉菲莫维奇等作家的百余种小说和诗歌,编译者有鲁迅、曹靖华、蒋光慈、郭沫若、冯雪峰、周扬和楼适夷等人。

随着左翼文艺运动的发展,中国对"新俄文学"的介绍日见活跃。除了高尔基的作品被不断译介过来外,20世纪30年代还译出了不少活跃于十月革命前后苏俄文坛的著名作家的作品,其中不少后来被世人称为"红色经典"。比较重要或影响较大的作品有:拉夫列尼约夫的《第四十一》、革拉特珂夫的《士敏土》、绥拉菲莫维奇的《铁流》、法捷耶夫的《毁灭》、聂维罗夫的《不走正路的安得伦》、雅科夫列夫的《十月》、伊凡诺夫的《铁甲列车Nr.14—6》、富尔曼诺夫的《夏伯阳》、肖洛霍夫的《静静的顿河》(前二部)和《被开垦的处女地》、奥斯特洛夫斯基的长篇《钢铁是怎样炼成的》、诺维科夫—普里波伊的《对马》、马雅可夫斯基的诗集《呐喊》(内收《放开喉咙歌唱》、《给艺术大军的命令》、《向左进行曲》、《苏联护照》和《我们不相信!》等20首诗)、爱伦堡等人的报告文学集《在特鲁厄尔前线》和阿·托尔斯泰的剧本《丹东之死》等。

苏德战争和太平洋战争的爆发,世界反法西斯统一战线的形成,中国文坛也迅速把自己的目光更多地转向了世界反法西斯文学,特别是正在蓬勃发展的苏联卫国战争文学。40年代,中共以"苏商"名义在上海创办了时代出版社,并相继出版了《时代日报》和《时代》周刊,1942年11月又推出了中国第一份俄苏文学的译介专刊《苏联文艺》。《苏联文艺》从创刊到1949年7月终刊,发表的各类作品的总字数达六百多万字,其中大部分是反映苏联卫国战争的文学作品。《苏联文艺》刊载的许多作品在当时产生过极大的影响,如描写战争年代生活的著名作品就有:吉洪诺夫的诗歌《基洛夫和我们同在》、阿·托尔斯泰的小说《伊凡·苏达廖夫的故事》、西蒙诺夫的剧本《俄罗斯人》和诗歌《等着我吧……》、格罗斯曼的小说《人民不死》、梭波列夫的小说《海魂》、华茜列芙斯卡娅的小说《虹》、肖洛霍夫的《他们为祖国而战》、列昂诺夫的剧本《侵略》、柯涅楚克的剧本《前线》、戈尔巴托夫的小说《不屈的人们》、西蒙诺夫的小说《日日夜夜》、法捷耶夫的《青年近卫军》等。

除了卫国战争文学外,苏联其他一些文学作品在40年代也有所译介。值得一提的有:肖洛霍夫的《静静的顿河》(全译本)、《苏联三大诗人代表作》、阿·托尔斯泰的《苦难的历程》和《彼得大帝》、费定的《城与年》、奥斯特洛夫斯基的《暴风雨所诞生的》、克雷莫夫的《油船德宾特号》、波列伏依的《真正的人》、卡达耶夫的《时间呀前进!》、列昂诺夫的《索溪》、冈察尔的《旗手》(第一部)、包戈廷的剧本《带枪的人》、班台莱耶夫的《表》、盖达尔的《铁木尔及其伙伴》等。可以说,至40年代末,苏联重要的革命文学作品大都被介绍过来。根据这些作品改编的电影和剧本有些也在中国上演,如影片《夏伯阳》(即《恰巴耶夫》)、《虹》、《我们来自喀琅施塔得》、《钢铁是怎样炼成的》和《普通一兵》等,话剧《母亲》、《小市民》、《铁甲列车》、《俄罗斯人》、《侵略》、《带枪的人》

和《前线》等。这些影片和话剧的上演受到观众欢迎,扩大了这些革命文学作品的影响,被认为是中国"文化运动史"上"有意义的事件"。①

2. 高尔基作品在中国的早期译介

在"新俄文学"刚刚来到中国的时候,最先受到关注的、作品被译得最多的苏俄作家是高尔基。②当时,最早出现的苏俄作家专集是宋桂煌从英文转译的《高尔基小说集》(上海民智书局1928年2月版)。这部小说集中载有《曾经为动物的人》、《二十六个男和一女》、《拆尔卡士》(即《切尔卡什》)等五篇作品。同年出版的还有朱溪译的《草原上》和效洵译的《绿的猫儿》两本高尔基早期作品集,也是由英文转译的。而最早出现的"新俄文学"作品的单行本是沈端先(即夏衍)从日文转译的高尔基的《母亲》。③

仅在30年代,高尔基的作品就以大大超过其他苏俄作家的规模得到译介。这一时期出版的有关高尔基的文集、选集和各种单行本有57种之多。主要的有:鲁迅编的《戈里基文录》、瞿秋白译的《高尔基创作选集》、黄源编译的《高尔基代表作》、周天民等编选的《高尔基选集》、汪仑编选的《高尔基作品选》、惟夫编选的《高尔基短篇小说集》、罗稷南译的《和列宁相处的日子》、廖仲贤编译的《高尔基论文选集》、萧参(即瞿秋白)译的《高尔基论文》、巴金译的短篇集《草原故事》、华蒂(即以群)等译的短篇集《隐秘的爱》、鲁迅等译的短篇集《恶魔》和《俄罗斯的童话》、史铁儿(即瞿秋白)译的《不平常的故事》、丽尼译的《天蓝的生活》、钱谦吾

---

① 见王剑青等编的《晋察冀文艺史》,中国文联出版公司1989年版。
② 中国关于高尔基及其作品的译介开始于辛亥革命前后,但都是一些比较零星的译介。
③ 该书1929年由上海大江书铺出版第一部,次年出版第二部。

（即阿英）译的《劳动的音乐》、沈端先译的《奸细》、蓬子译的《我的童年》、王季愚译的《在人间》、杜畏之等译的《我的大学》、何素文译的《夏天》、何妨译的《忏悔》、罗稷南译的《四十年间》（即《克里姆·萨姆金的一生》，该译本有四部，1940年出齐）、赵璜（即柔石）译的《颓废》（即《阿尔达莫诺夫家的事业》）、钟石韦译的《三人》、李谊译的《夜店》（即《底层》）和贺知远译的《太阳的孩子们》等。可以发现，高尔基早期的短篇作品受到中国文坛的青睐，许多作品在各种选本中被一译再译，同时他在中后期创作的一些有代表性的重要作品，特别是几部长篇小说也陆续被译出，这就使高尔基作品的中译具有了一定的系统性。而且好几个出版社推出了多卷本选集，如世界文化研究社1936年出版、周天民等编选的《高尔基选集》就颇具规模。该选集共有六卷，包括小说二卷、戏剧一卷、诗歌散文书简一卷、论文一卷和评传一卷，译者也多为名家。

在这以前，高尔基并没有成为人们关注的中心。鲁迅1933年时曾谈到："当屠格纳夫、柴霍夫这些作家大为中国读书界所称颂的时候，高尔基是不很有人注意的"。"这原因，现在很明白了：因为他是'底层'的代表者，是无产阶级的作家。对于他的作品，中国的旧的知识阶级不能共鸣，正是当然的事"。[1]

中国出版的他的作品量之多，堪称不同民族文化接受史上的一个奇迹。1932年，鲁迅和茅盾等人就在联名发表的《我们的祝贺》一文中称高尔基是"新时代的文学的导师"。茅盾的《关于高尔基》一文还就左翼剧场公演根据高尔基的小说改编的剧作《母亲》的广告画生发开去："看了那印刷得极为鲜艳的广告画中间的俄罗斯农妇的铜版画，看了那被画成宛象两颗心又像两粒血泪又像两堆火焰的

---

[1] 鲁迅：《译本高尔基〈一月九日〉小引》，载《鲁迅全集》第7卷。

《母》字的两点,这样的感想又在我意识中浮出来了:这是新的神!这是奔流在又一种的朴素的心里的不可抗的势力呀!""他的出现,实不亚于一个革命。……他在当时的文坛吹进了新鲜的活气。他的同辈所不能理解的那时俄国民众的心,——他们的苦闷,他们的希求,和他们的理想,都在高尔基的作品中活泼泼地跳着。"高尔基在此时的左翼作家的心目中的地位已不可动摇,并开始带有某种神圣化的倾向。

3. 精神的契合

中国正是在迫切地为自己寻求一条新路的时候发现了苏联革命文学,并且也在一种内在的需要的制约下,与它保持了"持续的结合"。这种结合不仅推进了中国文学现代化的进程,同时也影响了那一时期中国作家和群众精神上的成长。

由于"新俄文学"一开始就显示出不同于以往文学的崭新特征,它们从不同的角度反映了俄国无产阶级革命和苏联社会主义建设的历史进程,塑造了一批新的主人公形象。面对着充满新生活气息的"新俄文学",不少中国作家很自然地意识到了旧俄文学思想上的局限。在仍然肯定19世纪俄国批判现实主义文学的思想和艺术价值的同时,一些左翼作家认为,以高尔基为代表的无产阶级作家的作品才是"惊醒我们的书,这样的书要教会我们明天怎样去生活"。①鲁迅的《祝中俄文字之交》(1932)一文更是高度评价苏联文学:"15年以来,被帝国主义看作恶魔的苏联,那文学,在世界文坛上,是胜利的。这里的所谓'胜利',是说,以它的内容和技术的杰出,而得到广大的读者,并且给予了读者许多有益的东西。它在中国,也没有出于这例子之外。""我们的读者大众,在朦胧中,早知

---

① 茅盾语,见《文艺报》1985年第6期。

道这伟大肥沃的'黑土'里,要生长出什么东西来,而这'黑土'却也确实生长了东西,给我们亲见了:忍受、呻吟、挣扎、反抗、战斗、变革、战斗、建设、战斗、成功。"

当时的中国左翼作家大多抱着"对于中国,现在也还是战斗的作品更为紧要"①的态度,因而似乎更看重于苏联早期革命文学的思想内容,而并不怎么在意艺术水准的高下。如《母亲》被介绍到中国后,鲁迅即在《〈母亲〉木刻十四幅序》一文中表示:"高尔基的小说《母亲》一出版,革命者就说是一部'最合时的书'。而且不但在那时,还在现在。我想,尤其在中国的现在和未来。"马雅可夫斯基的第一本中译本诗集《呐喊》问世后,王任叔就为之叫好说:"中国今日正际遇了一个非常的时期,"我们的诗坛"尤需要像玛耶阔夫斯基那样充满生命的呐喊!"(《〈呐喊〉序言》)《铁流》出版后,鲁迅虽然在给胡风的一封《关于翻译的通信》里谈到这部作品"令人觉得有点空",但仍称赞作者写出了"铁的人物和血的战斗"。这种选择态度无疑与当时中国的社会现实、时代氛围和接受者的精神需求有着密切的关系。

苏联卫国战争文学的广泛传播,也极大地鼓舞了解放区和根据地军民抗敌的斗志。阿英回忆道:它们"对我们在敌后的坚持,胜利的信心,都起了很大的作用。这些作品里的英雄人物,每一个都象活生生地站在我们身边,活在我们心里,典范地鼓励着我们每一个人"。"印象最深的,是有的同志牺牲了,书还放在衣袋里,或被弹火烧焦,或血渍斑斑,至死不离。"柯涅楚克的剧本《前线》由肖三译出后,延安《解放日报》连载并发表社论,电台每天向各解放区播发几千字,各地再分别付印。"同志们热爱这个剧本,争取演出

---

① 鲁迅:《答国际文学社问》,载,《鲁迅全集》第6卷,人民文学出版社1981年版。

以扩大影响,各地区又克服了物质上的种种困难,进行了排演。戈尔诺夫与欧格涅夫的形象,对我们全党、全军都起了巨大的作用。"①

这一时期,丁玲、周立波、艾青、刘白羽、孙犁、马烽、柳青、贺敬之等许多作家都从不同的角度受到过苏联革命文学的影响。贺敬之在40年代谈到马雅可夫斯基时曾这样说过:他的诗"给了我最深刻的影响"。②这种影响主要表现在诗人对生活本质的艺术把握上,表现在诗歌中包含的时代精神、政治激情和鼓动力量上,而马雅可夫斯基创作的"阶梯式"的诗歌形式也被贺敬之根据中国民歌和古诗的特点加以改造后吸取(当然,这种"阶梯式"的诗歌形式不仅仅为贺敬之所注意,而且它在新中国成立前及其以后,甚至在新时期某些中国诗人的政治抒情诗中被广泛采用)。丁玲在创作《太阳照在桑干河上》时曾认真地研读过肖洛霍夫的《被开垦的处女地》,而周立波本身就是《被开垦的处女地》的最早的中译者,并且还"在延安印刷和纸张困难的条件之下",翻印了这部小说。③

对中国作家影响最大的苏联作家当推高尔基。高尔基早期的那些倾注了作者炽热的情感,并从新的角度塑造小人物形象的流浪汉小说,对中国作家刻画同类人物形象有过明显的启迪。这一点最明显地表现在艾芜身上,艾芜本人也自称自己是"高尔基热烈的爱好者和追随者"。有人曾将高尔基的小说《草原上》与艾芜《南行记》中的《海岛上》一篇进行比较:"……那篇小说不也在一种荒凉的背景下展开了一场怜悯心和贪婪心的冲突吗?只不过在《海岛上》里,这场冲突发生在小伙子的心灵内部,而在高尔基笔下,它却发

---

① 阿英:《俄罗斯和苏联文学在中国》,见《阿英文集》,三联书店1981年版。
② 切尔卡斯基:《马雅可夫斯基在中国》,苏联科学出版社1976年版。
③ 参见周立波《我们珍爱的苏联文学》和《译后附记》等文章。

生在豪爽的士兵和那个薄嘴唇的'大学生'之间。两篇作品的描写特点更为相似,艾芜也像高尔基那样极力将读者拖进小说的感情漩涡,不是把明确的评语写给他们,而是让小说中的'我'拉着他们一步步曲折地接近人物的内心世界,让他们从很可能前后矛盾的印象中自己去作出结论"。这种影响是显而易见的。当然,评论者也正确地指出,艾芜在走过了对高尔基的具体作品借鉴的阶段以后,其影响主要表现在"唤醒了他内心潜伏的冲动",使他那富有个性的创作走向一个新的高度。①高尔基的著名剧作《底层》(包括改编后在中国上演的《夜店》),其内在的艺术魅力也令当时的中国读者和观众倾倒。作家唐弢当年在观剧后曾经这样写道:"高尔基——这个不朽的作家,曾以他的丰富多彩的生活,震惊过和他同时代的人们,而给后一辈留下了无比滋益的养料。《夜店》便是其中一个。尽管画面并不富丽堂皇,幽美清雅,出现在故事里的只是一些'历史'以外的人物,一些被时代巨轮碾碎了的滓渣,一些可怜的流浪者",然而作者"从低污卑贱里拼命的发掘人性,揭示了高贵的感情;让我们浸淫于喜怒爱憎,温习着悲欢离合,化腐朽为神奇,使秽水垢流发着闪闪的光",并"冷不防地从我们吝啬的心里掬去了同情"。②中国作家夏衍、老舍等都从这部剧作中汲取过有益的养料。至于像《伊则吉尔老婆子》、《鹰之歌》、《海燕之歌》、《母亲》、自传三部曲《童年》、《在人间》、《我的大学》等作品,则更为中国作家和读者所熟悉,它们的艺术影响是长久存在的。如路翎曾谈到:高尔基的这些作品"是使我感动的文学读物,影响了我的世界观","帮助我形成了美学的观点和感情的样式","变成了我的日常观察事物的依据之一","我后来的作品里,……其中的美学观点和感情、要

---

① 参见王晓明的《艾芜:潜力的解放》,载《走向世界文学》,湖南人民出版社1985年版。

② 唐弢:《关于〈夜店〉》,《文联》1946年创刊号。

求,多少受着高尔基的影响"。①因此,正像郭沫若在《中苏文化之交流》一文中所认为的那样,作为无产阶级革命的"海燕",高尔基"被中国的作家尊敬、爱慕、追随,他的生活被赋予了神性,他的作品被视为'圣经',尤其是他的'文学论',对于中国的影响,绝不亚与苏联本国"。某种程度上被神圣化了的高尔基及其作品,深深地影响了中国几代作家和民众精神上的成长。可以这样说,以俄苏"红色经典"为主体的俄苏革命文学在 20 世纪 30—40 年代与中国受众的关系主要是一种精神上的契合。

三、俄苏"红色经典"在建国后前 30 的中国

这一阶段俄苏"红色经典"在中国的接受与政治关系密切,就总体特征而言,前期以接纳为主,后期则以排斥为主。

1. 20 世纪 50 年代:巨大的热情与倾斜的接纳

向苏联学习,向苏联看齐,这是中华人民共和国建国后的一项共识②。新中国成立后的头十年,俄苏文学的翻译不仅不再受到阻难,而且得到各方面的支持和鼓励。同时,出于对新生活的向往,文学界以极大的热情全面介绍俄苏文学。50 年代被译介到中国的俄苏文学作品数量惊人,其总量大大超过前半个世纪译介数的总和。1959 年时,有人做过一个统计:人民文学出版社、上海文艺出版社和少儿出版社等当时几家主要的出版机构在近十年的时间里,各出版了三四百种俄苏文学作品,各家印数均在一二千万册;而从 1949 年 10 月至 1958 年 12 月,中国共译出俄苏文学作品达 3526 种(不计

---

① 路翎:《我与外国文学》,载《外国文学研究》1985 年第 2 期。
② 参见孙其明:《评 50 年代全面学习苏联的运动》,载《同济大学学报》(社会科学版)第 10 卷第 1 期(1999 年 3 月号)。

报刊上所载的作品),印数达 8200 万册以上,它们分别约占同时期全部外国文学作品译介种数的三分之二和印数的四分之三。①其中主要的是以俄苏"红色经典"为主体的苏联现当代革命文学。

中国文坛和中国读者对苏联文学表现出了巨大的热情。新译出的苏联文学作品似潮水般地涌入中国,苏联文学译作占全部俄苏文学译作的九成以上。这些以新时代为主要描写对象,以爱国主义和革命英雄主义为主旋律的苏联文学作品,在中国读者尤其是在青年中激起强烈反响,广为流传。茅盾曾经称"这十年来我们翻译出版的苏联文学作品"可谓"浩如烟海的书林","不知有多少青年在《钢铁是怎样炼成的》、《卓娅和舒拉的故事》、《青年近卫军》、《海鸥》、《勇敢》等等作品中受到了教育","这些作品中的伟大的共产主义精神力量和光辉光辉的苏维埃人的艺术形象,深深地激动着青年人的心"。②周扬也认为,这些作品在中国"找到了愈来愈多的千千万万的忠实的热心的读者;青年们对苏联文学的爱好简直是狂热的"。③这种现象的出现显然与特定的社会条件有关,它造成了当时中国的外国文学译介的跛足现象,它也直接影响了建国初期的中国文学的基调和底色。不过,这时期引进的作品中确有相当一部分优秀之作,它们成了刚刚开始新生活的中国人民的宝贵的精神食粮。

这一时期,高尔基作品的翻译继续雄居苏联文学翻译的榜首,各种版本的出版总数达百余种,大体与 20 世纪上半期高尔基作品的出版种数相当;马雅可夫斯基有了中译的 5 卷本《马雅可夫斯基选集》;肖洛霍夫的新作《被开垦的处女地》(第二部)和《一个人的遭遇》被迅速译介到中国;阿·托尔斯泰的三部曲《苦难的历程》

---

① 参见《苏联文学是中国人民的良师益友》,新华书店北京发行所 1960 年编印。
② 见《苏联文学是中国人民的良师益友》书前"推荐的话"(茅盾)。
③ 周扬:《在第二次全苏作家代表大会上的发言》,载《苏联人民的文学》(下册),人民文学出版社 1956 年版。

的全译本出版；法捷耶夫的《青年近卫军》在中国一版再版，并出版了话剧译本；奥斯特洛夫斯基的《钢铁是怎样炼成的》在中国的发行量达几百万册，《暴风雨所诞生的》也有了2种新译本；特瓦尔多夫斯基的长诗《瓦西里·焦尔金》等在中国很有影响；费定又有《城与年》等3部长篇小说被译出；巴乌斯托夫斯基在中国译出了他的两卷选集和《金蔷薇》；波列沃依除《真正的人》有了新译本外，他的《我们是苏维埃人》等作品被大量译出；列昂诺夫的小说《索溪》和剧本《侵略》修订重版，又译出新作《金马车》和《俄罗斯森林》；马卡连柯有了中译的7卷本全集；维什涅夫斯基新译出《难忘的一九一九》等多种剧本，巴甫连柯的中译单行本多达20—30种；尼古拉耶娃的长篇《收获》和中篇《拖拉机站站长和总农艺师的故事》等多部有影响的作品先后被译出。

这一时期有较多作品介绍过来的苏联作家不下一百位。当时在中国影响较大的作品（只计新中国成立后首译作品）还有：比留柯夫的《海鸥》、绥拉菲莫维奇的《草原上的城市》、阿扎耶夫的《远离莫斯科的地方》、安东诺夫的小说集《汽车在大路上行进》、巴巴耶夫斯基的《金星英雄》和《光明普照大地》、冈察尔的《蓝色的多瑙河》、格拉宁的《探索者》、柯切托夫的《茹尔宾一家》、潘菲洛夫的《磨刀石农庄》、波波夫的《钢与渣》、肖穆什金的《阿里泰到山里去》、毕尔文采夫的《柯楚别依》、马雷什金的《来自穷乡僻壤的人们》、卡维林的《船长和大尉》、田德里亚科夫的《伊凡·楚普罗夫的堕落》、特里丰诺夫的《大学生》、拉齐斯的《走向新岸》、古利阿的《萨根的春天》、卡达耶夫的《雾海孤帆》、科热夫尼科夫的《迎着朝霞》、戈尔巴托夫的《顿巴斯》、卡扎凯维奇的《奥得河上的春天》、库列绍夫的《琴琵》、施帕乔夫的《爱情诗》、英倍尔的《普尔柯夫子午线》、阿尔布佐夫的《达尼娅》、阿菲诺根诺夫的《玛申卡》、包戈廷的《克里姆林宫的钟声》和《悲壮的颂歌》、罗佐夫的《祝你成功》和《她的朋友们》、苏洛夫的《曙光照耀着莫斯科》、沙特罗夫的《以革命的名义》、特列尼约夫的《柳波芙·雅罗瓦娅》、科斯莫捷米扬斯卡娅的《卓娅和舒拉的故事》、斯米尔诺娃的《乡村女教师》和《盖达尔选集》等。其中多为革命色彩较强的苏联现当代作品。

建国后头十年的译介有几个特点：

1. 涉及的作家和作品的数量极大，传播范围甚广。在译介过来的作品中虽大多并非一流作品，但因与新中国成立初期的时代氛围相吻合，因此也能获得超过其内在价值的欢迎。如比留柯夫的小说《海鸥》，1954年由中国青年出版社出版后，反响强烈，上海人民出版社还出版了《向〈海鸥〉学习》一书；又如尼古拉耶娃的小说《拖拉机站站长和总农艺师的故事》，1955年译出后团中央即发文推荐，从而在全国掀起了一股热潮，中国作家和读者写了数量众多的《向娜斯佳学习》这类的文章。

2. 把苏联的一切都看得十分崇高和神圣，全盘接收、盲目照搬的现象比比皆是。一部分译者缺乏选择的目光，往往把一些公式化概念化的作品或粉饰现实的作品当作"红色经典"推荐给读者，如巴巴耶夫斯基的小说《金星英雄》和《光明普照大地》，中国在短时间里分别出了4种和2种译本；苏洛夫的剧本《曙光照耀着莫斯科》两年里出了5种译本。报刊上多是诸如《社会主义现实主义剧作的典范》、《曙光照耀着戏剧艺术》和《向〈金星英雄〉学习表现人民和生活》这样的予以盛赞的文章。

3. 译介受当时的政治标准影响很大，译者关注的是获奖作品，因此历年来获斯大林文学奖的苏联作品大部分都被介绍了过来，而又将相当一部分优秀作家及其作品排除在视野之外，叶赛宁、勃洛克、阿赫玛托娃、左琴科、布尔加科夫、普拉东诺夫和扎米亚京等非"红色"的主流派作家的作品几乎不为当时的中国读者所知。

值得注意的是，在"一边倒"的声浪中，也有理性的反拨的声音。1957年5月下旬，《文艺报》编辑部邀请部分外国文学专家和教授座谈我国的外国文学教学研究和出版情况，正值大鸣大放期间，专家们畅所欲言。①罗大冈认为，虽然他"并不反对重点介绍苏联文学，但是太偏了会使我们自己吃亏的：使得我们目光狭窄。当前我国文学创作不够繁荣，和太不注意广泛介绍西欧文学很有关系。"专家们对于唯苏联马首是瞻的教条主义做法也深表不满。王佐良认为，"在文学研究工作中，不相信本国专家的能力，宁愿翻译苏联的论文，本国专家的研究著作得不到出版的机会，这是教条主义的表现。"马坚认为，虽然懂阿拉伯语的人才很少，但阿拉伯作品的英、法文译本很多，却不去从中选择介绍，"现在我们只从俄文转译，仿佛凡是苏联译过的，就有翻译的价值"，"这种教条主义的态度是应该反对的"。这一时期，中国文艺思想界对什么是真正的"红色经典"作品也产生过分歧。有人认为，苏联文学"产生了许许多多伟大的、可以放入世界文学宝库的作品"，包括《金星英雄》、《顿巴斯》和《曙光照耀着莫斯科》这样的粉饰现实之作。有人则不以为然，刘绍棠在《现实主义在社会主义时代的发展》中对主人公必须是革命者的戒律也表示反对："试问：葛里高利这个人物是正面人物还是反面人物呢？他的具体的教育意义是甚么呢？据说，葛里高利是代表小农私有者的个人主义的悲剧的。但是，为甚么在人物心目中矗立起来的，是一个崇高和勇敢的形象呢？……那个把生命和一切献给葛里高利的婀克西妮亚，将给她安一个甚么称号呢？好，算她是个反革命的追随份子吧，可是这个千秋万代不朽的婀克西妮亚，却影响着人民的品质和美德。……我们更无法从肖洛霍夫的作

---

① 同年6月23日出版的《文艺报》发表了该报记者冯钟璞（即宗璞）撰写的座谈会综述《打开通向世界文学的大门》，见《文艺报》1957年第12期。

品中找到理想人物,达维多夫当然不配",因为他对富农反革命分子失去警惕性,还和破鞋乱搞男女关系,"封他一个'正面人物',恐怕还需要打八折呢!"在错误的理论指导下,"伟大作家的经典名著竟无法及格",而那些缺乏"最起码的艺术感染力"的"粉饰生活的公式化概念化的作品,则最合标准"。这些言论原本足以引起进一步的反思,但随之而来的"反右"斗争使这一反思推迟了整整二十年。

2. 20世纪60—70年代:走向危机与公开排斥

20世纪60—70年代,中苏政治关系全面冷却,两国在一系列原则问题上发生猛烈碰撞。与此相应,中苏文学关系也进入了长达20年的疏远、对立,乃至严重冰封的时期。以俄苏"红色经典"的苏联革命文学作品同样在中国难逃灭顶之灾。

60年代初期至"文革"前夕,中国对俄苏文学的译介呈明显的逐年递减趋势。1962年以后,不再公开出版苏联当代著名作家的作品;1964年以后,所有的俄苏文学作品均从中国的公开出版物中消失。可以先看看1960—1966年有关俄苏文学作品出版和发表的统计数字:公开出版分别为49、22、16、10、3、0、0种,内部出版分别为0、4、4、10、10、9、1种,刊物登载分别为58、32、22、7、0、0、0篇。①

刚跨进60年代时,因中苏两国表面上仍保持友好,所以文坛对苏联文学的态度仍谨慎地接纳。在1960年出版的《苏联文学是中国人民的良师益友》一书中,茅盾还撰文总结新中国译介苏联文学的成就,并对在中国"将出现一个阅读苏联作品和向苏联作品中的英雄人物学习的新的高潮"充满信心。该书中所介绍的"苏联文学"

---

① 公开出版数中包括初版本和新译本,不包括旧译重印本。

基本上是俄苏"红色经典"的代名词,虽然有些作品如《海鸥》、《勇敢》等在若干年后被筛除出去,但在当时却属于纯正的俄苏"红色经典"之列。作者中有作家、学者、翻译家,也有许多普通读者,他们众口一词赞美苏联文学,大书特书苏联文学对"我"的帮助。该书中收入的文章深深地打上了那个时代的烙印。

随着1961年苏联撤走专家和1962年中苏公开决裂,苏联当代一些主要作家的作品在中国的出版受到了严格的控制,如肖洛霍夫的作品在60—70年代未有一部公开出版。"文化大革命"的爆发,致使否定一切文学遗产的历史虚无主义盛行一时,"'文化大革命'使得一场几乎没有经典的生存试验成为一种需要。毛泽东诗词、江青选定的'样板戏'以及极为重要的鲁迅的作品,成为例外"[1],俄苏"红色经典"的崇高位置也一落千丈,即使是极为正统的俄苏革命文学作品也被打入冷宫,直到1973至1976年的"文革"中后期,少数几部被视为"最纯正"的无产阶级文学作品,如《毁灭》(1973、1974年版)、《母亲》(1973年版)、《铁流》(1973年版)、《青年近卫军》(1975年版)、《钢铁是怎样炼成的》(1976年版)才得以由人民文学出版社公开出版,出版的目的也是为反对修正主义服务。这种"反修"的接纳,有两个表现形式,一是强化少数"最纯正"的无产阶级文学作品的"红色"性,极力挖掘其中有用的因素,并以此作为批判苏联变修的武器;一是极力突出其他俄苏"红色经典"的非红色性,以强调自己的正统性,这两方面是相辅相成的。

先看利用作为武器的俄苏"红色经典"来批判苏联变修这一方面。"文革"中后期所出版的俄苏"红色经典"都有一个带有指导意

---

[1] 佛克马、蚁布思:《文学研究与文化参与》,俞国强译,北京大学出版社1996年版,第46页。

义的"前言",从中可以见到当时接纳这些俄苏"红色经典"的目的。某部队某部理论小组、北京大学俄语系苏联文学组为1975年出版的《青年近卫军》所写的前言《十月革命的旗帜是不可战胜的》,是"文学为政治服务"的绝妙范本。首先,文章把《青年近卫军》看成是印证伟人论断的典型材料:《青年近卫军》"形象地反映了"毛泽东所说的"十月革命的旗帜是不可战胜的,而一切法西斯势力则必归于消灭"这个客观真理;"希特勒不过是一只纸老虎,他和他的'新秩序'都逃脱不了覆灭的命运",因为毛泽东说过"社会主义制度终究要代替资本主义制度,这是一个不以人们自己的意志为转移的客观规律";《青年近卫军》结尾写到青年就义时城郊响起胜利的炮声,这说明无产阶级革命事业"前途是光明的,道路是曲折的"。①这是典型的用文学来图解政治的接受。其次,该文在肯定"《青年近卫军》是一部有革命思想内容和较高艺术水平"的作品的同时,也批评了小说存在的缺点和不足:有关青年的理想、友谊、爱情、家庭等方面的描写中"有时流露出旧的思想情调"②,书中"有些人物对社会主义历史阶段国内阶级斗争的长期性、复杂性认识不足",有些地方对现实题材的概括还不够高,"革命浪漫主义精神还不够强烈"。③显然,该小说尚未能完全满足70年代中国现实政治的需要,它的某些描写不符合当时中国的立场,不符合"无

---

① 法捷耶夫:《青年近卫军》,水夫译,"前言"第7页,人民文学出版社1975年版。

② 20世纪60年代之前,这些"流露出旧的思想情调"的内容颇受好评。巴人赞扬这些"丰富多彩的优美精神品质"(见《谈〈青年近卫军〉》,上海文艺出版社1959年版,第8页)。80年代之后,这些"流露出旧的思想情调"的内容再次受到了高度评价。《俄苏文学史》指出:法捷耶夫"通过诸如母子之情,夫妻之情,同志之情来描写社会主义社会里人与人之间的新的关系,从而挖掘英雄人物心灵上的美"(《俄苏文学史》第二卷,河南教育出版社1992年版,第413页)。

③ 法捷耶夫:《青年近卫军》,水夫译,"前言"第7页,人民文学出版社1975年版。

产阶级专政下的继续革命"的论断,不符合"三突出"的创作原则。此外,该文利用《青年近卫军》对苏联修正主义进行批判,称它所表现出的"爱国主义"被苏修叛徒集团替换为"资产阶级的爱国主义"和"希特勒的'爱国主义'",诱使人民去热爱"苏联社会帝国主义";它所表现出的"保卫祖国"被苏修叛徒集团替换为保卫苏修帝国,"掩盖他们的社会帝国主义的狰狞面目"。阅读这部作品,可以"鼓舞我们坚持对帝、修、反的斗争,特别是对背叛十月革命的苏修叛徒集团的斗争"。①这种批判如同政治宣言,与文学已毫无关系。

某些俄苏"红色经典"在当时被当作苏联变修的证据而痛加挞伐,如肖洛霍夫的作品。《林彪同志委托江青同志召开的部队文艺工作座谈会纪要》称:"文艺上反对外国修正主义的斗争,不能只捉丘赫拉依之类小人物。要捉大的,捉肖洛霍夫,要敢于碰他。他是修正主义文艺的鼻祖。他的《静静的顿河》《被开垦的处女地》《一个人的遭遇》对中国的部分作者和读者影响很大。"②由于被江青"钦定"为"苏修文艺鼻祖",肖洛霍夫和他的一直被视为"经典"的作品一夜之间便由大红变为大黑,遭到猛烈批判。③这里以《评苏

---

① 法捷耶夫:《青年近卫军》,水夫译,"前言"第2页,人民文学出版社1975年版。

② 《人民日报》1967年5月29日。

③ 作品批判的文章就有:《〈一个人的命运〉——现代修正主义文艺黑旗》(《人民日报》1966年5月13日)、《修正主义叛徒集团的吹鼓手——评〈一个人的遭遇〉》(《人民日报》1966年7月9日)、《为帝国主义政策效劳的叛徒嘴脸——评〈一个人的命运〉》(《解放军文艺》1966年第7期)、《在"复杂""迷人"的背后——评〈静静的顿河〉中的葛利高里形象》(《福建师大学报》1975年第2期)、《一株为修正主义政治路线服务的大毒草——剖析〈被开垦的处女地〉的反动实质》(《福建师大学报》1975年第2期)、《新资产阶级分子篡权复辟的自供状——肖洛霍夫〈新垦地〉再批判》(《开封师院学报》1975年第2期)、《攻击无产阶级专政的大毒草——〈静静的顿河〉批判》(《天津师院学报》1975年第4期)等。

修文艺鼻祖肖洛霍夫》①为例，即可窥斑知豹。文章认为，《静静的顿河》既对沙皇统治下的俄国农村面貌进行恣意美化，又"明目张胆地反对无产阶级革命和无产阶级专政"，鼓吹对反动阶级的仁爱；作品"拼命攻击无产阶级专政的'残忍'和'不人道'，为复辟资产阶级专政大造反革命舆论。"文章还认为，《被开垦的处女地》第一部是肖洛霍夫"追随布哈林之流，大反斯大林，大肆攻击农业集体化的铁证"；肖洛霍夫违反苏联广大贫农、中农群众自愿走上社会主义集体化道路的历史事实，"不仅对广大农民极尽丑化、歪曲之能事，而且把布尔什维克干部（如拉古尔洛夫）也描写成'左'倾冒进主义的代表人物"；"百般美化反动富农洛济文"，并让达维多夫走上一条"排斥贫农、依靠富裕中农、包庇重用富农的右倾机会主义路线"。在谈到《被开垦的处女地》第二部时，文章认为，它"赤裸裸地描绘了一幅资本主义复辟、修正主义上台的情景"，是50年代末60年代初"苏修叛徒集团统治下的资本主义复辟的苏联农村的真实写照"，是体现反革命修正主义政治路线的苏共纲领的"一个形象化的艺术图解"；小说中的新任区委书记聂斯吉连科实际上"是一个走资本主义道路的当权派"，小说最后没有安排村苏维埃主席的候选人，表明肖洛霍夫要"取消""无产阶级专政"，"暴露了他与赫鲁晓夫修正主义集团心心相印的反革命嘴脸。"文章认定肖洛霍夫是"修正主义的大吹鼓手"，是苏修叛徒集团在文艺上的"全权代表"，他"在政治上紧紧追随修正主义，在思想上竭力宣扬资产阶级人道主义，在艺术创作上狂热鼓吹所谓'写历史真实'论"，他的作品"成为资产阶级和现代修正主义文艺的标本"。这样的政治批判和浓烈的火药味在今天读来已显出了它的荒诞色彩。可见，不管是极力强化少数所谓最纯正的俄苏"红色经典"的"红色"性，还是极

---

① 《黑龙江大学学报》（哲社版）1975年第2期。

力凸现某些苏联经典作品的"黑色"性,其接受的出发点和归宿点都是一致的。

不过,在这 20 年里,苏联文学在中国并未绝迹。值得一提的是那些内部出版的"黄皮书",其中包括:肖洛霍夫的《被开垦的处女地》(第二部)和《他们为祖国而战》、潘诺娃的小说《感伤的罗曼史》、西蒙诺夫的《生者与死者》和《最后一个夏天》、柯涅楚克的《德聂伯河上》、爱伦堡的《解冻》、梅热拉伊蒂斯诗集《人》、阿尔布佐夫的《伊尔库茨克故事》、爱伦堡的《人、岁月、生活》(前四卷)、科热夫尼科夫的《这位是巴鲁耶夫》、卡里宁的小说《战争的回声》、冈察尔的《小铃铛》、《苏联青年作家小说集》、艾特玛托夫的《白轮船》、利帕托夫的《普隆恰托夫经理的故事》、德沃列茨基的《外来人》、沃罗宁的《木戈比》、邦达列夫的《热的雪》、沙米亚金的《多雪的冬天》、切尔内赫的《适得其所的人》、格拉宁的《目标的选择》和格列勃涅夫的《一个能干的女人》等几十种。从上面所列出的部分书名中,可以看到这些内部出版物均系苏联当代文学作品,而且基本上都是苏联国内最有影响的或最有争议的作品,介绍得又相当及时和准确。这种及时充分说明中国文坛对当代苏联文坛的动向极为关注,而选择的准确性又说明中国的译者对当代苏联文学的熟悉。尽管这些作品中有不少已与"红色经典"没有关系,但作为一种大的背景,它显示中国文学界的目光并没有离开苏联文学。

"文革"结束后的 70 年代末,中国文坛对苏联作家及其作品还是相当谨慎。1978 年,公开出版的依然是那些被认为是"最纯正"的俄苏"红色经典"作品,如高尔基的《高尔基早期作品选》、《我的大学》、《人间》和《文学写照》,马雅可夫斯基的《列宁》,绥拉菲莫维奇的《铁流》,法捷耶夫的《毁灭》等。当然,这种状况维持时间不长。不久以后,在思想解放运动的春风吹拂下,文坛开始全面解冻。

3. 对一元化背景下的接纳与排斥的反思

接受美学的一个重要理论就是强调读者的能动的创造作用，姚斯指出："在这个作者、作品和大众的三角形之中，大众并不是被动的部分，并不仅仅作为一种反应，相反，它自身就是历史的一个能动的构成。一部文学作品的历史生命如果没有接受者的积极参与是不可思议的。因为只有通过读者的传递过程，作品才进入一种连续性变化的经验视野。在阅读过程中，永远不停地发生着从简单接受到批评性的理解，从被动接收到主动接受，从认识的审美标准到超越以往的新的生产的转换。"①

从这个角度看，一元化背景下的俄苏"红色经典"的接受者，因受外界的制约，简单接受的情况比较明显。如当年文坛出现的所谓"赶任务"的现象就与此有一定关系。夏衍在《从〈母亲〉谈作品的政治标准和艺术标准》一文中通过《母亲》的创作实践号召"作家向高尔基学习，'赶写出'工人阶级'很需要'而又有'很大好处'的'及时的书'"。"我觉得为了人民群众的'需要'而'赶写''及时的书'，是我们进步文学的一个好的传统"，而且即使"有时候拿起笔来写的时候就意识到当前这个政治斗争一过去，这部作品就很快地会被人忘记"，但"好像谁也没有后悔"②。这一主张显然把"红色经典"简单地视为政治需要而创作的典范。又如《文艺报》自1957年第29号开始，以"感谢苏联文学对我的帮助"为题，每期登载两三篇文章。在这些文章中，我们看到了《苏联英

---

① 姚斯：《文学史作为向文学理论的挑战》，姚斯、霍拉勃：《接受美学与接受理论》，周宁、金元浦译，辽宁人民出版社1987年版，第24页。

② 夏衍：《从〈母亲〉谈作品的政治标准和艺术标准》，《文学知识》1958年创刊号。

雄的高贵品质鼓舞和教育了我》和《保尔给了我克服困难的勇气》这样相似的标题,以及"保尔·柯察金,无脚飞将军阿历克赛·密烈西叶夫是大家所熟悉的英雄人物,他们那种忠于革命事业的坚强信念,革命乐观主义精神,克服困难的坚强毅力是每个人学习的榜样";"每当我遇到病魔和困难的时候,只要一想起保尔·柯察金、马特洛索夫等苏联文学作品中的英雄人物时,就立刻增强了自己的毅力和战胜疾病、克服困难的勇气,这些英雄们鼓舞我不断前进"等相似的文字。文章的作者来自各行各业,多为普通群众或干部,他们的故事是动人的,他们的态度是真诚的,但他们的思想缺乏个性色彩,这表明他们受制于同一思维模式。这种情况在当时的专业人员那里也同样存在。如有些专家在《十年来的外国文学翻译和研究工作》一文中这样表述苏联文学的价值:苏联文学"已经成为对我国广大人民进行共产主义教育的武器,成为我们保卫和平、建设社会主义的精神力量,成为我们文化生活中的不可或缺的有机部分。周扬在第二次苏联作家代表大会上说过:'苏联的文学艺术作品在中国人民中找到了愈来愈多的千千万万的忠实的热心的读者;青年们对苏联作品的爱好简直是狂热的。他们把奥斯特洛夫斯基的《钢铁是怎样炼成的》,法捷耶夫的《青年近卫军》,波列伏依的《真正的人》中的主人公当作了自己学习的最好榜样。巴甫连柯的《幸福》,尼古拉耶娃的《收获》,阿札耶夫的《远离莫斯科的地方》等作品都受到了读者最热烈的欢迎。他们在这些作品中看到了人类历史上前所未有的完全新型的人物,一种具有最高尚的共产主义的精神和道德品质的人物。'这些话最概括、最有力地说明了苏联文学对于新中国人民的巨大教育作用"。[①]这里可以见到那一时代人

[①] 卞之琳、叶水夫、袁可嘉、陈燊:《十年来的外国文学翻译和研究工作》,《文学评论》,1959年第5期。

们接受俄苏"红色经典"的思想脉络。

将"红色经典"视为因政治需要而创作的典范显然是错误的,而"生活教科书"式的接受也是片面的,这样的接受往往会放大作品中的某些内容而漠视乃至故意摒弃另一些内容。一旦接受过程中的纯政治功利主义倾向占上风时,就会出现严重的误读现象,随着政治风向而指鹿为马。例如,那一时代出现过一篇题为《〈静静的顿河〉的教育意义》的文章,文章将这种意义归纳为社会主义革命是必然要胜利的,社会主义革命是一场激烈的阶级斗争,国际帝国主义企图绞杀社会主义国家的阴谋是注定要失败的,社会主义革命一定要在共产党领导下才能完成,共产党员的英勇斗争是社会主义革命胜利的保证等五个方面。这显然远远偏离了这部经典作品的内涵,可文章竟出自小说译者金人之手,这不能不说是一个可悲的现象。再看看《谈"青年近卫军"》[①]一文,该文作者高度赞扬《青年近卫军》的新版本,称新版本中"共产党员的形象""十分生动","组织性"和"深刻联系"得到了加强。其实,这两条正是苏联《真理报》曾指出的初版本中的政治问题。文章的作者显然受此影响而误读了作品。李英男后来在《法捷耶夫的悲剧——〈青年近卫军〉两个版本的比较》[②]一文中认为,法捷耶夫的修改是"时代给他造成的悲剧";旧版本中,"法捷耶夫非常准确地点出三四十年代苏共党内所出现的相互猜疑、不相信群众的不正常的政治气氛",并告诫"要摆脱形式主义、官僚主义的束缚,时时处处想到人,想到手下的老百姓,真正与人民心心相连,才能免遭失败,也才能避免给自己的事业带来损失";"事实证明,法捷耶夫对《青年近卫军》的修改是很不情愿的";《青年近卫军》新版本的"诸多删节、补充和牵

---

① 巴人:《谈"青年近卫军"》,上海文艺出版社1959年版,第11页。
② 《俄罗斯文艺》2002年第3期。

强附会的修改在一定程度上冲淡了小说的思想内涵和艺术感染力"。误读作品的根源并不在于文章作者艺术眼光之低,而是在于文学的话语被遮蔽而政治的诉求占上风。由此,"红色经典"作品在中国从倾斜的接纳到极度排斥的快速转换,应该也不难理解。

四、俄苏"红色经典"在20世纪80年代以来的中国

1. 苏联文学译介总貌

80年代,中国译介的俄苏文学作品的总量已大大超过20世纪的任何一个时期,种类也高出于此前全部译介种类之和。中国翻译出版了近万种俄苏文学作品①,涉及的作家有一千多位。而这种译介态势又是在中国前所未有的全方位接纳外来文化的热潮中出现的,它与50年代中国对苏联文学的倾斜的接纳完全不同,俄苏文学在中国全部的外国文学作品译介中所占比重渐趋正常。80年代俄苏文学约占外国文学作品译介总量的20%—30%,前期和中期略高,后期有所下降。当然,这个比例还是相当高的,它说明俄苏文学在当时的中外文化交流中仍居有举足轻重的位置。

新时期的中国,出版业全面复苏,出版社和期刊如雨后春笋般的出现。这时期出版过俄苏文学作品或理论著作的出版社不下百家。这些出版社十年里出版了数量可观的俄苏文学作品,其中除了作家个人的单部作品和作品集外,还有许多从不同角度组合的多位作家的作品合集。属苏联文学范畴的综合性的集子较多,其中主要有:《苏联六十年短篇佳作选》、《苏联各民族中短篇小说选粹》、《苏联短篇小说选》、《苏联短篇小说选集》、《苏维埃俄罗斯著名小说

---

① 这里包括单行本和散见于各种报刊中的作品。

选》、《苏联现代军事短篇小说选粹》、《来自苏联情报局：战争年代的政论作品报告文学》、《复活的苏联作家群作品选》、《苏联抒情诗选》、《苏联三女诗人诗选》、《苏联女诗人抒情诗选》、《苏联诗萃》、《俄苏先锋派诗选》、《俄苏名家散文选》、《苏联幽默小品选》、《苏联讽刺幽默小说选》、《苏联讽刺幽默小说集》、《苏联民间故事选》等。至于散见于各种报刊的译介作品更是不计其数。苏联现代文学的译介呈总体繁荣的景象。高尔基在20世纪80年代继续受到中国译界关注，他是这一时期第一个出大型文集的俄苏作家。人民文学出版社于1981—1985年推出了《高尔基文集》20卷，这部大型文集成了中国80年代大规模译介俄苏文学的奠基石和标志性的出版物。不过，高尔基作品另行汇集出版的集子和单行本已明显少于50年代。马雅可夫斯基的作品在这时期出了两套重要的选集，飞白译的《马雅可夫斯基诗选》和余振等译的《马雅可夫斯基选集》，都是三卷本。肖洛霍夫的长篇巨著《静静的顿河》有了力冈的新译本。此外，革拉特珂夫的《荒乱年代》、费定的《篝火》、波列沃依的《阿妞塔》、西蒙诺夫的《没有战争的二十天》、奥斯特洛夫斯基的《暴风雨的女儿》等未曾译出过的重要作品有了中译。

但是，40—50年代走红的苏联现代作家（包括高尔基在内）的"红色经典"作品在80年代的中国普遍有不景气之感。有的著名作家在80年代的中国甚至遭到了令人尴尬的冷落，如吉洪诺夫、巴甫连柯、克雷莫夫和柯涅楚克等。这种情况的出现与昔日"倾斜的接纳"有关，但更多的是逆反心理所致。当然，真正优秀的作家和他的艺术作品是不可能永远被冷落的。如高尔基。有位大学生写道："我曾经因为高尔基的'无产阶级文学奠基人'的头衔便武断地认为，他的作品必定是口号式的、图解政治的、充满高大全式的人物的毫无文采的一类。这种偏见差点使我与这位大师擦肩而过⋯⋯在我欣赏了他的充满音乐感、色彩感、立体感的饱含激情的文字，领略了他的不同凡响的魅力之后,我不禁脱口而出:久违了,现实主义!"有位学者这样谈到他对高尔基认识的转变:"过去一个很长时间里,我对高尔基的认识一直停留在《海燕之歌》和《母亲》的作者、'社会主义现实主义'奠基人的框架内。这种认识和我对文艺领域中极左思潮的深恶痛绝结合在一起,曾使我对高尔基的作品产生了一种隐隐约约的排斥情绪。……在我逐篇研读了高尔基的几乎全部作品之后,我才感到自己对这位'痛苦'的作家的理解是多么肤浅和片面,同时也想到要真正认识他又谈何容易!"[1]作家张炜在一次与大学生的谈话中说了这么一段话:"高尔基的作品宣传得够多了,前些年别人的作品不让读,但高尔基作为无产阶级革命作家,尚可以找来读。奇怪的是现在人们倒不怎么谈论他。这是一种物极必反的现象。其实我们反而因此误解了文学本身。文学不会进步,文学也没有对错之分,它只有优劣之别。我仍然十分喜欢高尔基的作品。作为一位当之无愧的大师,他一生写了一千多万字!"[2]在另一个场合,他还这样说道:"没有一个苏俄作家像他那样荣耀,在中国落地生根。他一度成为天才和革命的代名词。后来中国作家,特别是当代作家才敢于正面凝视他。他不久以前是不可能被挑剔了,但后来又被急躁的年轻人过分地挑剔了。……我读他那些文论和小说戏剧,常常涌起深深的崇敬之情。他是跨越两个时代的大师——做这样的大师可真难,不仅需要才华,而且更需要人格力量。"[3]

值得一提的是,过去中国文坛重视不够的、或者根本不为一般的中国读者知晓的一些重要苏联现代作家及其作品,在这一时期得到了充分的重视,并有了与其在文学史上的地位大体相应的译介。如叶赛宁,新中国建立以来他一共只有3首短诗得到译介,可这时

---

[1] 见汪介之的《俄罗斯命运的回声》(后记),漓江出版社1993年版。
[2] 张炜:《周末问答》,《时代文学》1989年第5期。
[3] 张炜:《域外作家小记》,载《生命的呼吸》,珠海出版社1995年版。

期他的诗歌则频频见于中国的各种报刊,并有《叶赛宁抒情诗选》和《叶赛宁诗选》等四种中译诗集问世;勃洛克的作品也被翻译得较多,并有了《献给美人的诗》和《青春·爱情·畅想》二本诗集译出;外国文学出版社和春风文艺出版社同年分别出版了布尔加科夫的《大师和玛格丽特》的两种译本,他的《狗心》译出后还被搬上了中国的舞台;扎米亚京的名作《我们》由花城出版社出版,引起较大反响;普里什文的作品受到欢迎,以单行本形式出版的就有《大自然的日历》、《林中水滴》和《普里什文动物散文选》等;左琴科作品有《左琴科幽默讽刺作品选》、《丁香花开》和《一本浅蓝色的书》三本集子出版;阿赫玛托娃的诗歌不仅在80年代中国的在刊物上频频出现,而且被收入十多种集子,并出版了由戴骢和王守仁等分别译出的两种同名集子《阿赫玛托娃诗选》,她的诗歌在中国赢得了广大的读者。80年代的中国读者虽然冷落了部分苏联现代作家,但是对苏联现代文学的总体了解应该说是更为全面和深入了。

这一时期中国的俄苏文学译介中最令人瞩目的是当代苏联文学,80年代前期和中期出现了一个前所未有的译介苏联当代文学的高潮,整个十年里译出的作品多达五六千种。以正式出版的专收苏联当代文学作品的集子就有几十种,如《苏联当代文学作品选》、《苏联当代小说选》、《苏联当代中短篇小说选》、《当代苏联中短篇小说集》、《苏联当代短篇小说》、《苏联七十年代中篇小说选》、《苏联八十年代小说选》、《苏联当代青年题材小说选》、《苏联当代妇女生活题材小说选》、《当代苏联中篇小说选辑》、《苏联当代诗选》、《苏联当代著名抒情诗一百五十首》、《当代苏联剧作选》、《苏联当代戏剧选》、《当代苏联电影剧本选》等。长期以来,中国对苏联文坛始终予以密切关注,对其基本面貌和动向可谓了如指掌,而中苏政治关系的改善和文化交流的日趋频繁,又进一步为文学译介渠道的畅通创造了有利条件。一些活跃于苏联当代文坛的著名作家及其有影响的作品，很自然地成了中国译者首先捕捉的目标。艾特玛托夫、邦达列夫、拉斯普金、舒克申、阿斯塔菲耶夫、贝科夫、瓦西里耶夫、叶夫图申科、万比洛夫等作家的重要的作品大都被介绍到了中国，这些作家为许多中国作家和读者所熟知，他们的优秀作品在中国拥有广大的读者群。

90年代初期开始的中国市场经济大潮和1991年苏联的解体，对历经一个世纪风雨的中俄文学关系产生了巨大影响。20—21世纪之交的中俄文学关系进入了在调整中发展的时期。就译介而言，最表层的现象是前苏联当代文学作品和近期的俄罗斯文学作品译介量的锐减，这里除了中国加入世界版权公约而受到制约外，读者兴趣的转移也许是更直接的原因。

90年代以来，仍然有相当一部分中国当代作家和读者关注着俄苏文学。作家张炜认为，苏联文学的"影响长时间都不能消失，更不会随着这个国家的解体而消失"，肖洛霍夫和艾特玛托夫等当代作家"正是继承了俄罗斯文学美好传统的作家，是最有生命力的代表人物。所以中国当代文学应该感谢他们。在不少人的眼睛盯到西方最时新的作家身上时，有人更愿意回头看看他们，以及他们的老师契诃夫、屠格涅夫等。米兰·昆德拉及后来的作家不好吗？没有魅力吗？当然有，当然好；可是他们是不一样的。比较起来，前苏联的那些作家显得更'有货'。不是比谁更新，而是比谁更好。……我们往往更容易否认那些'过时'的。其实哪个作家不会'过时'呢？哪个真正的艺术家又会'过时'呢？"[①]

世纪之交，阿赫玛托娃、曼德尔施塔姆、茨维塔耶娃、帕斯捷

---

① 张炜：《仍然生长的树——与大学师生座谈录（二）》，载《生命的呼吸》，珠海出版社1995年版。

尔纳克等这些"回归诗人"的诗作被越来越多的中国诗人所熟悉，它们对中国青年诗人的影响明显增强，这种影响主要体现在精神交流上，但也包括对诗歌艺术的接受。如张枣的诗《与茨维塔耶娃的对话》、王家新的诗《瓦雷金诺叙事曲》和《帕斯捷尔纳克》、西川的诗《远方——给阿赫玛托娃》、黄灿然的诗《献给约瑟夫·布罗茨基的哀歌》、西渡的诗《悼念约瑟夫·布罗茨基》、蒋雪峰的诗《让我燃烧大地上所有的玫瑰——给玛丽娜·茨维塔耶娃》、阎逸的诗《巴黎书信：茨维塔耶娃，1926》等。王家新在《回答四十个问题》时说："帕斯捷尔纳克的诗，茨维塔耶娃的诗……比任何力量都更能惊动我的灵魂。""我不能说帕斯捷尔纳克是否就是我或我们的一个自况，但在某种艰难时刻，我的确从他那里感到了一种共同的命运，更重要的是，一种灵魂上的无言的亲近。"①欧阳江河指出，这些俄罗斯诗人与中国的朦胧诗人，以及更年轻的一代中国诗人的精神成长有极为密切的联系，"它们影响了年轻一代中国诗人的良知和品质。"②王家新强调，"这些20世纪俄罗斯诗人不仅以其优异的艺术个性吸引着中国的诗人们，也以其特有的诗歌良知和道德精神力量……在20世纪整个现代诗歌的版图上构成了一个'审判席'"。

尽管苏联文学在20世纪80年代以来的中国的译介和接受已发生很大的变化，但是俄苏"红色经典"依然时时受到中国的文坛和读者从不同角度的关注。

2. 20世纪80年代以来俄苏"红色经典"的接受特征

80年代以来，中国对俄苏"红色经典"的接受总体呈现为多元

---

① 王家新：《夜莺在它自己的时代》，东方出版中心1997年9月版，第49页。
② 欧阳江河：《站在虚构这边》，三联书店2007年7月版，第112页。

化，众声喧哗，互为淹没，但趋势走向成熟、走向真实，意识形态接受大幅削弱，审美性接受得到重视。同时，随着政治意识形态和文学观念的转变，俄苏"红色经典"独领风骚的时代也随之风光不再。但是这也恰恰为俄苏"红色经典"在学理层面和大众化层面的多元化接受提供了必要的前提。

（1）学理层面的接受

80年代以来，学理层面的接受成果显著。这里既有对某些历史公案的澄清，也有对某些作品的重新评价，还有对某些未曾涉及的领域的探索。

对某些俄苏"红色经典"的拨乱反正的再接受，可以肖洛霍夫的《静静的顿河》等作品为例。这方面的学术论文数目众多，肖氏作品既"红色"又"经典"的双重身份开始被张扬，而且"红色"意味趋淡，而"经典"意味加强；肖氏的作家身份也不再单一，他成了革命作家、人道主义作家和农民情绪的表达者①。

关于某些"红色经典"的"去经典化"的思考主要集中在《钢铁是怎样炼成的》一书上，该书最终落实在"红色"的经典而非红色的"经典"这一共识上。而对于《磨刀石农庄》和《勇敢》等一些曾经的"红色经典"，则是在悄无声息中的"黯然退场"②。

刘亚丁的《全身心倾听革命——苏联文学与革命》认为，保尔·柯察金是奥斯特洛夫斯基以"民间叙述方式"对官方主流"意

---

① 参见何云波、刘亚丁：《〈静静的顿河〉的多重话语》，《外国文学评论》2002年第4期。

② 20世纪60年代以前，《鼓足干劲，改变农村的面貌——读〈磨刀石农庄〉的感想》和《苏联共青团员的勇敢精神——介绍〈勇敢〉》（载《苏联文学是中国人民的良师益友》）等文章，对二书赞赏有加。而如今蓝英年认为，"怎么也不能说"《磨刀石农庄》是"最优秀的作品"，《勇敢》表现的是以革命的外衣包裹的"沙皇大国沙文主义"。（参见李辉：《蓝英年：镜子中的历史——关于苏俄文学与中国的对话》，《青年文学》1999年第5期）

识形态进行了解码"的结果,柯察金"既不是恰巴耶夫式的传奇英雄,又不是莱奋生式的'领袖'人物",而是"可以学习效法的兄弟";但是柯察金又体现了当时主流意识形态所大力提倡的"牺牲个人以成全集体的价值观",所以,《钢铁是怎样炼成的》受到"上下一致"的欢迎,"保尔·柯察金成了民族英雄,极大地发挥了正面英雄的教育作用。"刘亚丁还指出,苏联文学的悲剧是"乐观的悲剧"模式:"并不渲染死亡带来的悲哀和痛苦,而是着眼于死者对生者的启迪和激励,大抒特抒后来者的壮志豪情。"如《毁灭》的结尾,游击队遭到毁灭性打击,而莱奋生不再为死去的战友哭泣,而是重新抖擞精神,迎接新的战斗。这种"乐观的悲剧"模式"对我国的当代文学前期的作家产生过广泛影响。"苏联作家对革命的反思使他们具有一种不同于革命家、军事家的"作家立场"。《静静的顿河》中肖洛霍夫坚持"作家立场","关注的是战争和革命进程中人们——个体的人和不同阶层所遭遇的动荡、变故,所付出的包括生命在内的沉重代价。"①

王志耕在《宗教精神的艺术体现——苏联文学与宗教》一文中指出:苏联时期,宗教的思维与观念"在文学中以一种'变体与改造'的形式与共产主义革命结合起来,从而创造出崭新的文学形态"。作者据此剖析了《母亲》等俄苏"红色经典"与基督教神话原型的内在联系,意在阐明宗教文化的穿透力。主人公巴威尔是基于基督原型所构成的形象,是一个从普通民众中脱颖而出的领袖和受难者的形象,《母亲》所述事件本身乃是一个"秘密传道"的故事。母亲在巴威尔被捕后则成为传播革命真理的坚定使徒,雷宾则扮演了多马这样的疑惑者的角色,而依萨·高尔博夫在情节的整体关系中则起到犹大的作用。《母亲》不仅在故事情节、人物形象的设置上

---

① 刘文飞编:《苏联文学反思》,中国社会科学出版社2005年版,第17页。

与《新约》如此相似,而且在句法修辞中也能找到《新约》的对应之处。从普洛普的功能理论来看,《铁流》是一个典型的"迁徙故事",这类故事结构中的主要功能要素是"操纵者、引导者、跟从者、异能与奇迹。"在《出埃及记》中,耶和华是操纵者,摩西是引导者,以色列人是跟从者,摩西通过显示异能与奇迹征服跟从者,最终回到家园。在《铁流》中,操纵者是苏维埃工农政权,引导者是郭如鹤,工农民众则是跟从者,郭如鹤虽没有显示异能与奇迹,但他具有非凡的信念与力量,是一种隐喻意义上的"异能",每到关键时刻,他都凭着这种"异能"使队伍转危为安,最终走向胜利。①

何云波的《乡土罗斯的现代转型——苏联文学乡土情结的文化考察》指出:由于俄国革命是一种"城市化"的革命,所以在早期苏联文学中,对待代表革命的城市的态度,就决定了作家的世界观和艺术观的倾向。《母亲》以巴维尔和他母亲的成长,再现了一个群体、一个阶级的成长过程,而这种成长过程就是"与代表革命的城市的接近过程",巴维尔从城市带回新书籍和新字眼,城里来的客人则给工人传播社会主义思想,小说中的城市不再是写实的而是"诗化"和"抒情化"的。《钢铁是怎样炼成的》中保尔的生命历程,则是"一个日益融进城市的钢铁的'链条'的过程",保尔心目中的城市是演奏着"工业文明交响曲"的城市,是排除了"市"的嘈杂污秽的纯粹工业化的文明的"城"。《母亲》和《钢铁是怎样炼成的》作为"成长—启悟"小说,主人公的成长与"时代的革命发展同步",而《静静的顿河》却描写了一个与时代的发展"格格不入"的主人公,他与代表城市、文明、进步的革命相冲突。《静静的顿河》具有多重价值取向,既是革命史诗,歌颂革命,并忠实揭示反叛革

---

① 刘文飞编:《苏联文学反思》,中国社会科学出版社 2005 年 9 月第 1 版,第 62 页。

命者必然失败的历史命运;又是人的史诗,成为考察关于人、人性的光辉与阴影的深邃篇章;还是自然的史诗,表现出作家对顿河土地和哥萨克民众的"本能的亲切感"。①

这些对于俄苏"红色经典"的文艺美学方面的接受,有不少都是此前未曾涉及的领域的新探索,新成果。它们的出现,标志着对于俄苏"红色经典"的接受的进一步深化,是一种更加理性更加全面的接受。

(2)个性化的接受和大众化的接受

刘小枫《记恋冬妮娅》的问世,是俄苏"红色经典"在当代中国个性化接受的标志。这篇为冬妮娅"正名"的文章着意于为"冬妮娅"翻案,使她从追求个人享乐的资产阶级娇小姐形象转变成勇于追求个体生命价值和正常幸福的平凡人。刘小枫认为,"革命有千万种正当的理由(包括讴歌同志式的革命情侣的理由),但没有理由剥夺私人性质的爱欲的权利及其自体自根的价值目的",正是基于这种对于个体生命价值的肯定,他认为"冬妮娅身上有一种由歌谣、祈祷、诗篇和小说营造的贵族气,她懂得属于自己的权利",而这种"个体权利意识",是革命所不允许的,也是"保尔的政治辅导员兼情人丽达和补偿保尔感情损失的达雅"所不具备的。因此,刘小枫觉得,"保尔的形象已经暗淡了,冬妮娅的形象却变得春雨般芬芳、细润,亮丽而又温柔地驻留心中,像翻耕过的准备受孕结果的泥土"②。刘小枫的个性化解读,具有冲开主流批评框架的束缚的意义,为接受美学中"真正意义上的读者"做了注脚;何云波、刘亚丁的《远逝的记忆》③同样是个性化接受的范例。

---

① 刘文飞编:《苏联文学反思》,中国社会科学出版社2005年9月第1版,第198—201、207—208页。

② 《读书》1996年第4期。

③ 《书屋》2004年第6期。

2000年出版的梁晓声的《重塑保尔·柯察金》一书也是极力复活冬妮娅的一个标志性文献，而且是大众化接受的范例。梁晓声对保尔、冬妮娅和丽达都进行了"重塑"，当然，重塑后二者乃是为了更好地重塑保尔。在书的扉页上，梁晓声写道："任何事物都必退归于历史；只有一种事物始终盘桓于现实，并引导我们做客观和公正的思考——那就是关于人性内容的诠释……"根据这一思路，梁晓声重塑保尔·柯察金，就是要削弱他的"惟我独革"的意识倾向，增强他的人情人性的成分。于是，书中强化了保尔对推开冬妮娅的爱情的负疚和对避开丽达的爱情的懊悔，也改变了保尔对达雅爱情的拯救性质，还把他变为爱母亲的革命者等。于是，书中才有下列内容的出现：保尔在粮食供应的困难时期，以自己的名义每天要来两瓶牛奶却转送给冬妮娅的孩子，在保尔的帮助下，纠正了冬妮娅一家的政治身份，并让保尔亲口对冬妮娅说："保尔·柯察金为了纠正自己在你身上犯的错误，已经尽了最大的能力了"[①]；丽达的丈夫成为反党集团的阴谋分子，她也成为怀疑对象而被监督劳改，然而保尔偏偏去关心她，并且说："就是革命，也不能阻止我吻你"，他们之间竟有一次完美的性爱；保尔和达雅的关系，不再是"政治觉悟启蒙者与被启蒙者之间的肉体关系"，而变成保尔"从女性那儿获得的最后一份抚慰"；为了使冬妮娅的形象变得更美好，梁晓声还让冬妮娅提前下火车把因为筑路而昏迷不醒的保尔护送到医院及时抢救，才使保尔转危为安；为了减弱保尔的"惟我独革"性，又把保尔和冬妮娅的爱情破裂重新处理为不是因为阶级意识的对立而是因为冬妮娅母亲的坚决反对……

梁晓声的"重塑"，已经基本改变了保尔的"钢铁"的形象，而

[①] 梁晓声：《重塑保尔·柯察金》，同心出版社2000年版，第358页。下文出处同，分别为第310、435、352、256、313、355页。

是成为一个具有 20 世纪末的思想认识的革命者加人道者的形象，是"意志如钢"和"柔情似水"的混合物；书中还增添了丽达对革命和保尔对革命的反思，比如丽达说"革命并不意味着仅仅使人变成阶级的战士"，又说"革命本身不可能像你所理想的那么纯洁无瑕。当革命取得胜利以后，曾为革命并肩战斗过的人们，往往也会为了权力和地位而互相倾轧，甚至互相打击"，以及保尔曾告诉达雅"革命者一旦犯错误的时候，革命也就不可能一贯正确了"这些看法，更是抽空了保尔"忠诚"的内核，简直是冒天下之大不韪，根本不是丽达和保尔所能达到的思想高度。但是梁晓声的这种"重塑"，又代表着一种当今时代的要求，也是对过去的仅仅作为"钢铁"的保尔的摒弃。

　　《记恋冬妮娅》还仅仅是在原作的范围内进行新的解读，是一种不同于以往一体化接受的个性化接受；而《重塑保尔·柯察金》却对原作进行改编和重塑，有一种大众文化对经典的戏说①的意味，当然梁晓声并未戏说，也非恶搞，他的改编和重塑的态度是严肃认真的，但这已绝不是在原作框架内的新阐释，其大众化色彩是显而易见的。哈米在他的文章《保尔·柯察金的贬斥和复活》中，把保尔形象所体现的内涵概括为："为人类自由解放无私奉献的精神，对专制奴役和坎坷命运的不屈抗争，以及炽热而让人扼腕的悲剧性爱情"，并认为这些是震撼人心灵的令人无法拒绝的东西。②这里有一种奇妙的概念转换：将为无产阶级革命和布尔什维克党的事业而无私奉献的精神转换为"为人类自由解放无私奉献的精神"；将对阶级敌人的无比仇恨和英勇斗争转换为"对专制奴役的不屈抗争"；

---

① 梁晓声安排高尔基和保尔·柯察金会面交谈，连他自己也疑惑"这是否有点儿'戏说'的意味儿了呢？"，又说，"我们的改编，意味着是多么严重的，简直大相径庭的'篡改'啊！"，梁晓声：《重塑保尔·柯察金》，同心出版社 2000 年版，第 335、409 页。

② 《书屋》2000 年第 5 期。

最大的价值转换在于,将出于阶级立场而勇敢斩断个人私情的革命意志转换成"炽热而让人扼腕的悲剧性爱情",这也是大众文化接受的一大特色。电视剧《钢铁是怎样炼成的》的拍摄和播出及其引发的讨论,更是大众化接受全面泛滥的明证。也许,多元化的接受的时代,即使是充分肯定这部作品的观众,他们可能从中国人拍摄的电视剧《钢铁是怎样炼成的》中接受的也不是同一个东西,有些人欣赏的是保尔的坚定的革命理想,有些人赞美的是保尔的爱国主义感情,有些人接受的是曾有意被遮蔽的人性美和人道主义,还有些人钦佩的是保尔的"顽强不屈的人格魅力"。关于这一点,这里不加展开,可参见于洪梅的文章《读解我们时代的精神症候——对电视连续剧〈钢铁是怎样炼成的〉接受反馈的思考》,此文从大众文化的角度对这一现象作了较为全面的梳理和评述。①

3. 新时期对俄苏"红色经典"接受的反思

新时期以来,王蒙的《苏联文学的光明梦》是一篇重要的反思苏联文学,尤其是俄苏"红色经典"在当代中国的影响的文章。王蒙指出,他那一代中国作家中的许多人,从不讳言苏联文学的影响,而是承认"整个苏联文学的思路与情调、氛围的强大影响力在我们身上屡屡开花结果",他坦言自己"挖掘新生活带来的新的精神世界之美"就得益于《青年近卫军》的帮助。他既总结了苏联文学的六大优点,又分析了苏联文学一味强调光明性所带来的八个负面作用。他认为,苏联文学"极善于把政治上对于苏维埃政权的忠贞与爱国主义与对白桦树和草原的依恋,与对于人和人性、人生的天真的勃勃有生气的肯定结合起来";然而,一些"社会主义现实主

---

① 参见戴锦华主编:《书写文化英雄——世纪之交的文化研究》,江苏人民出版社2000年版,第192—227页。

义"作品在继承的同时也背离了现实主义,"粉饰太平的自己安慰自己的幻想的真实正在取代严峻的真实",因此,"时过境迁,现在再回顾《铁流》与《士敏士》,《初欢》与《不平凡的夏天》,《毁灭》与《青年近卫军》,《收获》与《金星英雄》……我们看到的是一个又一个的光明的梦",是自欺欺人的梦。虽然苏联解体,但是"苏联文学的光明梦、产生这种梦的根据与对这种梦的需求并没有随之简单地消失。"王蒙对苏联文学的反思是深刻的,对其影响好坏的检讨也是客观公正的①。还可以看看董晓的文章《乌托邦与反乌托邦——苏联文学中的两种精神》,他对俄苏"红色经典"所表现的乌托邦精神进行了另一种角度的反思。他认为:乌托邦精神一旦依附官方主流意识,就将发生可怕的蜕变。写作《教育诗》和《钢铁是怎样炼成的》的马卡连柯与奥斯特洛夫斯基的乌托邦精神不可谓不真诚,但是"真诚的革命理想主义并不能使他们真正地把握现实",为了"体现官方意志",充满了真诚的革命理想主义的乌托邦精神反而"伤害了作品的艺术性"。《教育诗》由于"高度的官方意识形态倾向"而把成为一个真正的人的标准设定为"苏维埃化",《钢铁是怎样炼成的》则由于"狭隘的政治观念的统摄"而严重削弱了在逆境中抗争和不断超越自我的主题。②上述不同见解的文章已显示出多元的特征。

关于俄苏"红色经典"的反思,在对《钢铁是怎样炼成的》的大讨论中显得更为突出。这场讨论吸引了众多学者参加,由于各自

---

① 《读书》1993年第7期,收录于王蒙:《苏联祭》,作家出版社2006年版,第178—190页。当然,对此文也有不同意见,如张捷曾不点名地批评王蒙"侈谈什么'苏联文学的光明梦'",闹出一些"小儿科的笑话"(参见张捷:《热点追踪:20世纪俄罗斯文学研究》,人民文学出版社2003年版,第138页)。

② 刘文飞编:《苏联文学反思》,中国社会科学出版社2005年9月第1版,第243—246页。

的侧重点不同，所强调的价值观不同，对小说作出了见仁见智的评说。

任光宣的《重读长篇小说〈钢铁是怎样炼成的〉》认为："无论在抗日战争和解放战争时期，还是在新中国成立后的50年代里，保尔·柯察金的榜样作用和精神激励和鼓舞着中国青年积极地投身于祖国的解放事业和建设事业。""保尔·柯察金形象永放光芒，保尔·柯察金的革命精神永存。"他的论据是：1.保尔·柯察金的人生道路"是革命人生观的最完美的体现"，这个形象"高大完美"，具有"榜样的力量"；2.保尔·柯察金"是个真实感人、有艺术魅力的文学形象"。说他真实是因为"他来自于生活"，既是作家本人生活经历的写照，又是时代青年的革命精神的集中体现，"符合当时苏联人对人生的审美需求"；是因为这个形象既是对俄罗斯文学传统中具有"自我牺牲精神"的文学形象的继承，同时又具有"新的时代特征和个性特征"，感情、理想和信仰三者在他身上是统一的；说他有魅力，是因为他"有理想、有追求"，而这种理想和追求是"崇高的、伟大的"，更可贵的是，他对理想的追求始终坚定不移，九死未悔；"他的形象和精神具有一种美感"，他身上"永远洋溢着青春的活力"，显示出革命和青春的内在联系。总之，保尔·柯察金"身上的优秀品质属于人类永恒的道德范畴"，具有普遍意义，"这个形象的艺术魅力不会随着时间的推移而消失，他的精神具有一种永存的价值"，在改革开放的今日中国，我们仍然非常需要那种为了理想而勇于奋斗、甘于奉献的保尔精神。①

余一中的《〈钢铁是怎样炼成的〉是一本好书吗？》持截然不同的观点，他在作品的真实性和人物形象等方面对《钢铁是怎样炼成的》作了否定性的评价。在他看来，1.小说没有真实反映当时的社

---

① 《俄罗斯文艺》1998年第2期。

会历史现实，粉饰现实图解政治，对富有活力的新经济政策时期进行了丑化，对充满悲剧性的党内斗争过程作了"无产阶级高唱凯歌"的抽象描述；2. 很少展示保尔·柯察金的精神世界，主人公的性格一经形成就毫无变化，是当时苏联主流政治路线的传声筒；3. 作者不理解什么是真正的社会主义，思想和艺术修养都很低，小说得到了资深文学编辑的加工；4. 从接受的角度来看，当受众的思想和艺术鉴赏水准较低时，小说才备受好评。20 世纪 80 年代初，有调查显示《钢铁是怎样炼成的》排在大学生最受欢迎的书单前列，到 1997 年的调查则显示该小说已不在大学生最受欢迎的书单之列。一些出版社出于"商业考虑"，才翻印或推出所谓的全译本。在《历史真实是检验现实主义文学作品的重要标准——再谈〈钢铁是怎样炼成的〉》①一文中，余一中认为，"一部作品如果以一个历史的侧面来掩盖整个历史，那么它就绝对不是好作品。"②

既不同于余一中的全盘否定，也不同于任光宣的坚定维护，吴泽霖的文章《保尔的命运和被亵渎的理想——〈钢铁是怎样炼成的〉问世 70 年祭》，一方面肯定了保尔所体现的时代精神时，另一方面又对他被亵渎的理想进行了深刻的反思。文章论述了保尔的"献身"隐含着的某种可怕的成分，深刻揭示了当献身献错了对象时的悲哀。文章认为，保尔形象的真实性在于，"他的命运是苏联走向革命的普通工人心路历程的真实写照"，"在他身上反映着那个'理想燃烧'的时代所赋予、同时也支撑着那一时代的精神品质和特有局限"。类似保尔那样的众多苏联革命者，其心路历程的"真正悲剧性"在于，他们对共产主义社会的美好憧憬和奋斗却被"扭曲

---

① 《俄罗斯文艺》2004 年第 3 期。

② 《俄罗斯文艺》1998 年第 2 期。类似的见解在对中国的长篇小说《创业史》和《山乡巨变》等的分析中也可见到。参见赵学勇、杨小兰：《重读 20 世纪 50 年代小说经典》，《兰州大学学报》（社会科学版）2001 年第 6 期。

为遵从斯大林模式的意识形态狂热"。所以,"当年的理想应该反省而不应亵渎,悲剧性的迷误应当记取而不应重演。"①

结　语

俄苏"红色经典"在中国的接受及其产生的影响在中国人的精神生活中所起的作用是任何一种外来文化所无法望其项背的,这是一种前无古人、后无来者的非常独特的文化现象。20世纪50年代那种完全抛弃作为主体的自我,全身心地拥抱和接纳一种异域文化,并极力把自己归化到这种文化范围内的渴望和冲动本身就体现出一种狂热的非理性倾向。自从中国共产党提出建设有中国特色的社会主义的建国纲领,就从指导思想和大政方针上彻底挖断了"一边倒"的命脉,那种针对某一外来文化所形成的政治权力、知识话语、大众倾向三股力量拧成一股绳的政治、社会、文化的基础已经荡然无存。

俄苏"红色经典"在中国的接受与引起的反响,表面看来是一种自然现象,"其实非自然也,有使之然者"②,其深层原因表现为它满足了中国的社会时代政治的需求,它的被重视有其历史的必然性,俄苏"红色经典"的战斗性和革命性在建国后头三十年的背景下显得格外有用。政治表述如果能借助于文学作品则更易深入人心。在新中国建构自己的"红色经典"之前,俄苏"红色经典"正好填补了这一空白,通过普通民众能够接受的文艺作品,把社会大众的价值取向和情感结构整合到国家主流意识形态所希望的轨道上来。俄苏"红色经典"所具有的对共产主义信仰的忠诚和对革命必

---

① 《俄罗斯文艺》2004年第3期。
② 董仲舒:《春秋繁露》,载北京大学哲学系美学教研室编:《中国美学史资料选编》,上册,中华书局1980年版,第104页。

将胜利、建设必将成功的坚定信念，对革命文化话语体系的确立起到了不可替代的作用，而且强化了革命文化话语体系的合法性和权威性。俄苏"红色经典"在当代中国产生重大影响，它与我国革命文艺运动实际相结合，为中国自身的"红色经典"的创作提供了榜样，直接催生了当代中国自身的"红色经典"的应运而生。它与随之出现的中国的"红色经典"相得益彰，为进一步巩固革命信仰、激发革命豪情、鼓舞革命斗志充当了重要的话语资源。另外，俄苏"红色经典"所具有的英雄主义和理想主义精神在情感深处契合了中国传统文化中以天下兴亡为己任的观念和舍生取的情怀，在道德情操方面也征服了中国知识分子。

俄苏"红色经典"在当代中国接受的最根本特征就是它随着当代中国形势的不断变化，不断被赋予变化着的政治使命和文化使命，担负着不同的功用。俄苏"红色经典"在当代中国几乎一直是"在场者"。用"红色经典"来配合政治宣传，它们内涵的某一方面会根据形势需要而有意被放大。朝鲜战争爆发，描写国内战争中的保尔形象的苏联影片《钢铁是怎样炼成的》被赶译并放映，因为这时需要的是保尔的爱国精神和勇猛杀敌的英雄气概，同样"《铁流》、《毁灭》、《青年近卫军》等小说更成了鼓舞中国人民志愿军战士赴朝鲜作战的有力武器"[①]；抗美援朝战争结束后，面对大量复员伤残军人，舆论着力提倡的是保尔的身残志坚的顽强意志和革命乐观主义精神。新中国成立后的几年里，我国开展了农业社会主义改造的农业合作化运动，这就使全面描写顿河地区一个农村的农业集体化过程的《被开垦的处女地》派上了用场，该小说被誉为"生活与斗争的教科书"。1951年9月的知识分子改造运动，使法捷耶夫表现"人的最巨大的改造"的《毁灭》变得特别有用，"莱奋生从小

---

① 李明滨：《中国与俄苏文化交流志》，上海人民出版社1998年版，第297页。

资产阶级知识分子成长为布尔什维克的艰苦漫长的道路",为中国知识分子脱胎换骨提供了榜样,而"堕落成为革命叛徒的小资产阶级知识分子密契克的形象"①则成为反面典型。在和平时期强调的是保尔"为人民服务"的思想,1957年上映的苏联重拍影片《保尔·柯察金》强调的是建设中的保尔,这符合当时社会主义建设的形势需求。②在知识青年上山下乡和组织义务劳动方面,保尔为了革命和建设需要勇做螺丝钉的品质和"筑路"时吃苦耐劳忘我劳动的精神得到了张扬。80年代以后,俄苏"红色经典"所被赋予的政治使命逐渐减弱,但也不时成为某一思潮或观念的承载者。

是强调俄苏"红色经典"与中国现实的配合,以中国现实政治的立场来"改造"俄苏"红色经典",以期让它更有针对性地为中国现实政治服务;还是凸显俄苏"红色经典"的本来面目,多方发掘其中可能具有的信息含量、思想资源和审美因素,尽可能在全面深入理解的基础上作出不牵强附会的现实阐释,这是俄苏"红色经典"在中国接受史中一直存在的两个方面,这二者的此消彼长也透露出一个时代的讯息。文学既具有社会功能又不能代替社会学,只有在这个前提下来看待文学,才能摆正文学在整个意识形态体系中的位置,才不会赋予它错位的"效用"。

---

① 磊然:《译者前记》,法捷耶夫:《毁灭》,磊然译,人民文学出版社1978年版。
② 彩色片《保尔·柯察金》与黑白片《钢铁是怎样炼成的》有不同"效用",作为奋勇杀敌的保尔和为社会主义建设添砖加瓦的保尔在不同时期所担负的重任是有区别的,这两部影片为苏联的不同时代所需要,这一原则在中国得到了同样的运用。

第二辑　序跋选录

写在倪蕊琴教授《俄罗斯文学魅力》书前[①]

一个多月前,我给远在澳洲的恩师倪蕊琴教授打了个电话,约她为即将举行的《纪念列夫·托尔斯泰逝世 100 周年学术研讨会》写份发言稿。倪老师答应了,并说她最近也想为托尔斯泰的这个纪念日写点东西。稿子很快就发到了我的邮箱,名为《重读〈给一个中国人的信〉》。打开一看,还是倪老师的风格,感情充沛,思维活跃,文章从托尔斯泰的东方情结谈到了托尔斯泰思想在当下的意义,发人深思。

倪老师长期致力于俄罗斯文学的研究,而列夫·托尔斯泰则是她最为倾心的作家。此文乃厚积薄发之作。20 世纪 50 年代初期,倪老师作为中国首批赴俄的留学生来到莫斯科大学攻读研究生学位时,主攻的就是托尔斯泰研究。她在莫斯科大学得到过古德济、谢夫曼和萨布罗夫等前苏联著名的托尔斯泰研究专家的亲授。这不仅是学问的熏陶,更是心灵的滋养。倪老师在回忆她当年在莫大的求学生涯时,不止一次地强调导师萨布罗夫对她的影响。她这样写道:"我回国不久便得知导师去世的噩耗,所幸的是他的遗著终于以《列·尼·托尔斯泰的〈战争与和平〉(问题和诗学)》为题名,由莫斯科大学出版社于 1959 年出版了。我虽然因为两国关系变化而没有得到那本书,但导师的那种为学术而鞠躬尽瘁的精神,却深深记

[①] 本文写于 2010 年 12 月,原标题为"做有良知的学问"。

在心头了。"倪老师从莫斯科开始了她的托尔斯泰研究,经过悉心的钻研,她最初的俄文论文《托尔斯泰和中国》和《托尔斯泰的长篇小说〈复活〉在中国的改编和上演》在苏联重要刊物上刊出。为了持有第一手的材料,倪老师就学期间节衣缩食,多方搜寻,购齐了90卷的《托尔斯泰全集》。在很长一段时间里,此套《全集》与戈宝权先生持有的一套是中国国内仅有的二套,这给倪老师的研究带来了便利,也在学界被传为佳话。倪老师后来在托尔斯泰研究方面取得了学界公认的卓著成就,这与她承继俄国导师的学术传统,远离浮躁、潜心学术,立志做"真"的学问有关。手边的这部书稿中的大部分文字都是谈托尔斯泰的,阅读这些文字,可以真切地感受到作者对这位艺术大师的思想与艺术精髓的正确把握。倪老师还主持编译过不少与托尔斯泰相关的书籍,其中影响最大的是《俄国作家、批评家论列夫·托尔斯泰》和《托尔斯泰文集》(政论、宗教卷),这些著作以独到的视角和丰富的史料为学界所称道。

倪老师研究的主要对象是托尔斯泰,而托尔斯泰是一位把自己的精神血肉深深地融入作品的艺术家。托尔斯泰认为:"我写的作品就是我的整个人。"艺术创作是他的人生追求的一部分。也许,托尔斯泰说真话,不避讳的真情也同样感染了他的研究者。倪老师的研究文字真诚、准确,饱含激情。如在前面提到的那篇发言稿中,倪老师这样写道:"重读这封信时,最为震撼的仍是托尔斯泰那段对中国未来的经典预言:'我认为,在我们的时代,在人类生活中正发生着伟大的转变,在这个转变中,中国应该在领导东方民族中发挥伟大的作用。'试想,作家讲这番话时,中国已经遭受西方列强半个多世纪的侵略和蹂躏,沦为半封建半殖民地了。……不能不看到他思维的辩证法。他从强者身上看到其致命的弱点,而在弱者身上找到了潜在的力量。他惯于着眼人性本质,道德完善,探索人类最终达到和平相处、互助互爱的道路。……一百年过去了。中国已经发生了天翻地覆的变化。改革开放以来，经济飞速发展，人民生活有了改善，在前进的过程也伴随着不少的问题，有些恰好也是作家关心的永恒问题——如财富不均、精神与物质、灵与肉、权力的恶等等。……他在给辜鸿铭的信中涉及的问题和表达的思想是不是对今天的我们有所启迪呢？"手边的倪老师的这部书稿中，这样的文字比比皆是。在经历了20世纪的诸多风雨以后，这些略显沉重的话语反映了有良知的中国知识分子的深层思考。

学术的良知是与学术的敏感相辅相成的。倪老师治学严谨，同时对学界出现的新的研究动向颇为敏感。在中国比较文学的复兴时期，她曾不遗余力地与众人一起推动过这一学科的发展。倪老师旅居澳洲后，不少人在一些场合总会提及倪老师当年在这一领域所做的贡献。北京大学的乐黛云教授和暨南大学的饶芃子教授等在会议上见到我，总让我代向倪老师问好，正是在比较文学方面的共同追求，使她们结下了真挚的友谊。在倪老师的倡导下，华东师大成了国内率先开设"比较文学"课程的高校之一；在她和友人的努力下，华东师大与上外合办的《中国比较文学》在上海创刊；在她的主持下，华东师大关于比较文学学科理论和中俄文学关系研究方面的首批成果陆续问世。倪老师本人在比较研究方面的实绩令人瞩目，她主编的论著《列夫·托尔斯泰比较研究》（1989）和《论中苏文学发展进程》（1991）产生过广泛的影响。《列夫·托尔斯泰比较研究》有意识地运用比较研究的方法来考察托尔斯泰及其创作，建立在坚实的基础上的观念更新和方法突破，给这本书带来了不少新意。《论中苏文学发展进程》一书也具有开拓性。该书不乏精彩之作，其主要价值在于首次把论述的重点放在当代中苏文学关系这个极为重要但又缺少认真研究的领域。倪老师在俄罗斯文学方面的修养和她对中国文化的关注，使她在做比较研究，特别是中俄文学关系研究时游刃有余。

作为一名享誉学界的良师，倪老师在华东师大中文系的学生中有很好的口碑。得体的衣着，学者的气质，透彻的讲述，庄重而又亲切的形象，这是倪老师留给大部分同学的印象。她开设的课程非常受学生欢迎。深奥的学问，倪老师娓娓道来，用生命用良知诠释俄罗斯文学，缘情入理，如春风化雨，沁人心脾。有同学曾经这样描述："倪蕊琴老师温柔清晰的讲述——她的大家闺秀气质是我们领略俄罗斯文学之美之高贵的前提。"

　　作为她的入门弟子，倪老师在我的心目中不仅是循循善诱的学术上的引路人，更是亲切的和善解人意的长者。倪老师在治学，在工作，在生活上对我的关心不胜枚举。如果说"文革"后的高考改变我的人生轨迹，那么与倪老师的相识则使我的人生目标得以明晰。在她的引导下，我才逐渐深入了俄罗斯文学研究的堂奥，将爱好变成了专业。倪老师的爱人、著名的陀思妥耶夫斯基研究专家冯增义教授在学业上也给了我很多帮助。对于恩师伉俪，我一直心存感激。两年前的一个秋日，我赴澳洲，来到离开墨尔本不远的小城吉朗探望他们，受到了他们热情的接待。两位老师都年近80高龄了，可我始终觉得很难将这个数字与他们联系在一起。他们仍然那么充满活力，仍然那样挚爱自己毕生从事的专业。我为他们的健康高兴，也为他们的执著感动。临别时，我特意拍下了冯老师在一片木叶上精心雕刻的陀思妥耶夫斯基的头像，那么逼真，那么惟妙惟肖。这里无疑融入了恩师伉俪对事业的追求与理想。做有良知的学问，这是倪老师终身追求的学术目标，也是她给予学生最重要的教诲。如今，倪老师的新著《俄罗斯文学的魅力——研究、回忆与随笔》即将出版，老师嘱我为此书写上几句话。不容推辞，谨以此短文表达对恩师的由衷祝贺，并祝贺倪老师生日快乐！恩师伉俪金婚幸福！

序《歌德学术史研究》[①]

叶隽让我为他的新著写几句话,我是乐意的。这倒不是因为我对歌德有多少了解,或者对学术史研究有什么新见,主要是出于对他在新著中所显示出来的识见与理念的认同,并以示对新著出版的祝贺。

中国有学术史研究的传统。到了近代,梁启超、王国维、钱穆等诸多学人都对中国的学术史研究作出过贡献。20世纪中叶,这一领域的研究相对沉寂。80年代开始有所回升,有郭豫适的《红楼研究小史稿》等著作面世。学术史研究的热潮出现在90年代以后,各学科的专家在近20年里相继推出了一批研究著作。就文学领域而言,就有陈平原的《中国现代学术之建立》、杜书瀛等主编的《中国20世纪文艺学学术史》、李春青等的《20世纪中国古代文论研究史》和方勇的《庄子学史》等数十种。叶隽在学术史研究方面成果也颇为丰硕,他的多部关于留德学人的专著受到学界关注。学术史研究热潮的出现固然有学者倡导与应和的因素,但更有其必然性。世纪之交,中国学界面对深刻变动着的社会和文化环境,无法回避如何在新的社会现实中推动学术发展的问题,在这样的背景下学术史研究的价值自然被凸现了出来。

做学术史研究要对某个学术领域作直面历史的科学梳理,要记

[①] 本文写于2013年春。

录下众多学者以生命和智慧构建的知识系统和范式体系，要善于从纷繁复杂的现象中把握重要的学术问题，要有理性的反思精神，难度是相当大的。它不仅需要研究者尽可能详尽地占有资料，更需要研究者具备较高的学术境界与创造力。叶隽研究的是歌德学术史，这更是对他的学识、境界和创造力的一次非同一般的考验。如他所言："在德国文学史上，'歌德学'是显学，是学科史上几乎逃不过去的；在世界文学的学术史上，'歌德学'更属于巍巍乎高哉的显学。"可喜的是，叶隽出色地完成了任务。在我看来，这本新著中提出的治学术史的理念同样可贵。

这些理念中有对前人已有陈述的阐发。例如，何谓学术史？"所谓学术史，其思路不外乎'辨章学术，考镜源流'，即在学术传统的脉络中把握历史、确立坐标、有所依循、逐次渐进"；学术史功用何在？"没有基本的学术史意识，想做出一定的学术成就几乎是不可能的事"；要想如蔡元培先生所说的那样"'循序渐进'、'有所依凭'乃至'补偏救弊'、'推陈出新'，经由学术史的梳理之功则为不二法门"，等等。这些理念中更有不少作者独到的思考。例如，关于治学术史的方法和途径："以学者个案研究为基础，以学术史清理为目的；以时间为序、问题为线，突出大家、呈现论争，复原语境、带动思潮。在注重专题史、学科史、学术史维度扩散的前提下，力图做到'以小见大'"；最具挑战性的是"考镜大师"，因为这些前贤的治学经验构建起了学术史研究的主脉，"考镜大师"有难度，更有启迪。诸如此类的见解都是长期浸润其中的学者的可贵心得，而以下几点格外值得重视。

一是关于学术史研究的思想史视阈问题。在叶隽看来，学术史研究不能止于本专业乃至本学科的层面。学者"应当具备学术史的宏观意识，也就是说，要有以知识域拓展为前提的基本常识"；学术史"是一种相当特殊化的学术视域里的专门性考察，但它毕竟仍不可能脱离具体的社会和历史语境而'关起门做学问',故此还是应当自觉汲取接受理论的资源给养,以期'窥斑见豹'";引入思想史的维度十分必要,"因为只有将思想史作为一种强有力的'学术资源'纳入视野,学术史的研究才会获得一种普遍意义的质感的赋予"。作者在这本学术史著作中就特别注意"彰显思想史维度","借助思想史维度打通学术史研究的'奇经八脉'"。学术史研究不仅仅要将以往的学术研究作为自己的研究对象,一个有追求的学术史研究者必然会将某个知识系统的整体发展与演变的轨迹纳入自己的视野,会引入思想史等有价值的学术资源,从而超越简单的梳理概括的格局而构筑起自己的学术逻辑。

二是学术史研究的世界眼光与本土问题。叶隽的思考与他在这本著作中从事的"德国日耳曼文学学科史中的一种重要的专题史研究"有关。在他看来,这一研究要求世界眼光,研究对象虽然只是歌德学学者,但同时要求对歌德研究的学术制度、文化背景乃至时代语境等有较为深刻的认知;也要深入理解作为歌德学学者研究对象的歌德,"如此才可能以一种较为融通的眼光去审视学术文本、学人思想与研究对象之间的密切而复杂的互动关系";这一研究要求中国学者应该借助于"通论学术"的中国传统和现代理论资源,"呈现自家的'异者意识',即始终强调一种'中国他者的观照意义'"。叶隽的这一思考虽有特定的语境,但是仍值得从事学术史研究的学者重视,没有这样的意识,恐怕难有佳作。这本著作将梳理德国"歌德学"学术史纲领为背景,重点"探讨歌德学迁变过程中的若干重大'研究范式变形'意义",体现了作者的理念;著作的结论部分谈到了中国的歌德学学术史,将相关的学人置于"世界学术、德国学术"、"中国主流学术"的视野中加以阐述,也体现了作者的理念。

三是中国学术的"国际对话空间"问题。叶隽在谈及他的研究时指出:"作为中国学者,我们进行这项研究的意义究竟何在?我想无非是以下三条:其一,他人未及为之之事,我为之;其二,能呈现'有我之作';其三,带来学者自身的本土文化资源,并试图通过这样一种异质文化的学术碰撞带来致思的可能。"他认为,在明确"德国学"的整合性概念,明确跨学科聚焦对象的探索意识和形成学科建构的自觉意识时,可有以下基本向度:1.确立"德国学"建设的基本学科取向,在"外国学"整体建构的思维中来明确"德国学"建设的必要性和意义,在"德国学"的增量语境范围中确立"歌德学"的定位和意义。2.明确"歌德学"作为公共学域的意义。3.追寻"东方现代性"的原则性主体定位,确立中国学术的"国际对话空间"。叶隽的上述见解凸显了中国学者应该强化的主体意识、对话意识和跨学科意识。所谓"主体意识",强调的是中国学者的主体性,"这种主体性一方面表现在我们的出发点和立足点不同,即脱离不开中国现代学统认同与改革三十年来的问题情境和问题意识;另一方面也应该表现在我们在方法论上有自觉的传统资源借鉴和建构努力方面"。所谓"对话意识",强调的是互动的重要性,全球化时代的到来与现代性命题的共显,为世界各国的学者共同提升某领域的学术研究提供了机遇,"中国学者应当在一种整体背景中去确立自己的基本定位"。在与各国学者的互动中确立自己的独立地位与坐标意义。所谓"跨学科意识",强调的是学科之间的融会贯通,自觉"扩充自己的不同学科的知识域",主动"关注相关学科的研究状况乃至积极对话的尝试"。

  叶隽的这些见解着力点不同,但有着内在的契合性,某些理念也许暂时还处于"虽不能至,但心向往之"的境地,但对于中国的学术史研究有着启迪的价值。《歌德学术史研究》是叶隽实践这些理念的尝试。他自言:"是否成功,不必期待。重要则在于,在这样一种艰难的过程中,自己确实在某种程度上做到了'接他山之石以攻玉',有所收获。"纵览全书,可以说作者基本达到了自设的目标:从歌德学研究入手,关注德国学术内部的学术史脉络,包括学科史沿革和德国学术史;借助中国传统里"通论学术"的特点,反观作为一个整体的德国学术。

作为奋发有为的青年才俊,叶隽已经在他的著述中显示了向"大气的学者"稳步前行的禀赋。我愿借此机会祝愿他"百尺竿头,更进一步"!

序《别尔嘉耶夫与俄罗斯文学》[①]

海英的博士学位论文即将出版了,我为她感到高兴。她的论文在答辩时就得到专家的好评,后又经过严格评审,作为优秀论文获得上海市社科基金资助出版,值得祝贺。

海英的论文研究的是别尔嘉耶夫。中国在改革年代大规模引进外国人文思想家的著作,但在前十年,除了刘小枫等少数几位学人注意到别尔嘉耶夫的价值外,这位俄罗斯思想家不为学界大多数人所知晓或关注。1987年出版的《中国大百科全书》哲学卷中仅在介绍"存在主义"条目时有一处提及了他的名字。直到20世纪90年代,这位俄罗斯学者才开始走红,并迅速成为学界的一个亮点。这固然与他的著作的中译本在此时接连推出有关,但其背景则是处于转型期的俄罗斯学界对他的大力推介,更重要的是别尔嘉耶夫独到的文化视野、精神追求和思想力度,触动了当代中国知识分子对诸多理论和现实问题的思考。

作为一个活跃在20世纪上半期的俄罗斯哲学家,别尔嘉耶夫早就享有世界声誉。他对人类精神发展的历史和俄罗斯民族精神特征的研究,在一定程度上影响了俄罗斯乃至欧洲哲学思潮的发展,这种影响不仅仅限于哲学界。由于众所周知的原因,在相当长的时间里,别尔嘉耶夫和许多俄罗斯杰出的思想家一样在自己的祖国遭到

[①] 本文写于2008年春。

排斥,他在中国也同样遭到冷遇。因此,如今学界对他的重视并不为过,即使从弥补缺憾的角度来说也是十分必要的。

近十来年,我国学者除了翻译别尔嘉耶夫的著作外,相关的研究也在展开。从2000年开始,还出现了一些专题的博士论文和硕士论文。别尔嘉耶夫在哲学和神学的研究领域成就颇高,目前国内外对他的研究也基本上集中在这两个领域。海英的论文独辟蹊径,从别尔嘉耶夫与俄罗斯文学的关系切入,深入探讨了国内学者关注不够的一些重要问题,这就使她的论文显示出鲜明的创新色彩。

别尔嘉耶夫与俄罗斯文学,这是一个令人感兴趣的话题。在别尔嘉耶夫的著作中可以见到他对俄罗斯文学了解之深和见解之独到,但是作为一个哲学家,他对文学有着自己不同于文艺学家的认识角度。海英对这个跨学科的选题的价值有清晰的认识。在她看来,思想、精神,是没有学科界限的,哲学与文学之间的互释有助于揭示在单一个学科内部容易被遮蔽的问题。此外,哲学家别尔嘉耶夫与俄罗斯文学的关系非同一般,他的哲学著述"其实是在表达一种俄罗斯文学精神,或者说表达一种精神的俄罗斯文学"。陀思妥耶夫斯基是别尔嘉耶夫"生命中不可分割的部分;是他全部哲学著述的具有绝对意义的思想源泉,并在其世界观的形成过程中起了决定性的作用。""俄罗斯文学不仅是别尔嘉耶夫思想的主要养分,也是他回应俄罗斯及世界现代问题的主要路径",而国内学界对这一点尚"缺乏一种突显的认识"。正是在这块前人未作深度耕耘的土地上,海英拓出了一片新的天地。

20世纪前期的俄罗斯留下了丰硕的人文思想的遗产,值得后人去艰苦探索和开掘。海英认准目标后,心无旁骛,收集了大量资料,从原文潜心阅读了别尔嘉耶夫全部艰深的著作和相关的俄罗斯思想家和文学家的著述。在厚实的理论和资料准备的基础上,她爬梳剔抉，全面而又深入地发掘了别尔嘉耶夫与俄罗斯文学关系中所蕴含的精神文化内涵。这篇论文的架构颇具匠心，既有对核心问题的宏观把握，又有对一系列重要文本的细致剖析，其中分析别尔嘉耶夫与陀思妥耶夫斯基关系的部分写得最有分量，关于别尔嘉耶夫与果戈理、托尔斯泰等 19 世纪作家的关系，关于他与梅烈日科夫斯基、罗赞诺夫等同时代作家的关系的探讨也多有出彩之处。作者通过对这种关系的考察，重新认识 19 世纪俄罗斯文学，如关于托尔斯泰世界观的激变，关于果戈理的"含泪的笑"等诸多文学史上的定论，通过海英对别尔嘉耶夫观点的令人信服的解读，引发了人们对原有文学史观的质疑和新的思考。海英认为，发掘别尔嘉耶夫"从深刻的宗教哲学角度对 19 世纪和 20 世纪初的俄罗斯文学所作的阐释、甚至是颠覆性的阐释"，对于重新认识整个俄罗斯文学具有巨大的启示意义。这个见解值得重视。虽然她的这部论著主旨并不在此，而别尔嘉耶夫的某些观点也可商榷，但它确实为重建俄罗斯文学史观提供了发人深省的和可供借鉴的角度。

　　海英这篇论文的成功与她本人的基础和勤奋分不开。她是俄语语言文学科班出身，在高校相关专业任教多年，硕士阶段在文艺学专业受到了专门训练，硕士论文关注的是在俄罗斯宗教哲学方面浸润颇深的作家梅烈日科夫斯基。良好的语言和理论基础，以及对 19 世纪末和 20 世纪前期俄国思想界和文学界情况的熟悉，使她在开辟新的研究领域时具有了必要的底气。海英的能力、精力和毅力可圈可点，在短短的三年攻读博士学位阶段，她不仅出色地递交了这篇 30 多万字的扎实的博士学位论文，还参与了我主持的一个国家社科项目的写作，完成近 7 万字的内容，同时又翻译了别尔嘉耶夫的《陀思妥耶夫斯基的世界观》一书。在这期间，我从侧面观察和感受到了海英在写作中的苦恼、执着和收获的喜悦，为她的坚持不懈的努力所感动。

这篇博士论文虽然仍有一些未尽如人意之处，但毕竟是国内第一部正式出版的研究别尔嘉耶夫的专著。这部专著不仅是海英学术发展道路上的一块里程碑，也是中国对别尔嘉耶夫研究的重要收获。别尔嘉耶夫研究，乃至整个俄罗斯人文思想研究的领域非常广阔，国内的研究至今还只是冰山一角。海英年富力强，又有了较好的基础和工作平台，有理由相信并期待她会和其他有志于此的学者一起，不断有新的更出色的成果贡献于中国学界。

序《陀思妥耶夫斯基与白银时代俄国文化》[①]

田全金的又一部新著即将问世,这是他5年里推出的第三部俄罗斯文学研究的力作。从20世纪80年代中期开始,全金就对俄罗斯文学产生了兴趣。多年来,不管是在攻读学位,还是在高校任教期间,全金都潜心于这一领域的研究,经过长期的积淀,如今进入了一个高产的收获期。

全金对陀思妥耶夫斯基情有独钟,他的本科学年论文和毕业论文、硕士和博士学位论文都是以陀氏及其创作为研究对象的,并一开始就得到了俄罗斯文学专家倪蕊琴教授的指导和好评。陀思妥耶夫斯基确实值得关注。这位作家是19世纪俄国文坛的奇葩,是一位敢于跨越传统碑石、发出生动而又独特的声音的天才。尽管长时间来学界对他的思想和创作的评价众说纷纭,但是没有人能够否定陀思妥耶夫斯基的巨大才华。陀思妥耶夫斯基身上的矛盾没有削弱作家的人格魅力和作品的光辉。也许,正是因为这样,才久久地吸引了包括全金在内的一代又一代研究者的目光。

全金是1982年进入华东师大的,求学的时候正赶上陀思妥耶夫斯基研究在中国重新起步的时期。说"重新起步",是因为国内早先对陀氏已有过一定的译介与研究。20世纪上半期国人撰写和翻译的陀氏评论文章有数十篇,鲁迅、沈雁冰、郑振铎、王统照、何炳

---

① 本文写于2013年秋。

棣、耿济之等都有颇有见地的文字发表。①陀思妥耶夫斯基的重要作品也大都得到了译介。50年代，国内的陀思妥耶夫斯基作品的译介与研究也取得了一些成绩。60—70年代，陀思妥耶夫斯基研究才处于基本停滞状态。新时期，正是在前人打下的学术的和人才的基础之上（尽管这个基础还相当薄弱），国内学界才能迅速迈开大步，向高峰攀登。

和整个俄罗斯文学研究的格局相仿，90年代以后国内的陀氏研究进入了繁荣时期。全金对1990—2005年的相关研究有过认真探讨。他充分肯定了近20多年来陀氏研究取得的多方面成就，同时也指出来存在的主要不足："（1）研究者从社会、宗教、艺术结构、诗学等方面阐明陀氏的本真状态的努力尚待继续和加强；（2）从中国文化视角审视陀氏尚显薄弱；（3）陀氏的创作与宗教哲学的关系值得进一步关注。"这些评价不仅是中肯的，而且对全金自己的研究也产生了直接的影响。

在随后的几年里，全金力图在陀氏研究相对薄弱的领域有针对性做些工作。2010年，他出版的《言与思的越界——陀思妥耶夫斯基比较研究》一书就是这种努力的成果。该书对陀氏汉译史和研究史进行了文化分析，辨析了陀氏创作的主题及其与中国作家在处理性、家庭、知识分子问题时思想和方法的异同，探讨了陀氏创作中涉及的和谐与苦难、信仰与理性、沉沦与救赎等宗教哲学问题。三年后，他又拿出了这本新著，仍然是从陀氏出发的，但视角延伸至

---

① 现在看来，当时评论陀氏的人不少是所谓"非专业"的。倪蕊琴教授曾经指出："我们的前辈'非专业'的作家、学者们所写的外国文学论著至今仍熠熠生辉，因为他们学贯中西，博古通今。"这是很有道理的。如今有些评论将改革开放前半个多世纪的外国文学研究视之为几乎"一张白纸"，这一点我是不认同的。当然，总体而言，20世纪前期和中期的外国文学研究还只是一个起步阶段，陀氏研究同样如此。全金在他的专著《言与思的越界》一书中对陀氏在中国的译介情况有很详细的介绍和分析，可以参看。

白银时代的俄罗斯文化。

这本著作有几个特点比较突出。一是角度独到,且具跨学科性质。作者力图在书中凸现陀氏与那一时代的宗教哲学家和文学家的关系。如其所言,"陀氏的预言天才使他成为俄罗斯文化复兴的先驱,'复兴'的哲学家们则借助于对陀氏的阐释来应对当代的问题。文化转型和科学危机凸显了精神危机,重新思考陀氏与白银时代文化不仅是陀氏研究和俄罗斯文化复兴研究的重要课题,对于当代文学和文化建设也具有重要的启示意义。"白银时代的不少哲学家和文学家与陀氏有着割不断的精神联系,他们关于陀氏与俄罗斯文化的复兴的阐述为后人留下了丰富的思想遗产。选取这样的角度展开话题,很有意思。

二是架构合理,选择颇具匠心。全书除附录外分为三个部分。第一部分阐述的是陀氏与"复兴"时代的精神危机问题。作者从政治哲学、宗教哲学、艺术哲学三方面切入,探讨了陀氏所提出的重要命题在白银时代的命运,以及人们如何在陀氏的命题中寻找精神出路。第二部分选择罗扎诺夫和舍斯托夫的重要著述展开论述,这两位宗教哲学家和批评家关于陀氏的论述在白银时代具有代表性。①第三部分以梅列日科夫斯基和扎米亚京的长篇小说为主要评述对象,用比较研究的方法探讨它们与陀氏作品的关系。书中的附录涉及与本书相关的重要思想家和作家在中国的译介情况,这些背景资料也很有价值。

三是重视原典,批评性阐发运用得当。书中第二和第三章采用的主要研究方法是对原典的批评性阐发,在"追踪罗扎诺夫和舍斯托夫等批评家的思路,逐段分析他们的文章,评述其观点"的同

---

① 当然,具有代表性的不仅仅是这两位,如别尔嘉耶夫也应算一个。也许是因为耿海英在《别尔嘉耶夫与俄罗斯文学》一书中已辟专章"别尔嘉耶夫与陀思妥耶夫斯基:精神遭遇"做过有力度的探讨,全金在这本书中不再将其单列。

时,"尝试从艺术、哲学、宗教、政治和社会问题诸方面进行批评性阐发"。这不仅需要扎实的理论阐发和分析的能力,而且需要对原典的准确把握。为此,全金在研究之初,花大力气翻译了罗扎诺夫文选和舍斯托夫的《陀思妥耶夫斯基与尼采》一书。这些译文虽是研究的副产品,但其本身具有独特的价值,前者结集为《陀思妥耶夫斯基启示录——罗扎诺夫文选》,已由华东师大出版社出版。严谨的翻译,其过程就是最好的研读,它对全金的研究产生了积极影响。

全金的这部新著题旨不错但难度颇高,论题涉及的面很广,问题复杂。涉及面广必然会带来知识面的要求,带来评述准确度的把握。书中在这方面确实还存在一些问题,也是作者最需要听取学界意见的地方。当然,涉及面广本身不是坏事,也许它还能为全金今后的研究预留空间。全金为人低调,做事扎实,潜心治学,如今正处在精力充沛的最佳时期,相信他今后的研究会给学界带来更多的惊喜。

序《弗·马卡宁1990年代创作研究》[①]

洪敏的博士论文经过修订,即将付梓出版。作为导师,我见证了她的写作过程。我为她感到高兴。

洪敏的这部著作剖析的是当代俄罗斯的文学现象,这是一个极具价值但又研究不足的领域。20世纪中国与俄罗斯的文学关系是极为密切的,新时期的中国文学受到过俄罗斯经典文学和当代苏联文学的深刻影响。但是,自从苏联解体之后,中国文坛逐步疏离了俄罗斯当代文学,由于译介数量的大幅度减少,许多人对近20年来的新俄罗斯文学知之甚少。多年以前,就有学者不无忧虑地指出:如果这一现象不加改变的话,那么"再过几年,我们又将会重复'文革'之后回眸苏联20世纪60—70年代文学时的那种恍若隔世的陌生感"。[②]这种担忧也许在一定程度上已经成为现实。事实上,俄罗斯作为一个文学大国,近些年来出现了许多重要的文学现象,包括一批优秀的作家与作品,这些都需要我们去关注,去研究。当然,目前关注的人还是有的,但主要限于专业工作者,某些资深专家的目光始终没有离开过当代俄罗斯文学。更为可喜的是,如今在这一小小的研究群体中出现了一批风华正茂的年轻人,洪敏就是其中比较执着的一位。

[①] 本文写于2011年夏末。
[②] 余一中:《九十年代俄罗斯文学的新发展》,《当代外国文学》1995年第4期。

洪敏对苏联解体后的当代俄罗斯文学一直抱有浓厚的兴趣,她写过不少文字介绍新俄罗斯的文学与文化。在这部书稿的"后记"里,她用诙谐的语言谈到自己的这种"偏执":"没有什么艺术像文学这样如此需要掩盖、遗忘、发酵和长久地等待。当代文学作为'时令产品',新鲜究竟是新鲜,但是余音绕梁却不能在今天指望。我偏执于俄罗斯当代文学的这种迷幻甚至混乱的场景,特别是当我发现可以躲在混乱的一隅,窥视俄罗斯经典文学映衬着今天的诡谲魅影的时候,这是一个有趣的游戏。"她清醒地意识到这一研究的难度:"喜欢是一回事,研究是另外一回事的道理我深深懂得。"她在另一篇文章中强调了当代俄罗斯文学研究的"特殊性":它"需要研究者具有关注当下的探索精神和从纷繁复杂的现象中把握本质的能力"。[1]确实,对于有志于研究当代俄罗斯文学的年轻学人而言,他们面对的是一个相对边缘的研究领域,一个处于转型时期的极为复杂的文学现象,这不仅是对研究者甘于寂寞的韧劲的一种挑战,更是对是否具备探索当代问题的激情和辨析复杂事物的能力的一种考验。洪敏把研究当代俄罗斯文学作为自己读博阶段的主攻方向后,做了大量的扎实的研究工作,她的激情、能力和甘于寂寞的努力在这部著作中是可以感受得到的。

在当代俄罗斯文学中,洪敏选择弗·马卡宁90年代的创作作为研究对象。洪敏对马卡宁的关注在她早先写的《苏联解体后的俄罗斯文学研究》一文中已经显现,马卡宁是她在文中用专门的篇章评说的四位代表性作家之一。当然,弗·马卡宁并非是苏联解体后才出现的新作家,20世纪60年代中期他就登上了文坛,是苏联时期"四十岁一代"作家中的重要成员。中国学界在新时期译介过他的

---

[1] 引自《中国俄苏文学研究史论》,陈建华主编,重庆出版社,2007年版,第一卷,第263页。

一些作品，读者反响不错，如《书市上的斯薇特兰娜》用反讽的手法描写了一位不同于一般书贩子的"闯京城的姑娘"的追求与不幸，让人在为之扼腕之际而深长思之。新时期国内出版的多本当代苏联文学史著作，均有关于马卡宁及其作品的评论，如许贤绪教授的《当代苏联小说史》就系统梳理了马卡宁60—80年代从"警世性生活小说"向"哲理性道德小说"转向的创作历程。不过，严格说来，当时的马卡宁尚未成为评论界关注的热点，中国学界对这位作家也缺乏深入的研究。这种情况从20世纪90年代开始发生了根本的变化，马卡宁的创作在主题和风格上有重大调整，佳作频出，因而受到了当代俄罗斯文坛的高度关注，也引起了中国俄罗斯文学界的重视，洪敏的这部著作就是在这种关注与重视的氛围中出现的研究成果。

马卡宁90年代创作研究，这是断代的作家研究。作家研究历来是中国俄罗斯文学界收获最多的领域，即使是在成果不多的新俄罗斯文学研究中也是如此。翻检近些年来国内以博士论文为主的相关研究成果，尽管角度不同，但立足点几乎都是作家作品研究，如柳若梅的《从巴赫金的审美建构说看马卡宁90年代创作中的作者问题》（2003）、赵丹的《多重的写作与解读：论俄罗斯后现代主义小说〈命运线，或米拉舍维奇的小箱子〉》（2005）、郑永旺的《游戏·禅宗·后现代：佩列文后现代主义诗学研究》（2006）、田洪敏的《弗·马卡宁90年代创作研究》（2008）、段丽君的《反抗与屈从：彼得鲁舍夫斯卡娅小说的女性主义解读》（2008）、陈静的《个体意志的守望——论弗·马卡宁90年代以来的小说创作》（2009）等。就这些论文而言，不仅研究对象是新的，而且年轻学者的理论视角、知识结构和阐述方式也有了不同于传统的俄苏作家研究的新的特点。这些特点在洪敏的著作中也体现得相当清晰。

《弗·马卡宁90年代创作研究》一书选择的切入点颇具匠心，

论著通过对"地下人"和"守门人"形象的分析来观照马卡宁笔下的知识分子问题，通过对"物"与"群"的考察来阐明马卡宁独特的叙述视角，通过对东方话题的描述来揭示马卡宁眼中的"东方意象"的特质。作者的视野开阔，上述问题的讨论始终未离开转型时期的俄罗斯社会和文化的大背景，同时又常常将马卡宁的作品与俄罗斯经典文学沟通，在比较研究中深化对马卡宁及新俄罗斯文学内涵的认识。此外，论著运用文本细读的方法对马卡宁创作于这一时期的主要作品做了细致入微的剖析，作者的理论见解借此得到有力支撑。由于切入点抓得比较准，方法运用得当，论著在有限的篇幅中较为准确地勾勒出了马卡宁在俄罗斯转型时期创作思想和创作风格变化的轨迹。当然，由于论著涉及的问题比较复杂，有些话题的探讨尚可深入，如马卡宁与当代俄罗斯文学中的"东方意象"的话题。我想，在洪敏正在进行的国家社科基金项目"当代俄罗斯文学中的中国形象研究"中，这一话题无疑会得到更为充分的展开，新的成果也许会给中国学界带来一份惊喜，这应该是可以期待的。

洪敏受过良好的学术训练，有相对完备的知识结构。她是华东师大俄语系的优秀本科毕业生，在俄罗斯沃洛涅日大学获得文学硕士学位，在国内高校工作数年后又在华东师大中文系获得文学博士学位，现正在上海师大中文系从事博士后研究。她戏称自己"爱折腾"，其实这种"折腾"中蕴含着她对事业的追求。我祝愿她在追寻自己的"梦想"中，获得更多的收获与成功。

序《托尔斯泰论战争》[①]

列夫·托尔斯泰是我喜爱的一位俄国作家,我曾经阅读过他的大量著述和许多相关的评论,也曾就托尔斯泰及其著作撰写过一些文字,包括他的长篇叙事艺术。因此,当编辑将《托尔斯泰论战争——〈战争与和平〉的叙事艺术与历史真实》这本论文集推荐给我时,我是很感兴趣的。

……

据联合国教科文组织统计,就作品被译成外文的总数而言,托尔斯泰在相当长的时间里一直高居各国作家之首。据美国媒体"125位英美名作家评出有史以来最伟大的书"统计,托尔斯泰的《安娜·卡列尼娜》和《战争与和平》分列"19世纪最佳作品"的第一和第三位,而在"得分最多的作家"中托尔斯泰位居榜首。在中国,托尔斯泰也是最早为人们所了解并拥有最广大的读者群的少数外国作家之一。也正因为这样,从《战争与和平》问世至今的一个半世纪里世间关于它的阐释层出不穷,小说的这种包容性和开放性在读者诸君面前的《托尔斯泰论战争》这本书里再次得到了印证。

在美国的西点军校讨论这部小说,当然会有一个特殊的语境,这一点从该书的编者里克·麦克匹克放在书尾的《〈战争与和平〉在西点军校》一文中可以清晰地看到。不过,更值得重视的是书前

[①] 本文写于2013年春,有删节。

的加拿大多伦多大学教授多纳·塔辛·奥尔文撰写的序言。奥尔文教授在文中开宗明言,强调了以下几个方面:一是就对战争与历史的思考而言,《战争与和平》有着重要的历史地位。"作为现代俄国的开国史诗和对战争与历史的沉思",它是"迄今为止人们阅读得最多、最重要的小说之一";小说中"虚拟家庭的生活与历史真实事件及其参与者相互交织在一起,达到了小说创作中从未企及的高度"。二是在反恐战争的环境下,《战争与和平》有着无可替代的现实价值。小说中"人类自由的必要性,历史及其参与者被操控,这二者之间的张力在战争时期得到了最大限度地展现",人们在战争时期(如二战时期)会对这部作品产生更强烈的兴趣,而当今"在长期反恐战争的环境下,这种情况也在持续"。三是从战争视角切入《战争与和平》,必须多学科地介入。"托尔斯泰小说中的议题极为复杂,无法在单一学科领域内获取令人满意的理解。没有任何一门学科可以囊括战争。本书中所涉及的学科领域,如文学批评学、历史学、社会科学以及哲学等学科"。四是文集的着力点是研究方法的多样,而非观点的一致。文集对"何为重要"甚至"何为真实"不持统一的意见,文集内"不会存在独白式或单一学科领域内的一致和统一",它的"主要着力点在于研究方法的多样性"。在此基础上,奥尔文教授对文集中的各篇(各章)做了概要的介绍。

这本由多人撰写的文集涉及了不少领域,材料也很丰富,达到了颇高的研究水准。对于文集中的各种分析和观点,见仁见智,人们自然可以持不同见解,但是其中一些独到的视角是我们难以从以往的评论著作中见到的,它能够给人以启迪。因此,我对译者和出版社能在第一时间推出这部文集表示敬意。

序《列夫·托尔斯泰小说集》①

数年前，我曾走访过雅斯纳亚·波良纳。在庄园的一个僻静处，那溪水淙淙的扎卡斯谷地旁，有一块异常简朴的墓地。稍稍隆起的墓冢上绿草如茵，阳光透过扶疏的林木洒下一层金色的光辉。没有墓碑、没有十字架，与其相伴的是人们终年不断献上的鲜花，是紧紧护卫着它的几株高大的橡树和莽莽苍苍的森林，还有那传说中的象征着人类幸福的神圣的小绿棒。那里安息着伟大的俄国作家列夫·尼古拉耶维奇·托尔斯泰。

在19世纪独具魅力的俄罗斯文坛上，托尔斯泰无疑是最受后人尊敬的和最杰出的代表。高尔基甚至认为，托尔斯泰"告诉我们俄罗斯生活，几乎不下于全部俄国文学"。②托尔斯泰文学成就主要在小说和戏剧两种样式，其中尤以小说的创作量最大。托尔斯泰的小说创作，除带有自传色彩的三部曲《童年》、《少年》和《青年》外，长篇小说有《战争与和平》、《安娜·卡列尼娜》和《复活》三部，有影响的中短篇小说有20多篇。托尔斯泰的中短篇小说，不管是描写战争生活的《塞瓦斯托波尔故事》、反映地主与农民间鸿沟的《一个地主的早晨》、表现贵族平民化追求失败的《哥萨克》，还是晚年的炉火纯青之作《伊凡·伊里奇之死》和《舞会之后》等，自

---

① 本文载上海译文出版社2009年出版的《列夫·托尔斯泰小说集》第一部《战争与和平》书前，题名"史诗艺术家托尔斯泰"。初稿于1984年冬，2009年改定。

② 高尔基：《俄国文学史》，上海译文出版社，1979年版，第503页。

有其不可替代的思想力量和艺术魅力。不过，对于列夫·托尔斯泰来说，最能施展其才华的无疑是长篇小说这一文学样式。高尔基有个生动的比喻："托尔斯泰倘使是一尾鱼，他一定是在大洋里面游泳，绝不会游进内海。"①托尔斯泰本人也认为："史诗的体裁对我是最合适的。"②他的大部分作品都有着一种内在的宏伟构想，特别是三部长篇巨著更是超群出众，具有独特的审美风貌。托尔斯泰长篇崭新的艺术面貌是作家对生活的独特认识和艺术概括的结晶。作为一个把自己的精神血肉深深地融入作品的艺术家，托尔斯泰在他的长篇中强烈地表现出人生追求与艺术探索相统一的倾向。

许多作家和批评家对长篇小说这一体裁样式作过种种理论阐述，其中不少具有科学的价值。但是，长篇小说的兼容性极强，要用一个固定不变的模式来界定它并不合适。我们只能在比较中对长篇体裁有如下基本的认识：与希腊史诗相比，史诗描写的通常是重大的历史事件、理想化了的英雄，它的风格一般显得庄严和崇高，而长篇小说主要着眼于个人的命运，"举凡人的心灵与灵魂的秘密，人的命运，以及这命运和民族生活的一切关系，对长篇小说都是丰富的题材"③；与戏剧等文学样式相比，长篇小说具有史诗式地把握个人生活的特点，"它的容量、它的界限，是广阔无边的"，它的宏大结构"更适合于诗情地表现生活"。④因此，与长篇艺术关系最密切的大容量表现生活、宏大的结构以及塑造内涵丰厚的形象是这一

---

① 高尔基：《列夫·托尔斯泰》，见《文学写照》，人民文学出版社，1978年版，第11页。

② 拉克申：《列夫·托尔斯泰》，见苏联《简明文学百科全书》第7卷，莫斯科1972年版，第553页。

③ 别林斯基：《诗歌的分类和分科》，见《别林斯基选集》第3卷，上海译文出版社，1980年版，第51页。

④ 别林斯基：《论俄国中篇小说和果戈理君的中篇小说》，见《别林斯基选集》第1卷，上海译文出版社，1979年版，第158页。

体裁的三个基本审美特征。

一

就长篇大容量表现生活这一体裁特征而言，它有一个明显的发展过程。欧洲长篇小说源远流长，其源头一直可以上溯到古希腊罗马时期，《金驴记》等作品已经或多或少地具备了长篇体裁的某些特征。文艺复兴时期出现的《堂·吉诃德》标志着近代长篇小说开始向在生活的广度与深度上揭示人的命运的方向迈进。经过古典主义时期的沉寂以后，长篇小说在启蒙主义和浪漫主义时期再次得到了蓬勃发展，菲尔丁第一次明确地把长篇小说称为"散文体的史诗"。19世纪，长篇天地中出现了群峰争雄的新气象，但一直到托尔斯泰，长篇小说才第一次显示出大海般恢弘开阔的美。托尔斯泰的几部长篇尽管在表现生活的容量上不尽相同，但却有着本质上相近的特征。

首先是史诗式的生活涵盖面。托尔斯泰长篇中的生活画面总是以囊括一个历史时期的巨大而完整的形态出现。在《战争与和平》中，作者的艺术笔触伸向了19世纪俄国广阔的生活领域，它不仅再现了整整一个历史时代，而且为人物提供了广阔的活动空间。例如，我们在如此多样的生活舞台上看到了彼埃尔：宫廷女官舍雷尔的沙龙、阿纳托尔同事的房间、别祖霍夫伯爵临终的病榻旁、松林中的决斗场、共济会的卧室、波罗金诺战役前线、火光熊熊的莫斯科、法军的战俘营、未来的"十二月党人"的秘密团体……生活内涵的丰富使人物形象格外地丰满起来，而人物的广泛活动也有力地拓宽了长篇表现生活的幅度。在《安娜·卡列尼娜》和《复活》中同样如此，从彼得堡"大圈子里还有小圈子"的利欲熏心的上流社会到改革风波冲击下的农村庄园；从昏官当道、草菅人命的法庭到西伯利亚风雪弥漫的大路，主人公就是在这样动荡的氛围中进行探索，就是在这样宏大的空间演出了一幕幕人间悲剧。柯罗连科说得好："一般的艺术家，如果能从纷繁的现象中找到一条光明的小径就认为自己是幸福的"，"托尔斯泰的艺术领域，这不是小径，不是林间小道，也不是一条大路。这是开阔的田野，深广地伸展着，在我们面前显得广袤无垠。"①当然，驳杂的生活现象在托尔斯泰那里并不是无节制的铺陈和简单的罗列，这里有着作家严格的审美选择。托尔斯泰曾经表示："如果近视的批评家认为，我只是愿意描写我喜爱的东西……那他们就错了，在我所写的全部作品，差不多是全部作品中，指导我的是：为了表现，必须将彼此联系的思想搜集起来。"②托尔斯泰长篇的巨大容量主要就是来自于作家艺术概括的力量。如卢卡契所说："大概没有另外一位现代作家，在他的作品中，'事物的整体'会像托尔斯泰的作品这样的丰富，这样的完整。"③对生活的大面积涵盖和整体把握，对个别现象与事物整体、个人命运与周围世界的内在联系的充分揭示，托尔斯泰长篇正是在这一点上首先给人以不同于传统长篇的深刻印象。

其次是探索型的男女主人公。托尔斯泰独特的生活经历、思想激变和人生追求，引发为他对生活的独到观察和发现。托尔斯泰笔下的探索型人物、农民和革命者形象等都是作家对长篇描写对象的重要开拓。托尔斯泰长篇中主要的男女主人公大都属于探索型人物。当然，作为探索型人物首先被人们注意的是一些男主人公。在这些人物身上可以清晰地看到作家的"自我"。托尔斯泰仿佛是用自

---

① 柯罗连科：《列夫·尼古拉耶维奇·托尔斯泰》，出处同上，第203页。
② 托尔斯泰：《致斯特拉霍夫》（1976年4月23日），见《托尔斯泰全集》第62卷，莫斯科1953年版，第268—269页。
③ 卢卡契：《托尔斯泰和现实主义的发展》，见《卢卡契文学论文集》第2卷，中国社会科学出版社，1981年版，第340页。

身的切片在做实验的标本,他与人物一起在探索,一起在进行深层次地自我分析。对于这些探索人物,如用"贵族地主"、"忏悔贵族"等一类名称来界定,并不贴切。他们确实出身贵族并拥有田产,但是从作品中看,作家的着眼点并不仅仅在这些阶级身份上,他更注重的是揭示人物身上勤于探索和富有实干精神的进步知识分子的性格特征。几重因素的糅合构成了这些形象的某些共同的气质。正因为这样,他们才成为长篇发展中新的艺术形象。托尔斯泰把长篇的主要描写对象放在这些人物身上固然与他自身的人生探索有关,但同时也是他对艺术规律的尊重,因为作家比较熟悉这类人物,而且在这些文化修养较高,对时代潮流敏感的人物身上往往比较鲜明地反映出时代精神。紧张的人生探索和积极的社会活动力成了这一类形象不同于长篇中其他描写对象的两个重要的性格支撑点。如果我们把男主人公的探索看做是作家自身探索的艺术结晶的话,那么在那些女主人公身上,我们可以更多地发现作家透过表象揭示生活底蕴的洞察力。安娜、娜塔莎和卡秋莎——这些出身不同、个性各异的人物所显示的深刻的美学意义,在一定程度上都与她们在曲折的生活道路上执著地寻找人生真谛的行为相联系。

第三,深沉的艺术思辨力量。托尔斯泰长篇的思辨力量突出地表现在作家大容量地反映社会问题和穷源溯流地探究人生哲学上。当时俄国迫切的社会问题都能在托尔斯泰的三部长篇中找到反映。《战争与和平》中,从对"四大家族"评价的准绳和对受人民力量感召的贵族新一代的描写中,可以看到托尔斯泰对俄国贵族的出路的紧张思考,对战争与和平、历史人物的作用、农民和妇女的命运等问题的高度关注。这些问题相互烘托,使小说的题旨异常丰富。托尔斯泰的另两部长篇同样具有这样的丰富的内涵。对人生哲学异乎寻常的探索也是托尔斯泰的长篇的一个重要方面。关于人生的意义和生与死的问题的探讨在几部长篇中颇为突出。例如,列文曾为了

"他是什么人,他活着为了什么?"而苦恼,绝望,甚至"几次想到自杀"。在书中作家醒目地为一个章节加了标题:死。尼古拉哥哥的死使列文"对死的无法理解,对死的临近和不可避免的恐惧"更加强烈,而同时"另一个同样不可思议的谜——号召人们去爱和生活的谜,又出现了",那就是生——吉提的新生命的孕育。这种生与死的强烈对照正反映了列文(也是作家)在人生意义问题上的精神苦闷和矛盾心理。虽然作家最终得出的宗教结论与其宗教信仰相关,但是这一探索过程本身却包含着民主主义的思想内容。托尔斯泰无情地撕下醉生梦死的腐败社会的一切假面具,虽然他对生活的热爱客观上使他的说教显得苍白无力,但当我们剔除了其中不合理的内涵之后,长篇中关于善与恶、罪与罚等问题的思考同样能给我们以多重哲理启示。托尔斯泰强调:"唯一能够传达艺术内容的方法是诗意的形象。"[①]因此,尽管聂赫留道夫等人是小说哲理内涵的主要负荷者,但他们依然是真实生动的艺术形象。正是这种与艺术形象交融的哲理思辨使托尔斯泰有力地开拓了长篇的思想容量,并给他的长篇带来了题旨丰富、意蕴深沉、具有较高的认识价值和审美价值的艺术特质。

二

人们常常把文学作品的结构比作建筑学,那么可以这么说,形态最为复杂的长篇小说要求最为高超的建筑艺术。托尔斯泰在创作《安娜·卡列尼娜》时说过:"周密、反复地考虑新作中各个人物可能发生的各种情况,考虑千百万种可能的组合以便从中选择百万分

---

① 托尔斯泰:《福·封·波列涅茨的长篇小说〈农民〉的前言》,见《托尔斯泰全集》第34卷,莫斯科1953年版,第270页。

之一的组合是非常困难的。"①确实,结构艺术对长篇小说家来说具有举足轻重的意义,它直接反映了作家驾驭题材的能力,并关系到作品的成败得失和风格特征。

长篇小说在其发展过程中结构形态是不断变化的,它不存在任何刻板的规范和固定的模式。传统上,它有两种基本的形态:开放型和封闭型。开放型长篇小说一般事件驳杂,人物众多,情节的时间跨度大,空间领域广。这些小说往往以主人公的漫游为情节线索,以人物所见所闻的串联为结构骨架,事件松散冗长,呈奇遇重叠式。封闭型长篇小说大多集中于一人一事,情节穿插不多,时间跨度较小。这些长篇情节紧凑,结构集中,但又常常失之于纤巧。从亚里士多德的《诗学》中可以发现,近代长篇的这两种形态与史诗和悲剧有关。"史诗的故事没有时间的限制,悲剧故事却尽可能限于太阳运行一周时以内";"戏剧里穿插的情节很短,史诗里可用穿插的情节增广篇幅";"悲剧能在较短的时间内达到模仿的目的","史诗的整一性较差"。②因此,幅度宽密度松的开放型长篇又称"史诗体小说",而幅度窄密度紧的封闭型长篇则被称为"戏剧式小说"。

托尔斯泰对长篇结构的开拓主要在于作家在对生活整体宏观认识的基础上创造了一种纵向开放和横向拓宽的形态。在托尔斯泰长篇中,纵横两者的关系表现为两个不同方向面的有机组合。首先是纵向的开放,即情节发展像生活本身那样在时空上没有极限。投身于"十二月党人"事业的彼埃尔等人的未来固然是一部新打开的书,走向西伯利亚的卡秋莎的命运也像那大路在无限地延伸。其次是横向的拓宽,即不是由一个人物,而是由主题凝聚的人物对映体

---

① 转引自古谢夫:《托尔斯泰是怎样进行创作的》,见《俄国作家批评家论列夫·托尔斯泰》,中国社会科学出版社,1982年版,第451页。

② 亚里士多德:《诗学》,人民文学出版社,1963年版,第5,17,26页。

来构成长篇的结构中心。从某种意义上说,后者是托尔斯泰长篇中更为重要的结构特色。这种对映体结构正是托尔斯泰"致力以求"并"感到骄傲"的结构独到之处:"建筑物的连接"不是靠情节和人物交往,而是靠"天衣无缝的"内在联系。

《战争与和平》围绕着四大家族中主要成员的活动展开了多条情节线,但是这些情节线索都受制于一个结构中心,即由"人民思想"凝聚的安德烈与彼埃尔这一对映体的发展。小说中这两个人物的探索从本质上来说是一致的,但是作者从一开始就强调了他们在性格和生活道路上的对应关系。人物的不同生活道路以鲜明的对应线贯穿全篇,同时对应线又出现了四次叠合。小说开头舍雷尔客厅中两位男主人公的"亮相",第五卷中在包古查洛伏和童山的重逢,第十卷两人同在波罗金诺前线,尾声中安德烈和彼埃尔在小安德烈梦中的迭现。每一次叠合都是对映体双方思想发展的重要阶段。从这部小说的结构中,可以看到作者对长篇结构艺术规律的尊重。一是重视主题的凝聚作用。托尔斯泰多次表示:"艺术作品中最主要的是要有一个像焦点一样的,能把所有的光聚集于这一点或者从这一点放射出去的东西。"①主题就是托尔斯泰长篇中的聚光点。在它的强烈光照下,对映体双方以及所有的人物和事件都按照各自的方式结合起来,形成一个有机的整体。二是重视结构布局。托尔斯泰认为,"一旦布局正确了,那么所有不必要的、累赘的东西自然而然会一概消失掉,一切都会以巨大的明晰度显现出来"②。布局的关键在于以人物为结构中心,托尔斯泰的长篇在布局上的独到主要表现在以对映体作为"体系的太阳"。这就在作品纵向开放和横向拓宽的同时,保持了结构的完整和明晰。因此,尽管《战争与和平》中民族

---

① 转引自《艺术家托尔斯泰》,苏联科学院出版社,1961年版,第314页。
② 托尔斯泰:《致费特》(1878年9月5日),见《托尔斯泰全集》第62卷,莫斯科1953年版,第441页。

矛盾和国内矛盾此起彼伏，人物复杂众多，事件驳杂纷呈，但它们的指向性都十分明确和清晰。"人民思想"主题的有力统辖和对映体结构中心的独到安排，使大如历史进程、民族存亡、战争风云、制度变革，小至家族盛衰、乡村习俗、节庆喜宴、个人悲欢，都纳入了统一的艺术结构之中，从而也才有小说既宏伟、开放、"每一部分具有独立的兴趣"[1]，又浑然一体、"形散而神不散"的艺术效果。

由对应体来构成结构中心的形态同样在托尔斯泰的另外两部长篇中存在，虽然具体处理方式有所不同。《安娜·卡列尼娜》中男女主人公的对应关系颇为独特。安娜和列文之间既不形成矛盾冲突，又几乎没有实际联系。他们的对应是更为内在的。如在寻求自己的理想生活时，安娜重感情，而列文重理智；安娜在追求中表现为"灵"与"肉"的尖锐冲突，而列文则主要是精神上的深刻矛盾；在家庭生活上，安娜在官僚贵族社会的渊薮里沉沦，并以悲剧告终，列文则在宗法制农村庄园中找到出路，得到幸福。作者正是以此为对应基础，展开了人物的两条逆向的生活道路，并使之在"家庭思想"的凝聚下共同构成布局的主体。从外部形态看，这部作品如同一座双体大厦，其中任何一体都无法独立存在，但同时它们各自又有自己的一些互不重叠的侧面，因此结构的开阔感、层次感和整体感都很强烈。《复活》结构中人物也有自己的对应关系。与一般爱情小说相比，这部小说中男女主人公的爱情纠葛明显淡化，卡秋莎和聂赫留道夫主要以不同的性格以及走向"复活"的不同道路相互联系。作者使用更为简捷的手法，不断地在同一时间的横向基础上显示对应的空间面，而这些空间面又包含着各自丰富的生活内容。从严格意义上说，《复活》与传统的单线发展的结构已不尽相

---

[1] 托尔斯泰：《致斯特拉霍夫》（1976年4月23日），见《托尔斯泰全集》第13卷，莫斯科1953年版，第55页。

同。因此，尽管小说的情节较前两部长篇简单，但仍然达到了辩证和广阔地反映生活的目的。

托尔斯泰在处理对映体结构形态时，特别注意连缀人物的纽带作用。《战争与和平》中娜塔莎的纽带作用是明显的，而《复活》中情节的独特安排使对映体的一方聂赫留道夫同时起了纽带作用。在《安娜·卡列尼娜》中担负这一作用的是奥勃浪斯基。此人与社会上的"三教九流"有着广泛的接触，同时又与所有主要人物有着不一般的关系，如列文是他的至交，吉提是他的妻妹，安娜与卡列宁是他的妹妹与妹夫，沃伦斯基则与他早有往来又曾是吉提的意中人。奥勃浪斯基在小说结构中穿梭往来，时隐时现。他的活动不仅使两个对映体之间的结构密度明显增大，而且还提供了一个充分显示对应效果的观察点，整个多层次的布局也随之出现了清晰的脉络。

托尔斯泰对长篇结构艺术的开拓是在传统的史诗体小说和戏剧式小说的基础上创造了一种比较成熟的形态，简言之，即结构上开放、拓宽与戏剧式集中的有机统一。托尔斯泰的这一开拓是作家对长篇结构艺术规律认识深化的表现，它为进一步发挥长篇艺术系统的整体功能创造了有利条件。对此，佛斯特有一段出色的评论：音乐"在它的终极表达中为小说提供了一种美的形态。……这种形态就是扩展。……是扩展而不是完成，是大开大放而不是圆圆满满的结束。当交响乐奏完，而我们却感到那些组成交响乐的音符曲调已经获得了解放，它们在整体的节奏中已找着了它们个人的自由。小说能不能也这样呢？《战争与和平》不是也曾经给我们这种感觉吗？……当我们阅读时，我们难道感觉不出管弦的宏伟音响在我们身后冉冉响起？而读完全书之后，书中的林林总总——甚至包括那些战策的目录——不是像已获得一种比当时实际情况所能允许的更为伟大的存在吗？"①确实，托尔斯泰长篇正是以其开放、力度和整体原则为小说的艺术结构、为生活的"宏伟音响""提供了一种美的形态"。

三

托尔斯泰对长篇表现生活容量和结构艺术的开拓，本质上都是为了塑造审美价值更高的艺术形象。长篇小说具有在生活的广度和深度上塑造血肉丰满的艺术形象的得天独厚的有利条件，在长篇发展史上人物形象从类型化到性格化的过程也有一条明显的演变轨迹。托尔斯泰的功绩在于为长篇的人物画廊增添了不少个性更为鲜明、内涵更为丰厚的艺术形象，这些形象的出现成了长篇典型化艺术走向新阶段的标志。

任何一部艺术作品都不可避免地带有作家主观的印记，但是在不同作家那里，主体参与的程度是大相径庭的。作为一个真诚的、感情色彩极浓的小说家，托尔斯泰常常成为自己长篇艺术世界的直接参与者。对于那些基本符合作家美学理想的形象，托尔斯泰常在生活真实的基础上用充满诗情的美好色彩加以描绘，藉以增强形象的美感特征。《战争与和平》中，娜塔莎就是作家诗意化了的形象，托尔斯泰在具体描写中倾注了热烈的情感。例如，在紧张而富有生趣的奥特拉德诺耶围猎之后，娜塔莎一行来到乡村的"叔叔"家做客。在这个新环境中她觉得那么轻松和快活。作家用欢快的笔调描写了娜塔莎与"叔叔"的民间对舞，赞扬了"这个在绮罗丛中长大的"小姐却能懂得"那种学不来、教不会的俄罗斯精神和动作"。由

---

① 托尔斯泰：《致斯特拉霍夫》（1976年4月23日），见《托尔斯泰全集》第13卷，莫斯科1953年版，第142页。

于作家对这一形象的性格美以及与人民和大自然接近的内在禀赋的诗意描写,这一形象显得生气勃勃,使人强烈地感受到一种蓬勃的活力和生活的意义。托尔斯泰在安德烈、彼埃尔、卡秋莎等人物形象身上也赋予了浓烈的诗情,并努力发掘他们的心灵美。对于那些不符合托尔斯泰审美理想的人物,主体的积极参与则使这些形象基本的审美特征得到了更为深刻的揭示。《安娜·卡列尼娜》中,卡列宁形象就寄寓着作家鲜明的审美评价。读者第一次见到的卡列宁形象虽然不乏安娜在特定心境中的直觉和感受,但作家的评价也溢于言表。而后,作家又不断地将卡列宁道貌岸然的表象与这种表象后面的内在实质加以强烈对照。在安娜的愤怒控诉中,我们也听到了作家的声音。与某些作家相比,"托尔斯泰从来不是一个生活的冷静观察者,对人和物抱着漠然视之的旁观态度";同时,"作为一个艺术家,他具有保持非凡的平衡的特点,而且几乎总是能为自己不安的观察和热情地探索找到艺术表现的史诗般从容不迫的形式"[①]。托尔斯泰强调,作家在创作中,应当稍稍离开他笔下的主人公。这种美学距离是至关重要的。正是基于这种"稍稍离开"的距离,托尔斯泰没有因为在娜塔莎身上倾注自己的热烈情感而任意拔高和美化这一形象,也没有因为卡列宁不符合自己的美学理想而对他加以漫画化,卡列宁有自己独特的个性,有自己的内心矛盾,在安娜病危时也会出现感情的波动。这是作家理性对情感的一种超越,也是"积极参与"与"美学距离"的统一。

托尔斯泰在人物塑造上的这种内在统一性,使他对长篇典型化的具体艺术手段也作出了重要发展。如揭示人物性格的多重色彩。托尔斯泰曾经多次表示,现实生活中没有绝对的好人或坏人,只有

[①] 奥夫夏尼科夫—库立柯夫斯基:《艺术家托尔斯泰》,见《俄国作家批评家论列夫·托尔斯泰》,中国社会科学出版社,1982年版,第182、185页。

具有好的品质或坏的品质之分的普通人；每一个人身上都有"花斑"，也就是说生活中的人都有着多重色彩的性格特征。这些看法表明了作家对人的性格认识的深化。就人物性格内涵的丰富性而言，安娜形象所显示的成就是无与伦比的。安娜的性格与文学史上的不少复杂的艺术典型一样，是由一些双向性的元素系统联系构成的整体。它们在安娜性格中主要表现为：热烈追求但又自我谴责，大胆反抗但又时时妥协，意志坚强但又敏感多疑，天赋卓越但又无端耗费等等，这些双向的性格元素正是安娜悲剧的内在性格基础。在托尔斯泰笔下，安娜性格中这种双向性元素的组合是与众不同的。对立双方的元素并非壁垒森严，它们既互相冲突，又相互渗透，甚至还相互转化。这就使安娜的性格呈现出复杂的形态。例如小说第五部安娜观看歌剧这一场，它表明了安娜性格中大胆坚毅的一面：勇敢地向整个社交界挑战；但同时它又表现了安娜性格中脆弱的一面：在强大的社会压力、沉重的精神枷锁，以及面临与沃伦斯基的爱情出现裂痕的威胁下，安娜感到无能为力，感到恐惧和绝望。她决定去观看这次演出的直接动因是害怕沃伦斯基变心，其间甚至不排除还带有某种重入上流社会的潜在心理。这里，大胆坚毅与脆弱恐惧之间相互交织，并没有明确的界限。

心理学认为，人的性格不仅是一个复杂的心理构成物，同时它的结构还具有动力特性。性格的动力特性主要表现为：人的性格特征在不同的行为条件下有不同的组合，性格既有相对稳定性但又可以在不同场合显示出不同的侧面；人的性格有可塑性，它在主客观相互作用中形成，又在主客观相互作用中变化。19世纪的长篇虽然在揭示人物性格的复杂性上有了进展，但是对人物性格的动力特性却注意不够。在许多长篇中，人物性格从出场已经定型或者基本定型，所谓性格变化只是主导性格在不同空间内移动而产生的差异。这是一种多面的但却是静态的性格。托尔斯泰的发展则在于将人物性格的刻画从单纯的空间范围推向更为广阔的时空交织的范围。作者不仅在空间范围内多侧面地显示人物性格,而且在时间范围内动态地描写人物个性的形成和发展。英国作家乔治·奥威尔认为,托尔斯泰的人物之所以比狄更斯的人物更能抓住读者,就是因为托尔斯泰"描写的是正在成长的人们。他的人物是在斗争中形成自己的灵魂,而狄更斯的人物则已经长成而且完美无缺了"[①]。这段话颇为准确地抓住了静态性格与动态性格的美感差异。托尔斯泰曾经在《复活》中把人比作河,认为:"每一个人身上都有一切人性的胚胎,有的时候表现这一些人性,有的时候又表现那一些人性。他常常变得完全不像自己,同时却又始终是他自己。"托尔斯泰长篇中主要人物性格一般都处在这种运动状态之中。人物性格是这种状态,又不是这种状态,这种对立统一的关系使它与现实生活中人的性格的动力特性更为接近,从而大大加强了形象的真实感。

如果说19世纪长篇中心理分析手法已为大多数作家普遍采用了的话,那么托尔斯泰心理描写的手法则是别具一格的。在托尔斯泰长篇中,作家从来不是单纯地描写人物心灵的颤动、细腻的感受和自我分析,而是注意多种手法的综合运用。《战争与和平》中,安德烈在奥斯特里兹战役时的心理描写就是如此。一方面作家跌宕起伏地描写了安德烈度过精神危机时的心理变化过程,另一方面他又用外化手段来揭示人物的心理。天空、春夜、橡树等自然景物往往既是人物心理外化的附着物,也是人物心理内析的触发器。心理描写手段的多样化还突出地表现在作家运用"自由联想"的手法对特定境遇中人物出现的潜意识心理的描写上。《安娜·卡列尼娜》中,列文向吉提求婚失败后,他的思路一会儿从《热学》中的"电和热"

[①] 乔治·奥威尔:《查尔斯·狄更斯》,见《狄更斯评论集》,上海译文出版社,1981年版,第139页。

跳到了小牛的出生，一会儿又从小牛跳到了幻觉中贴心的妻子。这种不自觉的、闪现式的联想简洁而又生动地写出了列文在幸福家庭的希望受挫后痛苦和恍惚的心理状态。安娜多次出现的梦境和产后病危时的胡话，沃伦斯基企图自杀时的迷乱心理，安娜在马车上跳跃的心理意象等等，也都是以一种"自由联想"的形态出现的，它们是人物生活积淀和情绪积淀的独特反映。因此，作为托尔斯泰现实主义心理描写的一个组成部分，这种手法对于表现人物在特定瞬间的复杂心理起了重要作用。

托尔斯泰的长篇还注意追求知觉化的艺术效果。高尔基认为托尔斯泰笔下的人物具有这样的特征："他刻画的形象巧妙到这样的程度，你会感觉到仿佛他的主人公的肉体存在；他仿佛站在你的面前，你想用手指去触摸他。"①造成这种实体感的原因是多方面的。它首先与作家天赋的感受能力有关。苏联学者尼季伏洛娃在《文艺心理学》一书中分析了作家的日记、书信和有关传记材料后认为，托尔斯泰所具有的超人感受能力和现实对他的第一信号的直接影响力是令人惊讶的。他在有些日记中记述的景物和创作欲望"都是作为具有透视性、立体性，具有各种各样视觉和听觉形象的完整图景而被他感知到的"。除了这种天赋的能力以外，更重要的还是作家本身对知觉化艺术手段的自觉运用。文学中所谓的"知觉化"，就是借助于语言的色彩感、声音感和线条感等来唤起读者以生活经验和知识积累为基础的联想，从而造成艺术形象的直观性。要使那些靠抽象的文字勾勒出来的形象具有实体感，除了调动其他的典型化手段外，对知觉化的追求无疑是必要的。托尔斯泰在创造与其他艺术相通但又有自己特点的知觉化手段上取得了相当高的成就。在托尔斯

---

① 高尔基：《同进入文学界的青年突击队员谈话》，见《高尔基论文学》，人民文学出版社，1978年版，第281页。

泰长篇中知觉化的形态十分丰富多样。其中有肖像的知觉化。如卡秋莎出场时，作家描写了人物的自然轮廓、衣服色泽的强烈反差，并通过头发和眼神的生动点染，立刻使形象具有一种生动可感的外在。有动作的知觉化。如娜塔莎出场时，人物一系列动作主要通过脚步声、椅子倒地声和笑声等声响来表现，这就使一个充满生气的形象在读者的联想中跃然纸上。也有群众场面的知觉化。如列文听割草妇女歌唱的那段描写，声音、色彩、光线等组合在一起，不仅造成强烈的知觉感，而且产生一种动态和气态。还有病态心理的知觉化。作家这样描写安德烈病危时的心里感觉：先写听觉，安德烈听见"一种柔和的低语的声音，不断地匀整地反复说着'辟提—辟提—辟提'"；再写触觉，他感觉到脸上有一座用细针和木片搭成的房子；接着写视觉，"他一瞥一瞥地看见蜡烛周围的红晕"。此后又是几种感觉交织的描写。作者在这里没有用一个抽象的字眼，全部通过人物的感觉以及感觉的频频挪移唤起读者的联想，造成鲜明的知觉感，从而使安德烈紊乱的心理状态纤毫毕现。托尔斯泰在长篇中对知觉化艺术手段的重视和广泛使用，说到底是对艺术规律的尊重，因为知觉化是达到具体性的一个重要途径，而只有当读者被艺术形象具体可感的形态吸引后，才能进而深入它的内涵和得到艺术的享受。

托尔斯泰对长篇艺术的开拓在不同的情况下分别表现为哲理内涵深刻性与艺术形象生动性的统一，对生活整体的宏观认识与对长篇艺术规律具体把握的统一，主体的积极参与与保持美学距离的统一，等等。由此，长篇中史诗式的生活涵盖面、探索型的人物、深沉的艺术思辨力量、纵向开放与横向拓宽的结构形态、动态的多重色彩的性格塑造以及辩证的心理分析等一系列艺术要素相互影响，相互交织，以内在的有机联系构成了一个带有作家独特印记的艺术系统。作为长篇艺术历史发展中一块承前启后的界石，托尔斯泰的历史功绩就在于：他的小说较为充分和较为全面地发挥了长篇体裁从审美上大容量地把握现实的巨大可能性；在作家人生追求与艺术追求的统一中，在广阔而完整的生活画面、宏大的艺术结构和卓越的形象塑造中，人的命运得到了前所未有的真实展现。托尔斯泰的开拓为现当代长篇跃向新的高度指明了方向。在这一意义上可以说："托尔斯泰对于未来的小说家是最好的导师。"①

---

① 马丁·杜·加：《发现了托尔斯泰》，见《欧美作家论列夫·托尔斯泰》，中国社会科学出版社，1983年版，第110页。

《文学的影响力——托尔斯泰在中国》后记[①]

列夫·托尔斯泰是19世纪俄国思想文化界的杰出代表。作为"思想的艺术家"（屠格涅夫语），托尔斯泰极具个性。他以呕心沥血的艺术探索和披肝沥胆的人生追求，为后人留下了不朽的文化遗产。20世纪的中国受到了他的深刻影响。

托尔斯泰是最早被介绍到中国来的外国思想文化名人之一。据苏联学者希夫曼在《托尔斯泰与东方》一书中提供的材料，中国人在19世纪末已对托尔斯泰不感陌生。目前能见到的中国正式介绍托尔斯泰的文字材料始于本世纪初年。上海广学会校刊的《俄国政俗通考》（1900）一书中对这位作家作了如下描述："俄国爵位刘（名）都斯笃依（姓），……幼年在加森（即喀山——引者，下同）大学肄业。1851年考取出学，时年二十三岁。投笔从戎，入卡利米亚（即克里米亚）军营效力。1856年，战争方止，离营返里，以著作自娱。生平得意之书，为《战和纪略》（即《战争与和平》）一编，备载1812年间拿破仑伐俄之事。俄人传颂之，纸为之贵。"

1904年，福州的《福建日日新闻》上刊载了一篇长六千余字、

[①] 本文写于1999年初春。《文学的影响力——托尔斯泰在中国》，江西高校出版社2009年版。

名为《托尔斯泰略传及其思想》的文章①,作者为寒泉子。文中有关于托尔斯泰生平的简略介绍,如在谈到他的高加索生活时,作者写道:"辞大学从军,赴高加索地方。边塞天然之风景,生活之质朴,均有所感于心,而著诸小说。后有种种名作,士女争诵。"不过,文章着重评价的是托尔斯泰的宗教思想,并在与中国古代哲学思想的比较中,从六个方面阐发其内在精神。文中写道:"托尔斯泰以爱为其精神,以世界人类永久之平和为其目的,以救世为其天职,以平等为平和之殿堂,以财产共通为进于平和之阶梯,故其对于社会理想之淳古粗朴,岂与初代期基督教徒相似而已,抑亦夺许行之席而入庄周之室矣。"这篇文章关注的是作为思想家的托尔斯泰。

1908年,鲁迅以迅行的笔名在东京出版的《河南》月刊上发表了《破恶声论》一文,文中也对托尔斯泰的著作和思想发表了自己的见解。鲁迅既称赞了托尔斯泰著作系"伟哉其自忏之书,心声之洋溢者也",又指出其不抗恶的思想中包含有不切合实际的成分:"其所言,为理想诚善,而见诸事实乃佛戾初志远矣"。

与这些早期的介绍性文字相似,中国最早译出的托尔斯泰作品也与作家的思想倾向有关。1906年,列夫·托尔斯泰宗教题材民间故事六篇(《主奴论》、《人需土几何》、《小鬼如何领功》等),由叶道胜(德)和麦梅生合译成中文(据贝恩的英译本转译),载上海《万国公报》、《中西教会报》。次年结集,并新增6篇,名为《托氏宗教小说》,由香港礼贤会出版。此书出版时有王炳堃写的序言,序者认为"中国小说,怪诞荒唐,荡人心志","近日新学家,所以有改

---

① 同年10月《万国公报》第190册曾转载这篇文章。后来中国通用的托尔斯泰的译名由这篇文章而来。三年后,《民报》首次刊出托尔斯泰的照片,并称之为"俄国之新圣"。1908年,托尔斯泰八十寿辰之际,辜鸿铭等部分在沪中外人士向他发去贺词,贺词写道:"先生当代文章泰斗,以一片丹忱,维持世道人心,欲使天下同归于正道,钦佩曷深。"该贺词至今仍存于莫斯科托尔斯泰博物馆内。

良小说之议也。泰西小说，或咏言，或寄意，可以蒙开学，瀹民智，故西学之士，译泰西小说，不啻汗牛充栋。然所译者多英美小说，鲜译俄文"；其实俄国"亦有杰出之士，如托氏其人者"；读所序之书"觉襟怀顿拓，逸趣横生，诚引人入胜之书。虽曰小说，实是大道也"。此序与当时维新派人士借译书以"引渡新风"的指向是一致的。

辛亥革命以后至"五四"高潮前夕，中国对托尔斯泰的介绍又有了新的进展。1910年底，托尔斯泰去世。当年，《神州日报》和《东方杂志》即作报道，称其为"学界伟人"，"世人崇仰"。次年，中国学界又有人写出万字长文《俄大文豪托尔斯泰小传》以追悼，称托尔斯泰对真理的探求令"世间思想界，多为所惊动，乃卢骚以来之一人也。今忽焉而逝，此足为世界人类痛惜者也"。文章分"修学时代"、"怀疑时代"、"文豪时代"三部分展开叙述，虽然文中有些史实不甚确切，但这是中国第一篇较为系统地介绍托尔斯泰生平的文章。此外，在当时颇有影响的一些刊物上均出现了评价托尔斯泰的文章，如《教育杂志》上的《小学教师之托尔斯泰》、《新青年》上的《托尔斯泰之逃亡》和《托尔斯泰之生平及其著作》，《之江日报》和《东方杂志》上的《托斯道氏之人道主义》等。

这一时期，托尔斯泰的文学作品开始大量进入中国，陆续译出的作品有：《心狱》（即《复活》）、《罗刹因果录》（收8篇短篇）、《骠骑父子》（即《两个骠骑兵》）、《绿城歌客》（即《琉森》）、《婀娜小史》（即《安娜·卡列尼娜》）、《现身说法》（即《童年·少年·青年》）、《社会声影录》（内收《尼里多福亲王重农务》即《一个地主的早晨》、《刁冰伯爵》即《两个骠骑兵》）、《恨缕情丝》（内收《波子西佛杀妻》即《克莱采奏鸣曲》、《马莎自述生平》即《家庭幸福》）、《克利米血战录》（即《塞瓦斯托波尔故事》）、《人鬼关头》（即《伊凡·伊里奇之死》）、《生尸》（即《活尸》）等。译介数量居外国名家之首。这些译作的问世与早期翻译家辛勤而卓有成效的劳作是分不开的。如林纾，他的俄国文学译作几乎都集中在托尔斯泰一个作家身上，种类达 11 种，在他所涉及的外国著名作家的作品中位居第一①。如评论所说：林纾的译文虽用的是文言，但"译笔清腴圆润，有如宋人小词"（郑振铎语）；虽因不懂外文，有明显的误译之处，但"不但不很歪，而且很有风趣。……甚至与原文风趣有几分近似"（茅盾语），因此，它至今"还没有丧失吸引力"（钱锺书语）。又如马君武，马君武是"欧墨新潮"东移的积极鼓吹者和实践者，由于他既通外语又有中外文学的功底，因此他译的《复活》在当时堪称"名著名译"。不过，受当时译风的影响，译者对原作进行改动之处颇多。这些作品的出现引起了不少读者的注意。评论称：托氏作品"读之令人泪下而不能自知"。

五四高潮时期和 20 年代是中外文化大交流和大碰撞的时期，此时文坛出现了俄罗斯文学译介"在中国极一时之盛"的局面（瞿秋白语）。作为杰出的思想家和文学家的托尔斯泰在这时更是备受关注，出现了不少综述性和专论性的文字。

综述性的文字主要出现在文学史或文学思潮史这一类的著述中，如在田汉的《俄罗斯文学思潮之一瞥》（1919）、郑振铎的《俄国文学史略》（1924）和蒋光慈和瞿秋白的《俄罗斯文学》（1927）等著述中均有关于托尔斯泰的评述。这些著述对托尔斯泰的生平和创作一般均点到为止，不作大段的铺陈，但在要言不烦的叙述中时能见到作者思想的火花，缺点是编译成分偏多，如郑振铎有关托尔斯泰的评价不少地方明显借用了克鲁泡特金和贝灵等人所撰著作的观点。

---

① 林纾所译的其他外国作家的作品为莎士比亚 6 种、小仲马 6 种、狄更斯 5 种、司各特 3 种。

更多的是刊物上发表的专题性文字，值得一提的有：沈雁冰的《托尔斯泰与今日之俄罗斯》、《文学家的托尔斯泰》和《托尔思泰的文学》、天贶的《宗教改革伟人托尔斯泰之与马丁路德》、蒋梦麟的《托尔斯泰人生观》、陈复光的《托尔斯泰之人生观》、耿济之的《托尔斯泰的哲学》和《译〈黑暗之势力〉以后》、瞿秋白的《托尔斯泰的妇女观》、杨铨的《托尔斯泰与科学》、松山的《托尔斯泰与鲍尔希维主义》、张闻天的《托尔斯泰的艺术观》、薇生的《托尔斯泰的家庭观及妇女观》、佛航的《托尔斯泰的〈复活〉》、顾仲起的《托尔斯泰〈活尸〉漫谈》、刘大杰的《托尔斯泰的教育观》、甘蛰仙的《中国之托尔斯泰》、鲁迅的《〈奔流〉编校后记（七）》和顾均正的《托尔斯泰童话论》等①。当时不少刊物还出过纪念托尔斯泰的专号。

上述文章尽管角度不同，但对托尔斯泰均有很高的评价，耿济之在《俄国四大文学家合传》中关于托尔斯泰的一段话是有代表性的，他认为："托尔斯泰富有伟大之天才，至高之独创性，不为旧说惯例所拘，运用其高超之哲学思想于文学作品中，以灌输于一般人民。他是俄国的国魂，他是俄国人民的代表，从他起我们才实认俄国文学是人生的文学，是世界的文学。"一些专论性的文章谈得也比较深入。如张闻天的文章对托尔斯泰的艺术观作了全面的介绍；瞿秋白的文章从妇女的职业、贞操和婚姻三个方面较系统地阐述了托尔斯泰的妇女观，认为托尔斯泰的妇女观基于他的哲学观和宗教观；甘蛰仙的《中国之托尔斯泰》从地域、性情、品格、嗜好、思想、艺术、境遇等方面对托尔斯泰和陶渊明作了颇有趣味的比较，开了中俄作家比较研究的先河。

---

① 此外，还有众多的译文，如鲁迅译的卢那察尔斯基的《托尔斯泰之死与少年欧罗巴》和《托尔斯泰和马克斯》、梁实秋译的古谢夫的《托尔斯泰与革命》、胡愈之译的罗曼·罗兰的《托尔斯泰与东方》和巴金译的托洛斯基的《托尔斯泰论》等。

沈雁冰（茅盾）的几篇文章发表时间较早，涉及面也较广，如《托尔斯泰与今日之俄罗斯》一文较为全面地分析了托尔斯泰的生平、思想和创作。作者认为：俄国文学在最近几十年里"文豪踵起，高俄国文学之位置，转世界文艺之视听。休哉盛矣！而此惟托尔斯泰发其端"；俄国文学"譬犹群峰竞秀，托尔斯泰为其最高峰也。而其他文豪则环峙而与之相对之群峰也"；"谓近代文人得荷马之真趣者，惟托尔斯泰，其谁曰不然？"同时，作者由托尔斯泰谈及了俄国文学的特点及影响。他认为：俄国文学有与社会人生相联系的"富于同情"的特色："彼处于全球最专制之政府之下，逼压之烈，有如炉火，平日所见，社会之恶现象，所忍受者，切肤之痛苦。故其发为文字，沉痛恳挚；于人生之究竟，看得极为透彻。其悲天悯人之念，恫矜在抱之心，并世界文学界，殆莫能与之并也。"他还在与英法等国文学的比较中强调了俄国文学勃兴的意义：这种勃兴"其有造于将来之文明，固不待言。而其势力之猛鸷，风靡全球之广之速"，非文艺复兴时代英法等国的文学可比。今日的俄国文学家"自出新理"，"决不因众人之指斥，而委屈其良心上之直观"，"其文豪有左右一世之力，其著作为个性的而活泼有力的，其著作之创格为'心理的小说'"。文章除了在"托尔斯泰主义"等章节中论及了托尔斯泰的思想外，还在最后一节"托尔斯泰之势力"中从六个方面，即"社会公平"、"非战争将和平"、"'体刑'与'罚金'之批评"、"社会面目之清洁"、"简单生活"和"艺术之意见"谈到了托尔斯泰的思想将对20世纪人类社会产生的影响。作者在文中充分注意到了作为艺术家的托尔斯泰的特点，但是对托尔斯泰思想的关注仍然超过了对他的文学作品的关注，这种情况在这一时期的许多评价托尔斯泰的文章中同样存在。

20年代还出了7本专论托尔斯泰的书，其中编著4本，分别为胡怀琛的《托尔斯泰与佛经》（1923）、刘大杰的《托尔斯泰研究》

(1928)、郎霄的《托尔斯泰生平及其学说》(1929，部分篇章曾载1924年至1926年间的广州《现象报》)和汪倜然的《托尔斯泰生活》(1929)；译著3本，分别为张邦铭等人译的《托尔斯泰传》(1920)、谢普青译的《托尔斯泰学说》(1923)和一波译的《托尔斯泰论》①(1928)。

  这些书各有特色，其中郎擎霄的《托尔斯泰生平及其学说》对托尔斯泰思想的介绍与论述最为详尽。该书分上下两编，上编用不多的篇幅介绍了"托尔斯泰之生平及其事业"，下编则重点介绍"托尔斯泰之学说"，分托尔斯泰之哲学发凡、托尔斯泰之人生哲学、托尔斯泰之政治概观、托尔斯泰之经济哲学、托尔斯泰之教育思想、托尔斯泰之艺术观、托尔斯泰之宗教观、托尔斯泰之妇女问题和托尔斯泰之素食主义等9章。作者在"自序"中这样描述托尔斯泰在中国已广为人知的状况："国人知托氏颇早，近十年来更为风行，刊其译传者有之，译其专著者有之，译其短篇者有之，其他零星移译，或发为论述者，亦所在多有。"而"顾于托氏思想之全部的"介绍更有必要，因为托尔斯泰"诚世界之目标也"。"论其文学上之著述，宗教上之议论，以及对于科学、政治、社会；对于家庭、妇女各思想，皆绝大之贡献，足以蜚声于世界也。然托氏思想虽不无疵弊，实远非常人所能及，而大有研究之价值也。""托氏处十九世纪之时，生乱新兴之俄国，异姿挺生，发其怀抱，在世八十一载，著述二百许种。凡各种学术，靡所不谈。不但蔚成俄国近代学术之盛，且影响全世界。考其承流之诸，观见论述之博，实近代思想界最重要之一人，而言文化者所不可不注意也。"作者进而表示："且吾匪独信仰托氏之思想，而尤崇拜其为人，因其思想，足为改进世界之工具也。其为人诚有'爱人忘我'之真价也。是以其学说足以

---

① 此书为克鲁鲍特金著的《俄罗斯文学之理想与现实》一书的第4讲。

能拯救于现世,其道德足以为吾人之标准……"出于作者仰慕的心态,书中对托尔斯泰思想评价甚高,而对其中的局限面则缺少应有的分析。

这一时期,托尔斯泰作品的翻译量继续有所递增,除商务出版的《复活》(据俄文本译出)外,还出版了《托尔斯泰小说集》、《托尔斯泰短篇小说集》、《托尔斯泰小说》、《托尔斯泰短篇》、《灵光的三笑(托氏短篇小说)》、《托尔斯泰儿童文学类编》和《儿童的智慧》(托尔斯泰儿童对话剧)等。托尔斯泰的许多作品还收在诸如《近代俄国小说集》、《俄国戏曲集》、《俄罗斯名家短篇小说》、《俄罗斯名著》、《俄罗斯短篇杰作》和《点滴》等综合性的集子中和刊登在《小说月报》等众多的刊物上。而一批精通俄语的年轻人在20年代加入了译者的队伍,使托尔斯泰作品中译本的质量有了提高。如瞿秋白和耿济之,他们在1919年《新中国》杂志上分别首译了《闲谈》和《真幸福》等托尔斯泰的作品。1921年,他们又合译了收有《三死》等10篇作品的《托尔斯泰短篇小说集》。当然,耿济之的译作更多些,他还翻译过托尔斯泰的《旅客夜谭》(即《克莱采奏鸣曲》)、《家庭幸福》、《黑暗之势力》、《复活》、《艺术论》等。

随着中国左翼文艺运动的开展,中国理论界开始引入苏联文论,其中包括列宁论托尔斯泰的文章。20年代中期译出了《托尔斯泰与当代工人运动》(邓超麟译)、《托尔斯泰——俄罗斯革命的明镜》(嘉生译)。30年代,瞿秋白据俄文译出了的列宁的《列甫·托尔斯泰像一面俄国革命的镜子》、《L·N·托尔斯泰和他的时代》。1934年,上海思潮出版社出版了一部由何畏和克己译的、名为《托尔斯泰论》的译著,收入了列宁的《L·N·托尔斯泰》等4篇文章①。与此同时,苏联文艺界颇有影响的一些人士的文章也不断被译介到中国,如普列汉诺夫和弗里契等人论托尔斯泰的文章。

当时引入中国的那些"科学底文艺论",内容驳杂,既有列宁的文艺思想,也有大量被列宁斥之为用"无产阶级文化"的词句"来掩饰同马克思主义的斗争"的货色。一部分左翼作家有接受的热情、鼓吹的锐气,但缺少理论的准备和选择的眼力,因此苏联早期文学思想中以"左"的面目出现的主张颇受青睐。弗里契就是典型的例子。如1930年出版的《文艺讲座》中就译载了傅利采(即弗里契)的文章《艺术家托尔斯泰》,上文提到的《托尔斯泰论》一书中也收入了弗里采(即弗里契)的长文《L·托尔斯泰》。弗里契是庸俗社会学观点的捍卫者。他认为过去时代的伟大作家只是"剥削阶级的仆从",因为他们首先是"阶级的等价物"和"阶级心理的代表者"。②因此,"艺术家托尔斯泰的悲剧——这是阶级艺术家的悲剧",苏联社会只应纪念艺术家托尔斯泰,而不需要作为"思想家——哲学者"和"社会改良家"的托尔斯泰。③

在革命文学论争时期和30年代,从苏联和日本引进的文学思想中的积极和消极的因素同时影响着中国,中国文坛对托尔斯泰的评价也出现过尖锐的分歧。有人只承认艺术家托尔斯泰,而否定思想家托尔斯泰,如克已在《托尔斯泰论》的译者序言中首先抨击了国内对托尔斯泰学说的热衷:"在我国,虽然没有什么'托尔斯泰协会'这一类的存在,可是,托尔斯泰著作的移植,似乎比任何古典文学的介绍还要多,专事研究托尔斯泰学说的书籍,在坊间也累见不鲜。然而这些研究,和各国的托尔斯泰宗徒一样,皆不出于想把

---

① 1947年,戈宝权较完整也较准确地译出了列宁论托尔斯泰的5篇文章。
② 弗里契:《文学和马克思列宁主义》。
③ 弗里契:《艺术家托尔斯泰》。

托尔斯泰抬入圣庙的企图。"他认为:"托尔斯泰的教义,是充满着概念的混乱与矛盾的","托尔斯泰之思想的内容,是反动家的蓝本,然而,伟大的天才作家所遗留下的文学上的肯定的财产,却是负历史使命的普罗列塔利亚(即无产阶级)作家所应继承发展的东西。"但有人则对将思想家与艺术家托尔斯泰割裂的做法提出了批评。如鲁迅在《〈奔流〉编校后记(七)》中指出:"说他的哲学有妨革命,而技术却可推崇。……我想,自然也是依照'苏维埃艺术局'的纲领书的,……奖其技术,贬其思想,是一种从新估价运动,也是廓清运动",但"照此推论起来,技术的生命,长于内容,'为艺术而艺术',于此得到苏醒的消息。"巴金则在《〈脱洛斯基的托尔斯泰论〉译者前言》中辛辣地讽刺道:"据说近来在中国有所谓'革命文豪'从日本贩到了一句名言:'托尔斯泰者卑污的说人也'。好一句漂亮的话!其实昆仑山之高,本用不着矮子来赞美,托尔斯泰的价值也用不着'革命文豪'来估定。"事实证明,鲁迅和巴金等人的看法是正确的。

随着中国左翼文学运动的开展,苏联文学在整个俄苏文学的译介中所占的比重越来越大,但是以托尔斯泰为代表的俄国古典文学以其特有的思想内涵和艺术魅力,仍深深地吸引着无数的中国读者。而且,有相当一部分功底扎实的译者始终坚持不懈地将一批又一批的俄国文学名著陆续译出。期间译出的托尔斯泰作品(不计作家合集和刊物上所载译作)主要有:高植的《幼年·少年·青年》(另有刘盛亚译的《幼年》和蒋路译的《少年时代》)、高地译的《战争与和平》(另有董秋斯译的《战争与和平》〔上〕和郭沫若译的《战争与和平》〔1—3〕)、周扬和罗稷南译的《安娜·卡列尼娜》(另有宗玮译的《安娜·卡列尼娜》)、高植译的《复活》(另有张由纪译的《复活》〔上〕和秋长译的《复活》〔下〕)、侍桁译的《哥萨克人》(另有吴岩译的《哥萨克》)、方敬译的《家庭幸福》(另有叶君健译的《结婚的幸福》)、孟克之译的《克列采长曲》(另有邹荻帆译的《爱情！爱情!》)、刘辽逸译的《哈泽·穆拉特》、钟旭元译的《托尔斯泰短剧集》、芳信译的《黑暗之势力》、文颖译的《活尸》、徐迟译的《托尔斯泰散文集》、徐百齐等译的《托尔斯泰自白》和吴曙天译的《托尔斯泰情书》等。到40年代末，托尔斯泰的主要作品均已有了中译，而且不少作品还出现了多种译本。这一阶段译出的托尔斯泰作品的总量已远远超过此前全部的译介量，而且译作的水准也有明显提高，这些作品成了中国读者在艰难岁月中的宝贵的精神财富。

中国的托尔斯泰研究在30—40年代进一步得到发展。这一时期中国的学人仍关注托尔斯泰的学说，但也越来越多地关注托尔斯泰的文学创作。为了有个直观的了解，不妨列举部分文章的篇名。当时在各刊物上发表的较为重要的文章有：梁实秋的《耿济之译托尔斯泰的艺术论》、何畏的《关于托尔斯泰的论题》、周立波的《纪念托尔斯泰》、胡洛的《托尔斯泰论》、耿济之等的《托尔斯泰逝世二十五周年纪念》、封斗的《纪念托尔斯泰》、李霁野的《托尔斯泰及其作品》、石怀池的《论托尔斯泰底时代思想及其与人民的结合》、孟克之的《托尔斯泰后期作品》、戈宝权的《访问托尔斯泰故乡追忆》、茅盾的《记莫斯科的托翁博物馆》、和《郭译〈战争与和平〉》、郭沫若的《序〈战争与和平〉》、以群的《托尔斯泰心理描写》和《〈战争与和平〉所反映的民族战争观》、孟十还的《安娜·卡列尼娜》、周立波的《安娜·卡列尼娜》、端木蕻良的《安娜·卡列尼娜》、曹湘渠的《论安娜·卡列尼娜的死》、许钦文的《托尔斯泰的〈复活〉》、夏衍的《我冒了一次大险》、葛一虹的《谈〈复活〉底改编》、张西曼的《托翁写作〈复活〉的时代和动机》、唐锡如的《托尔斯泰的恋爱及其〈家庭幸福〉》、方敬的《托尔斯泰的两个中篇》、谢挺宇的《哈泽穆拉特》、许钦文的《黑暗之势力》和林海的《〈子夜〉与〈战争与和平〉》等。这些文章涉及的面是相当广的,而对具体作品的评论又占了较大的比例,这是以往所不多见的。

此外,这时期还出现了几部译自国外的很有分量的作家传记,如徐懋庸和傅雷分别译出的罗曼·罗兰(法)的《托尔斯泰传》、许天虹译出的茨威格(奥)的《托尔斯泰》、徐迟译出的莫德(英)的《托尔斯泰传》、余振译出的查尔斯·萨拉利(英)的《托尔斯泰传》和陈明德译述的清洁理(美)的《托尔斯泰小传》等。(此外,黄锦涛编的《托尔斯泰印象记》、谢尼布洛夫的《回忆托尔斯泰与高尔基》等著作也对托尔斯泰作了多侧面的介绍)。刊物上的译介文章的内容也十分丰富,如布宁、高尔基、法朗士、辛克莱等许多外国作家和学者撰写的《托尔斯泰评传》、《托尔斯泰会晤记》、《托尔斯泰百一〇年诞生纪念》、《托尔斯泰的斗争哲学》、《托尔斯泰的爱国主义》、《托尔斯泰的历史意义》、《托尔斯泰的文学遗产》、《托尔斯泰的艺术观》、《托尔斯泰底乌托邦》、《托尔斯泰对文学的意见》、《托尔斯泰与英国》、《托尔斯泰写作的技巧特点》、《托尔斯泰与狄更思》、《托尔斯泰与高尔基》、《农民伯爵——托尔斯泰》、《论〈战争与和平〉》、《托尔斯泰创作中的俄罗斯军队》、《论〈安娜·卡列尼娜〉》、《安娜·卡列尼娜的产生》、《托尔斯泰的〈安娜·卡列尼娜〉》、《论托尔斯泰的小说〈复活〉》和《〈复活〉的社会背景》等。这些角度各个不同的传记和著述成了中国读者全面了解托尔斯泰的重要途径。

30—40年代,中国作家还多次将托尔斯泰的小说《安娜·卡列尼娜》和《复活》改编成剧本。例如,1936年,田汉将《复活》改编成剧本；1943年，夏衍再次改编《复活》；1946年端木蕻良将《安娜·卡列尼娜》改编成剧本。其中田汉和夏衍的改编本都是在原作基础上的再创造，充分体现了改编者自己的创作风格。这两部中国化了的《复活》先后在国内上演，尽管风格不一，但由于贴近国难当头的现实，均引起热烈反响。①正如田汉在当时的"演出特刊"上所写的："我们以为中国今日国难日亟，需要每个人拿出良心来救国，所以介绍俄国伟大的良心托尔斯泰此著不无意义。"夏衍后来在谈到他的改编感想时也写道："读托尔斯泰的作品常常使我苦痛，在这次冒险过程中不知有几次使我掷笔欷！""对多难的人民生活没有'长太息以掩涕'的真情，那恐怕连对于托翁那种用全生精力来搏斗的努力，我们也只能'用头脑'来'理解'，来'解释'，来掩卷三叹吧。""再一次我在托翁的彩笔前面低头，再一次我在托翁的雄文前面顶礼，更重要的是再一次使我在托翁诚实的生活态度前面肃然起敬了。"称托尔斯泰为"俄国伟大的良心"，赞托尔斯泰对生活的"真情"，这些话很可以见出托尔斯泰在改编者心目中的地位，以及托尔斯泰深邃的思想和精湛的艺术对中国作家的深刻影响。

译介和改编的热忱的确从一个侧面反映了托尔斯泰对中国文学界和思想界影响的深广。耿济之认为："他是俄国的国魂，他是俄国人的代表，从他起我们才真正认识俄国文学是人生的文学，是世界的文学。"托尔斯泰在他的"人生的文学"中表现出来的人道精神、批判意识和哲理内涵，得到了中国新文化的先驱者的认同，并吸引了越来越多的中国作家。在托尔斯泰（包括其他俄国作家）对真实人

---

① 关于这两个改编本的有关情况可参见倪蕊琴教授的文章《从托尔斯泰的长篇小说〈复活〉到田汉、夏衍的同名剧本》（《列夫·托尔斯泰比较研究》，华东师大出版社1989）。

生大胆描摹和无情剖析的作品面前,许多中国作家痛感到中国旧文学的"瞒和骗",①决意要"真诚地、深入地、大胆地看取人生,并且写出他的血和肉来。"②正是在这种新的文学观念的支配下,中国文学才显示新的生机。当年,有人曾赠给鲁迅一副联语:"托尼学说,魏晋文章。""托尼学说"一词虽难以盖全,但也点出了托尔斯泰对鲁迅的思想影响。托尔斯泰对中国作家的艺术影响更是因人而异。如茅盾尤为偏爱托尔斯泰的长篇艺术。他认为,自己在创作时"更近与托尔斯泰"。③他强调要研究托尔斯泰怎样结构布局,怎样写人物,怎样安排大场面,而这些恰恰是茅盾从托尔斯泰那里得益最多的地方。他还直言不讳地承认,他的长篇小说《子夜》"尤其得益于托尔斯泰的《战争与和平》"。④巴金一再深情地谈到《复活》,在《家》的忏悔意识和人物设置中不难见到受到前者影响的痕迹。其实,类似的情况在其他中国现代作家的创作中也俯拾皆是。卢卡契说得好:"真正的影响永远是一种潜力的解放。"⑤中国文学正是在迫切地为自己寻找一条新路的时候发现了托尔斯泰和俄国文学,并在一种内在需要的制约下,与它保持了"持续的结合"。这种结合总体上导致了中国文学潜在力的勃发,从而不断推进着中国文学现代化的进程。经过扬弃、变形后的托尔斯泰的思想和文学遗产成了中国现代作家和学人的重要的思想和艺术宝库。

本书附录中还收入了托尔斯泰致辜鸿铭的信和罗曼·罗兰的《托尔斯泰与东方》一文。从这里也可以见到托尔斯泰与中国的精

---

① 鲁迅:《〈竖琴〉前记》。
② 鲁迅:《论睁了眼看》。
③ 茅盾:《从牯岭到东京》。
④ 苏珊娜·贝尔纳:《走访茅盾》。
⑤ 卢卡契:《托尔斯泰和西欧文学》。

神联系。确实，当我们的目光从托尔斯泰的漫长人生道路上掠过时，不能不注意到托尔斯泰对中国的兴趣。托尔斯泰一向对中国和中国人民怀有亲切的感情。早在他的青年时代，托尔斯泰就关注中国人民的命运，在他的著名小说《琉森》中愤怒地谴责了帝国主义分子对中国人民的屠杀。到了他的晚年，这种谴责就变得更加激烈了。1900年，托尔斯泰还因抗议八国联军入侵中国而写下了《致中国人民书》一文。

对于中国悠久的历史和文化，特别是对于以孔子、老子等人为代表的中国古典哲学，托尔斯泰有着浓厚的兴趣。1877年，托尔斯泰专心致志地研究过老子等人的著作。在这以后的30多年时间里，他乐此不疲。托尔斯泰的书信和日记中留下了许多这方面的记载。70年代以后，他通过英、法、德等国的文字阅读过的有关中国的专著和论文多达32种，还撰写和编辑过近十种有关中国哲学思想的著作和文章，如《论老子学说的精髓》、《论孔子的著作》、《孔子·生平及其学说》、《中国哲学家墨翟·论兼爱的学说》等。90年代初期，托尔斯泰在回答关于世界上哪些作家和思想家对他的影响最大时说，孔子和孟子"很大"，老子则是"巨大"。确实，中国古典哲学中的道、无为、仁爱、克己、兼爱等学说激起了世界观激变时期和激变以后的托尔斯泰强烈的思想共鸣，他试图从中寻找生活的真理。

在生命的最后时期，托尔斯泰还先后给中国人张庆桐和辜鸿铭写过信。他在致张庆桐的信中表示，他"一向非常想望"同中国人有接触和联系，"因为很久以来，我就相当熟悉""中国的宗教学说和哲学"，"我对中国人民经常怀有深厚的尊敬"。他在致中国学者辜鸿铭的信中又写道："中国人的生活一向引起我的兴趣，我曾尽力想理解中国生活中我所能懂的一切。……在我们的时代，人类的生活正发生着伟大的转变。在这个转变中，中国应该在领导东方民族方面发挥伟大的作用。"尽管托尔斯泰囿于自己的宗教道德学说，为中国人民指点了一条空想的道路，但是他对中国人民的感情始终是真挚的。

限于题旨和篇幅，本书主要收入20世纪上半期中国思想文化界在接触托尔斯泰学说和作品过程中的有关介绍、评论和翻译的文章，且以早期的和思想性的为重。同时，编者根据所收文章的内容作了大体的分辑编排，有的文章还作了删节和另拟了题目。在编选过程中，面对浩如烟海的文献，难免挂一漏万，还望得到学界的指正。

《中国的外国文学研究》导言[①]

一

国家社科基金重大招标项目"新中国外国文学研究60年",是一个以外国文学学科为切入点的大型断代学术史工程。在全国哲学社会科学规划办和有关部门的支持下,经过来自中国社会科学院和华东师范大学、南京大学、北京师范大学等高校的数十位专家历时四年的努力,现已完成。全书规模为十二卷专著,约400万字,总名称为《中国的外国文学研究》,与招标项目的名称有所不同,这主要是因为各卷的研究都延伸至当下,超越了60年的范畴。同时,"新中国"接续了"旧中国"的外国文学研究,因此各卷也对"新中国"之前的外国文学研究有所回溯。

全书总负责人为项目首席专家陈建华教授(华东师大),各卷成果负责人具体如下:总论卷(上下)~陈建华教授(华东师大)、文论卷 ~周启超研究员(中国社科院)、美国卷 ~江宁康教授(南京大学)、英国卷 ~葛桂录教授(福建师大)、法国卷 ~袁筱一教授(华东师大)、俄苏卷 ~陈建华教授(华东师大)、德国卷 ~叶隽研究员(中国社科院)、日本卷 ~王向远教授(北京师大)、印度卷 ~郁龙余教授

[①] 本文为《中国的外国文学研究》总论卷"导言",改定于2013年12月。

(深圳大学)、欧美诸国综合卷~朱振武教授(上海大学)、亚非诸国综合卷~孟昭毅教授(天津师大)。

二

以承认学术的独立价值和采纳西方现代研究方法为核心的中国现代学术在19、20世纪之交萌生,而作为其分支的中国的外国文学研究也几乎同时起步。译介外来的研究成果作为先导是起步阶段的一个特点。清末民初,在约20年左右的时间里,中国的外国文学研究经历了一个从极为粗浅的介绍到相对准确地把握的过程,尽管这种把握基本上仍停留在初期介绍的层面。"五四"时期,陈独秀、胡适等新青年学人从思想革命、语言变革的文化立场出发,将"外国文学"作为批评话语,阐述其对于破除旧文学、建设新文学的借鉴意义,外国文学研究的问题意识得以凸显。与此同时,周作人的《欧洲文学史》使"外国文学"从"批评话语"的状态中分化出来,在一定程度上获得了学术研究的独立性,并奠定了民国时期外国文学学科发展的基础。在左翼文学界和《小说月报》的刊物的倡导下,以十九世纪现实主义文学为中心、以俄国和弱小民族国家研究为主导的外国文学研究模式开始出现,并成为民国时期外国文学研究的重要组成部分,影响深远。

1949年10月至今的60余年,中国历史发生巨变。人民政权的建立不仅为积弱积贫的中国开辟了一条走向富强的道路,也为中国的人文社会科学研究带来了新的生机。当然,新中国的发展道路走得并不平坦,特别是前30年中颇多曲折,这对中国的外国文学研究也带来了直接和间接的影响。应该说,前30年中国的外国文学研究取得了一些成绩,培养了一批人才,但也受到了诸多干扰,特别是在"文革"时期。1978年12月召开的党的十一届三中全会,纠正了指导思想上的错误，为文学研究事业在历史新时期从低谷走向繁荣奠定了基石。在后30余年里，外国文学研究冲破了以往的诸多禁区，迎来了立足于新基点上的高潮时期。在改革开放的大背景下，中国的外国文学研究全方位展开，不仅成果数量大增，而且开始出现一些大型的综合性成果，研究涉及问题的广度和深度是过去难以企及的。这在近20年里表现得尤为明显。认真梳理新中国外国文学研究走过的历程，客观分析和评价学界在这一领域中取得的成绩和存在的不足，对于新世纪中国外国文学研究的健康发展具有重要的理论价值和现实意义。

本书属学术史研究的范畴。国内的人文社会科学学术史的研究自上世纪90年代至今颇为学界关注，各学科的专家已推出一批有分量的著作，回顾和反思本学科学术发展的历史。这反映了学界继承学术传统，并试图在前人基础上作新的开拓的意识。如今，把新中国的学术发展作为一个独立的时段加以关照，有其特殊的意义。新中国具有当下性。当代中国学界面对的是一个深刻变动着的社会和文化环境，无法回避如何在新的社会现实中推动学术发展的问题，在这样的背景下这一研究的价值被凸现了出来。

对重要学科的学术演进史的研究本身可以为中国社会和文化的发展提供一个不无裨益的侧影。如有的学者所指出的那样："中国社会的巨大变革决定了学术活动必然越过纯知识的边界，而同民族解放、人民革命及国家成长相结合"。在当代，中国的外国文学研究与时代的进步、社会的发展密切相关。认真总结这段历史，对于引导外国文学研究坚持正确的学术方向，将会起到积极的作用。本套书的研究是中国的外国文学学科建设向前推进的需要，外国文学研究只有在认真总结经验教训的基础上才能与时俱进。本套书也是对新中国成立65周年和十一届三中全会召开35周年的纪念，因为它显示出社会的革新和正确的指导思想对包括外国文学研究在内的中国哲学社会科学的巨大推动作用；这一课题的研究也将忠实地记录新中国建立以来为之献身的外国文学学者（特别是杰出的专家）的研究实绩，为后人继承与发扬那些优秀学者的精神及其学术成果做好史料工作。

三

全书主要探讨了新中国外国文学研究的发展历程和学术上的成败得失、重要的文学现象和代表作家的研究状况、重要的研究成果和其他相关的问题。全书主要从以下四个方面展开：第一、新中国60年外国文学研究的学术史梳理；第二、对重要的文学现象和文学理论的研究作专题探讨；第三、勾勒重要作家及其作品在新中国的研究状况；第四、重要的文献资料的整理。

全书大体架构如下："总论卷"分上下两卷，上卷提纲挈领，纵览全局，主要包括"新中国外国文学研究话语的转型与方法论问题"、"多维视野中的外国文学研究"和"新中国外国文学史范式的建构及相关问题"三个部分的内容，约请了陆建德、杨慧林、刘建军、王宁、叶舒宪、聂珍钊、谢天振、王诺、张德明等国内著名专家，分别从宗教学、社会学、比较文学、文学人类学、文学伦理学、译介学、生态学、后殖民和女性主义等角度切入，探讨了外国文学研究中的方法论问题和改革开放以来外国文学研究领域出现的变化，其中第一部分全面考察了新中国外国文学研究话语的转型。下卷主要对民国时期的外国文学研究做了总体扫描。另外十卷，分别选择新中国外国文学研究最为集中的外国文论、美英法俄德日印7个国家，以及欧美诸国和亚非诸国进行深入考察。"文论卷"针对现有同类学术史著述对外国文论引介与研究历程的梳理上或"简化"或"放大"的现状，致力于恪守学术史书写应有的反思历史、回望历史、尊重历史的实证精神，回放中国马克思主义文论、俄苏文论，英美文论与欧陆文论研究的历史现场，以每个十年为一个时段，以学人、学说、学刊为经纬，客观记录与重现当代中国几代学人在外国文论引介与研究园地辛勤耕耘的历史足迹，以期为我们未来的"拿来"探寻出更好的战略路径。"美国卷"系统考察和分析了中国的美国文学研究学科史的发展脉络和重要成果，并对学科史的源头和有关的学术与教学机制进行了梳理和阐释。此卷的一个基本方法是借鉴了计量史学的数据统计和分析的方法来对一些学科发展状态进行定性和定量的分析，从而对中国的美国文学研究得出比较客观和科学的评价。此卷在依照年代进程进行考察时，注重对文学作品传播、文学创作评价、文学理论研究、学术组织和机构的活动以及重要研究论著等内容作了比较深入的分析，并对1970年以后出生的青年学者群体的专著成果进行了考察。此卷在总结百年来美国文学研究的经验之后，还提出了学术自觉和学术创新的学科史意义，体现了对新世纪美国文学研究创新意义的高度重视。"英国卷"在全面梳理新中国成立以来英国文学研究文献的基础上，系统地展示了中国的英国文学学术研究史的发展脉络和主要特征，具体阐述了在民国时期、建国十七年、新时期以来等阶段中国学者关于英国诗歌、小说、散文、戏剧，以及英国文学史和比较研究等方面的著述，指出了这些重要成果的学术价值与创新之处。此卷在总结英国文学研究经验的基础上，对该领域有待开拓的课题作了前瞻性概括，认为中国的英国文学研究，并非是外国某些理论话语在中国的试验场，最终意义上是中英思想的碰撞交汇，以促进中英文学与文化之间的相互理解和互补交流。"法国卷"考察了中国的法国文学研究状况，旨在对于新中国建立以来的法国文学研究成果进行梳理。由于历史的关系，中国读者对于法国文学始终怀有一种亲近，即便在特殊时期，法国文学在中国的研究界和文学界也还没有完全失去它的地位。因而，法国文学进入中国的接受语境中，在这片特殊的土壤上，在不同的历史时期，遭遇到不同的阐释主体，形成了怎样的研究成果？这些都是此卷试图回答的问题。虽然从学术史的角度而言，断代是不得已而为之的划分，但是，此卷着重阐述分析的法国文学研究个案在很大程度上诠释了在不同的历史时期，历史维度、读者期待与研究个体三重作用下的法国文学研究特点。"俄苏卷"以新中国建国以来俄苏文学研究的历程为线索，以学术转型为理论框架，梳理了俄苏文学研究的成绩和不足。此卷的重点是论述新时期以来俄苏文学研究的状况，其中包括对总体面貌的展示，对文学史和文论研究的分析，对重要的作家作品研究的考察，对俄苏文学专业期刊的梳理，并点面结合地探讨了俄苏文学学人队伍的构成和部分专家的成果特色。此卷充实了以往已有成果中缺失的或较为薄弱的环节，并注意到了研究的方法论问题。"德国卷"考察了中国德语文学研究的学科史状况，既注意到其考镜源流的前史背景，同时也关注到因由社会史、政治史变迁而对学术史本身造成的巨大影响。虽然以史实梳理和线索勾勒为主，但对学术史代表人物的个案研究与同情理解、对"经典"著作的文本细读与学术史反思均压在纸背，试图以此进行较为深入的学术史探讨。此卷尤其关注的是，作为一门相对边缘的学科，德语文学研究是如何在当代中国语境中承继、发展，并由此生发出与此相关的学术史、文学史、教育史与思想史课题，初步探讨其在中国当代学术史上的意义。"日本卷"展现了中国几代研究群体的学术成就，对学者们在日本文学史综合研究、中日文学关系史研究、《万叶集》及和歌、俳句研究、《源氏物语》等古典散文叙事文学研究、能乐等戏剧文学研究、汉诗文研究、现代文学研究、文论与美学研究等领域所取得的成果，做了分析评述和评价，认为中国的日本文学研究经历了由浅入深、由文学评论到文学研究、由非专业化到专业化、由追求功用价值到追求纯学术价值乃至审美价值的发展演变历程,指出了日本文学研究在不同历史阶段,对我国的社会政治思潮、文学文化革新等所起到的推动作用。"印度卷"对中国印度文学研究进行了考察和评析,对此前的学科史也作了简要的回顾。采用学术编年史梳理和代表人物、代表著作评价相结合的方法,进行新中国印度文学学术史编撰。此卷注重自身的特殊性,关注重要现象、重大事件在中国印度文学学术史中的意义与影响,并在对印度文学研究进行回顾总结的基础上,对今后的发展提出了自己的设想。"欧美诸国综合卷"是除英美德法俄以外的欧美诸国文学综合卷,其包括的主要对象有新中国的澳大利亚文学研究、加拿大英语文学研究、新西兰文学研究、东欧文学研究、拉美文学研究、西班牙文学研究、北欧文学研究以及古希腊罗马文学研究等。此卷主要关注上述这些国家和地区的文学研究在中国的发生、发展,以及其在学术史上的意义,探究不同时期的政治气候、社会发展和国内外思潮对上述研究产生的影响,揭示中国学者主体意识的萌发,学术自觉和批评自觉的形成。"亚非诸国综合卷"主要涵盖了中国对亚非诸国文学研究的情况。除日本、印度两国之外,考察了中国学界对东北亚、东南亚、南亚、西亚、北非等地区各国文学研究的历程、成就与问题。此卷首先整体回望中国的亚非文学研究,归纳研究的历史阶段和特点,指出研究所处的多元文化语境,探讨了研究的本体论视域特色与成败得失。上编为"中国亚非诸国文学研究概况",梳理和评价了近20个国家与地区的文学研究成果;下编为"中国亚非重要作家作品研究",具体品评了中国学界对《吉尔伽美什》等作品以及对黎萨尔、纪伯伦、库切等20多位作家的研究面貌。此卷为填补学科薄弱环节做出了积极的努力。

四

　　书稿的完成离不开参与者在学术思想、理论观点和研究方法等方面的探讨与创新。近年来，学界关于学术史方面的探讨颇为广泛，项目组积极参与了相关的讨论，并在华东师范大学举办过大型的学术研讨会："新中国外国文学研究 60 年研讨会"。这次会议上，除项目组成员外，来自中国社科院和北京大学、清华大学、南京大学、四川大学等研究机构与高校的数十位专家围绕新中国的外国文学研究的话题，对治学术史的理念和方法进行了深入的讨论。北京大学的陈平原教授向与会者介绍了自己从事学术史研究的心得，阐述了学术史研究的方法论问题，以及"上挂政治史，下联教育史，左旁思想史，右带文化史"的视野。四川大学曹顺庆教授结合自身的研究经验指出，要重视中国已有的学术研究的传统，不能为西方话语所统治，在研究中应该提倡西方理论话语与中国理论话语的交融。清华大学王宁教授以"世界文学背景下的外国文学研究"为题作了发言，强调中国的外国文学研究要强化与域外学界的对话意识。中国社科院周启超研究员、南京大学江宁康教授、福建师范大学葛桂录教授、华东师大袁筱一教授、北京师大王向远教授、天津师大孟昭毅教授和上海大学朱振武教授等项目组成员也都做了主题发言。这场学术讨论会上的发言和所谈问题是建立在长期研究的基础之上，因此颇有新见。

　　同时，书稿的作者在自己的研究成果中对学术史研究的相关问题进行了颇具深度的探索和思考，这些思考同样很有价值。例如，王向远教授认为，"学术史的写法和其它历史著作的写法根本上相通，都要求科学合理的架构，丰富充实的史料、敏锐深刻的史识，客观公正的立场,包容百家的心胸;写史又不同于文献目录的编纂,在既定的框架结构与叙述流程中,不可能面面俱到,不可能对所有文献都全面罗列和提及,而必须有取有舍、有详有略。"他提出写学术史要处理好三个关系:1.正确看待学术成果与学术活动、学术性身份之间的关系。"学术活动只是手段而不是目的。……评价一个学者必须坚持'学术成果本位'的原则,以他的学术成果为主要依据。"2.正确认识学术成果的数量与质量的关系。"数量多未必质量好,但很高的学术水平往往要从大量的学术成果中体现出来,……对人文学科而言,若学术成果数量太少,就无法形成系统的学术思想,无法体现出一个学者学术研究上的体系性、广度和深度。"3.处理好学术成果的两种基本形式——论著与论文的关系。"比起单篇论文来,专著(包括专题论文集)更能集中地体现其研究的实绩与水平,因而以专著为主要依据来评述其学术成绩,是可行的、可靠的。"王向远教授还就日本文学学术史研究的特殊性发表了自己的看法。这些见解是长期浸润其中的学者的可贵心得经验之谈,值得珍视。叶隽研究员也在不同场合提出了治学术史的一系列理念。1.关于学术史研究的思想史视阈问题。2.学术史研究的世界眼光与本土问题。3.中国学术的"国际对话空间"问题。这些见解着力点不同,但有着内在的契合性,对于中国的学术史研究有着启迪的价值。应该说,上述项目参与者的见解具有普遍意义。

  作者在资料整理和研究的方法论上也有不少创新。例如,葛桂录教授强调要重视文献资料,提倡实学视角与比较视域,试图建立一种立足于文献、学术与思想的立体的学术史研究框架。王向远教授也强调材料和实证的重要,但作者明确反对研究方法上的"和臭"(即日本气味):"绝大多数日本学者的研究成果重材料、重实证,重考据,重细节、重微观,但其文章或著作往往结构松弛,缺乏思想高度与理论分析的深度。从积极的方面看，这样写出来的文章，不说空话和大话，风格平实质朴；从消极的方面来看，往往罗列材料、平庸浅陋、啰嗦絮叨、不得要领，只摆事实，不讲道理。"而"不少中国的日本文学研究者、特别是长期在日本受教育的学者，会自觉不自觉地受到日本学术的影响"，作者认为这是需要警惕的。江宁康教授从谈科学的计量分析方法的重要性入手，探讨了将计量分析与人文学术史研究结合的可行性。他主持的"美国卷"注重从实证的角度来进行定性和定量分析，特别是对具体数据进行了图标分析，提出了新的学术观点。郁龙余教授认为，除资料的运用外，要更重视学术理论、学术观点、学术方法的创新与突破，学者的学术思维的更新。当下的中国不缺学问家，缺的是思想者型的学问家。而中国学术振兴需要大批思想者型的学问家，摆脱当下许多人奉行的"西体西用"、"西体中用"的思维模式，摆脱津津乐道于在媒体上卖嘴皮子的所谓"公共知识分子"习气，而要为时代立心，为民族立功，为子孙造福。在中国的外国文学研究不要受非学术因素的干扰，并"应消除东方人心中的西方中心主义"。成果作者的这些具有新意和独立意识的探讨既保证了成果在史述与论述、纪实与分析上的统一，也为学界提供了颇有价值的理论成果。

五

重大项目是一个值得重视的平台，它的价值是多方面的。本项目就集中了国内相当一部分从事外国文学学术史研究的力量，协力攻关。项目的展开是集合团队和培养青年人才的极佳途径。应该说，重大项目有两大任务，高质量的科研成果和青年人才的培养。只要操作得当，二者不但可以兼得，而且能相得益彰。在组织队伍时，项目组已经意识到这一点。因此，参与本项目研究工作的不仅有中国社会科学院和国内重点高校的著名专家，更有数量众多的中青年专家和青年学子。例如，"总论卷"除了国内知名学者的重头文章外，还有年轻学者执笔完成的重要文章，如杨克敏的《论民国时期的外国文学研究》、温华的《论新中国外国文学研究话语的转型》和陈婧的《论外国文学史范式的建构》等。经历了项目研究的艰难过程，不少年轻学者在专业上有了突飞猛进的发展。"印度文学卷"的负责人一开始就考虑到中国印度语言文学专业人才稀缺，应该依托重大项目的平台，吸收青年人才进入研究团队，在科研攻关中培养提高他们的研究能力。这个子课题有10位青年人才参与，他们大多是本专业的博士或博士后，在职的年轻副教授或讲师。在分工时，充分考虑参与者的研究基础、发展意愿，以及项目成果对研究者的工作和今后发展的推动作用。随着项目的完成，这支团队也得到了应有的锻炼。又如，"法国文学卷"的研究团队由四位主要成员构成，其中两位是教授，两位是刚工作不久的年轻博士。两位教授均承担过国家和省部级项目，但两位年轻人尚无这方面的经验。通过参与这次项目的工作，与团队中的教授在学术成果和研究方法上的不断交流，使得两位相对年轻学者在专业上迅速成长，在课题设计、个人的科研规划方面也学到了不少知识，获益匪浅。再如，"美国文学卷"的参与者除江宁康教授、金衡山教授和查明建教授外，还有多位年轻的副教授和讲师，他们在项目的研究中都得到了很好的锻炼，拿出了不错的研究成果，团队在培养学术人才方面起了很好的作用。依托重大项目，培养青年人才，加强团队建设，是一条很好的途径。

从已完成的成果中可以见到，作者对新中国外国文学研究的发展历程和学术上的成败得失、重要的文学现象和代表作家的研究状况、重要的研究成果和其他相关的问题有独到的思考。成果作者以社会变革为背景，从学术转型与文化转型、从传统学术到现代学术的关系角度出发，对外国文学研究的转型进行了全面观照。在充分展示新中国外国文学研究所取得的成绩的同时，也从方法论的角度指出了研究中存在的问题，其中包括主体意识与科学态度问题、理论资源的移植与误读误用问题、学科素养问题与学术规范问题等。同时，成果作者还从学科建设的角度关注了进入高校课堂的外国文学研究、专门人才的培养、专门的学术团体、研究期刊和专门的研究机构等问题，并对外国文学研究进行前瞻，从学理高度对21世纪外国文学研究的发展趋势加以了展望。目前完成的多卷本成果《中国的外国文学研究》是国内第一部以国别为主要切入点的外国文学学术史著作，具有开拓性、创新意识和重要的学术价值。

六

尽管本书的全体作者以高质量、出精品为目标，克服诸多困难，认真探讨，反复沟通，反复协调，兢兢业业地完成了相关各卷的研究。但是，由于这项工作量大、参与者多，形成合力有相当的难度，各卷之间的学术水准存在一定差异，有些问题的研讨尚可进一步深入，某些部分的材料尚可进一步充实。参与全书写作的学者做出了艰辛的努力，取得了有价值的成果。作为主持者，我向所有参与这项工程的学者致以诚挚的谢意。

……

学术史其实是有很多做法的，大体可以分为通史、专题史、学科史、研究史等等。我们各卷在统一的框架下，以研究史为主，也涉及学科史。各卷自有侧重，不强求一律。就目前的书稿而言，尽管有十二卷的规模，但也无法涵盖外国文学学术史的全部内容，只能择其要者而论述之。做学术史研究要对某个学术领域作直面历史的科学梳理，要记录下众多学者以生命和智慧构建的知识系统和范式体系，要善于从纷繁复杂的现象中把握重要的学术问题，要有理性的反思精神，难度是相当大的。它不仅需要研究者尽可能详尽地占有资料，更需要研究者具备较高的学术境界与创造力。由于各种因素所致，我们深知目前完成的成果中肯定存在着疏漏和不足，因此热诚希望得到学界的批评与指正，以便在以后的修订中有所提升。

第三辑　书海漫笔

关于"20世纪中国文学的世界性因素"命题的几点看法[①]

《中国比较文学》杂志连续几期开展了对思和先生关于"20世纪中国文学的世界性因素"命题的讨论，刊登了或赞同或质疑的文字，编辑部还为此召开了两次专题讨论会，于是"世界性因素"开始为更多的人所关注。我简单地说说看了近期的讨论文章后的一些感想。

对思和先生关于"世界性因素"的观点，我早有所闻，并且十分关注他对中外文学关系研究方法论的探讨。记得几年前，我还在一本书中提到过这一命题，将它视作学界在这一领域内值得重视的见解之一。

从思和先生近期的文章中可以看出，触动他提出这一命题的一个重要原因是对现代化的西方模式的质疑和对文学关系研究中"西方中心主义"倾向的反拨。他还特别提到了韩国全炯俊教授的观点对他的影响和启发，这一观点的基本面是反对将西方发达国家的现代性作为东亚第三世界国家的样板，并指出今天出现的对现代性的趋同看法是全球性的强势文化的"影响"所致。具体到文学关系研究，思和先生强调要破除"先验的样板"，在平等对话的前提下加强文学关系的主体部分的研究。因此，命题的出发点是积极的。这样

[①] 本文写于2000年年末。

的思考，我个人是十分赞同的，从中也获益良多，并且相信它会有助于深化中外文学关系的研究。

不过，在看了有关文章对这一命题的种种阐述和论证后，我觉得这一命题的理论根基似乎仍欠坚实，破得多而立得少。而且，命题本身也存在值得商榷之处。

一、命题的目的是拓宽比较文学的学术空间，但是从命题的定义（"在20世纪中外文学关系中，以中国文学史上可供置于世界文学背景下考察、比较、分析的因素为对象的研究，其方法上必然是跨越语言、国别和民族的比较研究"），以及与此相关的关于这种研究应包括的两个部分的具体阐述来看，它始终以中国文学为出发点，学科背景过于明显。有的赞同命题的文章也将20世纪中外文学关系研究视作中国现当代文学研究的一个分支，这与命题本身的局限有关。从中国现当代文学研究的一个方向出发，也许可以这样定义。但是，站在比较文学或者外国文学学科的立场上看中外文学关系，命题就缺少了应有的普适性。思和先生在解释这一点时认为：他主要是提供一种思路，"双向在这里不重要，也就是西方对中国的接受并不重要"。但是，我认为，既然我们在讨论中外文学关系研究，不是在讨论中国现当代文学研究，那么命题就应该具有足够的涵盖面。

二、这些年来，中外文学关系研究在取得诸多成果的同时，也暴露出不少问题。为了将研究引向深入，指出问题所在，探寻解决问题的途径，这是十分必要的。我认为，就目前存在的问题来看，更多的是与浮躁的学风和对比较文学理论的图解有关，而非抬高了影响研究的地位和普遍运用"不可靠的实证方法"所致。在阐述命题的一些文章中可以发现，存在的问题始终与"传统的"影响研究相联系。然而，这种"传统的"影响研究的不足，人们已经谈了半个世纪了，今天中国大多数的研究者对此也已有足够的认识。如果将当代发展了的影响研究与"过去的"、"传统的"影响研究混为一谈,将人们认可的"中国现当代文学曾受到外国文学思潮的深刻影响"改换成谁都不会认可的"中国现当代文学都是在外国文学思潮影响下发展起来的",那么必然导致相关的批评文字失去应有的分量。其实,命题强调重视接受主体的创造性思维这一点本来就是当代影响研究的题中之意。当代影响研究的观念不能用"影响——接受"这样简单化的公式加以概括。在《中国比较文学》上讨论专栏里发表的一些研究文章恰恰证明了影响研究在当代的生命力,其意义并非"主要在于收集一些译介方面和作家知识结构方面的资料",更不是"在证明无法证明的东西",不可靠的,简直有害无益"。看来,在对它"颠覆和解构"之前,做些正本清源的工作还是很有必要。

三、20世纪中外文学关系研究是一个长时段的内涵丰富的课题,需要多学科、多角度展开,而且研究的模式和方法应该尽量多样化,应该根据不同的时段和不同的研究对象采用不同的研究方法,尤其应该提倡综合多种方法来展开研究。在当代,真正严肃的有价值的研究成果都不可能通过单一的研究方法来获得。从60年代下半期开始,国外就有一些学者在倡导以宏观的视野和有机整体的意识考察"国际性的文学现象",并反对人为割裂影响研究和平行研究。80年代以来,国内一些老专家和中青年学者也在不断探讨如何使20世纪中外文学关系研究健康而深入发展的问题。如范存忠先生关于文学关系研究中应有的理论深度的要求、朱光潜先生关于文学关系研究中的纵(本民族文化传统)横(外来文化的影响)结合之说、温儒敏先生关于"要注意从世界文学角度考察中国现代文学现象"的见解、王富仁先生关于"对应点重合论"的观点等等。这种探讨的成果在这些年来的相关研究中均有所体现。因此,如果将命题的主要意义仅仅定位在"把一种研究思路扭转过来,就是那种认为中国是在全方位接受西方，所有的东西都来自西方，我们只是一种回应"，似乎未能显示出它的超越前人的价值。况且，加上了"全方位"、"所有的"、"只是"这一类限定词以后的"研究思路"，是如今学界需要大声疾呼加以扭转的主流"研究思路"吗？至于有的赞同文章将这种"新思路"称之为"教堂山会议之后，传统的影响研究在东方学术实践中受到的另一次挑战"的定位似乎也不甚恰当。

四、反对"通过对个别材料的考证来推断出一般观念或预设目的的治学方法"，这当然是对的。影响研究不等于实证，实证不是万能的，更不是目的，这也是常识。问题是，目前研究界是不是对这种治学态度"深信不疑"、"顶礼膜拜"？是不是对实证方法"过于迷信"乃至"滥用"？我认为，实际情况并非如此，也许是恰恰相反。严绍璗先生正是在这样的背景下倡导"原典性的实证"的。他认为，如果连基本的"关系"都"似是而非"，没作严肃的考证，研究者从何谈起"接受外来文化的主体性特点"，又怎样"把文学还给文学"？这种强调切中时弊。同时，在阐述命题的一些文章中，作为治学态度的实证主义哲学观念和作为研究手段之一的实证方法之间的界线不是十分清楚，容易造成误解。

这篇短文是根据 2000 年 11 月 22 日在《中国比较文学》杂志社召开的讨论会上的发言整理而成，谈了关于"20 世纪中国文学中的世界性因素"这一命题的个人的一些见解。思和先生深思熟虑后提出的命题不仅出发点可嘉，而且在相关的阐述中也有不少精彩的观点，关于这些已有一些赞同的长篇论文作了分析，我不再赘述。我这里主要提出一些不同的见解，并希望通过争鸣与切磋，能有助于这一命题的完善。上述看法中的不妥之处和可能存在的对有关文章误读的成分，希望得到指正。

也谈"二十世纪俄语文学"的新架构[①]

近读周启超先生《"二十世纪俄语文学":新的课题,新的视角》一文,颇有所获。文章提出了一个新的概念和新的架构,这一概念和架构至少在三个方面,即它的独特的涵盖面、它的以文学为本位的取向和它的反对以新神话覆盖旧神话的立场,给人以启发。

当然,我们面对的是一座颇具现代气息的宏伟大厦的蓝图,要使这一蓝图变成现实还需要切实的努力和使之完善的深入的探讨。这里我想就上述三个令我感兴趣的方面谈谈看法,以求教于启超先生和诸位同好。

关于"二十世纪俄语文学"的涵盖面。我觉得,与此有关的首先是启超先生在文中交替使用的"二十世纪俄语文学"和"二十世纪俄罗斯文学"这两种不同的提法。这两种提法的区别关键就在于涵盖面的不同。但是,这样的交替使用极易给人造成概念把握不定之感。为了避免这一点,也为了使提法更科学,我建议新的文学史的总框架应统一使用"二十世纪俄语文学"这样的提法。毫无疑问,俄罗斯作家在20世纪使用俄语的作家中占据主体地位,但是"二十世纪俄罗斯文学"这一提法客观上无法涵盖那些在或不在"俄罗斯文化语境中"运用俄语写作的非俄罗斯作家。我们应该正视这样的史实:20世纪在这块欧亚大陆上出现过特殊的文化氛围,

---

[①] 本文写于1994年年初。

出现过存在了70多年的苏联这么一个拥有一百多个民族而又相对统一的文化空间，出现过一大批具有双语优势和受过两种文化熏陶的优秀的，甚至具有世界影响的非俄罗斯作家，如艾特玛托夫、贝可夫等。不涉及这些作家的创作或将这些作家归入俄罗斯文学的范畴加以考察，显然是不合适的。此外，启超先生文中把"显流文学"、"潜流文学"与"侨民文学"作为架构大厦的三块"基石"，我觉得这一看法很有见地。后两者不再作为前者的点缀物而出现，这本身就是一个大胆的，也是符合史实的构想。当然，这一构想也有可进一步推敲之处。这倒不在于以此作为文学史框架会造成不妥的问题（因为文中并无此意，其基本框架仍是以文学进程本身所显示的阶段性为基本参照的。文章将19世纪末至20世纪30年代前作为新文学史构架的第一阶段，所谓"后陀思妥耶夫斯基时期"，就说明了这一点），而在于怎样使这三块"基石"成为一个有机整体的问题。当我们看到"基石"中出现越来越多的作家名字时，不能不产生某种也许是杞人忧天之虑。"二十世纪俄罗斯文学"的概念本身当然包括涵盖面的扩大，但它决不等于以量取胜，过多的罗列和铺陈反而会模糊它的总体面貌。这一概念的一个基本精神是强烈的整体意识和追求系统质的愿望。这就要求研究者必须对驳杂的文学现象作出严格的审美选择。也只有通过对那些最大限度地体现了20世纪俄罗斯文学精神，即民主意识、人道精神、历史使命感，并不屈不饶地追寻着人类的终极目标的优秀作家及其作品的整体把握，通过对这些作家作品与相关的文学现象之间的内在联系的充分揭示，才能真正凸现出20世纪俄罗斯文学的艺术精髓以及它在世界文学中的地位。

关于以文学为本位的取向。这里涉及的是文学观念和研究方法的问题。从启超先生将此具体化为"以文学语言为本体，以诗学品格为中心，以文化精神为指归"的表述中，可以见到他的匠心。当然，文学的本位观，现在谈的人多了，可是要将这种观念真正体现在研究中并不容易。这一点在中国的俄语文学研究界表现得也很明显。谈文学犹如谈政治的现象时有所见。可见,针对难以从旧的思维模式中解脱出来的状况,再大声疾呼一番仍属必要。不过,话又说回来,文学的本位观并不等于我们的研究只能在"由'语言机制'而'诗学品格',再由'诗学品格'走向'文化风范'"的三级中穿行。语义分析、形式批评、文化学研究等角度固然有益,而社会学批评,甚至政治学研究等角度也仍有它的价值。因为文学本身是文学,又不仅仅是文学,它在社会这个大系统中存在,社会的各种因素对它都有渗透,因此只要我们摒弃这类研究中曾出现过的庸俗化、以狭隘的政治标准衡量一切的弊端,那么它们仍不失为切入文学现象的有用的方法。它们可以和其他方法相辅相成,构成多元互补、生动活泼的局面。

关于反对以新神话覆盖旧神话的立场。在为新文学史奠基时,我觉得强调这一立场是必要和及时的。由这一立场,我还想到我们是否应该更明确地提倡一下确立"中国学派"的问题。20世纪俄语文学是世界文化史上的重要现象,俄罗斯和美英法日等许多国家的学者都在研究,并发表了大量的著述。这些著述中有不少有价值的见解,但偏颇之处也随时可见。在这种情况下,中国学者当然不能缺少独立的、不人云亦云的气度,不管在新构架的确立,还是在对已经或正在成为历史现象的作家作品的评价上,都应该有自己的历史唯物主义的尺度和科学求实的学术眼光。只有这样,我们的文学史才能避免成为前苏联或今天的俄罗斯或西方学者撰写的文学史的翻版。

同时,我认为,作为中国的外国文学工作者,很有必要听听一些老专家关于加强中外文学关系研究的建议。杨周翰先生在谈到中国学者编写的外国文学史的不足时指出:"最不够的是外国文学和我国古今文学的联系。""我们写的外国文学史常把外国文学当作一个客体对象，好像自然科学家对待他的研究的对象那样，外国文学和中国文学泾渭分明。"钱锺书先生也提出要把"清理一下中国文学与外国文学的相互关系"当作中国学术界的"重要任务之一"。因此，将"二十世纪中俄文学关系"视作"二十世纪俄语文学"研究的总体架构中的一个有机组成部分，应是"中国学派"的题中之意。事实上，谁也无法否认，20世纪中俄文学的这段交汇史是20世纪中外文学关系中最重要的一页。俄语文学不仅占"五四"至90年代中国全部外国文学译介总量半数以上，而且20世纪中国文学在一种内在需要的制约下与其保持了"持续的结合"。这种结合尽管从总体上导致了中国文学潜在力的勃发，但也有深刻的教训。对整个20世纪中俄文学关系，特别是当代中俄文学关系的全方位的扫描历史地落在了中国学者的肩上。

80年代以来，中国出版了几本有分量的俄苏文学史著作。这些著作大多以严谨的态度和翔实的资料，展示了俄苏文学发展的历史。尽管这些著作在体例框架和研究方法上尚无大的突破，但对中国俄苏文学研究摆脱庸俗社会学的困扰起了重要作用，显示了中国在这一研究领域所达到的新的水平。今天我们在架构新的文学史体系时，应该从中汲取有益的养料。"二十世纪俄语文学"的蓝图是诱人的，充满着勃勃生机。只要我们积极调整自己的知识结构，以不懈的努力协力开拓这块天地，那么蓝图终将变成可喜的现实。

熔铸了历史风雨的启迪[①]

——读吴元迈的《苏联文学思潮》

"十月革命"至今,物换星移。然而,在这历经60多年风风雨雨的苏联文坛上有一个现象始终为人瞩目,那就是纷繁复杂的文学思潮的涌起和更迭。今天,用反思的目光审视这一曾经给"现代中国文学以特别深刻的影响"(冯雪峰语)的现象,无疑有着极大的现实意义。吴元迈同志致力于这一重要课题的研究已有多年,论集《苏联文学思潮》是作者严谨的科学研究的结晶,它标志着我国学术界正在对这一领域作新的、更为深入的拓展。

《苏联文学思潮》是八篇论文的结集(浙江文艺出版社,1985年),但是作者力图从宏观的角度"较为系统地阐明苏联文学思潮的发展线索"(《后记》)的自觉意识,使论集成为一个有机的整体。全书脉络清晰。统观各篇,思潮的总体轮廓被准确地一一勾勒了出来。作者的视野是开阔的,他鸟瞰整个苏联文学思潮的历史沿革和现状,上溯"十月革命"前后的无产阶级文化派思潮,下及七、八十年代苏联文坛的思潮流变,逐一梳理了这一令人眼花缭乱的文学现象,并对若干影响深远的文学思潮条分缕析,从而较好地实现了作者的总体构思。

当然,论集引起读者兴趣的并不在于总体构想的本身,而在于

[①] 本文写于1986年年初。

它更便于读者把握思潮之间的内在联系。例如，论集用历史唯物主义的观点对苏联文坛上出现过的几次大的错误思潮作了客观的评价，纵观这些思潮的理论根源，其中就很有一些耐人寻味的带规律性的东西。论集在剖析"无产阶级文化派"思潮时指出，这一思潮首先是同波格丹诺夫的名字联系在一起的。波格丹诺夫早在"前进派"时期就开始宣扬马赫主义的"无产阶级哲学"和"无产阶级文化"，并在所谓"普遍组织科学"的框架下，庸俗地把艺术纳入"争取生存"的社会劳动斗争的组织设施，认为无产阶级必须创造自己纯粹的阶级文化。无产阶级文化派对文化遗产的虚无主义态度和创造纯粹的无产阶级文化等错误主张显然源出于此。论集在分析"拉普思潮"时，也着重指出了以弗里契和彼列威尔泽夫为代表的庸俗社会学派对它影响。弗里契等人曾认为，文艺是"经济进化的一种标志"，大作家首先是"阶级的等价物"和"阶级心理的代表者"；文学风格则是"时代经济风格的审美表现"，"拉普"派排斥"同路人"作家，以及所谓"辩证唯物主义创作方法、打倒席勒"，"工人突击队员进入文学界"等主张，与弗里契等人的观点一样，具有明显的庸俗社会学的性质。与此同时，论集清晰地展示了列宁以及坚持列宁文艺思想的人们与错误思潮斗争的历程。在"十月革命"前后，列宁对建设社会主义文化的方针有过一系列明确的论述，并对无产阶级文化派的错误主张作过坚决的斗争。苏联文艺界经过1922年关于"无产阶级文化"的大辩论、1924年关于"文艺政策"的大论战，以及20年代末30年代初对马克思恩格斯和列宁文艺思想的积极介绍和研究，马克思主义的文艺思想日益深入人心，无产阶级文化派和"拉普"派等错误思潮走向衰落。联共（布）中央《关于无产阶级文化》的决议（1922）、《关于党在文学方面的政策》的决议（1925）和（关于改组文艺团体）的决议（1932）成了这一进程的重要标志。苏联文艺界在二、三十年代与教条主义和庸俗社会学进行了艰难曲折的斗争，然而战后至50年代初"无冲突论"又风靡一时。论集所展示的历程表明，同错误思潮斗争是个长期的任务，而加强对马克思主义文艺理论的修养，铲除滋生错误思潮的理论根源，这对于保证社会主义文学的健康发展是至关重要的一环。由于论集打破了封闭的评论模式，始终注意揭示思潮发展的前因后果以及内在联系，因此它比囿于某一角度的评述更能读者获得有益的启迪。

理论探索贵有深度和新意。论集有意识地将较多的力量用在某些具有重要价值课题上，并力求在已有的研究成果的基础上作出新的探索。从30年代以来，社会主义现实主义一直是苏联文艺界，也是中国文艺界所注目的问题，论集对此作了有深度的探讨，并提出了一些独到的见解。例如，评论界对1954年西蒙诺夫修改社会主义现实主义定义的做法历来众说纷纭，褒贬不一。对此，论集从五个方面作了实事求是的分析。作者认为，删去定义中的第二句，正是肯定了艺术的真实性同思想的倾向性的不可分割；社会主义现实主义这个术语本身已表明了这个创作方法的革新实质；社会主义现实主义作为创作方法，它无须把社会主义文学和作家创作的目的及其任务包括在内；等等。作者明确表示，西蒙诺夫的修改意见不仅没有阉割定义的实质，而且可以避免事实上已经产生的弊病——硬要一切形式、体裁和题材的文学作品都得完成它们无法负荷的那个"结合"，可以避免把文学的功能简单化，因此谈不上什么错误。由于作者态度严谨，观点鲜明，加以条理绵密，持论公允，因而很有说服力。对长期以来为人们所关注的"文学是人学"这一重要命题，论集中《高尔基与艺术领域的人学》一文也从史论结合的独到角度作了较为充分的阐述。首先作者运用发表在苏联一、二十年代期刊上的第一手材料对有关史实作了介绍，引述了高尔基的原话，并指出了这段话的尖锐针对性。而后作者着重从这一命题与高尔基美学思想发展的关系，怎样正确和全面地理解这一命题以及它的现实意义等方面作了深入的论述。显然，在我国学术界探讨这一命题的大量文章中，这篇文章有其不能替代的独特价值。

当代苏联文学及其文学思想是世界文学进程中的一个重要而又独特的组成部分。近年来，当代苏联文学作品受到中国读者的欢迎，与此相关，当代苏联文学思想的发展也为中国文艺界所关注。论集的一个重要特色就是重视当代，对当代苏联文学思潮的研究几乎占了全书一半的篇幅。在《当代苏联现实主义思潮》一文中，作者着重对社会主义现实主义在当代苏联的发展作了详尽的分析；在《七十年代苏联文学几个理论问题概述》一文中，作者则依靠他掌握的丰富翔实的资料，为读者提供了苏联文坛的有益信息和开辟了一个观察其新动向的窗口，我们看到，苏联文艺界正在探索中前进，对"塑造什么样的文学主人公"、"写真实"、"人道主义"等一系列传统的理论问题的看法，尽管还有争论，但已逐步摆脱一些偏向，趋向成熟；同时，对"成熟的社会主义文学"、"意识到的历史主义"、"苏联艺术遗产"等许多新的理论问题的探讨，也取得了一些有益的成果。论集对苏联文坛关于"成熟的社会主义文学"特点的几种代表性意见的介绍，从理论上清晰地反映出了当代苏联文学发展趋向的概貌。例如，诺维科夫将这一点描述为：多民族文学的相互丰富和接近；社会主义的基本原则进一步丰富与发展；主人公内心世界的描写深化；愈来愈关注道德问题和道德信念的形成；重视揭示科技革命时代的人道主义精神。库兹涅佐夫认为，时代提出的人和人的品质问题是近年来生活和文学发展的中心问题和首要问题。这特别表现在随着道德因素在生活中以几何级数的速度的增长，文学为人、为人的内心的和世界的和谐而感到忧虑。库兹缅科在与过去的苏联文学比较中提出当代文学的四个倾向：文学创作的多样化；苏联文学作为多民族文学的有机共同体，其创作功能在加强，文学的类型化；对待传统的态度发生变化，表现出积极地掌握

19世纪末20世纪初俄罗斯文学经验的趋向等。这些描述很有价值，它不仅有助于我国的苏联文学研究工作者打破过去的研究框架，扩大自己的视野和研究领域，而且无疑会引起正在与我国的现代化建设同步前进的文艺工作者的兴趣和深思。

近年来，我国文艺界正在形成一股探讨文学研究新方法的热潮。这一热潮有力地冲击着旧的方法模式，并将文学研究带来实质性的突破。由于新中国成立后我国文学批评方法受苏联传统方法的影响很深，因此当代苏联批评界在开拓新方法时走过的道路和已经取得的成就对我国批评界有着重要的借鉴意义。论集及时地提供了这一方面的信息。如果从1963年第一次综合研究讨论会算起，苏联对新的研究方法的探索已有20多年的历史。在这期间，苏联出版了大量的有关专著，近十余年来这一趋势仍在发展，从论集的最后一篇《苏联的文艺研究方法的新趋向》中，我们可以获得不少有益的启示。一是对方法论研究的高度自觉意识。许多苏联学者把拓展文学的研究方法看作是消除教条主义和庸俗社会学的影响，提高文学研究水平的关键；二是设立专门的研究机构。为了推动对新的研究方法的探索，苏联科学院成立专门委员会，由它负责组织学术讨论活动和出版研究成果；三是对新方法的大胆探索。苏联学者提出并在研究中运用的系统分析方法、类型研究方法、历史功能阐释方法、历史比较研究方法以及阐释和评价方法等，都是在不断地努力探索中取得的很有价值的成果；四是正确对待传统方法。苏联学者没有在提倡方法时以虚无主义的态度对待传统的研究方法，而是注意对其加以丰富和发展，使之适应变化了的生活和文艺现象的需要。正因为这样，当代苏联批评界在坚持马克思主义哲学原理的基础上出现了批评方法空前活跃的局面。当然，相比之下，论集的这一部分显得略为单薄了些，而评述中没有涉及方法论探索中可供引以为戒的失误，又不免是个缺憾。

读完这本论集，我们感受到了凝聚在作者笔尖的探索真理的激情，正是这一激情促使读者从这熔铸着历史风雨的启迪中严肃地思考一些现实的问题。毫无疑问，这本在理论性、资料性的和现实性上都具有一定价值的论著，是我国苏联文学研究的一个可喜收获。我们殷切地期待着作者进一步从理论上对这一领域作出新的探索，以更有深度的论著来推动我国苏联文学研究的深入。

中国文学:俄罗斯汉学研究的一个重要领域①

俄罗斯的汉学(或称中国学)研究源远流长,其中对中国文化,尤其是中国文学的研究是成果颇丰的一个分支,令世人瞩目。

作为中国的纯文学作品最早在俄国出现的是中国元杂剧中的优秀作品纪君祥的《赵氏孤儿》。1759 年,俄国古典主义代表作家苏玛罗科夫译出片断,名为《中国悲剧〈孤儿〉的独白》。中国先秦散文中最早被译介到俄国的是孔子的《大学》,1779 年著名作家冯维辛从法文将它译出,发表在《学术新闻》杂志上。

俄罗斯汉学学科的正式形成是与喀山约阿诺夫斯基修道院院长比丘林的名字联系在一起的。19 世纪初,他曾作为宗教使团的团长前往北京,前后在中国生活了 30 多年。他先后编写或编译过《四书》、《汉俄对照三字经》和《中国的民情和风尚》等不少有关中国文化的著作,并在俄国开办了第一所汉语学校。后来的汉学家都将他称为"俄国汉学的奠基人"。汉学家瓦西里耶夫对俄罗斯的中国文学研究的发展起了重要作用。他首先在欧洲大学中开设了中国文学的课程,并完成了由外国人撰写的第一部中国文学史著作《中国文学史纲要》(1880)。该书依据作者从中国获得的大量的第一手资料,从文化与文学不可分割的角度,对《诗经》至明清小说的文学的历史作了简明而又全面的描述和分析。他的学生格奥尔吉耶夫斯

---

① 本文写于 1996 年春。

基的《古代中国人的神话观和神话》(1892)是外国学者在这一领域中的第一部出色的著作。在这部著作中,作者依据丰富的中国古代文献资料,对上古时代中国人的神话观念以及这种观念的演变过程作了系统的描述。

20世纪是"中俄文字之交"最密切的时期。在中国古典文学的重要作品被大量译介到俄国的同时,俄罗斯学者对中国古典文学的研究也取得了卓著的成果。阿列克谢耶夫院士的论著《中国论诗人的长诗司空图的〈诗品〉》(1916)打开了俄罗斯汉学研究的新的一页,具有很高的学术价值。他的《论中国的'文学'的定义和中国文学史家当前的任务》、《罗马人贺拉斯与中国人陆机论诗艺》和《〈聊斋〉中儒生的个性与士大夫意识的悲剧》等文章,在方法论上也有深刻的意义。其后,有价值的论著不胜枚举。值得一提的有:费德林的《〈诗经〉及其在中国文学中的地位》、艾德林的《陶渊明诗歌创作中的传统和革新问题》、李福清的《中国讲史演义和民间文学传统》、达格达诺夫的《大乘佛教对唐代诗人创作的影响》、谢列布里亚科夫的《杜甫评传》、热洛霍夫采夫的《中国中世纪的城市小说》、索洛金的《十三至十四世纪中国的古典戏剧》和谢曼诺夫的《十八世纪至二十世纪初中国章回小说的演变》等。这些论著涉及了中国古代文学和文学批评的诸多方面,并提供了不少给人以启迪的研究视角。

俄罗斯学者对中国现代文学的研究也很有成就,这一研究首先是从对鲁迅作品的译介开始的。1925年,汉学家瓦西里耶夫在将《阿Q正传》译成俄文时,曾称鲁迅是中国的"一位伟大真诚的国民作家!他是社会心灵的照相师,是民众生活的记录者!……他不只是一个中国的作家,他还是一个世界的作家!"1932年,苏联出版的《文学百科全书》中已收入了有关鲁迅的条目。其后数十年里出现了众多的研究者和研究成果,比较重要的有:波兹涅耶娃的《鲁迅·生平与创作》、索罗金的《鲁迅世界观的形成》、彼德罗夫的《鲁迅·生平与创作概论》和谢曼诺夫的《鲁迅和他的前驱》等。80年代初，在纪念鲁迅一百周年诞辰时，有位苏联学者指出："鲁迅的作品已经译成了苏联几乎所有民族的文字。鲁迅在苏联普及的程度，只有在他的祖国普及的情况可以相比拟。"对中国现代文学中的其他重要作家，俄罗斯学者也多有研究，如出版的作家专论就有：《郭沫若的诗歌创作》、《茅盾的创作道路》、《老舍的早期创作》、《巴金创作概论》、《郁达夫和"创造社"》、《曹禺创作概论》、《田汉与二十世纪的中国戏剧》、《瞿秋白的创作道路》、《朱自清诗人和诗歌评论家》、《闻一多的生平与创作》和《艾青评传》等。

80年代以来，苏俄汉学家已把译介的重点放在了中国新时期文学上，除了散见于报刊的译作以外，至今已有数十部译著问世。研究工作也随之展开，汉学家李福清、托罗普采夫、索罗金、巴斯曼诺夫等人尤为活跃。一些综述性的理论文章（如《中国当代文学中的传统成分》和《论当代中国中篇小说及其作者》等）都充分肯定了中国新时期文学的方向和取得的成就，而更多的有关作家作品的评论则进一步显示了俄罗斯汉学家对中国当代文学的熟谙和独到的见解。如关于刘心武和刘宾雁等作家的作品的"批判力度"、王蒙的"形式探索"、古华小说的"抒情和社会批判相结合"的特点、谌容作品中的知识分子形象、蒋子龙小说对时代要求的呼应、张一弓小说的政论色彩、冯骥才和阿城作品与民族文学传统的联系、中国先锋派作家创作的特点等等的分析，不少是颇为到位的。当然，这方面研究的深度和广度总的说来还不及古典文学和现代文学的研究。

应该说，目前我们对俄罗斯汉学的历史和现状的研究都十分欠缺，这是一个有待进一步开拓的领域。

一项泽被后人的学术工程[1]

——写在《陀思妥耶夫斯基全集》出版之际

《陀思妥耶夫斯基全集》的翻译和出版工作从1998年开始启动，历时十多年，近日由河北教育出版社正式推出。该《全集》700多万字，共22卷，前16卷包含了陀氏的全部长中短篇小说，17、18卷为文论，19、20卷为《作家日记》，21、22卷为书信。就收录内容的全面和资料的珍贵而言，《全集》在国内陀氏译介中首屈一指，这是这位俄国作家在中国的第一部作品全集。同时，长达6万字且内涵深刻的总序、严谨且详尽的注释和题解（如《卡拉玛佐夫兄弟》的题解长达3万字，《白痴》的题解也有1万多字），使《全集》的学术含量大大增加。作为一项泽被后人的重大的学术工程，《陀思妥耶夫斯基全集》无疑会引起学界的高度关注。

主编陈燊先生这样谈到筹划该《全集》的初衷：陀思妥耶夫斯基的"作品一般都有中译本，但从未出过全集，他的一些重要著作，如他的论文、文论以及书信，尤其是《作家日记》，都只有过部分或片段的译介。各种译本又一般没有各个作品的详细题解（介绍作者的写作动机、构思、写作和修改过程，以及国内外评论界的反响等）和详细的注释（固然，这两者几乎是国内所有外国文学作品中译本的共同缺陷），不利于我国读者、研究工作者全面而深入地研

---

[1] 本文写于2010年夏。

讨、探索这位思想和创作极其复杂矛盾的大作家，诚为一大憾事。作为一个俄国文学研究者，我很想填补这一空白"。

担纲主编《全集》的重任后，陈燊先生自知这项任务"十分严肃而巨大"："除众多作品的正文外，各书题解涉及作品和作家思想等许多问题，而注释则涉及大量西方作家、作品、作品中的人物、典故、地名，以及与此有关的译名等大量问题。虽然各作品的译者都已作过努力，但我还得逐一修改、统一或增补。任务十分复杂艰巨。我一直兢兢业业，全力以赴，不敢懈怠。近五、六年来更是终日伏案，不辞辛劳"，乃至"严重地损害了自己的健康"也在所不惜。

《全集》的翻译和编辑队伍集中了一批高水平的学者和翻译家（除陈燊先生外，译者多为国内著名的俄罗斯文学翻译家和研究专家，如许磊然、郭家申、臧仲伦、刘逢祺、刘宗次、力冈、张捷、陆肇明、白春仁、张羽、朱逸森等），翻译和题解的水准自不待言，而主编陈燊先生对作家、对后人负责的一丝不苟的治学精神尤为令人感动。

陈燊先生在《全集》"总序"中称，陀思妥耶夫斯基是一位"被扭曲了的天才"。"天才"、"被扭曲"，这两个词包含的内容很丰富。有人说，只有敢于跨越传统碑石，并能够发出自己生动而又独特的声音的人才是天才，那么陀氏无疑可以进入这个行列。但是，这位天才的遭遇极为坎坷，他的思想和创作充满矛盾。他与同时代作家列夫·托尔斯泰是两座比肩而立的高峰，可是在后人的评论视野中，托尔斯泰的雄姿大多在清朗的天空下为人们所景仰，而陀思妥耶夫斯基的身影则常常云遮雾障，难见其真实的面目。

没有人能够否认陀思妥耶夫斯基的巨大才华，但是对他的个性和他的创作的评价却众说纷纭。在他的同时代人的回忆中，陀氏的形象是飘忽不定的。褒之者推崇他为正人君子,贬之者却将他视作卑劣之徒。人们从不同角度写出了他们心目中的陀思妥耶夫斯基。至于他的创作,评价者的观点更是五花八门:有人从中看到了人道主义思想,有人则看到了不必要的残酷;有人称赞他在作品中对黑暗社会的批判激情,有人则谴责他对革命运动的攻击;有人欣赏他小说中表现出来的宗教神秘主义倾向,有人则肯定他对上帝及其所创造的世界的怀疑;有人从中找到了某种强烈的个人意志,有人则发现了俄狄浦斯情结;有人称他是现实主义作家,有人则断言他是现代主义文学的先驱……凡此种种都说明,陀思妥耶夫斯基及其创作是世界文学史上的一个相当复杂的现象。造成这种现象的原因除了评价者各个不同的政治观、哲学观和文艺观以外,作家及其作品本身的独特性和内在矛盾无疑是一个至关重要的因素。

陀思妥耶夫斯基一生命运多舛:他出生清贫,长年为巨额债务所困扰;他早年就得了癫痫病,这一精神顽疾使他身心交瘁,痛苦不堪;他曾站在断头台上受过死刑的威胁,青春年华在西伯利亚的苦役和流放中度过,但晚年他却被皇室视为"精神导师";他待人真诚、厚道,可又曾嗜赌、偏执和多疑;他渴望爱情与家庭幸福,但恋爱婚姻颇多波折(直到后来有了安娜);他与进步的俄国文学界和思想界有着天然的联系,却又对所谓的"虚无主义"耿耿于怀;他在坎坷的人生道路上求索着人生的真谛,可又时时碰壁,并终生为信仰而苦恼;他的小说在激情的烈火中熔铸而成,但他又无力达到自己理想的完美,他的手臂被分开地悬在命运的十字架上……正如茨威格所说:"没有哪种痛苦不曾对陀思妥耶夫斯基慷慨惠顾,没有哪种苦恼不曾对他牢记不忘","陀思妥耶夫斯基是一个处于分裂痛苦之中的永恒的二元论者";也如卢那察尔斯基所说:陀氏内心的矛盾冲突是又不可避免的,作家"对于他愿意相信的思想和感情，没有真正的信心；他愿意推翻的东西，却常常一再地激动他，而且它们看来很像是真理；因此，就他的主观方面而言，他倒是很适于做他那个时代的骚乱状态的反映者、痛苦的但是符合需要的反映者"。

陀思妥耶夫斯基身上的矛盾并没有削弱作家的人格的魅力和他的作品的光辉。作为具有深厚的人道主义思想的作家，他一生执着地关注着人类的命运，热烈地捍卫人的尊严，肯定人的价值和追求社会的和谐，尽管他的思想中充满着杂音，尽管他探索到的并非都是真理，尽管他在世时更多的看到的是丑恶的现实和被扭曲的人性。这是一个具有极强的艺术创新意识的杰出的艺术家。他对人性深度的开掘和独到的小说艺术是对世界文学的重大贡献。不管人们有多少异议，作家本人从未动摇过自己的艺术探索。他在去世前不久这样说过："虽然现时的俄国人民对我并不理解，但我会被未来的俄国人民所理解。人们称我为心理学家，这并不正确，我只是最高意义上的现实主义者，也就是说我描绘的是人的内心的全部深度。"描绘"人的内心的全部深度"，特别是通过人物的自身感受和内心分析，无情剖析人格分裂的主人公的病态心理，正是陀思妥耶夫斯基最显著的艺术特色之一。人格分裂和心理变态，是当时岌岌可危的俄国社会给人们带来的心理投影和精神悲剧。如果说托尔斯泰以自己的艺术探索大大拓宽了小说表现生活的幅度的话，那么陀思妥耶夫斯基则有力地开拓了小说表现心理的容量，特别是强化了作家对人性深度和人物变态心理的揭示。陀思妥耶夫斯基正是在这一领域里舒展自如地施展着自己的艺术才华。

20世纪以来，特别是二次大战以后，陀思妥耶夫斯基在西方文坛的声誉日高。法国作家纪德认为，整个西欧文学中再也"没有比陀思妥耶夫斯基小说所触及的问题更深刻的了"。当然，西方评论更注意的是他与现代主义文学的联系,如加缪干脆称陀思妥耶夫斯基为"存在主义小说家"。虽然不可否认这里有相当多的谬托师承的成分,但是陀氏的影响确实是广泛存在的。在他的祖国,上世纪20年代出现过一次研究陀思妥耶夫斯基的热潮。别尔嘉耶夫、卢那察尔斯基、巴赫金和格罗斯曼等人的研究成果引人注目,其中巴赫金对陀氏的"复调"小说这一艺术形式的探讨至今为人称道。30年代中期以后,陀思妥耶夫斯基受到排斥。直到50年代中期以后这位作家才在他的祖国重新获得了与其成就相应的地位。当人们自觉地拂去偏见的浮尘,用审美的目光重新审视他的鸿篇巨制时,陀氏的作品才开始完整地显示出自己的美学风貌,人们也才真切地看清了作家那傲视群峰的身姿。

陀思妥耶夫斯基与中国的关系至今已有百年。中文文献中最初出现陀氏名字的是两篇译文,它们分别刊载在1907年1月出版的《民报》第11期(日本东京出版)和1918年1月出版的《新青年》杂志第4卷上。前文由渊实(即廖仲恺)翻译,译自烟山专太郎的《虚无党小史》,此文谈到陀氏因参与彼特拉舍夫斯基小组的活动而被捕的史实。后文由周作人翻译,译自英国人W. B. Trites的《陀思妥夫斯奇小说》一文,周作人为此文所加的"译者按"拉开了中国陀氏评论的序幕。

也许与陀思妥耶夫斯基及其作品的复杂性有关,当俄国文学重要名家几乎都有作品进入中国以后,陀氏的作品才姗姗来迟,1920年5月26—29日,上海《民国日报》副刊《觉悟》上首次刊登了乔辛煐翻译的短篇小说《贼》(即《诚实的小偷》)。"五四"时期还译出了《冷眼》(即《圣诞树和婚礼》)、《大宗教裁判官》(《卡拉马佐夫兄弟》节译)、《罪与罚》(节译)、《穷人》和《主妇》(即《女房东》)等作品。有关的评论也从"五四"时期展开。铁樵的译作

《冷眼》附有"记者志",称陀氏的作品"人道主义的色彩最鲜明;他的小说中所描写的,多是堕落的事情;心理的分析,更是他的特长"。耿济之在1921年《小说月报》号外(俄国文学研究)上用三千字的篇幅介绍了"道司托也夫司基",称他是"人类心灵深处的调查员,是微细的心的解剖者"。当时较有力度的文章还有郑振铎的《陀思妥以夫斯基的百年纪念》、胡愈之的《陀斯妥以夫斯基的一生》、沈雁冰的《陀斯妥以夫斯基的思想》和鲁迅的《〈穷人〉小引》等。中国学者撰写的最早的两本俄国文学史著作(郑振铎的《俄国文学史略》,蒋光慈和瞿秋白的《俄罗斯文学》)中也均辟有专章介绍陀思妥耶夫斯基。这些文章各有所长,沈雁冰的文章广征博引,视野开阔;郑振铎的文章要言不烦,在叙述中时见思想的火花;而鲁迅的文章则用语精到,常发人所未发。

20世纪30—70年代,中国出现过译介陀思妥耶夫斯基作品的两次高潮。一次是在20世纪30—40年代。这一时期,陀思妥耶夫斯基已成为最受中国读者欢迎的俄国古典作家之一。他的作品被越来越多地译成中文。随着译介量的增加,中国读者对陀思妥耶夫斯基的认识也进一步加深。有关这位作家的评论文章明显增多,比较重要的有鲁迅的《陀思妥夫斯基的事》、何柄棣的《杜思退益夫斯基与俄国民族性》和沈雁冰的《陀思妥耶夫斯基的〈罪与罚〉》等。鲁迅在文章中强调了陀思妥耶夫斯基作为"人的灵魂的伟大审问者"的特点,指出了作家对病态心理的剖析中所蕴含的真实,并表示不能接受陀氏的"对于横逆之来的真正的忍从"。这些评述即使在今天读来还是很有光彩的。第二次译介高潮出现在上世纪60—70年代的台湾。这期间出版的陀氏作品的译本达23种,包括了这位作家的大部分重要作品,其中有《附魔者》(即《群魔》)的第一种全译本和新译出的《作家日记》等。这20多种译作中旧译多从大陆引入,新译则多从英文本或日文本转译。

中国真正大规模地翻译与研究陀思妥耶夫斯基及其作品始于"文革"以后。20世纪80—90年代，台湾地区的译介仍在持续，而大陆则开始重新认识陀氏，他的作品的译介总量大大超过历史上的任何一个时期。人民文学出版社和上海译文出版社分别推出了两套系统介绍这位作家的文集："陀思妥耶夫斯基选集"和"陀思妥耶夫斯基作品集"。这两套文集均包括了他的重要作品。此外，新出的单行本译本数量也不少。译作基本上都根据俄文原版译出，水准大有提高。陀思妥耶夫斯基研究也日益为中国学界所重视，并逐渐成为一门显学。80年代，中国出现了多本研究陀思妥耶夫斯基的著作，如刁绍华的《陀思妥耶夫斯基》（1982）、刘翘的《陀思妥耶夫斯基创作论稿》（1986）、李春林的《鲁迅与陀思妥耶夫斯基》（1986）等。这些著作各有特色，但也存在或比较简单或观点上留有旧迹的问题。1986年在上海召开的国内第一次全国陀氏学术讨论会，专家们拿出了不少有新意的成果，推动了我国陀氏研究热潮的到来。巴赫金的《陀思妥耶夫斯基诗学问题》在80年代被译成中文，巴赫金的理论加深了中国学者对陀氏小说艺术的认识。中国的研究开始向更为精深的领域拓展。90年代，陀氏研究取得了一些有分量的成果。如何云波的《陀思妥耶夫斯基与俄罗斯文化精神》（1997）、季星星的《陀思妥耶夫斯基小说的戏剧化》（1999）、何怀宏的《道德·上帝与人——陀思妥耶夫斯基的问题》（1999）、李春林的《复调世界——陀思妥耶夫斯基其人其作》（1999）等著作。何云波的著作从陀氏的文化心理构成、陀氏与宗教、陀氏与城市、陀氏笔下的家庭等范式中的文化隐喻内含、陀氏与"西方"、陀氏与现代主义、精神分析与陀氏、陀氏与俄罗斯民族精神等方面切入，较为成功地完成了作者对陀氏的探寻和对俄罗斯文化精神的寻访。

新世纪十年，陀思妥耶夫斯基研究进一步深化。国内学界介绍了不少俄罗斯和西方相关成果，理论和传记译著就有十多种，如近年出版的别尔嘉耶夫的《陀思妥耶夫斯基的世界观》（2008）和索洛维约夫等人的评论集《精神领袖》（2009）等。在全部的俄国作家中，这十年间中国学界最为关注且成果最多的还是陀思妥耶夫斯基。这期间出版了赵桂莲的《漂泊的灵魂——陀思妥耶夫斯基与俄罗斯传统文化》（2002）、王志耕的《宗教文化语境下的陀思妥耶夫斯基诗学》（2003）、彭克巽的《陀思妥耶夫斯基小说艺术研究》（2006）、冷满冰的《宗教与革命语境下的〈卡拉马佐夫兄弟〉》（2007）、田全金的《言与思的越界——陀思妥耶夫斯基比较研究》（2009）等7部专著，其学术含量又达到了一个新的水准。前两种著作分别探讨了陀思妥耶夫斯基与俄罗斯传统文化，与基督教文化的关系，研究方法有新的突破。彭克巽的著作是作者长期研究的结晶，材料扎实，论述深刻，对作家小说艺术的分析和陀氏研究史的回顾都颇为精到和全面。田全金的专著从译介、主题和宗教哲学入手展开研究，视野开阔，其中在陀氏创作与中国文学的比较研究方面尤见功力。有些不是专题论述陀氏的专著，也值得重视，如耿海英的《别尔嘉耶夫与俄罗斯文学》（2009）将陀氏研究作为其重要部分。这十年间还有相关的学位论文和期刊论文近二百篇，涉及的领域相当广泛。

当然，国内现有的陀思妥耶夫斯基译本中仍存在误译等现象，有学者从译介学的角度对此进行过分析，译本的质量仍有提高的空间。研究成绩很大，但仍存在部分成果内容较空泛，有创见的理性分析偏少的问题。有学者认为，从艺术结构和诗学等方面阐明陀氏的本真状况，从中国文化视角审察陀氏，以及陀氏的创作与宗教哲学的关系等研究领域，都尚待继续深化和开拓。

《陀思妥耶夫斯基全集》在作家逝世 120 周年前夕正式出版，它将新世纪十年的陀氏译介推向了一个新的高度。可以说，这是百年中国与陀思妥耶夫斯基交往的一个标志性的成果。它有着承前启后的作用。《陀思妥耶夫斯基全集》的问世是一件值得学界庆贺的大事，参与编译的专家理应得到人们的感谢和敬意。陈燊先生以 90 高龄主持完成了这项巨大的工程。他认为，《全集》的出版"是外国文学学科建设中的一项颇有意义的学术工程"，并希望它"对我国方兴未艾的陀学能发挥其应有的重大作用"。这种作用应该是没有疑问的。《陀思妥耶夫斯基全集》将产生重大影响，它的价值难以估量。

以新颖的视角关注转型时期的俄罗斯文化艺术[①]

——《转型时期的俄罗斯文化艺术》读后

  收到贝文力先生的新著《转型时期的俄罗斯文化艺术》后不久,我就前往北京开会。随身带上了这本书,在京沪往返途中,它成了我最好的旅伴。伴着那淡淡的书香,我沉浸在阅读的愉悦之中,它把我带进今日俄罗斯文化艺术的那个既熟悉又陌生的天地。

  这是一本颇具新意且内涵丰厚的学术著作。它的新意首先在于它所论述的对象。俄罗斯文化艺术,中国人应该不陌生。我曾经在一本书中写道:在20世纪的相当长的一个时段,"红色中国对俄苏文化表现出空前的热情,俄罗斯优秀的音乐、绘画、舞蹈和文学作品曾风靡整个中国,深刻地影响了几代中国人精神上的成长。除了俄罗斯本土以外,中国读者和观众对俄苏文化的熟悉程度举世无双。在高举斗争旗帜的年代,这种外来文化不仅培育了人们的理想主义的情怀,而且也给予了我们当时的文化所缺乏的那种生活气息和人情味。"但是,苏联解体了,时代和社会发生了巨变,如今的中国人(除少数专业人员以外)逐步疏离了俄罗斯当代的文化艺术,对转型时期的俄罗斯文化艺术的了解已大不如前,许多人对近20年来的新俄罗斯的文化艺术知之甚少。于是,关注、介绍和研究转型时期的俄罗斯文化艺术就变得十分必要。

[①] 本文写于2012年4月。

当然，这是一个颇为复杂的话题。俄罗斯文化在20世纪经历了两次转型，它们分别是十月革命时期与苏联解体前后。这两次转型都与政治的变革相伴随，思想冲突尤为激烈。在当代文化背景下出现的第二次转型，更是显得错综复杂。当代俄罗斯文化的嬗变既受到俄罗斯社会内在力量，包括文化内部自新需求的制约，又与"全球化"态势下的国外政治经济力量的作用和世界文化语境的变化密切相关，带有明显的世界性因素。苏联时期的主流文化以马克思列宁主义为指导，但由于苏联当局对这一指导方针的教条理解，忽略了文化的开放性与多样性，因而在一定程度上限制了俄罗斯文化的发展。当下的俄罗斯社会各种社会思潮你方唱罢我登场，然而在所谓"自由化"的浪潮中，俄罗斯却出现了精神文化的危机。如今，在穿越解体初期的狂风暴雨之后，俄罗斯文化正在新的基点上重建。文力先生的这本新著颇为精到地梳理了这一重建的过程。该书以当代俄罗斯绘画、雕塑、电影、音乐和芭蕾等艺术样式为切入口，考察这些艺术样式在经历政体更迭与经济震荡后所表现出来的深刻而复杂的转型特色。同时，该书还具体描述了这些艺术样式在创作形式和内容方面的流变脉络，揭示了当代俄罗斯文化艺术对社会价值体系的变化和社会思潮起伏的反映与影响，从而清晰而又深刻地阐明了转型期俄罗斯文化艺术本身的复杂性和丰富性。正因为论述到位，这本就字数而言说不上厚重的书，却是一本内涵丰厚的著作。

　　文力先生的这本新著让我特别感兴趣的是它的构思和编排十分新颖。作者在书中插入了大量精美的图片，这些珍贵的图片资料有机地融入文字叙述之中，使谈论文化艺术的著作变得生动可感，令人爱不释手，而且有力地加大了所述对象的信息量。这些图片资料的收集与编排充分体现了文力先生的艺术修养。这不由得让我想起十多年前与文力一起在俄罗斯度过的那个漫长的冬日，当时我们一起在莫斯科的一所高校访学。在余暇时间，我们一同听歌剧、观画廊、看芭蕾、赏话剧，一同在普希金结婚纪念地聆听室内音乐，还踩着"嘎吱"作响的雪地到处欣赏被厚厚的白雪勾勒出鲜明轮廓的建筑、雕塑和教堂。也就在这些日子里，我感受到了文力对这些不同门类的艺术样式的熟悉。如果说我只是喜爱和稍有了解的话，文力则可谓熟谙。和他在一起，犹如多了一位艺术的向导。文力又很热心。记得他有多次和同校访学的中国师生一起看戏或观画，归来后他专门为大家讲述有关艺术的内涵，歌剧、芭蕾、绘画、音乐等，如数家珍，让同去者大为受益。文力回国后，在华东师大为全校学生开设"俄罗斯艺术"的公选课，反响极为热烈，据说是全校最热门的课程。这种积淀正是文力新著成功的基础。

看到文力出版的这本新著，十分欣喜，由衷地希望他在这一学有专长的领域取得更为出色的成绩。

在互动中推动学科的发展[1]

——在北京大学比较文学研究所会议上的发言

首先感谢北大比较所的邀请,在这里请允许我代表华东师大从事相关研究的同仁,并以我个人的名义,向北京大学比较文学发展30年,北大比较所创建25周年,表示衷心的祝贺!

20世纪80年代初,中国比较文学开始了新时期的复兴,这一复兴是与北京大学教授季羡林、杨周翰、李赋宁、乐黛云等先生倡导与大力推动是分不开的。中国比较文学后来的蓬勃发展更是与北大学者,特别是比较文学所的努力有着非常密切的关系。

我在1982年写过名为《影响·创新·民族化》一文,并以此文参加了1983年在南开大学召开的第一次全国性的比较文学研讨会,由此与比较文学发生了联系。20世纪80年代以来,在前辈的引领下,我在比较文学领域主要做的是有关中俄文学关系方面的研究,近年来也做过中国视野下的外国文学学术史方面的研究,这也与比较文学有一定的联系。现在回想起来,在做这些工作的时候,受到过北京大学比较文学学者不少理论见解的启发。

以我十多年前写的《20世纪中俄文学关系》这本书为例,书中的"引言"部分曾引用了一些专家的观点,现在打开一看,发现大部分是北大学者(7个中有5个)的见解,这说明北大从事比较文学

---

[1] 本文写于2010年11月。

研究的学者在当年的极大的影响力。至少对我是这样。

在那本书的"引言"中，为了证明我做中俄文学关系的研究有它的必要性时，我引用了杨周翰先生的观点，杨先生在谈到中国的外国文学研究的不足时认为："最不够的是外国文学和我国古今文学的联系"。①有杨先生的话在那里，我做探寻中俄文化交往的轨迹的工作看来并非是多余的了。同样，为了证明我做的研究有它的价值，我引用了乐黛云先生的观点，她曾在《中西比较文学教程》中写道："如果整理'五四'以来不同历史阶段，不同外国作家被中国读者所选择和接受的广度和深度以及被强调的不同方面，就可以从一个侧面看出近80年来中国社会心理的发展和变迁。"显然，我做的20世纪中俄文学关系研究正是从一个角度为读者提供乐先生希望的一个侧面。当然，也可以为她所主张的构建以"创造"、"传统"、"引进"为支柱的新型的文学史体系提供我所能提供的一块砖石。

在谈到，我们应该以何种态度来进行这一课题的研究，我又列举了一些中外学者的观点。中国学者中，我列举的大部分也是北大的。比方说，朱光潜先生的观点，他说在中外文学关系研究领域："真正的研究一定要看这纵的传统和横的影响。"②文学关系研究中的纵（本民族文化传统）横（外来文化的影响）结合之说很有见解。又比方说，严绍璗先生的观点，他倡导的"原典性的实证"说很精辟。他认为，方法论的问题在"揭示异质文化的相互关系方面愈来愈具有突出的意义"，某种程度上"决定了我们的所谓研究是否当真经得起文化事实的检验"。他主张在双边或多边文化关系的研究中，在尊重研究者各自研究个性的同时，应当遵循共同的基本的研究法则，那就是"原典性的实证研究"。他还指出，如果连基本的"关系"都

---

① 杨周翰：《〈欧美文学和中国文学〉序》，载《欧美文学和中国文学》，福建教育出版社1989年版。

② 见《比较文学的理论与实践》，载《读书》1982年第9期。

"似是而非",没作严肃的考证,研究者从何谈起"接受外来文化的主体性特点",又怎样"把文学还给文学"?① 严绍璗的观点是针对当时文学关系研究中存在的某种不够扎实的学风而发的。还有其他一些北大学者的观点,我这里不一一列举了。这些学者的理论见解尽管强调的侧重点不尽相同,但是它们对于中外文学关系研究的健康发展和走向深入是很有价值的,当然对我个人的研究更是有直接指导意义的。

接下来,我想谈谈学科之间的互动问题。由于我同时也做些俄罗斯文学的研究,所以我比较关注这两个学科之间的互动。比较文学跨越和打通的特质,使比较文学与俄苏文学研究有了天然的联系。百年之前,中国现代学术之门刚刚开启,学者初涉俄国文学研究时,中俄文学比较研究的文字就已经在瞿秋白、周作人、甘蛰仙等研究者笔端出现。如季羡林先生所言:"我们的先辈学者在这个领域里就不断追求,不断探索,做出了许多出色的贡献。即使还没有使用比较文学这个名词,其实质是相同的。"②

中国的比较文学从复兴走向繁荣,既有赖于学科自身的建设,也与包括俄苏文学在内的相关学科学术的发展不可分割。在比较文学复兴的过程中,不同专业的文学工作者多有加入,其中不乏从事俄国文学研究的学者,如北大的李明滨教授,我们学校的倪蕊琴和王智量教授都是这样的学者。俄苏文学研究的学术成就曾为中国比较文学的发展提供过资源。20世纪80年代初期,俄苏比较文艺学的理论成果是中国比较文学复兴时期的重要理论资源之一。1981年,《外国文学研究》刊出的《比较文学在苏联》一文已经将苏联学者的

---

① 严绍璗:《双边文化关系研究与'原典性的实证'的方法论问题》,《中国比较文学》1996年第1期。

② 见乐黛云主编《中西比较文学教程》"序一"(季羡林),高等教育出版社1988年版,第4页。

比较文学理论主张，特别是将维谢洛夫斯基的历史诗学引入了中国学界的视野。随后出现的许多比较文学著作都包含了俄苏比较文艺学的内容。还有刊物上发表的不少论文①对维谢洛夫斯基、日尔蒙斯基、康拉德、阿列克谢耶夫、赫拉普钦科、普洛普、巴赫金、叶列津斯基、洛特曼等学者的相关理论成果，对多源说、借用、汇流、类型学和阶段论等学说有多侧面的介绍。有些学者还成功地将这些理论运用到了比较文学研究的实践之中。

20 世纪 90 年代中期以来，中国的比较文学研究稳步发展，研究成果相对集中于中外文学比较研究、翻译研究、比较文学学科理论研究、中西文论比较研究、文学与宗教关系研究等领域。不难发现，上述研究领域不少与俄国文学研究比较关注的领域相交叉。如这时期俄苏学界出现的不少有深度的关于中俄文学关系研究的著述，这些成果也成了比较文学学科成就的有机组成部分。此外，在比较文学界就关注的一些重要的理论问题（如全球化与民族主义、比较文学研究与文化的关系、影响研究在当代的作用、比较文学与世界文学学科的建设等）进行探讨时，都能见到有俄苏文学学术背景的学者的参与，俄国文学研究的积极成果和研究者对俄国文学与文化的了解与把握有助于与此相关的研究的到位和深入。

20 世纪 90 年代以来，比较文学的蓬勃发展，特别是它的汇通理念和开拓意识，吸引了众多俄国文学工作者的目光。许多研究者不仅在与比较文学交叉的领域投入了更多的热情，而且在领会"比较"真谛的基础上，在所谓纯俄国文学研究的领域也以更开阔的视野和胸襟展开自己的研究，从而使中国的俄国文学研究的研究领域和研究深度得以进一步拓展和加深。这里包括俄国与西方文论之间

---

① 如《评俄国历史文化学派》、《苏联的比较文学研究及其理论探索》、《苏联的历史比较文艺学》、《维谢洛夫斯基的历史诗学研究》、《类型学研究：定位与背景》、《世界比较文学格局中的俄国学派》等。

的比较研究、中俄文论和文学之间的比较研究、俄国文论对中国当代文学批评的影响等诸多方面。比较文学的学科意识也推动了俄罗斯文学研究者在经典作家研究方面突破传统，取得新的具有开拓意义的成果。如有位从事俄罗斯文学研究的学者以比较的视野探讨双语作家纳博科夫文学世界的跨文化特征，对纳博科夫独特性有了更为准确地把握。如果说包括俄苏文学在内的外国文学及诸多相关学科的研究为比较文学奠定了展开广阔研究的基石的话，那么比较文学则为俄苏文学研究提供了极具学术价值的理念和视野。相信这样的双向互动将会在今后的学术发展中进一步展示它的魅力。

祝愿北大比较所在今后有更加长足的发展，继续引领中国比较文学研究走向更加辉煌的明天。

听草婴先生谈翻译[①]

草婴先生今年已 90 高龄了,先生是我敬仰的长者。因专业关系,与先生多有接触,也在不同场合听到先生谈起过对翻译的看法。最近的一次是在 2010 年 11 月,在我校举办的纪念托尔斯泰逝世一百周年的学术会议上。那天,先生在夫人的陪同下,坐轮椅来到会场,并作了发言。先生谈到了托尔斯泰的艺术成就、人格力量和人道主义思想,也谈到了他翻译托尔斯泰作品的体会。先生说得很动情,也很深刻,这是一个把自己的精神血肉融入翻译事业的不平凡的老人。

不过,就我所知,草婴先生谈翻译,比较集中的一次是他在 30 多年前开的系列"翻译讲座"。那是 1980 年的秋天,地点在华东师大的文史楼。讲座间隔 3 周进行一次。当时,先生被聘为华东师大兼职教授,他是作为教授的身份来为关注俄罗斯文学的师生传授他的翻译理念和翻译心得的。尽管经过"文革"炼狱般的磨难不久,讲台上的草婴先生依然精神矍铄。看得出,先生是经过精心准备的,他为听众提前发放了讲座材料,材料上印有他翻译的莱蒙托夫、托尔斯泰、高尔基和肖洛霍夫等俄国作家的中俄文对照的作品选段。先生娓娓道来,听者聚精会神。讲座内容丰富,这篇短文录下的只是片言只语,而且因时隔多年,可能不尽准确,但先生翻译

[①] 本文写于 2012 年 6 月。

理念和翻译技巧的闪光之处还是能感受到的。

先生的讲座主要分为两大部分。一是谈他的翻译理念，涉及"何为文学翻译？""文学翻译的标准是什么？""如何做好文学翻译？"诸问题。在先生看来："文学是创造性的工作，文学翻译是再创造的工作，也是一种艺术工作。""文学翻译是文化交流的一部分，要有益于中国的现在和中国的明天。""翻译者要使译本打动读者，就要把作者的形象思维传达给读者。所谓'文学翻译'就是这种传达过程。""翻译时，作品中的人物形象、作者的思想感情在译者的头脑中应该是明晰的。""优秀的文学翻译要做到让读者'如临其境，如闻其声，如见其人'。""语言文字本身是不断变化的，翻译就要用中国读者当下习惯使用的语言文字。""我认为，文学翻译优劣的标准就是看译者能不能完整地和真实地把原作者的思想感情传达给读者，越完整越真实越好。""翻译者应该设想，如果原作者能用译文的语言写作时，他可能会运用什么样的字句来创作。""要保持'洋味'，反对'洋腔'。所谓'洋味'，指的是外国作品里本来就有的外国风俗、外国人的性格等。不能冲淡，更不能改变。所谓'洋腔'，是指语言文字上的外国习惯和外国用法。一般情况下，要尽量避免。""要充分尊重原作的风格，同时译者也要有自己的风格。就像是演员，同样是演《雷雨》中的角色，演员各人会有不同的风格，但他们都忠实于曹禺原作的风格。当然，有时译者个人风格过强也会损害原作的风格。""翻译理论应该'百家争鸣'，翻译实践应该'百花齐放'。""决定文学翻译水准的高下，过硬的外文水平当然不可少，但更重要的是中文水平。有志于文学翻译的，要把一半以上的时间用于提高本国语言的修养上。"

二是谈他在俄罗斯文学翻译中的心得体会。与一般的翻译课程的最大区别在于，这是一位成就卓著的翻译大家结合自己的翻译实践的经验之谈，因此十分生动，也十分珍贵。先生认为，要特别重视原文中的动词的翻译,动词是句子的灵魂,一个句子译得好不好往往取决于动词译得准不准;在处理句子的长短问题上,总的原则是尊重原作者,作家在作品中描写动作和描写内心活动时会用不同的句式,但也要考虑中文的特点,一般来说,中国读者不喜欢太长的句子,处理时既要根据原文情景,又要考虑读者的欣赏习惯;对话在小说和戏剧中特别重要,翻译对话时要注意人物的身份和性格特征,要恰如其分,要生动和口语化;姓名翻译要避免硬译,外国人的姓名对中国读者是个负担,翻译时要设法减轻这种负担而又不损害原作,姓名尽可能简化,尽量做到一个人一个名字,但对话中要保留俄罗斯人的称呼习惯;翻译描写风景的文字,要注意景物的色彩、形状和声音等的翻译,注意原文中风景描写与人物活动背景的关系,为了传达出原文的意境,必要时可以加个别字,使译文的语气更连贯;中文中表达褒贬的方式比外文多,在翻译时要斟酌字眼。先生在讲座中还涉及了一系列在文学翻译中常常会遇到的具体问题,诸如译文中的成语和谚语的处理问题,主语的位置问题,度量衡的中译文表达问题,标点符号、叠字和短语的翻译问题,等等。

那年,草婴先生才50多岁,他给自己设定的译出托尔斯泰全部小说的宏大计划也才起步不久。但是作为翻译家,他的翻译思想已经成熟,他的翻译技巧已到达炉火纯青的境地。草婴先生结合自己的翻译实践所举的例证又非常鲜活,如他在谈人物外貌的翻译时,他举的是安娜外貌的翻译,而此时先生翻译的《安娜·卡列尼娜》已进入尾声;他在谈风景描写的翻译时,他举的是《当代英雄》中的有关描写,而此时他在"文革"前翻译的莱蒙托夫的这部名作刚刚问世。因此,这样的讲座,对于关心文学翻译和喜爱俄罗斯文学的听众来说,无疑是接受一次翻译艺术和人格魅力的洗礼。

先生的这些言谈虽然朴实,但却是一个成熟的艺术家的肺腑之言。今天,当我们拥有了这么多洋洋洒洒的谈翻译理论的著述,拥有了前人所无法比拟的大量的文学翻译成果时,我不知道新一代的文学翻译成就和翻译水准是否已经有了实质性的超越?作为文学翻译作品的忠实读者,我读到过当下的一些优秀译作,但不少译作读来则让人遗憾。也许,在如今略嫌浮躁的译风面前,我们还是有必要重温先生关于翻译的见解,有必要认真研读那些将文学翻译视作生命的翻译大家的翻译力作。

我始终相信,优秀的文学翻译家的翻译工作是与人格的力量关联着的。前几年我让一位研究生以草婴先生的翻译艺术为题做过一篇学位论文,文末有段话表达的也是这个意思:"如草之青,如婴之纯,当我们再度审视草婴走过的翻译生涯和人生道路时,透过历史的长廊,我们感受到一种时光的沉重,同时也看到了一种穿越时光的力量,那是一种从恬淡人生透悟出的人格力量,是一种宽广而深刻的生命视野。"

世纪之交的中国比较文学研究[①]

90年代下半期以来,我国的比较文学研究稳步发展,势头良好。成果数量多,质量总体也不低。从问世的一百多部专著和近千篇论文来看,不少成果相当扎实且具开拓性。比较文学研究成果相对集中在以下一些领域:

中外文学比较研究。这是国内比较文学研究的传统领域,长时间来,这方面的研究成果始终占据着中国比较文学研究的半壁江山。90年代下半期,当历史的脚步接近20世纪终点时,有意识地探寻中外文学双向交往轨迹或进行跨文化比较的著述明显增加,出现了一些颇有学术分量的著作。如钱满素的《爱默生与中国——对个人主义的反思》(1996)、卫茂平的《中国对德国文学影响史述》(1996)、钱念孙的《朱光潜与中西文化》(1996)、朱耀伟的《当代西方批评论述的中国图像》(1996)、高旭东的《鲁迅与英国文学》(1996)、严绍璗等的《比较文化:中国与日本》(1997)、刘海平主编的《中美文化的互动与关联》(1997)、应锦襄等的《世界文学格局中的中国小说》(1997)、黄鸣奋的《英语世界中国古典文学之传播》(1997)、陈建华的《20世纪中俄文学关系》(1998)、何文祯的《中西文学的撞击与融合》(1998)、饶芃子等的《本土以外:论边缘的现代汉语文学》(1998)、王向远的《中国现代文学比较论》

[①] 本文写于2000年6月,应全国哲社规划办之约所写的"九五"调研报告。

(1998)、汪剑钊的《中俄文字之交——俄苏文学与二十世纪中国新文学》(1999)、饶子主编的《中国文学在东南亚》(1999)、解志熙的《生的执着——存在主义与中国现代文学》(1999)、曹顺庆等的《中外文学跨文化比较》(2000)、徐志啸的《近代中外文学关系》(2000)和严绍璗的《汉籍在日本的流布研究》(2000)等。

翻译研究。近年来，比较文学界对翻译在文化变动时期的作用产生了较为浓厚的兴趣，翻译研究收获颇丰。值得注意的是，研究者的注意力一般不在于对文学翻译过程作价值判断，而是着重研究文化环境对翻译造成的影响，也就是说看重的是从文化层面上对翻译进行的研究。这种研究涉及了文学翻译时出现的意象错位、意象变形和文化接受等一系列问题。这方面比较重要的著作有：许钧主编的《文学·文字·文化——〈红与黑〉汉译研究》(1996)和《翻译思考录》(1998)、谢天振的《译介学》(1999)、孙致礼的《1949—1966：我国英美文学翻译概论》(1996)、罗选民等编的《外语·翻译·文化〈一、二〉》(1997，1999)、王克非的《翻译文化史论》(1997)、张经浩的《译论》(1996)、张柏然等编的《译学论集》(1997)、耿龙明主编的《翻译论丛》(1998)、郭延礼的《中国近代翻译文学概论》(1998)、马祖毅等的《汉籍外译史》(1998)、王宏志的《重释"信达雅"：二十世纪中国翻译研究》(1999)等。

比较文学学科理论研究。比较文学作为一门交叉性和边缘性的学科，它的学科理论仍处在不断的建构之中。国内有些人对比较文学的研究价值持怀疑态度，对它的发展前景感到困惑，这说明国内比较文学学科理论的建设还很薄弱。有的研究者指出："没有理论建设便不可能建立学科的理论体系，不能获得自觉的理论意识，更无法很好地摸索学科的发展方向，当然，也就影响到学科的健康发展。"①因此,近年来出现了不少深入探讨比较文学的基本概念和研究对象、比较文学的研究体系与方法论、比较文学与当代文化理论的关系、比较文学的发展历史和当前趋势等问题的专著、教材、论集和文章(其中教材建设颇有成绩)。如徐志啸的《中国比较文学简史》(1996)、曹顺庆主编的《比较文学新开拓》(1996)、陈惇等主编的《比较文学》(1997)、张铁夫主编的《新编比较文学教程》(1997)、徐杨尚的《什么是比较文学》(1998)和《中国比较文学源流》(1998)、王福和的《比较文学新论》(1997)、黄维梁等编的《中国比较文学学科理论的垦拓》(1998)、乐黛云等著的《比较文学原理新编》(1999)和曹顺庆主编的《迈向比较文学新阶段》(2000)等。

中西文论比较研究。从80年代中国比较文学复兴期开始,中西文论的比较研究就受到人们重视。进入90年代,研究者开始思考如何将这一研究引向深入。经过多年的努力,90年代下半期出现了一些视角独到、扎实厚重的学术专著,从而使中西文论比较研究成为收获颇丰的一个研究领域。在具体的操作上,有的学者从文化基本生成规律和学术运作规则入手,作"文化探源式的跨文化比较研究";有的学者运用现象学还原的方法,展开具有不可通约性的两大话语体系的对话;有的学者则试图通过对东西方文论交流现象的研究,开辟一条沟通东西方文艺理论的通道。比较有影响的著作主要有:朱徽的《中英比较诗艺》(1996)、王宁等编的《弗莱研究:中国与西方》(1996)、周发祥的《西方文论与中国文学》(1997)、钱中文等的《中国古代文论的现代转换》(1997)、曹顺庆的《中外比较文论史——上古时期》(1998)、朱希祥的《中西美学比较》(1998)、王晓平等的《国外中国古典文论研究》(1998)、刘介民的

---

① 陈惇:《三个值得探讨的理论问题》,《中外文化与文论》第3期(1997)。

《比较诗学》(1998)、余虹的《中国文论与西方诗学》(1999)、饶芃子等的《中西比较文艺学》(1999)和殷国明的《20世纪中西文艺理论交流史论》(2000)等。

文学人类学研究。这一领域的研究在中国80年代以后已经逐步引起人们的关注,并在90年代下半期开始形成比较文学下面的一门分支学科(1997年底在厦门召开的国内首届文学人类学的学术研讨会可以说是一个标志)。学者们认为,文学人类学的出发点是把文学作为人类存在的方式加以研究,又从全人类的生存观照文学,是文学和人类学学科相撞的产物。它顺应了世界文化从现代转向后现代,从殖民主义转向后殖民主义的语境。它进行的是跨文化的文学研究。目前,学术界对文学人类学的学科体系还有不少争论。这一研究领域所取得的具体成果虽然不是很多,但因其常发人所未发而一直吸引着人们关注的目光。近年来比较有影响的著作主要有:于长敏的《中日民间故事比较研究》(1996)、叶舒宪的《高唐神女与维纳斯——中西文化中的爱和美主题》(1997)、叶舒宪等的《中国文学人类学论集》(第一、二辑,1998)和张德明的《人类学诗学》(1998)等。

文学与宗教关系研究。宗教是一种特殊的文化现象,可以说人类最初的文化就是宗教文化。宗教和文学在认识和把握世界的方式上既有明显的不同又有某些相通,各国文学在自己的发展过程中几乎都与宗教发生过这样或那样的联系,有的甚至是很密切的联系。这方面的研究以前也有人做,近年来关注的人有所增加,出现了一些比较有影响的著作,其中主要有:郑欣淼的《鲁迅与宗教文化》(1996)、黄世中的《唐诗与道教》(1996)、何云波的《陀思妥耶夫斯基与俄罗斯文学精神》(1997)、祁志祥的《佛教美学》(1997)、詹石窗的《道教与戏剧》(1997)、杨剑龙的《旷野的呼声——中国现代作家与基督教文化》(1998)、刘勇的《中国现代作家的宗教文化情结》(1998)、蒋述卓的《宗教艺术论》(1998)、王列耀的《基督教与中国现代文学》(1998)和宋剑华的《基督教精神与曹禺戏剧》(2000)等。

除了实际的研究取得积极进展外,处于世纪之交的中国比较文学界还关注着一些重要的理论问题,但所关注的问题与前一阶段有了明显变化。90年代上半期学界讨论的热点主要集中在"移中就西"的倾向,X与Y的比较模式,以及"比较文学消亡论"一类的提法①,而90年代下半期学术界讨论的话题更加广泛,诸如全球化与民族主义、比较文学研究与文化的关系、影响研究在当代的作用、比较文学与世界文学学科的建设、后现代和后殖民主义、女性主义研究、中国诗学的现代化和世界化等。这种现象的出现既有全球政治经济格局变化和信息化进程加快的大背景,也与比较文学学科内在发展的需要有关。下面简要谈谈几个问题:

一、比较文学语境中的全球化与民族主义问题

这个问题中涉及的"全球化"和"民族主义"本身已超出文学研究的范畴,但是因为它与世纪之交的比较文学的发展方向有着内在的联系,所以颇受人们关注。关于这个问题,学术界分歧较大。有人对全球化表示出极大的忧虑,认为全球化其实是"西方发达国家的全球化",是"饱含着文化帝国主义话语权力及其意识优势的西方中心主义",而对于第三世界而言,民族主义则至今仍"具有克服'全球化'幌子下西方跨国资本和文化意识优势权力的积极作用"。认清这两者的关系,"对从事比较文学研究的学者来说,尤为重要。因为我们的研究模式,就是基于各国文学、文化及其意识的民族性

---

① 参见谢天振:《中国比较文学的最新走向》,《中国比较文学》1994年第1期。

特点的"。①有人则认为上述观点是"将比较文学的问题泛政治化、泛意识形态化",认为全球化是指传统的相对封闭的空间在高科技和市场经济推动下出现的结构化运动过程,这对第三世界国家来说是挑战也是机遇。全球化不会导致"彻底的'同质化'",因为"单向传播的结果,并不由信息来源地的主观愿望决定。被接受就意味着双向传播,双向渗透"。而在当代,张扬民族主义具有危险性。比较文学研究者应该摒弃民族主义意识,而"树立跨文化意识"。②还有不少学者认为,不必在两者之间作非此即彼的选择。全球化是一种趋势,全球化的发展方向本来就是比较文学与生俱来的内在逻辑和独特的价值所在。但同时,消解西方中心主义,发扬各民族的优秀文化,也是比较文学研究的精神所在。处于当今世界文化的转型期,一些学者倡导文化相对主义,其中就不无肯定民族主义的成分,而这不等于张扬民族主义。"全球观念与民族主义之间存在着复杂的辩证关系,简单地抑此扬彼,不利于学科的发展,实际上也行不通"。③近年来,乐黛云先生倡导的"21世纪人文精神"和钱中文先生倡导的"新理性精神",正在将这一讨论引向深入。

二、比较文学研究与文化的关系问题

近年来,国内的比较文学研究领域都日益明显地出现了"文化化"的倾向,这显然有着国际文化的背景。对于这一倾向,国内比较文学界反响较强烈。有些学者认为,文化研究的崛起能使比较文学由其狭隘领地得以扩展,从而使比较文学研究摆脱危机的境地。

---

① 参见孙景尧:《全球主义、本土主义和民族主义》,《中国比较文学》1997年第3期。

② 参见王宾:《"主义"中的问题》,《中国比较文学》1997年第4期。

③ 参见陈惇:《三个值得探讨的理论问题》,《中外文化与文论》第3期(1997)。

"文化研究之于比较文学研究的作用并非仅仅是挑战，而是在更大意义上的超越。"①比较文学向比较文学的转型是一种必然趋势，被文化"淹没"的表象后面的实质是文学研究的深化。"'文化'视角的引入是解放学科本位主义囚徒的有效途径"，"它带来的将是新的'契机'而非'危机'"。②但是，也有一些学者对此表示忧虑和质疑。他们认为，比较文学的"文化化"倾向是比较文学研究的歧路，文学本体的失落将危及比较文学作为一门独立学科的存在。"文学性，这是比较文学的生命线。"③分歧的关键是：比较文学究竟是一种文学研究还是文化研究。"在比较文学中，文化研究并非不重要，但它只能作为文学研究的补充和背景，只能居于次要地位。"④有的学者指出：文学作为一种精神文化，它始终处于某种文化关系之中，文学以文化为根基。同时，文学又是人类文化成果的一种富有独特价值的载体，它总是包含着丰富的文化内涵。因此，以文化为大背景来研究文学是必要的。"但这并不意味着，比较文学必须不分青红皂白地一蜂窝趋向文化研究，把那种更大范围的文化现象当作对象作比较，并以为这就是拟议中的比较文学新学科。""文化的自觉意识是需要的，文化的时髦外衣却是多余的。也唯其如此，比较文学在不断进入当代前沿的同时，才能永葆自己的文学属性。"⑤

---

① 参见王宁：《文化研究／比较文学：挑战还是超越？》，《中外文化与文论》第4期（1997）。

② 参见叶舒宪：《从比较文学到比较文学》，《东方丛刊》1995年第3辑。

③ 参见谢天振：《重申文学性——对新世纪中国比较文学研究的思考》，《中国比较文学》2000年第1期。

④ 参见刘象愚：《比较文学的危机和挑战》，《社会科学战线》1997年第1期。

⑤ 参见张弘：《作为比较文学语境中的文化诸观念》，《中国比较文学》1998年第1期。

三、影响研究在当代的作用问题

影响研究是比较文学研究中出现最早和运用最为广泛的一种研究方法。它在历史上所起的作用是有目共睹的。自从20世纪中叶美国学派出现以后,对影响研究的非难一直存在,但它在中国的比较文学研究中仍得到极为普遍的运用。近年来,随着"20世纪中国文学的世界性因素"的命题的提出,有关"影响研究在当代中国的作用"的话题凸现了出来。有些学者认为,只有在封闭的环境中才谈得上一种文化对另一种文化的影响,因此在当代中国影响研究(包括实证的方法)已经很不可靠,"应对影响研究这种最西化的学科方式进行颠覆瓦解"。[①]有些学者则认为,这里有一个对影响研究的认识问题。当代比较文学的影响研究已内在地包含了接受研究,包含了"根据自我需求的选择、融入新知的创造性借鉴、误读(影响的焦虑)、反影响(对影响的拒绝)"等因素,因此有关命题"实际上所要'解构和颠覆'的是法国式的影响研究,而不是我们今天比较文学界已经对其内涵和研究基域拓展和深化了的影响研究。"[②]至于对实证的看法,有的学者不仅不反对,而且大力倡导"原典性的实证",认为这在某种程度上"决定了我们的所谓研究是否当真经得起文化事实的检验"。如果连基本的"关系"都"似是而非",没作严肃的考证,研究者从何谈起"接受外来文化的主体性特点",又怎样"把

---

① 参见《"20世纪中国文学的世界性因素"讨论会纪要》,《中国比较文学》2000年第2期。

② 参见查明建:《从互文角度重新审视20世纪中外文学关系——兼论影响研究》,《中国比较文学》2000年第2期。

文学还给文学"？① 这样的讨论对于比较文学研究的健康发展和走向深入是很有意义的。

四、比较文学与世界文学学科合并后的专业建设问题

1997年，国家对学科分类作了调整。在新修订的学科目录中，比较文学与世界文学学科合并为一个专业，为中国语言文学类的二级学科。面对新的格局，国内从事比较文学教学和研究的一些高校教师对调整后的专业建设问题展开了讨论。有人对这种合并方式提出异议，认为把这两门独立的学科变成一个专业，关系不顺，会影响学科的发展。但是，不少人持欢迎的态度，认为这在当前"不失为一项可行的措施"，处理得好，"会对教学改革和学科发展起到促进作用"。②一些人还认为，这标志着比较文学在高校开始由边缘走向中心。不过，对试图在高校本科教学中以比较文学课程代替外国文学课程的做法，许多人认为并不可取。理由是，本科生在知识结构上并不具备直接接受系统的比较文学专业训练的素质。因此，目前这两门课程应该同时存在，两者是互补的关系，而不是替代的关系。在关于这一问题的讨论中，有人还提出了一些颇有价值的专业建设的具体设想。③

90年代下半期，中国的比较文学研究所取得的成绩是十分可喜的，对一些理论问题的讨论也在深化，相信这一良好的势头将会在新的世纪继续得到健康发展。根据目前国内比较文学研究的状况，在以后几年里有关"中国的外国文学研究"、"中国诗学的现代化与

---

① 严绍璗：《双边文化关系研究与'原典性的实证'的方法论问题》，《中国比较文学》1996年第1期。

② 陈惇：《山东外语教学》1998年第1期。

③ 参见2000年在《中国比较文学》和《外国文学研究》等刊物上的有关讨论文章。

世界化"、"20世纪中国文学与世界"、"比较文学学科理论研究"、"文学人类学研究"、"外国作家与中国文化"、"译介学研究"、"比较美学与东西方戏剧研究"、"汉学研究"和"网络时代的文学研究"等课题将会受到关注。以上课题有的在国内有较好的研究基础,但因其领域较广尚需继续进行研究的(如"20世纪中国文学与世界");有的有重要的研究价值,而国内研究尚薄弱的(如"中国的外国文学研究");有的已取得一定的研究成果,尚可深入展开的(如"译介学研究");也有的是随着时代的发展而产生的新的课题(如"网络时代的文学研究")等。相信在新的世纪,中国的比较文学研究会有更快和更健康的发展。

作为戏剧大师的托尔斯泰[①]

我国较多介绍的是列夫·托尔斯泰的小说,而作为戏剧大师的托尔斯泰却不太为人所知。托尔斯泰一生写过十多部剧本。他的几部优秀剧本都写于晚年,而且在艺术上都有所创新。下面让我们先看几则有关托尔斯泰戏剧的历史记载:

悲剧《黑暗的势力》(1886)发表后,一年内发行超过百万册,这是俄国戏剧史上前所未有的现象。

喜剧《教育的果实》(1890)于1892年先后在莫斯科和彼得堡等地上演,演出引起轰动,"获得了极大的成功"(斯坦尼斯拉夫斯基语)。

正剧《活尸》(1900)于1912年搬上舞台,短短9个月,就在243家剧院演出9千场之多。著名戏剧家丹钦柯认为,它的上演"应当用金字来记载"。

托尔斯泰的剧作发表之后不久就陆续搬上了欧洲各国的舞台,许多著名作家,如萧伯纳、左拉等纷纷撰文盛赞。它们也是最早在我国上演的外国名剧之一。(见赵丹的《地狱之门》)

克鲁普斯卡娅回忆说:"我们难得去看戏,有时我们去戏院,但是剧本的毫无价值或者表演的虚伪,总是使弗拉基米尔·伊里奇受不了。我们常常只看了第一幕就走了。……但是有一次伊里奇看到

[①] 本文写于1982年春。

了终场,……上演的是列夫·托尔斯泰的《活尸》。……伊里奇紧张地、激动地注视着演出。"

以上记载颇能说明托尔斯泰所取得的成就,以及它们对读者和观众的巨大吸引力和感染力,显示了托尔斯泰在戏剧领域的独特才能。

一

每个时代都给艺术提出新的问题和新的任务,杰出的艺术大师往往是时代脉搏最敏锐的感受者。托尔斯泰的优秀剧作首先表现在它深刻地反映了新的时代的面貌和精神,是以新的主题和新的人物在戏剧艺术的内容方面独辟蹊径。这主要反映在以下几个方面。

其一是以"追根究底"的精神反映尖锐的社会问题。托尔斯泰的几部优秀剧作无一不和十九世纪末重大的社会问题有关。《黑暗的势力》第一次以戏剧形式反映出资本主义侵入后,俄国宗法制农村的解体和大批农民破产的真实面貌;《教育的果实》将土地所有权问题尖锐地展现在人们面前;《活尸》则鞭挞了上流社会道德的伪善和专制政权的腐朽本质。在这些剧作中,作者对人物的塑造,对阶级压迫的描写,对黑暗势力的批判并不是浮光掠影的,而是如列宁所指出的,具有"热情"、"新鲜"、"'追根究底'地要找出群众灾难的真实原因"的特点。正因为如此,托尔斯泰的剧作中反映时代面貌的深刻性方面,高于同时代的许多剧作。

其二是第一次让真实的农民形象作为主人公登上了俄国戏剧的舞台。托尔斯泰以前的俄国戏剧家,有的根本不涉及农民形象;有的虽然也写了农民形象,但形象往往不真实,或者不够真实。一直到了"真正表现了千百万农民观点"的托尔斯泰笔下,戏剧才出现了真实的农民形象。不管是虔信上帝的阿基姆,还是善良的长工米特利奇；不管是率直朴实的第二个庄稼人，还是胆怯寡言的第三个庄稼人，他们从外形、语言到性格都显得真实可信，并从不同角度真实反映了19世纪80—90年代俄国农民的面貌。列宁在阅读《战争与和平》时曾赞叹说，在托尔斯泰之前，俄国文学中没有一个真正的农民。这一论断同样适用于托尔斯泰的戏剧创作。

其三是成功地塑造了19世纪末知识分子的典型形象。19世纪末期，俄国的专制政权已濒临崩溃，人民反抗的浪潮和民主主义的情绪不断高涨。在这样的时代潮流中，大部分知识分子的思想处于深刻的矛盾之中。他们既不愿依附于统治阶级，又不愿投身推翻专制政权的斗争中。如何反映这一阶层人们的内心世界，正是时代向作家们提出的新课题。托尔斯泰和契诃夫以他们敏锐的洞察力，在戏剧中出色地塑造了这一类知识分子的典型形象。托尔斯泰塑造的多是出身贵族阶层，但又从这一阶层中挣脱出来的贵族知识分子的形象，而契诃夫塑造的大多是平民知识分子的群像。两位作家从内容的需要和时代的特点出发，共同开创了俄国"心理剧"的先河。

二

戏剧冲突在内容上深刻的程度，往往是剧作能否成功的一个关键。托尔斯泰在戏剧冲突的处理上也是匠心独运。《黑暗的势力》一剧在这方面就很有特色。

该剧以一件真实的案件为基础，描写了在宗法制逐步瓦解的、半农奴制的俄国农村发生的一场家庭悲剧。主人公彼得病重，他的后妻阿尼西娅与长工尼基塔为了金钱而谋害了他。两人成亲后，尼基塔又与彼得前妻之女私通，后又活埋了私生子。剧本最后以尼基塔良心发现，向众人忏悔而告终。

按照一般的处理方法，剧中的两起杀人事件足以构成戏剧冲突,但托尔斯泰却有意避开了这些事件,把它们写得很平淡。谋害者和被害者之间并没有构成尖锐的矛盾冲突。戏剧冲突却是主人公尼基塔本身矛盾性格的激烈冲突。随着剧情的发展,这一冲突在人物灵魂深处逐步展开。

尼基塔原先是农村中的长工,在金钱势力的毒害下,灵魂渐渐堕落,直至受人怂恿,陷入杀人的泥淖。但作者没有将这个人物简单化,而是始终展示其灵魂深处的紧张搏斗和性格矛盾面的尖锐冲突。人物性格中的善良与邪恶,人性与兽性之间的冲突表现得异常激烈。经过前几幕的反复较量后,在第四幕的高潮中,这种冲突达到了白热化的程度,最后尼基塔终于当众忏悔,灵魂得救。这一结局,应该说是掺入了托尔斯泰道德说教的成分。然而,纵观全剧,托尔斯泰这样安排和展开冲突是颇有新意的,它极为真实地反映了19世纪80年代俄国农村的黑暗状况,并深刻揭示了人的灵魂中内在的冲突,从而产生了一种令人耳目一新的艺术效果。

同样,《活尸》在组织戏剧冲突方面也颇有特色。冲突的主线是在"三个好人"(费加与丽莎和卡列宁)之间展开的,然而冲突的双方在剧中却几乎没有直接的、激烈的交锋。托尔斯泰一向认为:"如果艺术作品的内容是无比多样的,那么它们的形式也应该如此。"作者之所以作这样的处理,一方面与主人公费加的性格有关,费加是一个不满社会腐败又逃避现实斗争的"多余人",他与一般戏剧作品中积极行动的主人公形象有所不同;另一方面作者是为了强调费加的对立面不仅是出现在舞台上的个别人物,而是整个上流社会的伪善道德以及它的支柱——专制制度。因此,当费加在第六幕中愤怒抨击专制制度的代表——法官老爷时,这条冲突的副线就与主线有机地交融在一起了。

三

细腻的心理刻画是托尔斯泰剧作的又一特色。作者在现实主义社会剧的基础上，运用他描写人物心灵的精湛手法，把人物的精神世界的变化与生活的矛盾冲突紧密地联系起来，在俄国心理剧发展的道路上作出自己的贡献。

托尔斯泰不少剧作的主人公内心世界都比较丰富，这特别表现在《活尸》一剧中。主人公费加作为世纪末的知识分子，内心世界比较复杂，他的感情具有紧张性和爆发性的特点。为了刻画费加丰富的内心世界，托尔斯泰调动了各种戏剧表现手法来达到这一目的，如对话、独白、动作、环境和人物相互之间的烘托等等。

第三幕阿勃列兹科夫公爵受卡列宁等委托拜访费加就是一例。当公爵说明来意后，

> 费加：（激昂起来）什么意思？我没意思。我让她完全自由了。还有，我永远不会打扰她了。我知道她爱维克多·卡列宁。那么，随她去吧！我认为他是个很沉闷，但又很体面的人，我想他们会像俗语所谓夫唱妇随的。而且——希望善良的上帝保佑他们！就这么回事儿！
>
> 公爵：是的，可是我们……
>
> 费加：（插嘴）别以为我有一点儿嫉妒。要是刚才我说维克多沉闷，那我现在收回这句话。

这时，情绪激动的费加已产生了"自杀"的念头。他"久久地坐着，默不做声，脸上带着一丝微笑"。而后又喃喃道："好。很好。就该如此。好极了。"

在这一幕中，费加时而对公爵大段陈述，时而又断断续续、词语重复地自我独白；时而讽刺、揶揄，甚至打断公爵的谈话；时而又久久地默默静坐。这些都生动地揭示了费加内心的矛盾、痛苦和感情的起伏变化，以及他对伪善的上流社会的极端厌恶，决意要摆脱它的束缚的复杂心情。

此外，作者还采用了戏剧冲突的内在紧张性与人物心理的复杂性交织的方法来揭示主题和刻画人物。如剧中女主人公丽莎是以上流社会"无可指责的人"出场的。她对丈夫费加的出走感到痛苦。而当她得知费加"自杀"时，她表露了心迹，原来她早就钟情于"规矩"的卡列宁。这时丽莎似乎对费加充满怀念和感激，并自责为"不道德的女人"。剧情发展到第五幕，当费加没死的消息传来时，丽莎霎时"脸色发白"，号叫道："我真恨死他了！"随即又呜咽、怒骂、痛哭，而后冲出门外。作者在剧情突转时，以几个连贯的动作将丽莎真实的内心世界淋漓尽致地展现在人们面前。

四

晚年的托尔斯泰对统治阶级与下层人民之间的严重对立有了更深刻的认识，因此他特别注意运用对比的手法来加强作品的批判力量。这样就形成了他的剧作的又一个鲜明特色。

他主要运用了一下两种对比手法。

一是人物之间对比。托尔斯泰特别注意把不同的人物从思想、社会地位和性格等方面加以对比。如《教育的果实》中贵族小姐别特茜和女仆塔妮雅。两者年龄相仿，都是20岁左右的姑娘，可是一个是地主家的千金小姐，百无聊赖的交际花，另一个却是供人使唤的穷丫头；别特茜骂庄稼人"真蠢"，塔妮雅见到庄稼人"分外亲热";别特茜"举止轻佻,风骚好笑",塔妮雅勤快朴实,健康活泼;别特茜说话夹法语,"学男人,带夹鼻眼镜",塔妮雅一心向往生活在纯朴的农民中间;别特茜智能低下,无所事事,塔妮雅机智灵活,巧妙地耍弄老爷,帮助了庄稼人……这种别具匠心的多侧面的对照,不仅使人物形象丰满,而且从本质上揭示了生活真实,效果甚佳。

　　二是场景的对比。如《教育的果实》第二幕中,同在仆人的厨房内,前场几个庄稼人正躲在角落里为土地,为自己的生活犯愁,紧接着上场的几位老爷太太却为试验所谓降神术而折腾不休。又如第四幕中,同在老爷的客厅里,别特茜和可可少爷正穷极无聊地议论着化装舞会的事,可是不一会儿几个庄稼人却为了得到一点活命的土地,忧心如焚地闯进来,向老爷苦苦恳求。这种场景的迅速转换和鲜明对照,深刻地反映了阶级对立的状况,从而有力地揭示了剧作的主题。

　　这种场景的对比在《活尸》中表现得也很突出。《活尸》的前五幕,每幕各两个场景,它们分别是卡列宁、丽莎等人的生活情景与费加的生活情景的交替展现,剧情就在这种极为强烈的对照中发展的。在《黑暗的势力》第四幕第二个场景里,一面是后台传来的隐隐杀害婴儿的嘈杂声,一面是前台心地纯朴的阿妞特卡的惊恐和善良的米特利奇妮妮的话语声。这样一隐一显的两个场景的对照,以惊人的力量揭示了几个主要人物的性格和罪恶产生的根源,并且避免了在舞台上出现过于恐怖的场景。

　　创新是艺术的生命,大凡有成就的艺术家都是作品的内容和形式的革新家。而那些具有久远审美感染力的作品也必然是艺术家在审美理想指导下进行出色的艺术创新的结晶。托尔斯泰曾经说过:"在文艺作品中,必定要有某种新的东西,自己的东西。关键倒不在怎么写。……在创作中一定要在某方面比其他人有所前进,哪怕只是发掘极少量的一点新东西也是有益的。"作为戏剧大师的列夫·托尔斯泰之所以在剧作方面能取得这样高的艺术成就,其中一个重要原因,就是与作者在艺术上的创新分不开的。

《乡村》读后(外一篇)[①]

一、历史地描绘旧俄农村的杰作

——蒲宁《乡村》略谈

蒲宁发表于1910年的中篇小说《乡村》,不仅是他小说创作的代表作之一,而且也是20世纪初俄国文学的重要收获。高尔基说:"在蒲宁之前,还没有人这样历史地描绘过(俄国的)农村",并认为它具有"头等重要的艺术价值"。

小说的主人公季洪和库兹玛是两兄弟,祖上曾是农奴。兄弟俩开始一起做小生意,后因伤了和气而分道扬镳。哥哥季洪在当地开了一家小酒馆和小客店,而弟弟库兹玛则给牲口贩子当了雇工,远走他乡。季洪手脚麻利,心狠手辣,很快就发了迹。四十岁上下,他购得了杜尔诺夫卡庄园,成了地主。季洪常去城里赶集,了解普遍贫困的状况,因此他愈益将积聚财产看作是世上最重要的事情。

1905年爆发了第一次俄国革命,这在偏僻的外省乡村也激起了反响。季洪对政府的烧酒专卖权侵害了他的利益感到不满,因而一度兴高采烈,但是很快就传来了革命即将剥夺地主土地的消息,季

[①] 这两篇短文均写于1988年年初。

洪"内心的仇恨苏醒了",他恶狠狠地咒骂革命。有一天,杜尔诺夫卡的农民也聚集在一起造反了。季洪闻讯,驱马前去威胁。愤怒的农民反而涌进他的庄园,把他逼上台阶,使他不得不狼狈地逃之夭夭。在同一天,全县的农民都起来造反了,有的地方还焚烧和捣毁了几座地主庄园。季洪和当地的地主都逃进城里,想求得当局的庇护。然而,革命风波在当地很快就过去了,乡村又像昔日一样死气沉沉。季洪决定离开使他坐卧不宁的杜尔诺夫卡,去城里做粮食生意。

这些年来,库兹玛走了一条与季洪不同的生活道路。库兹玛正直善良,求知欲很强,在一些新思想的影响下,对社会黑暗不满。他喜欢文学,经过刻苦自学,出了一本诗集,但是贫困一直压得他喘不过气来,他在四处漂泊中变得消沉起来。这时,他收到了季洪的信,请他去管理庄园。生活无着的库兹玛答应了季洪的请求,来到了杜尔诺夫卡。回到家乡后,库兹玛虽然对粗野愚昧的风俗"害怕到了麻木的程度",但是内心深处却又喜欢这种生活,并渐渐为它所同化。

《乡村》以两位主人公的生活道路为主线,为读者展示了真实得让人心颤的俄国农村极端贫困的生活场景。杜尔诺夫卡这一带土地肥沃,可饥荒不断。附近一个城镇虽以粮食生意兴隆闻名全国,然而"城里只有一百人能吃饱肚子",满街是乞丐、娼妓、残疾人。农民住在仿佛是穴居时代的泥屋里,那屋子矮得像从地里长出来似的,屋顶腐烂发黑。庄稼汉个个蓬头垢面,骨瘦如柴。他们喝的是浑浊的臭水,但对他们来说,"水又算什么,没粮食吃啊……"因此,连季洪也不由得感叹道:"唉,到处是贫困!庄稼人倾家荡产,败落到连一个小钱也拿不出来的庄园在本县到处都是。"小说通过一幅幅典型的画面,深刻地反映了20世纪初俄国社会经济崩溃、民不聊生的状况。

然而，更令人触目惊心的是农民心灵的扭曲和精神的畸形。蒲宁在谈到《乡村》时指出："我不是企图在描写五光十色的农村生活琐事。最使我感兴趣的是含义更深的俄罗斯人的心灵以及描写斯拉夫人的心理特征。"千百年来处在极端闭塞、落后、贫困的环境中的杜尔诺夫卡的庄稼人，善良但又愚昧无知，纯朴却又麻木粗野。革命风波到来时，他们出于本能的反抗意识起来造反了，但是由于没有从根本上改变生活现状的自觉意识，因此短暂的激动很快烟消云散，此后依然是向地主脱帽行礼，依然是安于令人窒息的生活。小说中的阿弗多季娅形象是有典型意义的。这个来季洪庄园打短工的农民被压在生活的最底层。季洪奸污了她，又害死了她的丈夫，而后为了保持自己的心理平衡，又随意将她许配给另一个农民。阿弗多季娅的不幸遭遇令人扼腕，但是更使人感到震惊的却是她那逆来顺受的心理。这是一种长期因袭下来的可怕的精神状态。

小说中的两位主人公尽管生活遭遇不同，但他们身上流的却都是"杜尔诺夫卡的血液"。作为暴发户的季洪，生活条件远较农民优裕，对待革命的态度也与专制政府合拍，可是他的愚昧凶残、庸俗粗野同样是"杜尔诺夫卡"的产物。更可悲的是库兹玛，尽管他力图摆脱因袭的精神状态，追求新的精神力量，但是黑暗的现实和自身的弱点，使他找不到真正的出路，他最终还是成了"杜尔诺夫卡"的精神上的俘虏。

无疑，"杜尔诺夫卡"是当时的和历史的俄国社会的缩影。作者通过小说中的一个人物的口指出："俄罗斯整个儿是乡村"。正因为是这样，高尔基认为《乡村》写的是"俄罗斯和它的历史"。这部作品从客观上揭示了俄国革命所面临的一个极为迫切而又重要的问题——使千百万农民群众精神上觉醒的问题。《乡村》中，作者对1905年大革命在农村激起的风波的出色扫描，艺术地阐明了农民尚未真正觉醒是这次革命失败的一个重要原因，以及改变农民因袭的精神状态的艰巨性。当然,由于作者本身的局限,他看不到正在崛起的俄国无产阶级的力量,因此作品的基调比较低沉。然而,尽管如此,这部作品还是以其现实主义的力量"促使支离破碎、摇摇欲坠的社会去思考一个严酷的问题:俄罗斯能不能存在下去?"小说对处在革命失败后的黑暗时期的俄国民众来说,显然有着振聋发聩的作用。

《乡村》是蒲宁全部作品中最受评论界关注的作品之一。除了它丰富的思想内涵外,这与小说在艺术上具有独到之处也是分不开的。这部作品构思巧妙,它以揭示民族的心理特征为潜在的统摄力量,在看似松散的结构中展示了广阔的生活画面,真实、自然,"形散而神不散"。小说中除了两个主人公外,还先后有数十人出场,这些人物有的仅寥寥几笔,可往往形神俱在。小说中不管环境氛围的渲染还是人物言行的描摹,都充满着旧俄乡村浓郁的生活气息和民族色彩。小说语言丰富、明快、有力。正因为这样,评论界普遍给予好评,称赞它是一部"出众的"、"才华横溢的"小说(沃罗夫斯基语)。《乡村》充分显示了蒲宁作为一位艺术大师的卓越功力。

二、为沙俄军队塑像

——库普林《决斗》简说

俄国在1904年至1905年的日俄战争中遭到了惨重的失败。此后不久,1905年5月,长篇小说《决斗》在高尔基主持的知识出版社问世,作者是俄国批判现实主义文学最后一代的优秀代表库普林。小说发表后,高尔基立即表示赞赏:"一部好极了的小说!我认为它会对一切正直的、有头脑的军官产生不可抗拒的影响。"

《决斗》的背景是沙俄军营,主人公是某步兵团六连的少尉排长罗玛绍夫。罗玛绍夫是个善良软弱、爱好幻想的青年军官。他曾经有过自己的美好追求,对前程充满着热切的希望。当他刚从军校毕业来到这个步兵团时,他为自己制定了一个雄心勃勃的计划,他打算系统地学习文学、音乐、法语、德语,打算密切注视社会生活和自然科学的发展,还打算报考军事学院……然而,沙俄军队的黑暗现实无情地打破了他的一切幻想,他也开始与其他军官一样沉沦下去。他尚有良知,想跳出这个使人毁灭的泥坑,但是从军校到军队,他始终与社会隔膜,没有实际生活的能力,同时他也缺乏脱离军队、投身新生活的勇气,因此只能终日沉浸在矛盾和苦恼之中。罗玛绍夫在与舒洛奇卡的感情纠葛中寻找精神寄托,结果导致他与舒洛奇卡的丈夫尼古拉耶夫的决斗,并在决斗中受伤死去。罗玛绍夫的空虚、沉沦和不幸命运是当时这一类青年军官的真实写照。

  小说以罗玛绍夫的遭遇为主线,广泛地描写了沙俄军队的腐败面,准确地勾勒出了军阀制度的罪恶所在。在沙俄军队里,大部分军官已经丧失了自己的个性,仅仅成了刻板条令和规章制度的驯服工具。小说中出现的军官形象或残暴成性,或酗酒嫖赌,或心理变态。如准尉列兹金形象就很有典型性:"他看不起一切超越他那狭隘的生活习惯的或者他所不理解的东西,他看不起科学、文学、所有的艺术和文化;看不起首都的生活,更看不起国外的生活,虽然他对它们一无所知,他毫不例外地看不起所有的芸芸百姓;看不起那些受过高等教育的预备役准尉,近卫军和总参谋部,异教和少数民族,良好的教养,甚至一般的整洁;他特别看不起戒酒、礼貌和贞洁。"这就是沙俄军队造就的畸形人物,他们愚昧无知却又目空一切,外表显赫却又腐败野蛮,他们远离人民,并与之对立。即使作品中描写了个别素质较好的军官(如被列夫·托尔斯泰称为"出色的正面典型"的舒利戈维奇等人),也丝毫不能改变沙俄军队的本质,而且这些军人在这口染缸里已经或正在失去原有的色彩,他们将

"在服军役中变成卑劣、胆怯、凶狠、愚蠢的野兽"。小说还以同情的笔触描写了被称为"灰牲口"的士兵,他们被迫当兵,过着极端贫乏的物质生活和精神生活,受着极为可怕的非人待遇,并往往成为军官滥施淫威的对象。小说中的赫列勃尼科夫甚至因不堪凌辱而企图自杀。

作者剖析了沙俄军队中的种种丑恶现象,并通过人物之口指出:"所谓光荣的勇敢的俄罗斯军队,都是些次品、废物和垃圾,什么都退让,什么残酷的事情都干。命令他开枪,他就开枪,——打谁呢,为了什么呢,是不是犯得着呢?他全无所谓。如果奴役的时间延续若干世纪,那么它的崩溃就将是很可怕的。暴力愈是肆无忌惮,惩治就愈加血腥。我深信,总有一天士兵不会再俯首听命。……离我们很远的地方,早就有了开阔爽朗、光辉灿烂的新生活。"作者用对美好前程的不甚清晰的描绘,为小说的阴郁基调伴上了一层亮色。

列宁在分析日俄战争的文章中曾经指出:"军政界的官僚像农奴制时代一样寄生成性,贪污受贿。军官们都是不学无术、不熟练、缺乏训练的人,他们和士兵没有密切的联系,而且也不为士兵所信任。……专制俄国的军事威力原来只是虚有其表。沙皇制度成为符合最新要求的现代军事的障碍。"小说《决斗》正是以自己卓越的艺术力量与列宁的深刻的理论阐述相映衬,它使广大读者清楚地看到了沙俄军队在日俄战争中必败的原因,并对正在风起云涌的第一次俄国大革命起了推波助澜的作用。正因为这样,小说《决斗》的发表震动了全国。当时沙俄军界的一些头面人物和右翼报刊猛烈攻击库普林,指责作者企图动摇军心和唆使社会反对军界。有人甚至惊恐地认为库普林是继高尔基之后的呼唤革命的第二只"海燕"。但与此同时,进步舆论热情支持库普林,认为这部作品写得及时、深刻。小说也激动了一部分正直的军人,有些军官联名写信给库普林,祝贺小说的成功,并认为"对于现代军界所患的溃疡,需要的不是治标,而是治本。"显然,这部小说以严酷的真实为沙俄军队塑造了一尊丑象,并将它永远钉在耻辱柱上,它的巨大的思想意义和深刻的批判力量是无可置疑的。

《决斗》是库普林的代表作,它在艺术上也比较充分地反映了作者的风格。列夫·托尔斯泰称库普林是"一个真正的艺术家,一个巨大的天才,"除了"他提出的生活中的问题比他的同行们更深刻"以外,他的小说十分注意分寸感,没有"虚假的线条","没有多余的东西"。《决斗》和库普林其他的小说一样,源于作家丰富深厚的生活基础。库普林先后在军事专科学校和士官学校就学,后又在外省小城中当过几年下级军官,因此对沙俄军队生活有切身的感受,小说强烈的真实感和分寸感与此是分不开的。小说中的几个主要人物形象鲜明,主人公罗玛绍夫身上有着作者本人的某些影子。有的形象尽管着墨不多,但仍能给人留下深刻印象。

第四辑　访俄札记

莫斯科冬日印象[①]

（6篇）

莫斯科冬日即景

我来莫斯科，正值俄罗斯隆冬时节。一下飞机，迎接我的就是漫天的风雪。气温大约在零下10度左右。坐上来接我们的汽车，在暖融融的车厢里眺望窗外银装素裹的北国世界，颇有几分新鲜。久居南国，已经很少能见到这样的景象了。

俄罗斯的冬天特别长，日照又特别短。12月底的莫斯科，早晨9点天还是灰蒙蒙的，下午4点刚过，天色已经暗淡。刚来时，很不习惯，上午的一半都快过去了，可四周还是静悄悄的。人们的活动，诸如商店营业、机关办公、学生上学等等，似乎都压缩在白天那短暂的7、8个小时里。我每次外出，时间都抓得很紧，白天一晃就过去了。

过惯了阳光灿烂的生活的人来到冬日的莫斯科，还有一点很难适应，那就是终日阴霾的天空，很难见到碧空万里的日子。以至每当云开雾散，天空放晴时，我们都会有一种莫名的兴奋。

不过，当踩着"嘎吱"作响的雪地、迎着漫天飞舞的风雪走在大街上，望着被厚厚的白雪勾勒出鲜明轮廓的建筑、雕塑、树木和

[①] 本文及后续文章的写作时间从世纪之交始至近期，断断续续发表，素材很多，但落笔不勤，希望以后在有闲暇时能再充实。

教堂金顶时，也许谁都不会否认只有这样的北国景色才最能体现俄罗斯的特色。

莫斯科的冬天自有它的魅力。冰封的河面、皑皑的白雪、挺拔的雪松、落叶的白桦、凛冽而又清新空气……白雪把一切杂乱污浊的东西都掩盖了，大地异常的洁净。当我独自在大街小巷和莫斯科河边漫步，在名人故居、纪念雕像、古老的建筑和教堂前驻足时，我总觉得正因为有这样的冬景的映衬，这些名胜古迹才显得格外高洁动人。

我曾经徘徊在新圣母公墓，凭吊先贤。那天气温低于零下20度，是去年冬天莫斯科最寒冷的一天，但天气晴朗。公墓里肃穆宁静，来的人不多。我深一脚浅一脚地在积雪的小道上走着，仔细寻觅着心仪已久的俄罗斯著名作家和其他文化名人的墓地。

那是果戈理的墓地，阳光正打在他高高耸起的胸像上。他双肩披雪，目光安详地注视着远方，仿佛还沉浸在自己创造的艺术世界之中；那是契诃夫的墓地，在围着圆形花纹的铁栅栏中，小屋状的墓碑顶上盖满了白雪，这位净化庸俗的大师已经在这里度过了将近一个世纪的时光；那是尼·奥斯特罗夫斯基的墓地，墓碑上镌刻着这位有着钢铁般意志的作家斜卧床榻的浮雕像，积雪将这幅本来就很出色的浮雕勾勒得尤为生动，我想起了他的小说《钢铁是怎样炼成的》，我至今记得少年时代它带给我的情感冲击；那是马雅可夫斯基的墓地，远远就能见到在一整块红色的大理石映衬下的作家雕像，瘦削的脸庞、蓬松的头发、圆睁的怒目，诗人似乎依然没有放下他那枝涤荡污浊的笔，一束鲜花放在墓地上，鲜红的花朵在白雪中显得格外夺目；那是布尔加科夫的墓地，在一片晶莹闪光的雪地上，有人轻轻地扒开了一角，露出一块几乎是平放着的、没有任何装饰的墓碑，上面写着作家的名字和生卒年代，如此的简朴，差点让人失之交臂，但生命就是在这样的简朴中变成了永恒……

冬日寻访名人故居

我曾经在飘雪的冬日里来到莫斯科郊外,寻访作家帕斯捷尔纳克的故居。他的故居位于佩列杰尔金诺的"作家村",多年来这里一直是莫斯科作家别墅所在地。由于不清楚帕斯捷尔纳克故居的具体方位,我们的车绕着偌大的"作家村"转了整整一圈,散落在森林中的一幢幢风格各异的别墅美不胜收。在路人的指点下,车拐进了一条满是积雪的小路,停在了帕斯捷尔纳克的故居前。1990年,在作家逝世30年后,故居才被定名为"帕斯捷尔纳克之家纪念馆"对外开放,这让人想起作家多舛的人生。眼前是多么熟悉的景象,那幢有着圆形露台的褚红色的二层木屋,我曾经无数次地在图片上见到过它。今天不同的是,多了屋前开阔的雪地和屋顶上厚厚的积雪,木屋矗立在一片洁白中,显得庄重而又雅致。帕斯捷尔纳克就是在这里度过了他生命中最后20多年的时光,在这里迎来了他无奈拒绝的诺贝尔文学奖。在二楼的大书房里,在那张靠窗的宽大的书桌上,作家完成了他的不朽之作《日瓦戈医生》,见证这一切的那盏老式台灯的灯罩已经有些破碎,靠墙角摆放着的两排书架依然堆满了作家当年用过的书籍。故居的墙上挂着不少作家速写的人物肖像画,其中有别雷、勃洛克、别尔嘉耶夫、斯克里亚宾、拉赫玛尼诺夫等曾经与主人过往甚密的作家和艺术家。望着封闭的露台里围着长桌摆成一圈的藤椅和桌上精致的茶炊,人们的思绪都会不由自主地回到小楼中那"谈笑有鸿儒"的岁月;而在那条通向木屋的雪道上,留下过多少俄罗斯文化名人的足迹……讲解员用诗一般的语言,声情并茂地为我们诉说着作家动人的故事,但我的目光常常游移到窗外林木掩映的雪地:这是多么富有诗情画意的洁白的世界啊!我们的诗人一定从中汲取了众多的创作灵感,并将它化作了动人心魄的文字。

又是一个大雪漫天飞舞的日子，我们驱车前往1812年战争的古战场波罗金诺，走了百来公里，才发现开错了方向，来到了克林。于是，我们就走进了克林市的柴可夫斯基故居。那又是一次精神上的丰餐。也是一幢二层的木屋，只是居室较多，19世纪后期这里居住着杰出的作曲家柴可夫斯基和他的亲戚们。这是一幢典型的俄罗斯式的乡村木屋，以蓝灰色为基调，配以白色的屋檐、窗框、门柱和栅栏，屋顶原是蓝色的，但如今也被白雪所覆盖。故居里的一切，19世纪古色古香的桌椅、烛台、画像、书架等，都按原样保存着。客厅中最醒目的是那架锃黑发亮的大钢琴，据说当年柴可夫斯基的朋友们常常在这里弹奏乐曲，而作曲家本人则在隔壁的小屋里谱写新的乐章。如今，主人已经离去，这架大钢琴的琴盖已很少打开，只有每4年举办一届的莫斯科柴可夫斯基世界钢琴节的金奖得主才能有幸掀开琴盖，弹上一曲。站在柴可夫斯基创作第六交响曲《悲怆》的小屋里，那熟悉的旋律涌上心头。也许，只有在这里才可以更真切地体验到柴可夫斯基当年创作的心境，才可以把握这部名作中蕴含着的与作曲家心灵相呼应的丰富情感。临离开时，我们站在雪地里留了影，将白雪覆盖的柴可夫斯基故居永远留在了我们的记忆中。

节日红场剪影

虽说因故推迟了行程，我到莫斯科时已近年末，但却在俄罗斯赶上了一连串节日：圣诞节、元旦、东正教圣诞节、俄历新年等。

12月25日的圣诞节虽然不是俄罗斯的节日，但如今不少年轻人在这一节日来临时也爱热闹一番，并不在乎它的宗教意义。相比之下，1月7日的东正教圣诞节则要隆重得多。东正教是基督教的一个独立的派系，已有将近十个世纪的历史。由于拜占庭帝国是东正教的摇篮，因此东正教又称拜占庭派系。不过，东正教中心早已移自俄罗斯。我不久前去过距莫斯科70—80公里的一个名叫谢尔盖耶夫的小镇，那是镶嵌在著名的"金环"上的一颗明珠。位于城中心的谢尔盖圣三一修道院内有许多建于14—18世纪的教堂、钟楼和教皇宫殿等，造型各异、色彩绚丽。它是俄罗斯重要的历史文化遗产，也是如今俄罗斯和世界东正教的中心，里面设有宗教大学和神学院。90年代以来，俄罗斯出现了宗教热，到处不惜功力地重修和新建教堂。最典型的莫过于在与克里姆林宫遥遥相望的市中心重修了俄罗斯最大的教堂——救世主大教堂，1999年才完工，耗资4亿美金。我去过一次，外面金碧辉煌，内部的气势也确实不一般。我接触过的一些俄罗斯朋友对于这个教堂的重建反映不一，有的赞不绝口，有的称之为浪费钱财。1月6日下午，在这个教堂里举行了盛大的仪式，普京总统出席，电视实况转播。俄罗斯人的新年休假从1月1日至1月7日，与这个节日也有关系。

当然，俄罗斯的大节是元旦新年。这个节日在俄罗斯几经变故，初为俄历9月1日，彼得大帝时改为俄历1月1日（公历1月13日），十月革命后又改为公历1月1日。由于俄罗斯地域辽阔，就时区而言，它是世界上最早迎接元旦新年到来的国家和迎接新年次数最多（11次）的国家。俄罗斯各地的人们往往要在当地时间和莫斯科时间两度迎接新年的到来。

大节来临，莫斯科的街头巷尾洋溢着浓浓的节日气氛，到处都能见到挂满了各种饰物的圣诞树和"新年好"的祝词。街头最大的圣诞树当属紧挨红场的马涅什广场上的那一棵，约有2—3层楼那么高，一个巨大的圣诞老人站在圣诞树前，不时地向来往的人们祝贺新年。

节日期间，我曾多次来到红场，目睹了俄罗斯人民兴高采烈过新年的场景。那几天天气时阴时晴，气温较低，但人们游兴未减，不管是白天还是晚上，红场上总有许多游人穿着各种式样的漂亮的冬衣，在那里游玩、购物、参观和摄影留念，尽情地享受着生活。许多家长还领着孩子，那些金发碧眼的"洋娃娃"手里拿着气球或玩具，蹦蹦跳跳，十分可爱。有些大孩子还在克里姆林宫城墙边滑雪，他们费力爬上位于博罗维奇塔楼和圣三一塔楼间的高高的雪堆，然后从上面欢叫着快速滑下。

在迎接新年来到的那一刻，随着斯巴斯克塔钟楼上零点钟声的响起，人头攒动的红场上，顿时欢声雷动，冰封的莫斯科河上空升起五彩的烟花，探照灯打出 2002 年的字样。此时，普京总统在克里姆林宫内向俄国人民祝贺新年。普京执政以来，在改善俄国所处的国际环境和促进经济发展等方面做出了不少成绩。这几年俄国国内的政治和经济形势逐步好转，居民人均收入逐年增长，这一切使普京在俄国民众中的支持率居高不下。我在红场与俄罗斯人民一起欢度新年时，真切地感受到了在国家形势好转的情况下，人们愉快的心境和对未来的企盼。

复活门前的企盼

新年里，在通向红场的复活门前，我曾诧异地发现不少人围拢在一起，居于人群中心的一个人满脸笑容地在转着圈，并向身后扔硬币，而后另一个人又进入人群中心，快乐地转圈。有的人在转完圈后还蹲下来摸一摸地上画着的黄色的圆圈。原来，这是人们在祈祷来年好运。

是啊，经历了漫长时间的政局不稳和经济萧条以后，人们企盼着新的一年好运频频。我也由衷地祝愿俄罗斯人民，但在祝愿之余不能不看到俄罗斯目前仍面临的严峻局势。俄罗斯的经济虽然已出现转机，但许多问题仍积重难返，如车臣问题未彻底解决，经济结构不尽合理，通货膨胀率居高不下，居民收入依然偏低，"光头党"阴魂不散等，都是不争的事实。我这次在莫斯科就耳闻目睹了一些以权谋私的现象（俄国人称之为"当班心态"）和乞讨的场景（俄国媒体称之为"乞讨大军"）。那些贫困的老太太、伤残军人和遭遇其他困境的人不说，令我惊诧不已的是，居然有巡警故意纠缠，向我们敲诈酒钱（在胜利广场）；有现役军人伫立街头，伸手向我们索讨零钱（在菲列夫斯卡娅大街），当然这只是俄罗斯军警中的个别现象，但这些现象本身是发人深思的。

好在普京总统是清醒的。在庆贺新年的电视讲话中，他在肯定成绩的同时明确表示："我们的计划并没有全部实现，未解决的问题还暂时多于已取得的成就。在过去的一年里并不是所有公民都改善了生活，……当我们进行总结和制定未来规划时，我们必须记住这些。"好在俄国政府近期的改革措施正在发挥作用，这些拉动经济、稳定政局的措施已经取得了实效。

当然，俄罗斯不是在一张白纸上走向复苏，科技等领域都曾达到过相当高的水平。以莫斯科的城市和文化建设为例，虽然变化不快，许多设施在吃老本，道德水准也有滑坡现象，但是总的基础不错。莫斯科市区面积超过1000平方公里，但由11条线构成的全长200多公里的地铁网络四通八达，加上其他完善的公共交通和布局合理的道路，出行便捷；城区绿化面积高达40%以上，处处可见成片的林地，有的规模还相当可观，出了中心城区后更是连绵不绝的森林和湖泊，让人叹为观止；文化生活也相当丰富，博物馆、画廊、名人故居等文化设施中举办的固定展览近200个，剧院里每天都有精彩的演出，堪称世界一流水准的芭蕾、话剧、音乐会等令人陶醉；市民的文化素质总体水平较高，爱好读书，喜爱艺术，遵守社会公德……

对于俄罗斯的前景,人们众说纷纭,如今的俄罗斯是个充满着矛盾的国家,不同观点的人都能就此发表自己的种种看法。友人在红场附近的亚历山大花园拍了一张照片:主景是四匹腾飞的骏马雕像,背景是克里姆林宫的塔楼。题为:俄罗斯能再度腾飞吗?

造访列宁墓

来莫斯科的中国人往往将瞻仰列宁墓作为首选的目标之一。列宁墓是一座花岗岩的梯形建筑,与克里姆林宫毗邻,正面大门上方用暗红色的花岗岩镌刻着"ЛЕНИН"(列宁)的字样。由于是冬日,所以大门前的花岗岩基座、两旁的观礼台、长排的雪松和成片的灌木上满是厚厚的积雪,将以黑色和暗红色的为主调的列宁墓衬托得格外庄严肃穆。

虽然苏联解体后,列宁墓前的"第一哨"已移至无名烈士墓前,但是这里仍是重点守卫的目标。每逢列宁墓开放,红场的大部分地区被封闭。在密布的军警的注视下,我经过安检和被示意脱帽后步入了大门,拾级而下。在暗淡的灯光下拐过几个弯后,眼前突然一亮,我进入了放置列宁遗体的大厅,一道明亮的光束透过水晶棺照在列宁身上。眼前安卧的列宁穿着一身黑色的西装,容貌栩栩如生。整整78年过去了,即使如传言所说目前的遗体只有头部是真的,那么经历了法西斯入侵和巨大的政治风暴以后仍能做到这一点,这本身就是一个奇迹。

走出列宁墓,顺着克里姆林宫的墙根,我来到了一片同样为世人瞩目的墓地。眼前出现的是一个个著名的政治家、思想家、文学家和社会活动家的名字,斯大林、勃列日涅夫、契尔年科、安德罗波夫、捷尔任斯基等苏共重要领导人有专门的墓地和雕像,高尔基、基洛夫、克鲁普斯卡娅等众多人士的骨灰则存放在红墙上,外面镌刻有金色的名字和生卒年代。我发现许多人的墓前都放有鲜花,而斯大林墓前的鲜花最多,对于斯大林的功过,人们仍有分歧。

沿着红墙和雪松间的甬道漫步,迎面是在阳光下金光闪烁的斯巴斯克塔钟楼,一片静穆,此情此景让人浮想联翩。风物依旧,世事已斗转星移。80多年前在这片土地上发生的"十月革命"和十多年前苏联的解体都是震撼世界的大事,中国的人们关注这片土地上发生的一切,是因为它曾与我们的命运紧紧相连。

我想起了另一次与列宁有关的参观,那是参观又一个重要的列宁纪念地——列宁山庄。山庄位于莫斯科郊外高尔克村,原是一座贵族庄园,"十月革命"后收归国有。1918年列宁遇刺后第一次来到这个地方疗养,而后这里成了他晚年生活和工作的重要场所,直到1924年去世。列宁生前住过的主楼和北厢房基本上保持着19世纪初期贵族庄园的风貌:豪华的吊灯、名贵的油画、优雅的石雕和古色古香的家具等。列宁当年只带来了大量的书,以及简朴的办公和生活用品,唯一显眼的是他和夫人卧室里作脚垫用的那两张银灰色的大狼皮,据说这是当地的一位猎人送的。庄园附近的"列宁博物馆"内藏有相当丰富的史料,这些保存完好的史料和文物仍吸引着许多远道而来的人们。至今我还清晰地记得从录音机里传出的列宁的原声讲话,记得雕塑家梅尔库罗夫的那尊令人无法忘怀的雕塑:一群年轻人悲伤地抬着列宁灵柩前行……

步出列宁墓,我留意了城内的历史遗迹,过去的痕迹似乎难以抹去。如今的俄罗斯,虽然人们不再高高举起列宁主义的旗帜,但是列宁的雕像依然高耸,以列宁的名字命名的大街、车站、图书馆等比比皆是。在今天的俄罗斯,列宁这个名字依然有着它的不容漠视的分量。

众说纷纭的俄罗斯

这次我在俄罗斯逗留时间较长,有机会接触了不少俄罗斯人,包括科学院院士、教授、作家、工程师、司机、修理工和清洁工等。虽然人们对时局的看法不尽相同,但是强国地位丧失的失落感和沮丧情绪,却是较为普遍地存在的。

我遇到过一些信仰执着的人们。有一次,我们坐车外出,时近中午,车上乘客不多,我们与司机聊开了。司机是个身材结实的中年人,大学毕业后当过工程师,后又参军服役,并以上校军衔退役。他谈起了自己的生活情况,他说自己每月可领3000多卢布的退役津贴,还有3000多卢布的薪水。也就是说,如果没有外快的话,他每月仅有200多美元的收入,生活清贫。当谈到对时局的看法时,他认为俄国走错了路,他敬仰列宁,怀念过去,对苏联解体感到惋惜。

但前不久,有家媒体在作关于"俄罗斯人是否愿意回到苏联去?"的调查时,回答却是各种各样的。有人持坚决否定的态度,如国家杜马右翼力量联盟领导人涅姆佐夫说:"或许可以回归20分钟,让对那个时代和那个国家的所有幻想都消失。"诗人沃兹涅先斯基也表示:"我不想走回头路。"有的持折中的态度,如著名演员莫尔丘科娃和记者季扎都认为回到过去是不现实的事情,但是"应该让过去生活中好的东西在今天重现";"那时有许多重要的、对人类重要的东西。那时的人们都很真诚,有希望、信仰、理想,那时人们的文化和教养要比西方高得多。"当然,也有不少人持肯定态度,如俄罗斯联盟运动领导人奥·吉洪诺夫则明确主张恢复前苏联。在该联盟召开的代表大会上还通过了决议,要求尽快举行白俄联合议会选举,并以此作为恢复苏联的第一步。不过,目前的政治和经济形势都让这样的主张和愿望显得过于空泛。其实不少俄罗斯人尽管对现状不满，尽管有怀旧情绪，但许多人都明白，过去的一切并非完美，而且泼出去的水已很难收回。

我和一些朋友一起参观过俄罗斯国家杜马（议会下院），我们与俄国自由民主党主席日里诺夫斯基有过交谈，收到过俄共党团赠送的列宁纪念章等礼物和其他议会政党的宣传材料，并旁听过议会中就巴以冲突中俄国的立场问题而展开的辩论。我发现所有的材料和辩论其实都围绕着一个中心问题——俄罗斯应该往哪里走？

当我在俄写下这些文字时，我刚刚在莫斯科模范音乐剧院欣赏了由俄罗斯功勋演员担当男女主角的芭蕾舞《茶花女》的演出，剧目扬善惩恶的主题、演员淋漓尽致的发挥和观众高度的文明教养仍让我久久回味。我由此深信，经过不断的反思和探索，俄罗斯人民一定会作出正确的历史抉择；这个经历过无数巨大的风波，并产生过众多杰出的思想家、科学家、作家和艺术家的国度会有美好的未来。

俄罗斯的中国情

（2 篇）

冬日里的中国情

冬日的一天傍晚，我与几位朋友一起前往位于老阿尔巴特街的普希金故居纪念馆参加一场室内音乐会。出了斯摩棱斯克地铁站，途径地下通道中的一家小音像书店时，我们被陈列的由文学名著改编的音像制品所吸引，停在了脚步。购买后正待起身时，有人在边上轻轻地用不流利中国话说了声："你们好！"我们转过身子，发现一位身材高大的中年俄国男子在朝我们微笑。于是，我们就一边走一边与他聊了起来。原来，这位男子因为与沈阳的一家汽车制造厂有业务联系，去年到过中国。中国给他留下了深刻的印象，中国繁荣和发展使他惊讶，中国人民的热情和友好使他感动。他一再表示，中国人好，中国伟大，俄国应该向中国学习。我们在向这位俄罗斯人表示感谢的同时，一种民族的自豪感油然而生。

与他分手后，我们都不约而同地谈到了自己邂逅或熟悉的一些俄国朋友对中国的看法。淳朴的俄国民众普遍将中国人民视为自己的朋友，我自己就一再遇到过类似的情景。在远行的列车上，一位外出探亲的俄罗斯老人听说我们是中国人，拿出点心和巧克力，一定要我们收下，她说自己没有到过中国，但亲戚朋友去过中国，都说中国好；在一个文学博物馆内，馆长出面热情接待我们，陪我们参观,请我们题词留念,并多次表示:"我非常喜欢中国!"在一个车站的售货亭前,我们问路,售货员热心地为我们指路,告别时大声说道:"向中国致敬!",同时举手致意……而那些近年来到过中国的俄国人则往往对中国赞不绝口。有位刚去过中国的科学院院士甚至说,如果80年代的苏联领导人能放下大国的架子,向邓小平先生求教,俄国也许会少走些弯路。当然,大部分俄国人对中国的了解还是不多,俄国的媒体很少全面报道有关中国的情况,但是对于中国正在发生的变化,对于邓小平的名字,俄国人是不陌生的,甚至有时还能见到有关的俄文书籍。有一天,我走过红场边上的马涅什广场,看到一个露天书摊,由于下着小雪,摊主用塑料布铺在所陈列的书籍上。透过散落的雪花,我发现其中一本书的封面是彩色的邓小平像,非常醒目。走近一看,原来是俄文新版《我的父亲邓小平》。

　　毫无疑问,汉学家是对中国感情较深的群体之一。俄罗斯科学院远东问题研究所是俄国汉学家比较集中的一个研究机构。走进该所的大门,在宽敞的电梯大厅的两侧,醒目地垂直张贴着两幅高大的中文条幅,上面书写的是孔子名言:"学而时习之不亦乐乎","有朋自远方来不亦乐乎"。我每次来到这里,读到这两句名言时,总感到十分亲切。一次,我在该所的图书馆里查阅资料,看到图书馆的墙上张贴着由"爱中国的俱乐部"出的一则活动通知,其中"爱中国的俱乐部"几个字还是用中文写的。我半开玩笑地对身旁的一位俄国朋友说,这个俱乐部好,以后我也来参加,不过我建议你们的俱乐部改动一下名称,去掉中间的一个"的"字,这不会影响俱乐部的性质,但会使名称显得更简洁些。他笑着表示同意。就在这个研究所里,有一部分汉学家一直在深入研究邓小平的改革思想,并对中俄目前所进行的改革进行比较。该所每年都出版一本研究中国政治、经济和文化的年鉴。前些年,该所还推出过一本大型论文集,书名为《在现代化与改革道路上奋进的中国》。

在俄罗斯学者家中作客

前些日子,我应使馆文化处邀请,参加了纪念李白诞辰1300周年暨俄汉学家新著《李白:诗歌与生平》发布的活动。那天,使馆大楼的门前高高挂起了红灯笼,大厅里灯火辉煌。与会的大都是著名的俄罗斯汉学家,不少人年事已高,但他们都顶着隆冬时节夜晚的寒风,赶到了中国使馆。这次盛会的主办者除了中国驻俄使馆外,还有中俄21世纪友好和平发展委员会和俄罗斯科学院等机构,中国驻俄大使张德广和俄中友协会长季塔连科等都作了热情洋溢的讲话。在灯火辉煌的大厅里,我与索洛金、李福清、博克沙宁、谢曼诺夫和费奥克基斯托夫等院士和教授作了愉快的交谈。这些俄国著名学者都深情地表示,他们已经把自己的一生献给了与中国相关的事业。

此外,我还在其他场合,如在科学院的工作室内、专门的学术会议上,以及俄罗斯学者的家中,与一些汉学家进行过多次话题广泛的谈话。在这样的谈话中,更能感受到汉学家内心深处浓浓的中国情结。我曾经应邀到莫斯科大学教授华克生博士家中作客。老人今年已76岁,但精神矍铄。他从事中国文学的翻译、研究和教学已经半个多世纪。50年代,他曾在北京大学进修,导师是吴组缃先生。当时他就译出了《儒林外史》,这是该书首次在国外出版。此后,他在中国明清文学的翻译和研究方面出了许多成果,同时也译介了不少中国现当代文学的作品。我曾经在自己的一本书中称汉学家是文化使者,华克生教授就是这样一位努力促进中俄两国文化交流的成就卓著的文化使者。他多次来过中国,他对中国的快速的发展感到由衷的高兴,希望在有生之年还能再次来中国看看。如今,尽管已经高龄,但他仍在莫斯科大学执教,仍天天笔耕不辍。他说，他觉得他所做的一切虽然辛苦，但充满乐趣，因为他热爱中国，热爱中国文化。

华克生教授的一家堪称汉学之家。老人的岳父是鄂山荫。从30年代开始，鄂山荫就是蜚声苏联汉学界的学术权威，著有和主编有《论汉语词类》、《汉语教科书》、《汉语口语教科书》、《华俄词典》和《汉俄大词典》等，80年代出版的《汉俄大词典》收词25万条，影响巨大。老人还自豪地告诉我，他的儿子也是一名汉学家。儿子的中文名字叫华可胜，今年41岁，已经是莫斯科国际关系学院的教授，出版了多部研究中俄关系的专著。当老人捧出儿子那本厚厚的关于中俄关系的博士论文时，我看出了老人内心的喜悦和深深的期待。

在与老人交谈时，我不时环顾书房内的陈设：精美的中国茶具、鲜艳的中国结、别致的京剧脸谱、满架的中国书籍，以及各种各样的中国工艺品。老人拿出作家王蒙写给他的信，信中谈的是与译介王蒙小说有关的事情；他拿出一幅中国扇面，这是李准率中国作家代表团来访时赠送的，上面书有李白的诗："不向东山久，蔷薇几度花。白云还自散，明月落谁家。"在他的寓所里，我们品茗着中国龙井，聊了将近三个小时还欲罢不能。室外寒风凛冽，室内却温暖如春。老人为能与中国学者作这样的交流而高兴，我也深为俄罗斯学者对中国的这份真情所感动。

俄罗斯光头党现象剖析

我从去年年底来到莫斯科后,耳闻目睹了俄罗斯光头党的种种劣行,我身边就有两位中国学者和一位也门朋友在郊外电气列车车站和地铁车厢里遭受光头党分子的袭击。4月以来,光头党的活动更引起了居住在俄罗斯,特别是莫斯科的外国人的格外关注,关于光头党暴行的各种消息不胫而走,人心浮动。光头党已经成为当今俄罗斯社会的一大毒瘤。

一、光头党现象种种

俄罗斯的光头党组织名目繁多,主要有"俄罗斯民族统一"、"人民民族党"、"伟大的俄罗斯"、"白人统一圣教"、"俄罗斯目的"、"鲜血和荣誉"、"ОБ—88"等,它们共同的特征是持极端民族主义观点,鼓吹"白种人至上","外国人夺取了俄罗斯人的工作岗位,抢走了最好的俄罗斯姑娘",扬言要用暴力"将一切非斯拉夫族的外国人从俄罗斯清除出去"。

光头党的成员一般都是青少年,每个群体都有首领。这些人身着短皮夹克和黑色牛仔裤,脚蹬带有金属鞋头的"虎头狗"式皮鞋,胸佩古代克尔特人的十字形符号,还把脑袋剃得光光的,以显示自己的雅利安人特征。光头党除了有组织成员外,还有不少外表与普通年轻人没有多少区别的所谓"杂牌军"。

俄罗斯光头党形成于20世纪90年代初,虽然在此前已有极少数的年轻人受到了新纳粹思想的影响。有组织的第一次大规模行动发生在1994年。俄罗斯光头党自出现以来,劣迹斑斑。近一年来,莫斯科市区几乎每月都有光头党肇事的记录。他们或成群结队游逛在街头、广场和地铁站,伺机袭击外国人;或纠集数百之众,冲击市场,殴打正在经商的非斯拉夫人。如今,遭袭击的外国人已不仅是过去的黑人和黄种人,连欧美人士也未能幸免。甚至一些国家驻俄使团的外交人员也遭伤害,为此有不少国家的驻俄使馆向俄罗斯外交部发出抗议照会。

4月20日是法西斯头目希特勒的生日,每年这个时候光头党最为活跃。今年4月初,俄罗斯光头党就开始频频制造事端。不久前,几个美国人在莫斯科红场和老阿尔巴特街游览时,遭到光头党分子的谩骂和殴打。中国旅俄人员也有人遭遇光头党袭击。4月10日,一群光头党分子又以抗议进口美国鸡腿为名,公然聚会市中心的普希金广场,集体行法西斯礼。而后,几十个国家的驻俄使馆都接到了恐吓邮件,一个名叫伊万的光头党某组织的头目声称,要在4月20日杀死他们所遇到的一切外国人,以此来庆贺希特勒的生日。为此,许多国家的大使馆要求本国公民4月20日前后,特别是夜间,尽量不要单独外出。

法西斯的幽灵居然在满目春色的莫斯科游荡,难怪有舆论责问:"今日莫斯科究竟是谁家之天下?"

二、光头党何以如此猖獗

俄罗斯为什么会出现光头党现象?光头党的暴行为什么会呈越演越烈之势?答案并非一语可以了之。俄罗斯光头党人并非是一般的暴徒,这一现象的出现有着深刻的社会背景。大致可以从以下几个方面寻找原因：

一、与俄罗斯的经济状况有关。90年代以来，俄罗斯经济状况大幅滑坡。虽然近年来情况有所改观，但根基脆弱，民众的收入依然偏低。苏联解体后，外国来俄从事经商等活动的人大增，而外国人的生活水平相对较高，这使一部分俄国人在心理上失衡。与此同时，目前俄罗斯有不少来自高加索和中亚地区，以及中国和越南等国的非法移民，其中一些人在经商或打工时，以次充好、偷税漏税，乃至无作非为的现象也不罕见。这不仅为光头党分子提供了排外的口实，也赢得一些不明事理的人对排外行为的同情。如前不久法庭在审理一起光头党聚众闹事的案件时，居然有一些老太太来到法庭门口示威。

二、与某些政治力量蛊惑人心的口号有关。90年代以来，俄国政坛始终有一股极端民族主义势力在活动。这些所谓的政治精英和光头党的所作所为颇为合拍。他们鼓吹俄罗斯是俄罗斯人的国家，要净化俄罗斯民族。如克拉斯诺达尔州州长最近发表的一些言论就说明了这一点。一些蛊惑人心的口号对那些没有判别是非能力的年轻人产生了很大的负面影响。他们的言论和对光头党表现出的好感，成了俄罗斯光头党的精神支柱。

三、与执法机关一度姑息容忍有关。俄国媒体认为，在俄罗斯的执法部门存在光头党的同情者和支持者。莫斯科警方某些高级官员曾公开表示不知道有什么光头党组织存在，并且也不想知道。因此，长时间以来，警方始终将光头党案件归为流氓闹事，许多案件不了了之。法院曾开庭审理过一起近百名光头党聚众闹事的恶性案件，但是此案不仅没有以鼓吹法西斯主义、制造种族冲突的罪名起诉肇事者，而且审理结果居然是证据不足，发回检察院重新调查。

四、与国际上新纳粹势力的影响有关。近些年来，国际上新纳粹势力死灰复燃，德国、意大利、波兰和澳大利亚等国均有光头党活动的报道。1994年，俄罗斯上映过一部关于澳大利亚光头党袭击当地中国移民的影片，这部影片对俄罗斯种族主义倾向明显的年轻人产生了很大影响。俄罗斯的光头党与德意等国的光头党组织联系密切，从所听音乐、着装标志，到选择袭击对象等光头党行为准则大都是外来货。

五、与"问题少年"教育的失控有关。参与光头党活动的多为90年代成长起来的不爱学习、品行不良的"问题少年"。学校思想教育的弱化、影视等媒体中宣扬暴力的内容的增加、因家庭破裂等原因造成的部分家庭对孩子教育的放松乃至放任自流，都是"问题少年"出现的重要原因。这些年轻人不读书，不懂历史，崇尚暴力，不知道自己的所作所为是在亵渎先辈的神灵，2700万俄罗斯人曾经在反法西斯战争中死亡，可他们却在为法西斯头目招魂。这真是历史的悲剧。

三、光头党问题的前景

俄罗斯光头党日益猖獗的活动引起了俄罗斯主持正义的人们的强烈不满，光头党的暴行以及激起的国际反响也开始受到俄国高层领导的关注。

从去年11月开始，普京总统多次就光头党肇事案发表讲话。他指出，这是一种绝对不能容忍的犯罪行为，要求加快制定有关法律，加强对极端主义的打击；他还表示，与光头党的斗争决不是与一般流氓滋事的斗争，而是关系到俄罗斯国家体制存亡的斗争，要知希特勒的冲锋队当年也是从街头啤酒馆中打打杀杀的青少年中发展起来的，如果光头党猖獗的活动再得不到有力制止，如果连外交人员及家属的人身安全都得不到保障，怎么能够指望外国投资者的积极投资？怎么能保障俄国经济的顺利发展？他强调，俄罗斯是一个多民族国家,这是历史形成的状况,要想维持这种多民族的国家体制,必须与各种极端主义进行斗争。普京把与极端主义做斗争提到了与反恐怖主义斗争同等的位置,并将打击光头党排在了内务部今后应努力完成的5项任务中的第2位,要求在打击极端主义犯罪团伙时毫不手软。

与此相应,俄罗斯内务部副部长切卡尔上将发表讲话,表示要坚决制止光头党在4月20日左右的各种滋事行为,俄罗斯警方已处于高度戒备状态,随时准备打击光头党闹事活动。4月16日,俄罗斯总检察长弗拉基米尔·乌斯季诺夫在召集各护法组织代表一起座谈时指出,光头党的活动将受到严格的监控,局势已完全在他的掌握之中,最高检察院还将对警察局的工作予以监督。

事实也正如此。就我所见,我所住的学校因有大批外国学者和学生在此居住,这几天警方明显加强了在学校周边地区的巡逻。在警方的高度戒备下,光头党在希特勒生日前后大规模闹事已无可能。而且,据俄国媒体分析,随着总统选举日期的逼近,俄国的有关政治力量为争取选民,也会在制止光头党势力的发展方面有所作为。

毫无疑问,俄罗斯人民中蕴藏着巨大的反法西斯的力量。我接触的许多普通的俄罗斯民众热情好客,对包括中国在内的各国友人抱有友好的感情。我相信,正义终将战胜邪恶。但是,如果未能铲除滋生光头党的土壤,那么盘旋在俄罗斯上空的法西斯的幽灵势必也难以彻底驱除。因此,对于俄罗斯来说,要杜绝光头党现象至少在近阶段并非易事。

走近俄罗斯文学大师

遍访俄罗斯文学大师的故居,这是我在赴俄前就定下的访学目标之一。来到莫斯科不久,我就开始抽空实施预定的计划。我多次远行,从繁华的都市到偏远的乡村,从浩荡千里的伏尔加河到风光旖旎的黑海之滨,从斯拉夫民族的发祥地到充满传奇色彩哥萨克旧都……我盘桓在众多的文学和文化胜迹前,流连忘返。

普希金、莱蒙托夫、赫尔岑、果戈理、屠格涅夫、冈察洛夫、奥斯特罗夫斯基、陀思妥耶夫斯基、托尔斯泰、契诃夫、蒲宁、安德烈耶夫、高尔基、马雅可夫斯基、叶赛宁、勃洛克、阿赫玛托娃、布尔加科夫、巴乌斯托夫斯基、帕斯捷尔纳克、纳博科夫等等,从隆冬到仲夏,我拜访过的故居有几十处之多。此外,诸如《现代人》杂志编辑部、新圣女公墓、波洛金诺古战场、十二月党人起义的宪政广场等,也引起我浓厚的兴趣。各种印象纷至沓来,时时激动着我,这里录下两则小小的片断。

顿河晨曦

入夜,我从南俄的罗斯托夫市上了夜行的大客车,凌晨抵达肖洛霍夫家乡维申斯卡——一个偏僻的哥萨克村镇。早春,乍暖还寒的时节,晨风吹来带着几分寒意。我在一名晨钓的农人引领下,径直朝顿河走去。展现在我眼前的顿河被淡淡的轻雾笼罩,绕过一个杂树丛生的河湾，静静地流淌着。四周是那么的宁静，只有几声狗吠从陡峭的坡顶处传来。旭日从村舍的烟囱和屋脊间探出头来，晨光为河边沾满露水的草地抹上了一道橙红的色彩。我沿着小路向前走去。河岸的高地上出现了一组铜雕，远远的就可辨认出骑在马上的葛利高里和挑着水桶的阿克西尼娅。走近了，站在栩栩如生的雕像前向顿河眺望，《静静的顿河》中波澜壮阔的场景立时涌现。离雕像不远处就是肖洛霍夫的故居和安息地。我伫立在顿河河畔，久久不愿离去。

这一天，我与肖洛霍夫的女儿作了愉快的交谈，参观了作家的故居，徘徊于简朴而洁净的维申斯卡街道，还应当地居民之邀泛舟顿河……但晨间所感受到的那一幕似乎更深地印在我的脑海中，带着水气，带着遐思，带着春天的芳香……

夜宿托尔斯泰庄园

离图拉市不远的雅斯纳亚·波良纳是我心仪已久的地方，尽管此前我已拜访过莫斯科的托尔斯泰故居，还到了远在鞑靼共和国首府的托尔斯泰当年就学的喀山大学。

5月，一个美好的春日，我走进了雅斯纳亚·波良纳的托尔斯泰庄园。庄园保存完好，白色的岗楼、清澈的池塘、碧绿的牧场、广袤的田野，以及点缀其间的小楼与农舍，这里的一切让人陶醉。我随着熙熙攘攘的人流依次参观了庄园中的一些重要的纪念地，特别是作家曾经居住和创作的场所，颇多感触，但仍隐隐地感到某种缺憾。参观结束后，我向博物馆赠送了我写的关于托尔斯泰的书，没想到这引起了馆方的重视。馆长出面接待，并允诺明天在开馆前陪同参观一些不向一般游客开放的场所。

傍晚，在游客散尽之后，我再次来到托尔斯泰的墓前。那是一块异常简朴的墓地，稍稍隆起的墓冢上绿草如茵，夕阳透过扶疏的林木洒下一层金色的光辉。没有墓碑，没有十字架，与其相伴的是人们终年不断献上的鲜花，是紧紧护卫着它的几株高大的橡树和莽苍的森林，还有那传说中的象征人类幸福的神圣的小绿棒。那一夜，我枕着托尔斯泰庄园的林涛，睡得很香。次日清晨，我尽情地漫步于空旷的托尔斯泰庄园，没有刻意去找什么目标，只是静静地走走，随意看看庄园中的房舍、果园、马厩和原野，再深深地吸几口清新的空气，内心感到充实和满足。离开雅斯纳亚·波良纳前，我买了一尊不大的托尔斯泰铸铁胸像，如今它就放在我的书桌上，并常常将我带回那段难忘的日子。

在俄罗斯,相遇普希金

> 而你,俄罗斯的初恋,
> 俄罗斯的心不会将你忘记!
> ——丘特切夫

俄罗斯人对普希金的热爱是由衷的,他们还想把这种爱转达给来到俄罗斯的外国朋友。我在莫斯科的一所高校访学时,学校就组织过"沿着普希金的足迹"的参观活动。普希金38年的人生轨迹被俄罗斯人浓墨重彩地描画,在他曾经涉足过的地方,雕像、铭牌、纪念馆、保护地等各种各样的纪念形式,无以计数。"俄罗斯文学之父"在本国所受到的推崇,世界上少有作家能够比拟。

莫斯科存有的普希金遗迹

莫斯科和圣彼得堡是俄罗斯存有普希金遗迹最多的城市。普希金出生在莫斯科,当年的郊外如今已成闹市,诗人诞生的房子不复存在,鲍曼大街40号普希金353中学是其原址,有铭牌立存,上面还有童年普希金的头像。普希金在莫斯科郊外的外婆家度过6年童年生活,在扎哈罗夫庄园的绿荫环抱中,建有一座少年普希金的雕像。此后,普希金就离开了莫斯科。20年代后期,他被解除在米哈伊洛夫斯克的软禁后又在莫斯科度过数年,并在这里成家。

如今在老阿尔巴特街53号有普希金故居博物馆，这所故居就是普希金当年向希特罗沃租借的新房，原来只租了二楼5个房间，如今底楼也已辟为博物馆的展室。有一年冬天的晚上，我还在那里欣赏过莫斯科室内乐团的一场出色的演出。在纪念普希金诞辰200周年的日子里，故居的对面竖起了普希金和他的妻子娜塔丽娅·冈察罗娃的雕像，冈察罗娃的个子明显高于普希金，姿态优雅。普希金在1828年底的一次舞会上与她结识并为之倾倒，经过一年多的追求，冈察罗娃终于成了他的妻子。他们的婚礼是在离阿尔巴特街不远处的基督升天教堂举行的，这个教堂保留至今。三个月后，新婚夫妇离开了莫斯科。

莫斯科人用爱将普希金生活的点点滴滴都融进了纪念物中，有以普希金命名的大中学校、地铁站、博物馆，有循迹而建的各种铭牌与雕塑：我应约去位于红场边上的老莫斯科大学会朋友，走到校门旁，抬头发现有一块铭牌，上面写着普希金1832年秋天来过莫斯科大学的时间，铭牌边上还悬挂着一只花篮；我走进莫斯科现代艺术博物馆，进门就见一件关于普希金的雕塑，诗人正张开双臂飞翔，构思奇特；我来到马涅什广场水池边，见到了"渔夫与金鱼"，左手举着金鱼右手提着渔网的老渔夫栩栩如生；我多次来到普希金广场，围绕着那尊由农奴出身的雕塑家奥佩库申雕塑的高大的青铜雕像出现过许多生动的故事，身披斗篷的诗人一手插胸前，一手放身后，低头沉思，神色凝重……

圣彼得堡的纪念物和纪念地

与莫斯科相比，圣彼得堡的纪念物和纪念地来得更多。我在那里买过一本名为《彼得堡与文学相关的地方》的书，沉沉的，显示出彼得堡厚重的文学因缘，里面就有"普希金的彼得堡"一章。

普希金与彼得堡最早的因缘无疑是位于城郊的皇村学校了。1811—1817 年，普希金在这里度过了 6 年求学的时光，从少年走向青年。他的民主主义精神在这里得到孕育，他的辉煌的诗歌生涯从这里开始起步。

我两次到过皇村。初夏，雨后，碧空如洗，我初次来到此地，金碧辉煌的叶卡捷琳娜宫、周边纯美的建筑、开阔的湖面和芳草如织的花园，让我受到一种美的震撼；仲秋时节，我再次来到这里，秋高气爽，游人如织，皇村变得更加绚丽多姿，我依然为之倾倒。皇村的美是无与伦比的，那确实是俄罗斯建筑艺术的杰作。当然，更让我感兴趣的是宫殿侧楼的不太显眼的皇村学校，普希金是沙皇政府创建的这所贵族子弟学校的首批 30 名学员之一。我曾认真地走访过诗人普希金当年读书和生活的场所，这些场所虽然说不上豪华，但在当时是相当不错的了。教室里座位舒适，宽敞明亮；图书馆面积不大，但仍有相当藏书；寝室每人一间，尽管颇为局促，但设施基本齐全。普希金当年住过的一间保留着原样。学生时代的普希金偏科、好动、敏感，早早显露出了天才少年的才华。皇村中还有记录相关往事的遗存。在萨多夫街有一栋灰蓝底色的两层楼房，1816—1821 年间，作家和历史学家卡拉姆津在此居住，普希金则是这里的常客；1831 年 5 月至 10 月，新婚的普希金夫妇曾在皇村租赁了一栋两层别墅，普希金就是在这里读到了果戈理的处女作，并开始了与果戈理的友谊。

漫步在圣彼得堡的街头，你会不期然地与普希金相遇。你会在走进杰尔查文故居时，迎面见到老作家亲切地搂着少年普希金的生动雕像；你会在英吉利滨河街上见到旧俄外交部大楼，普希金曾在此任职并结识了诗人格里鲍耶陀夫；你会在繁华的涅瓦大街上看到一座文学咖啡馆，普希金当年与"十二月党"诗人等朋友曾在此聚会；你会在普希金街的一个不大的街心花园中发现一尊雕像，诗人正双手抱胸，目光潇洒地注视着远方；你会在丰坦卡运河滨河街，在老城的大街小巷中，不时发现普希金朋友的旧居，仿佛诗人还在那里与茹可夫斯基切磋诗艺，和恰达耶夫畅谈自由，与凯恩"美妙一瞬"；你会走进玛林斯基剧院，在欣赏歌剧《叶甫盖尼·奥涅金》时，与普希金笔下的人物相遇；你会在黑溪的树林里见到诗人与卑劣之徒丹特士的决斗地，那里的土地上曾有普希金殷红的血迹……

在普希金在彼得堡的多处故居中，我最看重的是莫伊卡河滨河街12号。这是十二月党人沃尔康斯基公爵的家产，诗人租赁的时间仅四个月（1836年9月至1837年1月），但这是普希金最后的居住地。整栋三层楼房的外墙为浅黄色，高大、结实，进入大门后还有一个院子，矗立着一尊普希金的铜像。这里现在是普希金故居博物馆，馆内分两个部分，一是展厅，一是故居陈列室（即诗人实际居住的沿街一楼11个房间）。看得出，人们在精心地维护着故居，居室内一尘不染，舒适温馨，从客厅、餐厅和卧室能看到莫伊卡河。书房很大，沿墙三面围着一圈高大的书橱，中间还放着一排，书橱中摆放着书籍据说有4500册之多。一张大大的书桌放在屋子的中央，诗人在此编辑过他创办的《现代人》杂志，完成了《上尉的女儿》等力作。故居中还保存了普希金决斗时穿的坎肩，保留了茹可夫斯基在普希金受伤后写的两则伤情公告。作为一个敢恨敢爱的诗人，普希金匆匆地走完了自己的人生。走出故居博物馆，我在惋惜诗人早逝的同时，又对他多了几分敬意。

在俄罗斯的日子里，我感受到了人们对普希金的钟爱，在有些讲解中你甚至可以感觉到对诗人缺陷的掩饰。在我看来，掩饰没有必要。普希金就是这样一个活生生的人，他的才华是在他的独特的个性和缺陷中生长起来的。而且人们的认识有时还会被偏见的浮尘所遮蔽，譬如以前我们较少谈诗歌与爱情是普希金生活的基础这样的话,而更多地凸现了诗人"革命"的一面。

米哈伊洛夫斯克的诗情与秋色

都说俄罗斯的秋天最美,都说米哈伊洛夫斯克是块圣地,于是心中就存有了某种企盼。十月金秋的一天,我踏着满地金色的落叶,走进了这个位于俄罗斯西部边陲的村落。

这块土地之所以能名闻遐迩,是因为它与普希金的名字相连。在俄罗斯人的心目中,诗人普希金是至高无上的,这和文学史上的地位无关,他是俄罗斯精神文化的象征。于是,与普希金相关的一切也就带上了神圣的色彩。

米哈伊洛夫斯克是普希金家族的世袭领地,诗人母亲的先人曾在此经营,1818年普希金的母亲成了这块土地的唯一继承人,1936年她又把这块领地给了包括普希金在内的三个孩子。如今,米哈伊洛夫斯克及周边的三山村和圣山修道院等已成为俄罗斯重点保护的历史文化风貌区,并从1949年开始,政府对整个保护区,特别是普希金故居,按历史原貌作了多次修缮。

普希金的故居掩映在一片金黄色的彩霞之中。门前那棵已有200多年历史的槭树足有几层楼高,撑开的树冠浮现在周边一大片橡树的金叶之上,宛如一支巨大的暗红色的火炬。故居是一座木头的平房,外墙刷得雪白,正面两侧各被一团鲜艳的红叶缠绕。一位非常尽职的解说员引导我走过屋内的几个房间:前厅、保姆房、父母卧室、客房、餐厅和普希金的书房。故居不是很大,陈设也比较简朴,多为当年的一些家具。我特别注意了普希金的书房:高大的蓝花瓷壁炉、镶有铜柄的沙发、折痕累累的皮椅、几架书橱,以及不是十分宽敞的书桌,书桌上还散放着普希金用过的书籍和手稿。书房虽比诗人在圣彼得堡莫伊卡河畔的那个要小,但也颇为温馨。

1817年夏天，从皇村学校毕业后，年轻的普希金第一次来到这里，俄罗斯乡村的迷人风光令他陶醉，他留下了《乡村》等优美诗篇。此后，他常来此地，不管心境如何，每每在此萌生诗的灵感。特别是在1824年8月至1826年9月，普希金在这里度过了两年多的岁月。虽然这次是由于他自由的思想和精神的反抗而遭沙皇政府的软禁，孤寂而又感伤，但是青春的热血和喷涌的才思，又使他在此感受到了生命的多彩，收获了如火的篇章。乡间的生活、农民的歌声、奶妈的故事，让他如痴如醉，"多么美妙啊！每一首都是叙事诗。"友人的造访、情爱的激荡、灵感的闪现，让他的笔下流淌出《我记得那美妙的一瞬》、《假如生活欺骗了你》等诸多不朽的抒情诗篇，以及诗体小说《叶甫盖尼·奥涅金》主要篇章、历史剧《鲍里斯·戈都诺夫》和叙事诗《努林伯爵》等杰作，普希金的诗才在这里走向成熟。

紧靠着普希金故居，有一栋"保姆小屋"，当年普希金的奶妈阿琳娜曾在此居住。那逼窄的两间房内的桌椅床架、锅盘碗碟倒是更能反映19世纪俄罗斯乡居生活的种种。

离开故居不远有一大片苹果园，成熟的果子飘散着醉人的清香。累累的果实将每棵树的枝杈都压得弯弯的，地上也落满了苹果。人们自由地采摘和品尝着普希金果园中的苹果，脆生生的，那么香甜爽口。我的年轻的朋友别嘉装了满满一袋，说是要送给城里的朋友尝尝。

米哈伊洛夫斯克的秋景是迷人的，到处是盛开的鲜花、满地的金叶、清澈的流水、别致的小桥，以及被高大的乔木掩映的农舍。而与它相邻的三山村，同样有着引人入胜的景色，田野、森林、湖泊……宛如世外桃源。比起普希金的故居，奥西波娃的旧居彰显了贵族的气派，这里的沙龙一度宾客满座。普希金当年也常常策马来此，好客的女主人奥西波娃、她的女儿叶甫普拉克希娅和表亲凯恩等人给过诗人温存、激情与欢欣,诗人感慨:"我从你们这儿带走回忆,却把我的心留给你们。"

普希金最后也安息在这块土地上。走进圣山修道院,拾级而上,不高的山顶上是一座高耸的圣母安息大教堂,侧面有一块围着石栏的平台,这里是普希金家属的墓区,诗人的外祖父母和父母都安葬在此。也许是出于某种预兆,1836年4月,普希金在护送母亲的灵柩来到圣山时,为自己购了墓地。同年8月,他《纪念碑》一诗中还写下了这样的诗行:"不,我不会完全死亡——我的灵魂在珍贵的诗歌中 / 将比骨灰活得更久长…… / 我将永远光荣,直到还只有一个诗人 / 活在这月光下的世界上。"

次年2月,普希金与卑劣之徒丹特士决斗,不幸去世,遗体随即被沙皇政府秘密运往米哈伊洛夫斯克,在没有亲人的寒冷的冬日草草埋葬。两年后,普希金的妻子为诗人竖起了墓碑:白色大理石的镶有金色十字架的方尖碑,黑色的基座上镌刻着诗人的名字和生卒年月,再下面则是二层绛红色的花岗岩基石。

如今,花岗岩的基石上放着人们敬献的不少鲜花;而在它的身后是由高大的椴树、橡树和菩提树构成的密密的屏障,白色的方尖碑在黄绿相间的叶海映衬下显得格外庄严肃穆。

临走前,我在位于河岸高坡的"奥涅金的椅子"上坐了片刻,脚下是金色地毯般的满地落叶,远方是波光粼粼的索罗季河水,普希金笔下的人物就是在这样的氛围中演绎着人生;我又从一个当地的小伙子那里买了一幅题为"秋天,在米哈伊洛夫斯克"的织锦画,画面中是一片金黄色的秋景,普希金在椴树林荫道中散步。于是,我把米哈伊洛夫斯克的诗意和金秋带回了家。

通向莱蒙托夫家的小径

最早了解莱蒙托夫,与我的两位老师有关。

一位是草婴先生。20世纪70年代末,他被系里请来为我们讲授文学翻译课。发下来一叠油印的讲义,印着俄文和中文,是托尔斯泰、肖洛霍夫和莱蒙托夫的作品节选。于是,寻找全本。先看的是草婴先生翻译的莱蒙托夫的小说《当代英雄》,薄薄的一本,一气读完,被深深吸引。那孤独而又痛苦的心灵、那奇异而又陌生的世界、那瑰丽而又多彩的文字,仿佛有人为我推开了一扇窗,让我看到了一片新的天地。

一位是余振先生。"文革"后调来我校,为我们讲授俄罗斯文学。这时,余先生的一本《莱蒙托夫诗选》刚由人民文学出版社出版,莱蒙托夫的诗歌就成了研究生课的主要内容。先生有很好的中文功底,他把莱蒙托夫的诗居然译成了格律诗的形式,别具一格。先生特别推崇长诗《童僧》,我读后深有同感,诧异世上竟有这样的作家,能将简单的故事化作叩击人的心灵的重锤。

就这样,记住了一位不满27岁就英年早逝的外国作家,并对他产生了好感。

终于有一天,我走近了这位作家。那是一个春天的早上,我从车水马龙的新阿尔巴特街拐入一条僻静的小路,小马尔恰诺夫卡街2号有莱蒙托夫的故居博物馆。

一个不大的院落,种着两棵高大的树木和一些低矮的花草。春日和煦的阳光下，一条卵石铺就的小径诗意地通向莱蒙托夫的故居。这是一栋19世纪莫斯科很典型的木头的带阁楼的平房，约7、8个房间。进门就能见到墙上挂着的莱蒙托夫的水彩自画像，诗人1837年将它赠给女友，后流落他乡，直到1961年故居博物馆开放之时，它才回到了祖国，回到了自己的家。

走进莱蒙托夫外祖母阿尔谢尼耶娃的房间，不由得让人想起诗人的母亲去世后，外祖母与父亲争夺三岁孩子的抚养权的往事。家境清贫的父亲最终只能把孩子留给了万贯家产的外祖母。1831年临终时，他写信给在读大学的儿子，惋惜自己未能与他共同生活，感谢儿子对他的爱，并告诫他不要轻视和虚掷自己的才华。那份父爱，真挚动人而又令人心酸。对于固执的外祖母，似乎也不宜过多指责。她对莱蒙托夫呵护有加，童年的莱蒙托夫在她的位于奔萨省的庄园度过，受到了当时最好的贵族教育。莱蒙托夫成年后，外祖母也时时给他以帮助。他第一次流放能从流放地较快回来，也是外祖母奔走的结果。外祖母将外孙定为家产的唯一继承人，尽管事与愿违，1841年的那场决斗使莱蒙托夫走在了她的前面。外祖母将外孙的墓地从毕吉戈尔斯克移入自己的庄园后不久，也在莱蒙托夫的墓旁安息了。

眼前的这栋民居也是外祖母为莱蒙托夫租赁的，为了照顾1829年考上莫斯科大学的外孙，她搬来此地与莱蒙托夫一起居住，一直到三年后莱蒙托夫被迫转学圣彼得堡为止。客厅里放着一架钢琴，莱蒙托夫爱交朋友，当年这里常常琴声悠扬，宾客满座。两侧墙上挂着三幅肖像画，一边是外祖母和母亲，一边是莱蒙托夫。据说这是诗人二岁半时请人画的，画中的莱蒙托夫眼睛有神但有点像女孩。阁楼其实是一间不错的房间，顺着不宽的楼梯走进莱蒙托夫的房间，可以看到诗人当年的一些生活场景。墙上挂着多幅画，有一幅是诗人喜爱的拜伦肖像。书橱和书桌非常别致。书桌临窗，不大但有二层，上面放着诗人的手稿和普希金的像。书橱里则摆满了莱蒙托夫当年用过的多种语言的书籍，有些非常珍贵，如莱蒙托夫当年用过的有亲笔签名的课本，他赠给友人的书籍，他最初刊登作品的校刊等等。

这个故居博物馆在莱蒙托夫短暂的一生中十分重要。莫斯科大学的三年是他的诗歌才能喷发的阶段，莱蒙托夫在这里创作了200多首抒情诗、17首叙事诗、3部戏剧和11篇随笔，这些作品占他全部创作的一半以上。尽管他后来在圣彼得堡和流放地完成了一些非常重要的作品，尽管他在那些地方也有一些纪念地或雕像，但是莱蒙托夫后来颠沛流离的生活，要找这样合适的故居纪念地已经不太容易了。

当我走出莱蒙托夫的家，再次踏上那条卵石小径时，不由得为这路、这树、这屋庆幸起来，因为近在咫尺就是高楼鳞次栉比的新阿尔巴特街，那可是莫斯科最现代化的大街啊。如果当年规划师的红笔不稍稍偏离一些，那么这条洒满阳光的诗意小径早已变成水泥的通衢大道了。这也许就是一种文化的大视野，正是这样的视野给了千千万万热爱莱蒙托夫和热爱俄罗斯文化的人们以由衷的欣慰。

焚烧过手稿的壁炉

> 我能否完成自己的这部作品,死神是否会在我工作时就把我找去,我并不在乎;我应当工作到生命的最后一刻……假如我的这部作品在我眼前毁掉或者烧尽,我也应该像它依然存世那样心平气和,因为我未曾怠惰,我工作过了。
>
> 果戈理1847年12月致友人的信

也许是因为翻译过果戈理的一本小说集的缘故,对这位作家也就多了一份关注,我走访了他在俄罗斯留下的一些遗迹。

在俄罗斯,要说留下果戈理遗迹最多的地方当数圣彼得堡。1828年底,19岁的果戈理从遥远的南方来到帝俄的京城。在此后的7年多的时间里,这个闯荡京城的外乡青年尝到了苦涩的滋味,也收获了成功的喜悦。如今,行走在这座城市里,还能见到果戈理当年驻足过的地方。

戈罗霍瓦亚街42号,这里离喧闹的先纳亚商场不远,是果戈理初到彼得堡住过的地方;格里鲍耶妥夫运河滨河街79/23号,果戈理在这个位于沃兹涅先大街拐角处的旅社的一间廉价房间内,焚烧过他最初的不成功的长诗《汉斯·古谢加顿》的印本;市民街(现名喀山街)39号,在这座住着各色人等的楼房的4层,果戈理开始了他的"乌克兰故事"的构思;格里鲍耶妥夫运河滨河街69/18号,果戈理在这里住了一年多,《狄康卡近郊夜话》在此诞生;奥布霍夫大街(现在的莫斯科大街)8号,这是果戈理的朋友普列特尼约夫的寓所,1831年5月果戈理与普希金在这里相识;瓦西里岛10线3/30号,这是果戈理任过教的彼得堡爱国女中旧址;大学滨河街7号圣彼得堡大学,果戈理在这所著名大学的历史系当过副教授;小海洋街17号,果戈理从1833年搬来此地,直至1936年出国,在这里他完成了多部小说集和剧本,享誉文坛;涅瓦大街一侧的亚历山大剧院,1836年初春《钦差大臣》在此首演……

相比之下,莫斯科关于果戈理的遗迹就少得多,尽管果戈理1832年就来过莫斯科,1835年又在这里与别林斯基相识。当然,在果戈理的好友、作家谢尔盖·阿克萨可夫的城里故居和郊外的他的位于阿布拉姆采沃的庄园等地仍可以见到果戈理当年在莫斯科文学活动的一些记载和《死魂灵》第一部的初版本等少量文物。

但是,在莫斯科却有果戈理最重要的遗存,那是一栋二层楼房,果戈理从国外回来后在那里度过了人生最后4年的岁月,并在临终前在那里焚毁了他耗尽心血完成的《死魂灵》第二部的手稿。

这个一直牵引着热爱果戈理的人们的目光的楼房位于莫斯科市中心的尼基塔林荫街,是一座面积不小的带拱廊和阳台的后古典主义建筑。这一属于商人塔雷金宅邸从1923年起就辟为公共图书馆,至今该馆已拥有18万册藏书,每天都有许多市民来此借阅图书。不过,当时住在这里的是亚·彼·托尔斯泰伯爵,一个退休的官员。作为朋友,他把底楼前厅右侧的两个房间让给了果戈理居住,这两个房间至今保存完好。

楼房靠街的外墙上现有一块石制的铭牌,上面有果戈理的浮雕像,并用金字写着"尼古拉·瓦西里耶维奇·果戈理1848至1852年在这里居住并去世"。走进大门,楼前有一个院落,长着苹果树和樱桃树等树木,院子深处有一尊高大的坐姿的果戈理雕像,那是在

1909年果戈理诞辰100周年是建的，雕像下方有多组形象生动的人物浮雕，人物均取自果戈理的作品。

5月的一天，我步入这栋楼房，通过前厅来到果戈理当年生活过的房间。两个房间陈设简单，外间被作家用来作客厅，靠墙放着沙发和茶几。1851年深秋，果戈理还在这里为作家屠格涅夫、演员谢普金等人绘声绘色地朗诵过他的《钦差大臣》。客厅里有一个壁炉。现在这里还陈列着许多介绍果戈理生活与创作的物品。里间是果戈理的书房兼卧室。房间的右侧，进门靠墙处放着衣橱，紧挨着的是两把椅子和一张小方桌，桌上有一只座钟。正面右边是一张斜面的高脚书桌，桌面中央铺着绿色的呢子，竖着或横着放着几本书，书桌上方的墙上挂着一幅圣像。与书桌并排的是一个书橱，里面满满地放着果戈理用过的书籍。左侧铺着一块地毯，上面有一张沙发，几把椅子和一张不大的低书桌，书桌上有个台灯。据说果戈理改稿时或者接待比较亲密的朋友时喜欢坐在这里。与沙发紧邻的是一张床，用屏风遮挡着，床上铺着浅色的床罩。在生命的最后几年，果戈理在这里潜心修改着《死魂灵》第二部。

又来到外间，面对壁炉坐下。这个壁炉非常简洁，黑白两色。外圈为白色大理石，内圈为铁炉架。我静静地看着壁炉，发生在一个半世纪前的一幕仿佛又一次重演。

1852年2月12日凌晨3点，一个寒冷的冬夜，疾病缠身的果戈理唤醒了小男仆谢缅，让他轻轻打开炉子的烟囱，不要惊动任何人。作家裹上外套，拿起蜡烛，走到壁炉前。他翻阅着手稿，抽出了一些，吩咐谢缅将剩下的全部手稿裹成一卷扔进炉子。小男孩跪下来哭着劝他不要这样做，说他以后会后悔的。果戈理回答："这不关你的事！"并亲自用蜡烛把那些笔记本给点燃了。火烧掉笔记本的边角后熄灭了，果戈理吩咐谢缅从炉膛里取出笔记本，解开捆着手稿的绳子，将它们摊平，再次点上火。他搅动着纸片，直至将它们全部变成灰烬。在火苗吞噬手稿的过程中，果戈理不停地划着十字。他疲惫地倒在沙发上。小男孩哭着说："您这是干了什么呀?!"果戈理拥抱他说："还是你可怜我。"然后放声痛哭起来。九天以后，果戈理去世。

　　果戈理为什么焚稿？后人给予了不少猜测或解说。有人说，是因为他患上了严重的忧郁症，导致他做出了违背他本意的行为；有人说，是因为晚年他对宗教的迷恋，使他听信了马特维神父毁掉手稿的话语；有人说，是因为果戈理有焚毁自己手稿的先例，这次焚稿事件并非偶然；有人说，是因为他想写出好地主的主观意图与现实生活不符，果戈理不想把苍白的东西留在世上……

　　果戈理的焚稿为后人留下了一个永远的谜。

　　我步出果戈理的故居，再次见到那尊雕像，见到果戈理那略带嘲讽而又洞穿一切的目光。作家为后人留下了丰厚的文学遗产，借助这些独特的心灵史，人们完全可以走近一个矛盾的、痛苦的和真实的果戈理。有些事情既无法也无需再作猜度，果戈理的文学遗产已经超越时空。

看索契冬奥会开幕式有感

那是一个璀璨缤纷的夜晚，第22届冬季奥林匹克运动会在俄罗斯黑海之滨的索契开幕。我和无数观众一样，通过电视荧屏欣赏了这场如梦似幻的开幕式。悠扬的乐声中，可爱的俄罗斯小姑娘柳波芙抱着心爱的童话书进入了梦想。梦中，她带着我们穿越时空，领略俄罗斯的壮美；按33个俄语字母的顺序拼出的一连串词汇，见证了俄罗斯的辉煌。开幕式的演出场面宏大：三套马车拖来红日，驱散中世纪的黑暗与寒冷；波罗的海上的帆船，展示彼得大帝的宏图大略；红色年代的工业化进程，奠定了俄罗斯强国之基础。演出巧妙地陈述了俄罗斯厚重的历史。

在黑海之滨的菲施特奥林匹克体育场举办的这场美轮美奂的开幕式，勾起了我对索契的回忆。记得那年去索契，正是早春时节。车近索契时，沿着海边行驶。右边是清澈的海水，浩瀚无边，水天一色；左边是巍峨的高加索山脉，林木葱茏，山花烂漫。未到索契，已为它周边的美景所陶醉。索契是一个仅有30多万人口的小城，但在俄罗斯却有着独特的风光。这是世界上最北边的亚热带城市，北面的高加索山脉为它挡住了北方的寒流。站在索契的制高点的观景台上，城市全景一览无余，壮阔的黑海波涛起伏，雄伟的外高加索山脉烟雨朦胧，在一片绿色中错落地分布着城里的楼房和街道。索契是一座英雄的城市，卫国战争时索契人民和医务人员作出了巨大的牺牲，在文化公园里有一组高大的纪念雕塑。城里柯察金街有《钢铁是怎样炼成的》一书的作者奥斯特洛夫斯基博物馆,毗邻的是他的故居。小楼二层,宽敞舒适,作家在那里度过了他生命中的最后岁月。经过冬奥会的筹办,索契一定发生了巨大变化。祝福索契,祝福索契人民。

  开幕式上出现了俄罗斯不少作家的名字和图像,如普希金、陀思妥耶夫斯基、列夫·托尔斯泰、契诃夫、纳博科夫等。同时,根据《战争与和平》改编的芭蕾舞片段,精美动人。这一切让我想起当年走访俄罗斯文学大师故居的情景。开幕式中还出现了不少为中国观众熟悉的元素,如柴可夫斯基、《天鹅舞》、《莫斯科郊外的晚上》、三套车、红场上的圣瓦西里教堂、苏联时期的斧头镰刀等。它们又勾起了我对中俄文化关系的思考。俄苏文化曾深刻影响中国。中国知识分子强烈地认同俄苏文化中蕴含着的鲜明的民主意识、人道精神和历史使命感。俄罗斯优秀的音乐、绘画、舞蹈和文学作品曾风靡中国,深刻地影响了几代中国人精神上的成长。尽管中俄(苏)关系几经曲折,但是俄苏文化的影响力却历久不衰。我在多个场合做过"俄罗斯文学的魅力"的演讲,常常引起了不同年龄层次的听众的反响。新世纪的中俄关系正在走向成熟,而人文的交往仍是促进这种关系的重要基石。俄罗斯民众对中国的兴趣也在增加。俄罗斯汉学家以集体的力量完成了六大卷的"中国精神文化大典"一书,去年中国国家社科规划办将该书的翻译立为重大项目,目前有一批学者正在为此紧张工作中。中国对索契冬奥会的重视,既是国家外交战略的显现,也是中俄人文交往深化的又一表征。索契冬奥会开幕式体现的"俄罗斯梦"与我们所追求的"中国梦"有内在的契合处,那就是人民对民富国强的向往,相信它们终将由梦想变成现实。

后　记

时光如梭，并非虚言。似乎转眼之间，我已渐入老境。但是，整天忙于阅读和工作，特别是一直和年轻学子在一起，感觉心态未老。最近，系里举办了庆贺徐中玉先生和钱谷融先生百岁华诞和95华诞，并分别出版了多卷本《徐中玉文集》和《钱谷融文集》。我们专业的倪蕊琴教授和王智量教授也早已年逾80，他们也先后出版了《俄罗斯文学魅力》和《王智量文集》等书籍，倪蕊琴教授还向学校捐赠了珍藏的俄文版91卷《列夫·托尔斯泰文集》。参与这些纪念活动和赠书活动，感触颇深。做有良知的学问，是这些前辈师长终身追求的学术目标，也是他们给予后辈最宝贵的精神财富。虽然难以达到前辈师长的境界，但也希望能以自己的方式活出夕阳人生的精彩。

关于本书，还想交代几句。屈指算来，丽娃河畔的问学生涯已有36载，写下的文字，除专著外，多散见各处报刊。前几年，我在上海文艺出版社那里出过一本30多万字的文集，这次应向远之邀，再编一本，将一些以前未曾收录的旧文收集起来，也算是循迹追踪，留下一点对往事的记忆。谢谢向远教授的盛情和为此书出版所付出的操劳。

本书的内容多与俄苏文学有关，但也有个别文章不在此列。本书分四辑：第一辑"研读留痕"，收录了几篇较长的文章，占了全书近一半的篇幅；第二辑"序跋选录"，是从近年来应约写的序文中所选的,另各选了一篇"导言"和一篇"后记";第三辑"书海随笔",主要是学术随笔、书评和"名著读后"类的文章;第三辑"访俄札记",除个别篇章外,多为早年写下的访俄散文和札记,也由约稿而催生。

又及:
  在编选本书期间,我的母亲离我而去。虽心碎、哀伤、不舍,但又无力回天。谨将此书献给我亲爱的父亲和母亲,以表达我和家人的怀念与哀思。

陈建华

2014 年 3 月于沪上西郊

图书在版编目(CIP)数据

丽娃寻踪 / 陈建华著. —北京：中央编译出版社，2014.10
(比较文学与世界文学名家讲堂 / 王向远主编)
ISBN 978-7-5117-2318-5

Ⅰ. ①丽… Ⅱ. ①陈… Ⅲ. ①俄罗斯文学 - 文学研究
Ⅳ. ①I512.06

中国版本图书馆 CIP 数据核字(2014)第 214974 号

丽娃寻踪

出 版 人：	刘明清
责任编辑：	邓　彤
责任印制：	尹　珺
出版发行：	中央编译出版社
地　　址：	北京西城区车公庄大街乙 5 号鸿儒大厦 B 座(100044)
电　　话：	(010) 52612345（总编室）　　(010) 52612352（编辑室）
	(010) 52612316（发行部）　　(010) 52612315（网络销售）
	(010) 52612346（馆配部）　　(010) 66509618（读者服务部）
传　　真：	(010) 66515838
经　　销：	全国新华书店
印　　刷：	北京时捷印刷有限公司
开　　本：	787 毫米×1092 毫米　1/16
字　　数：	326 千字
印　　张：	25.25
版　　次：	2014 年 10 月第 1 版第 1 次印刷
定　　价：	68.00 元
网　　址：	www.cctphome.com　　邮　箱：cctp@ cctphome.com
新浪微博：	@ 中央编译出版社　　微　信：中央编译出版社(ID:cctphome)

本社常年法律顾问:北京市吴栾赵阎律师事务所律师　闫军　梁勤
凡有印装质量问题,本社负责调换。电话：010 - 66509618